SUITE ÉCOSSAISE

PAUVRES CRÉATURES

DU MÊME AUTEUR

CHEZ LE MÊME ÉDITEUR

Lanark, 2000

Le Faiseur d'histoire, 2003

Alasdair GRAY

PAUVRES CRÉATURES

ÉPISODES DE LA JEUNESSE DU DOCTEUR
ARCHIBALD McCANDLESS
OFFICIER DE SANTÉ PUBLIQUE ÉCOSSAIS
ÉDITÉ PAR ALASDAIR GRAY

Traduit de l'anglais (Écosse)
par Jean Pavans

Éditions Métailié
20, rue des Grands Augustins, 75006 Paris
www.editions-metailie.com
2023

Titre original : *Poor Things*

ISBN : 979-10-226-1326-2
ISSN : 1281-5667

Après avoir étudié à la Glasgow School of Arts, Alasdair GRAY (Glasgow, 1934-2019) devient peintre décorateur de théâtre puis professeur aux Beaux-Arts. Au début des années 1970, Il réunit autour de lui un groupe d'écrivains et forme "L'École de Glasgow" avec James Kelman et Tom Leonard.
Son œuvre littéraire est tout entière imprégnée par l'image de sa ville et par le graphisme qui accompagne souvent ses écrits. Il écrit Lanark *(l'un des romans les plus influents de la littérature anglo-saxonne du XXe siècle) en 1981, puis, entre autres,* Pauvres créatures *et* Le Faiseur d'histoire. *S'inscrivant dans une tradition écossaise de réalisme social (mais en la prenant à contre-pied), Alasdair Gray joue un rôle important en bousculant avec humour et créativité les habitudes littéraires et linguistiques.*

L'auteur remercie Bernard MacLaverty pour l'oreille qu'il a prêtée à ce livre à mesure de sa rédaction et pour les idées qui ont contribué à son développement ; Scott Pearson pour la dactylographie et ses recherches des détails d'époque ; le docteur Bruce Charlton pour avoir corrigé les parties médicales ; Angela Mullane pour avoir corrigé les parties légales ; Archie Hind pour ses aperçus (principalement tirés de sa pièce *The Sugarolly Story*) sur le zénith corrompu de la période industrielle de Glasgow ; Michael Roschlau pour m'avoir offert *Nathan le Sage* de Lessing (publié en 1894 par MacLehose & Son, Glasgow, dans la traduction de William Jacks, avec des gravures de William Strang), qui m'a suggéré la forme (pas le contenu) du récit de McCandless ; Elspeth King et Michael Donnelly, à présent attachés au musée historique régional d'Abbott House, à Dunfermline, pour m'avoir permis d'utiliser certaines circonstances personnelles afin d'étoffer une fiction. L'incident choquant décrit par Bella dans le chapitre 17 a été inspiré par l'Épilogue de *In a Free State* de V. S. Naipaul. D'autres idées ont été tirées de *Ariel Like a Harpy*, essai de Christopher Small sur le *Frankenstein* de Mary Shelley, et de *Blood and Ice* de Liz Lochhead, pièce sur le même sujet. Trois phrases d'une lettre de Simone de Beauvoir à Sartre figurent dans les troisième et quatrième paragraphes du chapitre 18. Une des notes historiques sur le chapitre 2 est extraite de l'article « Women and Medicine » de Johanna Geyer-Kordesch, dans l'*Encyclopaedia of Medical History* éditée par W. F. Bynum. L'épigraphe en couverture est extraite d'un poème de Denis Leigh. L'auteur remercie un ami proche pour un prêt d'argent qui lui a permis d'achever ce livre sans interruption.

**POUR MA FEMME
MORAG**

INTRODUCTION

Le médecin qui a écrit ce récit de ses expériences de jeunesse est mort en 1911, et les lecteurs qui ne savent rien de l'audacieuse histoire expérimentale de la médecine écossaise le prendront peut-être pour une fiction grotesque. Ceux qui examineront les preuves données à la fin de cette introduction ne douteront pas que durant la dernière semaine du mois de février 1881, au 18 Park Circus, à Glasgow, un génie de la chirurgie a utilisé des restes humains pour créer une femme de vingt-cinq ans. L'historien régional Michael Donnelly n'est pas d'accord avec moi. C'est lui qui a récupéré le texte qui forme la plus grande partie de ce livre ; je dois donc dire comment il l'a trouvé.

La vie à Glasgow était palpitante dans les années soixante-dix. Les vieilles industries qui avaient fait l'activité de l'endroit fermaient pour se déplacer vers le sud, et les gouverneurs élus (pour des raisons que n'importe quel économiste politique peut expliquer) achetaient des immeubles de plusieurs étages et développaient continuellement le réseau autoroutier. Dans le musée historique régional de Glasgow Green, la conservatrice Elspeth King et son assistant Michael Donnelly faisaient des heures supplémentaires pour acquérir et classer des témoignages de culture locale qui se perdaient dans le passé. Depuis la Première Guerre mondiale, le conseil municipal n'accordait au musée historique régional (appelé le Palais du Peuple) aucun fonds pour de nouveaux achats, de sorte que les acquisitions d'Elspeth et de Michael étaient presque toutes récupérées dans des immeubles destinés à la démolition. Ils louèrent un entrepôt dans la manufacture de tapis de Templeton (qui devait bientôt fermer) et là, Michael Donnelly apportait des moissons de vitres de couleur, de carreaux de céramique, d'affiches de théâtre, de bannières de syndicats dissous, et toutes sortes de documents historiques. Elspeth King prêtait parfois main forte à Michael, car le reste de son équipe était composé d'employés délégués par la direction du musée d'Art de la ville de Kelvingrove, lesquels n'étaient pas payés pour extraire des objets d'immeubles sales et dangereux. Elspeth et Michael ne l'étaient bien sûr pas davantage, de sorte que les expositions nouvelles et très réussies qu'ils mirent sur pied ne coûtèrent quasiment rien au conseil municipal.

Un matin, en passant par le centre-ville, Michael Donnelly vit au bord d'un trottoir un tas de vieux dossiers qui avaient été manifestement placés là pour être ramassés et détruits par le service de nettoyage. En les regardant de plus près, il découvrit des lettres et des documents datant des premières années du siècle, rebut d'un bureau d'avocat défunt. Un cabinet moderne avait hérité de ces vestiges d'anciennes affaires, et s'était débarrassé de ce dont il n'avait pas besoin. Ces papiers concernaient principalement des transactions entre des personnes et des familles qui avaient contribué à faire de la ville ce qu'elle était, et Michael vit le nom de la première femme médecin diplômée de l'université de Glasgow, nom aujourd'hui connu seulement des historiens du mouvement féministe, quoiqu'elle eût autrefois écrit un pamphlet fabien sur la santé publique. Michael décida d'emporter les dossiers en taxi pour les parcourir à loisir ; mais d'abord il s'adressa au cabinet qui s'en était débarrassé pour en demander l'autorisation. Elle lui fut refusée. Un des directeurs (avocat et politicien que nous ne nommerons pas) lui déclara qu'il avait commis un acte illégal en regardant les dossiers, puisqu'ils n'étaient pas sa propriété et qu'ils étaient voués à l'incinérateur municipal. Il ajouta que tout avocat était tenu par serment au secret sur les affaires d'un client, que ces affaires fussent directes ou héritées, et que le client fût vivant ou mort ; que le plus sûr moyen de tenir secrète une vieille affaire était de détruire la preuve de son existence, et que si lui, Michael Donnelly, sauvait le moindre dossier de la destruction, il serait accusé de vol. De sorte que Michael laissa tel quel le tas de dossiers — sauf le petit élément qu'il avait empoché à tout hasard, avant d'apprendre que c'était illégal.

C'était un paquet scellé où étaient inscrits ces mots à l'encre brune pâlie : *Propriété du docteur Victoria McCandless / À l'attention de son petit-fils aîné ou de son descendant survivant après août 1974 / Ne pas ouvrir avant.* Une main plus récente avait gribouillé en travers et en dessous, d'une ligne zigzagante, avec un stylo bille moderne : *Aucun descendant survivant.* Le sceau avait été brisé d'un côté, l'enveloppe avait été déchirée, mais celui qui l'avait fait avait sans doute trouvé la lettre et le livre qu'elle contenait tellement inintéressants qu'il les avait négligemment remis à l'intérieur — ils dépassaient, et la lettre était toute froissée, même pas repliée. Le fieffé voleur Donnelly examina de près l'ensemble dans l'entrepôt du Palais du Peuple, à l'heure du thé.

Le livre faisait dix-huit centimètres sur onze, il était relié en tissu noir estampé d'un ornement grotesque sur les plats. Sur la page de garde, quelqu'un avait griffonné un vers sentimental. Sur la page de titre était imprimé ceci : *ÉPISODES DE LA JEUNESSE D'UN OFFICIER DE SANTÉ PUBLIQUE ÉCOSSAIS / Docteur Archibald McCandless / Gravures de William Strang / GLASGOW : Publié pour l'auteur par ROBERT MACLEHOSE & COMPANY, Imprimeurs de l'Université, 1909.* Ce n'était pas un titre encourageant. Beaucoup de livres de ragots insipides étaient publiés à l'époque sous des titres comme : *Feuillets du carnet de route d'un inspecteur*, ou : *Les opinions et préjugés de Frank Clark, avocat.* Lorsque (comme ici) l'auteur payait l'éditeur, c'était d'habitude que le texte était plus ennuyeux que lorsque l'éditeur payait l'auteur. En tournant les pages, Michael vit une tête de chapitre typique de l'époque :

CHAPITRE PREMIER

Ma mère — mon père — l'université de Glasgow — premières luttes — portrait d'un professeur — une proposition financière, rejetée — mon premier microscope — une intelligence égale.

Ce qui intéressa le plus Michael Donnelly, ce fut les illustrations de Strang, toutes des portraits. William Strang (1859-1921) était un artiste écossais né à Dumbarton, qui étudia avec Legros à la Slade School of Art de Londres. De nos jours, il est davantage connu pour ses gravures que pour ses peintures, et le meilleur de son œuvre a en partie servi à illustrer des livres. Un médecin qui pouvait se payer la collaboration de Strang pour un ouvrage à compte d'auteur et à usage privé devait avoir des revenus plus importants que la plupart des officiers de santé publique, et pourtant l'Archibald McCandless dont le visage ornait le frontispice n'avait l'allure ni d'un homme riche ni d'un médecin. La lettre d'accompagnement était encore plus déroutante. Elle était écrite par Victoria McCandless, veuve de l'auteur, et informait le descendant, qui ne devait jamais exister, que le livre était un tissu de mensonges. En voici un passage :

En 1974... les membres survivants de la dynastie des McCandless auront deux grands-pères ou quatre arrière-grands-pères, et riront facilement des divagations de l'un d'eux. Je ne peux rire de ce livre. Il me fait froid dans le dos, et je remercie le Sort que feu mon mari n'ait fait imprimer et relier que cet unique exemplaire. J'ai brûlé... le manuscrit original et j'aurais également brûlé ceci, comme il me l'a suggéré... mais, hélas ! c'est la seule preuve que ce pauvre idiot a existé. Et puis il a payé une petite fortune pour le faire fabriquer... je me moque de ce qu'en pensera la postérité, tant que personne de vivant en ce moment ne fait le rapport avec moi.

Michael s'aperçut ainsi que le livre comme la lettre méritaient une plus vive attention, et donc il les rangea avec d'autres documents à étudier de plus près lorsqu'il en aurait le temps.

Et ils restèrent là. L'après-midi même, Michael Donnelly apprit que le vieux collège théologique de l'université de Glasgow allait être évacué pour rénovation par une entreprise immobilière (il a été transformé en appartements de luxe). Il y découvrit une douzaine de portraits à l'huile d'ecclésiastiques écossais des XVIIIe et XIXe siècles, qui auraient également brûlé dans l'incinérateur municipal de Dawsholm Park s'il ne les avait pas découpés de leurs châssis (ils avaient été vissés au mur à une hauteur considérable) et s'il ne les avait pas apportés au musée d'Art de Kelvingrove, où on leur trouva une place dans la réserve surchargée. Plus d'une décennie s'écoula avant qu'il n'eût le temps de s'asseoir pour se plonger à loisir dans l'histoire sociale. Il quitta le Palais du Peuple en 1990, lorsque Glasgow fut officiellement déclarée capitale culturelle de l'Europe par le ministre des Arts de Margaret Thatcher, et en partant il chipa de nouveau le livre et la lettre qui, il en était certain, ne signifieraient rien du tout pour son remplaçant — s'il devait en avoir un.

Je rencontrai Michael Donnelly pour la première fois en 1977, lorsque Elspeth King m'employa comme rapporteur des artistes, mais, lorsqu'il me contacta en automne 1990, j'étais devenu un écrivain indépendant qui traitait avec de nombreux éditeurs. Il me prêta ce livre, en me disant que c'était un chef-d'œuvre oublié qui devrait être publié. Je fus d'accord, et lui déclarai que je m'en occuperais s'il me laissait l'entier contrôle de l'édition. Il acquiesça avec un peu de réticence, mais je lui promis de n'apporter aucun changement au texte d'Archibald McCandless. En fait la partie principale de ce livre est aussi proche que possible d'un fac-similé de l'original de McCandless, avec la reproduction photographique des gravures de Strang et d'autres éléments illustratifs. Cependant j'ai remplacé les longues têtes de chapitres par des titres plus concis. Par exemple, la tête du chapitre 3 était à l'origine : *La découverte de sir Colin — l'arrêt d'une vie — « À quoi cela sert-il ? » — les étranges lapins — « Comment l'avez-vous fait ? » — inutile habileté et ce que savaient les Grecs — « Au revoir » — le bouledogue de Baxter — une main horrible*. C'est tout simplement devenu : *La dispute*. J'ai également insisté pour que tout le livre soit réintitulé *PAUVRES CRÉATURES*. *Créatures* revient souvent dans le texte et chaque personnage (à part Mrs Dinwiddie et deux parasites du général) est traité, ou se traite lui-même, de *pauvre* à un moment ou un autre. Je place en épilogue la lettre de la dame qui s'appelle elle-même « Victoria » McCandless. Michael aurait préféré qu'elle serve d'introduction, mais elle risquerait alors d'induire les lecteurs à se méfier du texte principal. Lue après coup, elle apparaîtra aisément comme la lettre d'une femme perturbée qui veut cacher la vérité au sujet de ses débuts dans la vie. De plus, aucun livre n'a besoin de deux introductions, et je suis en train d'écrire celle-ci.

Je crains que Michael Donnelly et moi-même n'ayons pas la même opinion sur ce livre. Il pense que cet ouvrage est une fiction d'humour noir et que des faits historiques y ont été habilement mêlés, que c'est un livre comme *Old Mortality* de Scott ou *Confessions of a Justified Sinner* de Hogg. Je pense plutôt que c'est comme *La Vie de Samuel Johnson* de Boswell : le portrait affectueux d'un homme étonnamment bon, robuste, intelligent, excentrique, fait par un ami qui a la mémoire des dialogues. Comme Boswell, le modeste McCandless accueille dans son récit les lettres d'autres personnes, qui montrent son sujet sous des angles différents, et finit par révéler toute une société. J'ai également dit à Donnelly que j'avais écrit suffisamment de fictions pour reconnaître une histoire authentique lorsque je la lisais. Il m'a répliqué qu'il avait écrit suffisamment sur l'histoire pour reconnaître une fiction. À cela, il n'y avait qu'une chose à répondre — il me fallait devenir historien.

Je le suis devenu. Après six mois de recherches dans les archives de l'université de Glasgow, dans la salle du vieux Glasgow de la bibliothèque Mitchell, à la Bibliothèque nationale écossaise, aux Archives d'Édimbourg, à la Somerset House de Londres, aux Archives nationales de la Presse à Colinton, j'ai réuni suffisamment d'éléments matériels pour prouver que le récit de McCandless est un tissu de faits authentiques. Je produis quelques-uns de ces éléments à la fin du livre, mais je vais en donner tout de suite l'essentiel. Les lecteurs qui ne désirent rien d'autre qu'une bonne histoire peuvent passer immédiatement au corps du récit. Mais les sceptiques professionnels l'apprécieront davantage après avoir parcouru cette liste d'événements.

29 AOÛT 1879 : Archibald McCandless s'inscrit comme étudiant en médecine à l'université de Glasgow, où Godwin Baxter (fils du célèbre chirurgien et pratiquant lui-même la chirurgie) est assistant au département d'anatomie.

18 FÉVRIER 1881 : On repêche de la Clyde le corps d'une femme enceinte. Le médecin légiste, Godwin Baxter (qui demeure au 18 Park Circus) certifie la mort par noyade, et la décrit ainsi : « environ vingt-cinq ans, taille 1,78 m, cheveux bouclés châtain sombre, yeux bleus, teint clair et mains inhabituées aux rudes travaux ; bien habillée ». Le corps est signalé, mais n'est pas réclamé.

29 JUIN 1882 : Au crépuscule, on entend un bruit extraordinaire dans presque tout le bassin de la Clyde, et quoique la presse locale l'ait largement commenté durant la quinzaine suivante, on ne lui trouva jamais d'explication satisfaisante.

13 DÉCEMBRE 1883 : Duncan Wedderburn, notaire, résidant normalement chez sa mère au 41 Aytoun Street, à Pollok-

shields, est interné à l'Asile royal d'aliénés de Glasgow, pour démence incurable. Voici un article du *Glasgow Herald*, publié deux jours après : « Samedi dernier, dans l'après-midi, des membres du public se sont plaints à la police que l'un des orateurs du forum de Glasgow Green employait un langage inconvenant. L'agent envoyé sur place a découvert que l'orateur, homme d'une trentaine d'années à la tenue décente, tenait des propos calomnieux au sujet d'un membre philanthrope et respecté du corps médical de Glasgow, en les mêlant d'obscénités et de citations de la Bible. Sommé de s'interrompre, l'orateur a redoublé d'obscénités, et c'est avec grande difficulté qu'on l'a conduit au poste de police d'Albion Street, où un médecin a déclaré qu'il fallait l'enfermer, et non le traîner devant les tribunaux. Notre correspondant nous dit que c'est un notaire de bonne famille ; aucune poursuite n'a été engagée. »

27 DÉCEMBRE 1883 : Le général sir Aubrey de la Pole Blessington, autrefois surnommé « Tonnerre » Blessington, mais depuis membre libéral du Parlement pour le district nord de Manchester, s'est donné la mort dans la salle d'armes de Hogsnorton, sa maison de campagne des Loamshire Downs. Ni les avis de décès, ni les articles sur les obsèques, ne mentionnent sa veuve, quoiqu'il eût épousé trois ans auparavant Victoria Hattersley, âgée de vingt-quatre ans, et on n'a aucune trace ni d'un divorce, ni de la mort de celle-ci.

10 JANVIER 1884 : Par autorisation spéciale, un mariage civil est contracté entre Archibald McCandless, interne de l'Hôpital royal de Glasgow, et Bella Baxter, célibataire, de la paroisse de Barony. Les témoins sont Godwin Baxter, membre du Collège royal de chirurgie, et Ishbel Dinwiddie, gouvernante. La mariée, le marié, et les deux témoins demeurent tous au 18 Park Circus, où a eu lieu la cérémonie.

16 AVRIL 1884 : Godwin Baxter meurt au 18 Park Circus de ce que le docteur Archibald McCandless (qui a signé le certificat de décès) décrit comme « une attaque cérébrale et cardiaque provoquée par des désordres nerveux, respiratoires et digestifs héréditaires ». Le *Glasgow Herald*, dans un article sur le service funèbre dans la nécropole, parle de « la forme particulière du

cercueil », et signale que le défunt a légué tous ses biens au Dr McCandless et à son épouse.

2 SEPTEMBRE 1886 : La femme qui a épousé le docteur Archibald McCandless sous le nom de Bella Baxter s'inscrit à l'École féminine de médecine Sophia Jex-Blake sous le nom de *Victoria* McCandless.

Michael Donnelly m'a déclaré qu'il trouverait plus convaincants les éléments ci-dessus si j'avais obtenu des copies officielles du contrat de mariage et du certificat de décès, et des photocopies des articles de journaux, mais je me moque de l'opinion d'un « expert » si mes lecteurs me font confiance. Mr Donnelly ne se montre plus aussi amical qu'autrefois. Il me reproche la perte du volume original, ce qui est injuste. J'aurais volontiers envoyé une photocopie à l'éditeur et rendu l'original, mais cela aurait ajouté au moins trois cents livres au coût de fabrication. Les machines modernes peuvent « lire » une page imprimée, mais une photocopie doit être entièrement recomposée ; de plus, le livre nécessitait un photographe spécialisé pour faire des plaques à partir desquelles on puisse reproduire les gravures de Strang et la lettre de Bella. Quelque part entre l'éditeur, le composeur, le photographe et l'imprimeur s'est égaré l'exemplaire unique. Ces erreurs se produisent continuellement lors de la fabrication d'un livre, et nul ne les regrette plus que moi.

Je terminerai cette introduction par une brève table des matières de l'ensemble, où la réimpression à peine modifiée du volume de McCandless a la place d'honneur.

J'ai illustré mes notes de quelques gravures du XIXe siècle, mais c'est McCandless qui a truffé son récit d'illustrations tirées de l'*Anatomie de Gray*, probablement parce que son ami Baxter et lui y ont appris l'aimable art de guérir. Le dessin grotesque ci-après est de Strang, et était estampé en argent sur les plats du volume original.

L'AUTEUR
Head
Artic. with Acetabulum
Neck
Shaft
CRUREUS
SUB-CRUREUS
TRAPEZIUS
DELTOID
STERNO-CLEIDO MASTOID
PECTORALIS MAJOR
Head
Glenoid cavity
of Scapula
Neck
TERES MAJOR
DELTOID
BRACHIALIS ANTICUS
Trochlea
Radial Head

Mon cher célèbre gentil petit docteur à moi, souris
De ce tribut d'un amant, ton patient mari
Vieux maboule, docteur lui aussi.
Pose tes lèvres sur mon livre, le dernier
Et puisque tu ne pourras me le retourner
Lis-le une seule fois, puis si tu l'aimes peu
N'hésite pas, mon docteur, à le jeter au feu !

Ton fidèle,

Archie, juin 1911.

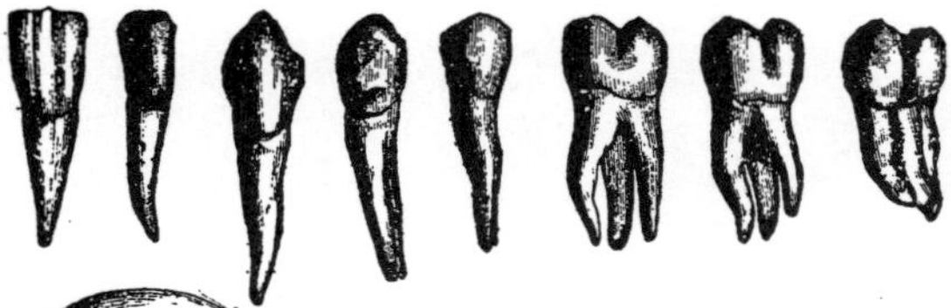

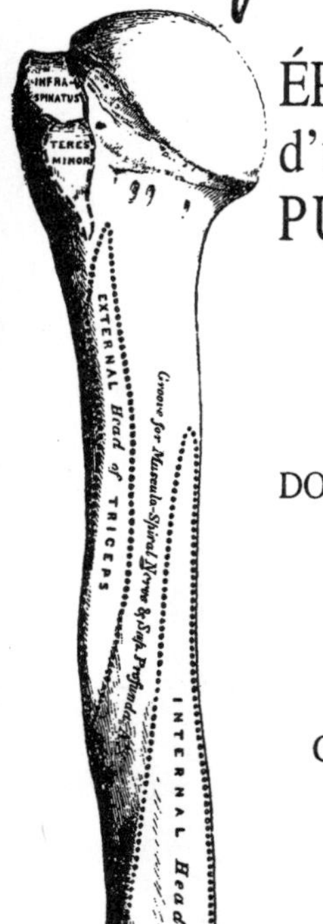

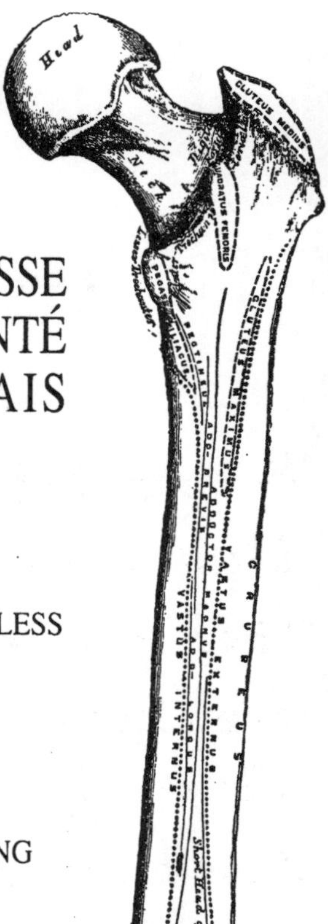

ÉPISODES de la JEUNESSE d'un OFFICIER de SANTÉ PUBLIQUE ÉCOSSAIS

DOCTEUR ARCHIBALD McCANDLESS

GRAVURES de WILLIAM STRANG

GLASGOW : Publié pour l'auteur par
ROBERT MACLEHOSE & COMPANY
Imprimeurs de l'Université 1909

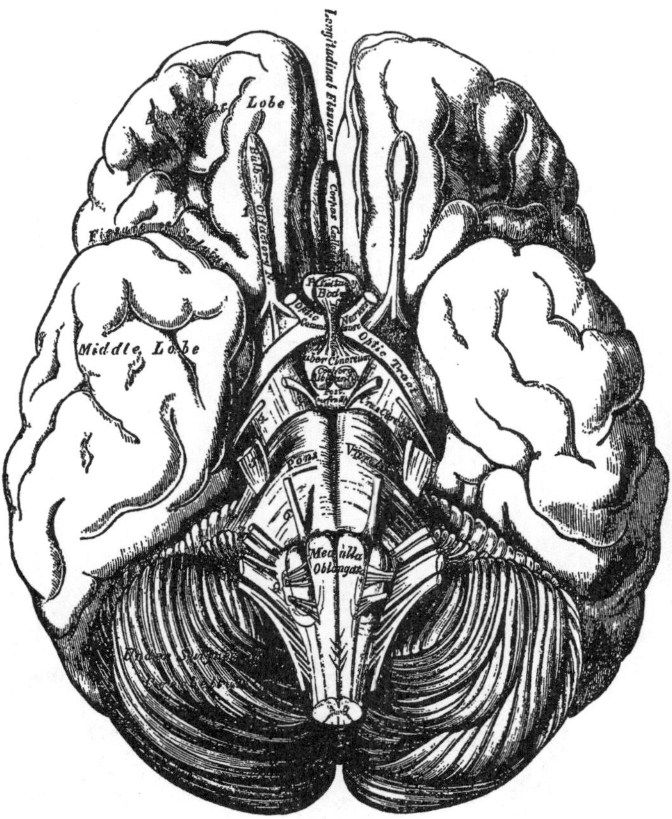
Longitudinal Fissure
Lobe
Bulb
Olfactory N.
Corpus Callosum
Middle Lobe
Optic Tract
Tuber Cinereum
Pons
Medulla
Oblongata

À CELLE
QUI A RENDU MA VIE
DIGNE D'ÊTRE VÉCUE

TABLE DES

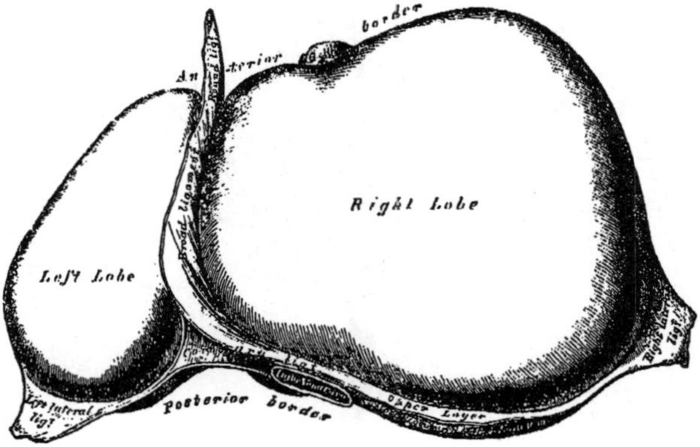

MATIÈRES

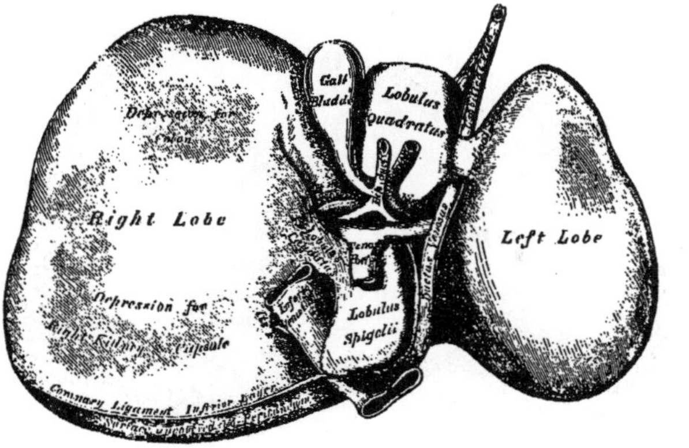

ILLUSTRATIONS

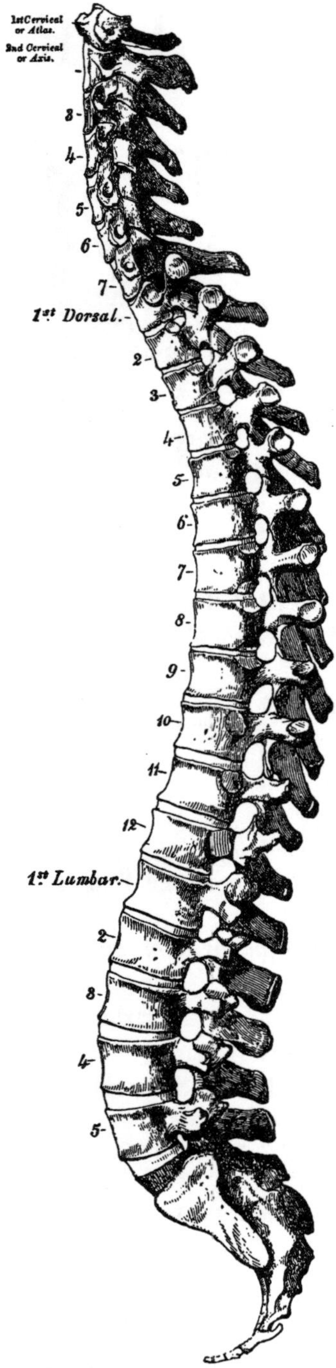
1st Cervical or Atlas.
2nd Cervical or Axis.
3
4
5
6
7
1st Dorsal.
2
3
4
5
6
7
8
9
10
11
12
1st Lumbar.
2
3
4
5

1
Ma création

Comme la plupart des employés de ferme de cette époque, ma mère se méfiait des banques. Quand la mort approcha, elle me déclara que ses économies d'une vie se trouvaient dans une malle de fer-blanc sous le lit et elle marmonna : « Prends et compte. »

Je le fis, et la somme était plus importante que je ne m'y attendais. Elle dit : « Tâche de *créer* quelque chose de toi avec ça. »

Je lui répondis que je me ferais — que je me *créerais* — médecin, et sa bouche se tordit de la grimace sceptique avec laquelle elle accueillait toutes les idées saugrenues. Un moment après, elle chuchota âprement : « Ne dépense pas un sou pour l'enterrement. Si Scraffles me met dans la fosse commune, qu'il se débrouille en enfer ! Promets-moi que tu garderas tout mon argent pour toi. »

Scraffles était le surnom courant de mon père et d'une maladie qui atteint la volaille mal nourrie. Scraffles paya l'enterrement mais m'annonça : « Je te laisse t'occuper de la pierre. »

Douze années passèrent avant que je pusse offrir un monument convenable, mais alors personne ne se souvint de l'emplacement de la tombe.

À l'université, mes vêtements et mes manières dénonçaient mes origines de valet de ferme, et comme je n'aurais permis à personne d'en ricaner, j'étais d'habitude seul hors des amphithéâtres et des salles d'examen. Au bout du premier trimestre, un professeur me fit venir dans son bureau pour me dire : « Mr McCandless, dans un monde juste je vous aurais prédit un brillant avenir, mais pas dans celui-ci, à moins que vous n'apportiez certains changements à votre personne. Il se peut que vous deveniez un plus grand chirurgien que Hunter, un plus habile obstétricien que Simpson, un meilleur généraliste que Lister, mais si vous n'acquérez pas une touche d'aisance hautaine ou d'humour bon enfant, aucun patient ne vous fera confiance, et les autres médecins vous éviteront. Ne méprisez pas un aspect poli parce qu'un grand nombre de crétins, de snobs et de crapules l'ont. Si vous ne pouvez pas vous offrir une bonne veste chez un bon tailleur, cherchez quelque chose qui vous aille dans le stock confisqué d'un bon prêteur sur gages. La nuit, pliez soigneusement votre pantalon entre deux planches sous votre matelas. Si vous ne pouvez pas changer de linge chaque jour, essayez du moins de mettre à votre chemise un col fraîchement amidonné. Participez aux conversations, aux concerts privés, au milieu des gens que vous vous appliquez à rejoindre — vous découvrirez que ce ne sont pas de mauvais lascars, et vous vous intégrerez peu à peu par imitation instinctive. »

Je lui déclarai que j'avais juste assez d'argent pour payer mes droits d'inscription, mes livres, mes instruments et ma nourriture.

« Je *savais* que c'était là votre problème ! » s'écria-t-il triomphalement. « Mais le conseil d'université dispose de legs pour des cas méritants comme le vôtre. La plupart des bourses sont accordées à des étudiants en théologie mais pourquoi la science serait-elle exclue ? Je pense que nous pouvons nous arranger pour vous donner au moins le prix d'un costume neuf, si vous nous sollicitez de la bonne façon et si j'en dis un mot. Qu'en pensez-vous ? Est-ce que nous tentons la chose ? »

S'il avait dit : « Je pense que vous avez droit à une bourse, voici comment s'y prendre, et je serai votre recommandation » — s'il avait dit cela, j'aurais pu lui en être reconnaissant ; mais il était renversé dans son fauteuil, les mains croisées sur son gilet renflé, levant vers moi (car je n'avais pas été invité à m'asseoir) un regard minaudier, avec un sourire tellement béat et suffisant que je crispais mes poings dans mes poches pour m'empêcher de le frapper en pleine mâchoire. Au lieu de quoi je lui dis que je venais d'un coin du Galloway où les gens n'aimaient pas demander la charité ; mais que, puisqu'il avait une haute opinion de mes talents, nous pourrions nous arranger pour en profiter tous deux. Je lui suggérai de me prêter une centaine de livres, que je lui rembourserais avec sept et demi pour cent d'intérêt, avant ma cinquième année de généraliste ou ma troisième année de consultant, quand j'aurais pu réunir le magot initial plus une vingtaine de livres. Il resta bouche bée, et j'ajoutai vivement : « Naturellement, il se peut que je sois insolvable si je rate mes examens, ou si on me raye rapidement de l'ordre, mais je pense néanmoins que c'est un investissement sûr. Qu'en pensez-vous ? Est-ce que nous tentons la chose ?

— Vous plaisantez ? » murmura-t-il en me regardant droit dans les yeux, et en esquissant un sourire convulsif qu'il voulait me voir imiter. Mais j'étais trop furieux pour m'associer à sa grimace ; je haussai les épaules, lui dis au revoir, et m'en allai.

Il y eut peut-être un rapport entre cet entretien et une enveloppe adressée par une main inconnue qui m'arriva par la poste une semaine plus tard. Elle contenait un billet de cinq livres, dont je consacrai la plus grande partie à l'achat d'un microscope d'occasion, et le reste à des chemises et des cols. Je pus alors me vêtir moins comme un laboureur, et davantage comme un libraire indigent. Les autres étudiants estimèrent sans doute que c'était un progrès, car ils se mirent à me saluer chaleureusement, et à me raconter les ragots du moment, quoique je n'en eusse aucun à leur fournir. Godwin Baxter était le seul à qui je m'adressais comme à un égal, parce que (comme je le crois encore) nous étions les deux éléments les plus intelligents et les moins sociables de la faculté de médecine de Glasgow.

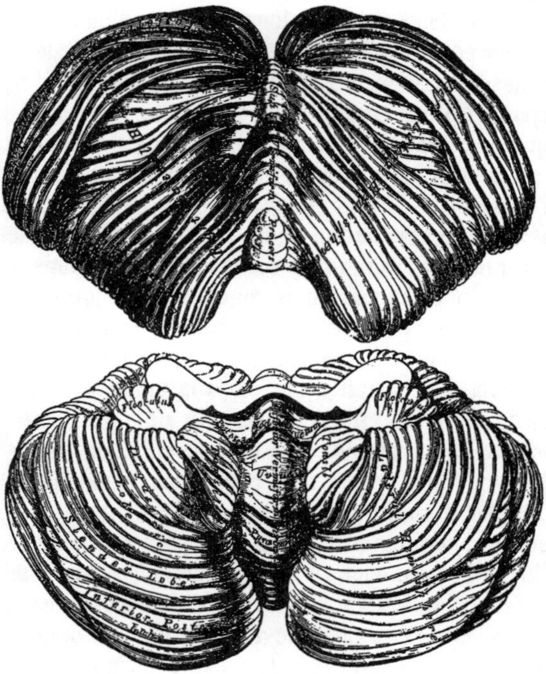

2
La création de Godwin Baxter

Je le connaissais de vue depuis trois trimestres avant que nous n'échangions un mot.

On avait installé un coin de travail indépendant au fond de la salle de dissection en ôtant une porte d'un placard et en mettant un banc. Baxter avait l'habitude de s'y asseoir pour préparer et examiner des coupes anatomiques, et là, son gros visage, son corps trapu et ses membres épais lui donnaient l'air d'un nain. Parfois il se précipitait pour rafler le bocal de désinfectant où les cervelles étaient entassées comme des choux-fleurs, et alors on s'apercevait qu'il dépassait d'une tête la plupart des autres ; sinon il se tenait autant que possible loin d'eux, et semblait désespérément timide. Malgré sa taille d'ogre, il avait les yeux larges et prometteurs, le nez retroussé et les lèvres boudeuses d'un enfant anxieux, avec toutefois un front strié de trois rides profondes et permanentes. Le matin, ses rudes cheveux bruns étaient huilés et aplatis de part et d'autre d'une raie centrale, mais, au cours de la journée, des épis se hérissaient peu à peu derrière ses oreilles, de sorte qu'au milieu de l'après-midi il avait le crâne hirsute comme le pelage d'un ours. Ses vêtements étaient tranquillement à la mode, magnifiquement taillés dans un tissu gris coûteux, afin de faire paraître aussi conventionnelle que possible son étrange silhouette, mais je pensais qu'il aurait eu l'air plus naturel dans les pantalons flottants et le grand turban d'un Turc de pantomime.

C'était le fils unique de Colin Baxter, premier médecin à avoir été anobli par la reine Victoria. Le portrait de sir Colin était accroché à côté de celui de John Hunter dans notre salle d'examen : un homme au visage osseux, aux lèvres minces, rasé de près, qui ne ressemblait en rien à son fils. « Le manque d'intérêt de sir Colin

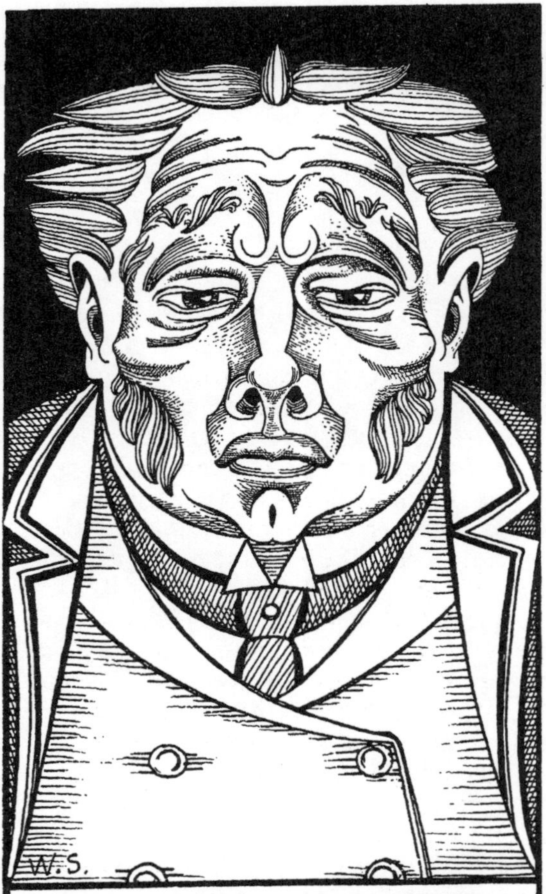
W.S.
GODWIN BAXTER

pour la beauté féminine était légendaire, me dit un persifleur, mais son rejeton prouve qu'il avait un goût particulier pour la laideur féminine. » On disait que le père de Godwin l'avait eu sur le tard d'une domestique, mais (contrairement à mon père) il lui avait donné son nom, une éducation privée et une petite fortune. On ne savait rien de précis sur sa mère. Certains prétendaient qu'elle se trouvait dans un asile d'aliénés, d'autres que sir Colin l'avait gardée comme femme de chambre en robe noire, tablier et bonnet blancs, passant en silence les plats à la table des dîners qu'il offrait à ses collègues et à leurs épouses. Ce grand chirurgien mourut un an avant que son fils s'inscrive à l'université. Godwin était un étudiant brillant, mais comme à l'hôpital son aspect et sa voix étranges effrayaient les malades et choquaient l'équipe, il renonça à passer son diplôme et se contenta d'être assistant de recherche. Personne n'était au courant de ses recherches, ou ne s'y intéressait vraiment. On lui permettait d'aller et venir à sa guise parce qu'il payait régulièrement ses droits d'inscription, qu'il n'incommodait personne, et qu'il avait un père célèbre. La plupart pensaient que c'était un amateur en sciences, mais j'entendis également dire qu'il apportait une aide bénévole à une clinique dépendant d'une fonderie de l'East End, et qu'il traitait étonnamment bien les membres brûlés et les vertèbres fracturées.

Lors de ma deuxième année, j'assistai à un débat public sur un thème qui m'intéressait, même s'il n'était pas nouveau : est-ce que la vie évolue surtout par petits changements progressifs, ou par de grandes catastrophes ? À cette époque, ce thème était censé être religieux autant que scientifique, de sorte que les principaux orateurs oscillaient entre une solennité fanatique et une familiarité facétieuse, et changeaient de base à leurs arguments chaque fois que cela pouvait leur donner un léger avantage sur leurs contradicteurs. Du parterre de la salle, j'avançai quelques faits sur lesquels nous pouvions tous être d'accord, et bâtir une structure d'idées nouvelles. Je choisis soigneusement mes mots, et fus d'abord écouté en silence ; puis un murmure général s'enfla jusqu'à des éclats de rire. Le lendemain, une connaissance me déclara : « Je suis navré que nous ayons ri, McCandless, mais vous entendre citer tranquillement Comte, Huxley et Haeckel dans votre gros dialecte frontalier était comme entendre la reine ouvrir la session parlementaire avec la voix d'une poissarde cockney. »

Je ne comprenais pas ce qui amusait si fort les gens dans mes propos, et je jetai un rapide regard sur mon habit pour voir s'il n'était pas déboutonné. Le rire devenait assourdissant. Toutefois j'achevai ce que j'avais à dire, puis me levai et sortis en traversant un public qui non seulement s'esclaffait mais tapait des mains et des pieds. Au moment où j'atteignais la porte, un bruit perçant m'arrêta net et imposa le silence à tout le monde. Godwin Baxter intervenait de la galerie. Dans un gémissement strident (pourtant chaque mot était distinct), il démontra que tous les orateurs à l'estrade avaient employé des arguments qui démolissaient justement ce qu'ils voulaient prouver. Il finit en déclarant : « Et ceux qui sont montés sur l'estrade sont des éléments choisis ! La réponse aux arguments sensés du dernier intervenant montre le niveau mental de la masse.

— Merci, Godwin », dis-je. Et je m'en allai.

Une quinzaine de jours plus tard, je faisais une promenade du dimanche le long du Cathkin Braes, lorsque que je vis surgir du côté de Cambuslang ce qui semblait être un enfant de deux ans avec un tout petit chien. Comme il s'approchait, je reconnus Baxter accompagné d'un énorme terre-neuve. Nous nous arrêtâmes pour échanger quelques mots, découvrîmes que nous aimions tous deux les longues marches, et, sans le décider formellement, nous descendîmes côte à côte vers la rivière, pour revenir à Glasgow par le tranquille sentier sur la rive de Rutherglen. Le jour précédent, nous avions été les seuls membres de la faculté de médecine à assister à une conférence de Clerk Maxwell, et nous avions trouvé étrange que des étudiants destinés à diagnostiquer les maladies des yeux ne fussent en rien intéressés par la nature physique de la lumière. Godwin déclara :

« La médecine est autant un art qu'une science, mais notre science doit avoir des bases aussi solides que possible. Clerk Maxwell et sir William Thomson sont en train de découvrir le mécanisme vivant qui illumine notre cerveau et parcourt nos nerfs. La faculté de médecine surestime l'anatomie pathologique.

— Mais vous passez vos journées dans la salle de dissection !

— Je perfectionne certaines techniques de sir Colin.

— Sir Colin ?

— Mon célèbre géniteur.

— Vous ne l'appelez jamais père ?

— Je ne l'ai jamais entendu appeler que sir Colin. L'anatomie pathologique est essentielle pour s'exercer et pour faire des recherches, mais elle conduit trop de médecins à estimer que la vie est une agitation de quelque chose de fondamentalement mort. Ils traitent leurs patients comme si les esprits, comme si les *vies*, ne comptaient pour rien. L'attitude doucereuse que nous adoptons au chevet des malades n'est guère plus qu'un piètre anesthésique pour les rendre aussi passifs que les cadavres sur lesquels nous nous entraînons. Mais un portraitiste n'apprend pas son art en décapant le vernis d'un Rembrandt, en grattant la pâte, en dissolvant l'enduit, et en séparant finalement les fibres de la toile.

— J'admets, dis-je, que la médecine est autant un art qu'une science. Mais, n'est-ce pas, c'est dans la quatrième année que nous en venons à l'art, lorsque nous travaillons dans les hôpitaux ?

— Bêtise ! fit brutalement Godwin. Les hôpitaux publics sont des endroits où les médecins apprennent à soutirer de l'argent aux riches en s'exerçant sur les pauvres. C'est pourquoi les pauvres les redoutent et les détestent, et pourquoi ceux qui ont un bon revenu se font opérer chez eux. Sir Colin n'avait rien à faire avec les hôpitaux. Il opérait dans ses propres maisons, en ville l'hiver, à la campagne l'été. Je l'ai souvent assisté. C'était un véritable artiste ; il faisait bouillir ses instruments et stérilisait sa salle à une époque où les administrations hospitalières ignoraient l'asepsie ou la dénonçaient comme une supercherie. Aucun chirurgien n'osait admettre en public que les scalpels dégoûtants et les blouses couvertes de croûtes de sang tuaient chaque année des vingtaines de malades, alors tout le monde continuait de les utiliser. Cela a rendu fou le pauvre Semmelweis ; il s'est suicidé pour ne pas avoir réussi à répandre la vérité. Sir Colin était plus réservé que Semmelweis. Il a gardé pour lui ses découvertes non orthodoxes.

— N'oubliez pas, s'il vous plaît, déclarai-je, que nos hôpitaux ont fait des progrès depuis.

— En effet... grâce aux infirmières. Nos infirmières sont maintenant les plus authentiques praticiens de l'art de guérir. Si soudain tous les médecins et chirurgiens écossais, gallois et anglais tombaient raides morts, les infirmières suffiraient à guérir quatre-vingts pour cent des malades admis dans nos hôpitaux. »

Nos promenades du dimanche devinrent une habitude, mais nous nous ignorions dans la salle de dissection, et évitions de nous montrer ensemble dans les endroits fréquentés. Nous répugnions tous deux à être dévisagés par les autres, d'autant plus pour moi qu'un compagnon de Baxter devenait aisément un objet de curiosité. Cependant nous étions souvent tranquilles. Parfois je ne pouvais m'empêcher de grimacer au bruit de sa voix. Alors il souriait et devenait taciturne. Une demi-heure pouvait passer avant que je puisse l'inciter à parler de nouveau, mais j'y parvenais toujours. Sa voix était rebutante, mais ses propos étaient d'un vif intérêt. Un jour, j'enfonçai des boules de coton dans mes oreilles avant de le retrouver, et je découvris que je pouvais ainsi l'entendre sans guère de gêne. J'appris son étrange éducation par un après-midi d'automne, alors que nous nous étions presque perdus à travers bois dans un réseau de petits sentiers entre Campsie et Torrance.

J'avais abordé le sujet en parlant de ma propre enfance. Il dit alors avec un soupir :

« Je suis venu au monde grâce aux relations de sir Colin avec une infirmière, bien des années avant que Miss Nightingale n'ait fait des infirmières le bon côté de la médecine britannique. À cette époque, un chirurgien consciencieux devait former sa propre équipe d'infirmières. Sir Colin en a formé une pour être son anesthésiste, et a travaillé si étroitement avec elle qu'ils sont parvenus à me fabriquer, juste avant qu'elle ne meure. Je n'ai aucun souvenir d'elle. Sir Colin ne m'en a parlé que lorsque j'ai été adolescent ; il m'a dit alors que c'était la femme la plus intelligente et la plus réceptive qu'il ait connue. C'est ce qui a dû l'attirer ; car il ne s'intéressait pas à la beauté féminine. Il s'intéressait très peu aux *gens*, excepté comme cas chirurgicaux. Comme j'étais éduqué à la maison, que je ne voyais aucune autre famille, que je ne jouais jamais avec d'autres enfants, ce n'est qu'à douze ans que j'ai su exactement ce qu'était le rôle d'une mère. Je savais la différence entre les médecins et les infirmières, et je pensais que les mères étaient des infirmières d'une catégorie inférieure qui s'occupaient des petits. Je pensais que je n'en avais pas eu besoin parce que j'avais été grand dès le début.

— Mais vous aviez sûrement lu le chapitre de la procréation dans la Genèse ?

— Non. Sir Colin faisait seul mon enseignement, voyez-vous, et il ne m'enseignait que ce qui l'intéressait. C'était un strict rationaliste. La poésie, la fiction, l'histoire, la philosophie et la Bible lui paraissaient des absurdités, " des inepties sans preuves ", disait-il.

— Que vous enseignait-il ?

— Les mathématiques, l'anatomie et la chimie. Chaque matin et chaque soir, il prenait ma température et mon pouls, et prélevait des échantillons de mon sang et de mon urine pour les analyser. Dès six ans, je faisais ces choses-là moi-même. À cause d'un déséquilibre chimique, mon système a besoin de doses alternées d'iode et de sucre. Je dois contrôler leur effet avec une grande exactitude.

— Mais vous ne lui avez jamais demandé d'où vous veniez ?

— Si, et il m'a répondu en sortant des diagrammes, des modèles, des écorchés, et en me faisant un nouveau cours sur la façon dont j'étais fait. Ces cours me plaisaient. Ils m'apprenaient à admirer mon organisation interne. Cela m'a permis de continuer à me respecter lorsque je me suis aperçu de ce que les gens pensaient de mon aspect extérieur.

— Une triste enfance... pire que la mienne.

— Je ne suis pas d'accord. Personne n'était cruel avec moi et j'ai obtenu toute la chaleur et toute l'affection animales dont j'avais besoin des chiens de sir Colin. Il en avait toujours plusieurs.

— J'ai découvert la procréation en observant les coqs et les poules. Est-ce que les chiens de votre père ne copulaient jamais ?

— C'étaient des chiens... pas des chiennes. Sir Colin a attendu mon adolescence pour m'apprendre exactement en quoi et pourquoi les corps d'un homme et d'une femme sont différents. Comme d'habitude, il me l'a appris à l'aide de diagrammes, de modèles et d'écorchés, mais il a déclaré qu'il organiserait une expérience pratique avec un spécimen vivant et sain si la curiosité m'y poussait. La curiosité ne m'y poussait pas.

— Pardonnez-moi de vous le demander, mais... les chiens de votre père... est-ce qu'il pratiquait la vivisection ?

— Oui », répondit Baxter.

Et il pâlit légèrement.

« Et vous ? » poursuivis-je.

Il s'arrêta, et me présenta son énorme visage enfantin et boudeur, qui, d'une certaine manière, me donna l'impression d'être moi-même un enfant encore plus petit. Sa voix devint si métallique et perçante que, malgré mes boules de coton, je craignis des dommages pour mes tympans. Il déclara :

« *Je n'ai jamais de ma vie tué ou blessé une créature vivante, et sir Colin non plus.*

— J'espérais que vous diriez cela », fis-je.

Il resta silencieux durant le reste de notre promenade.

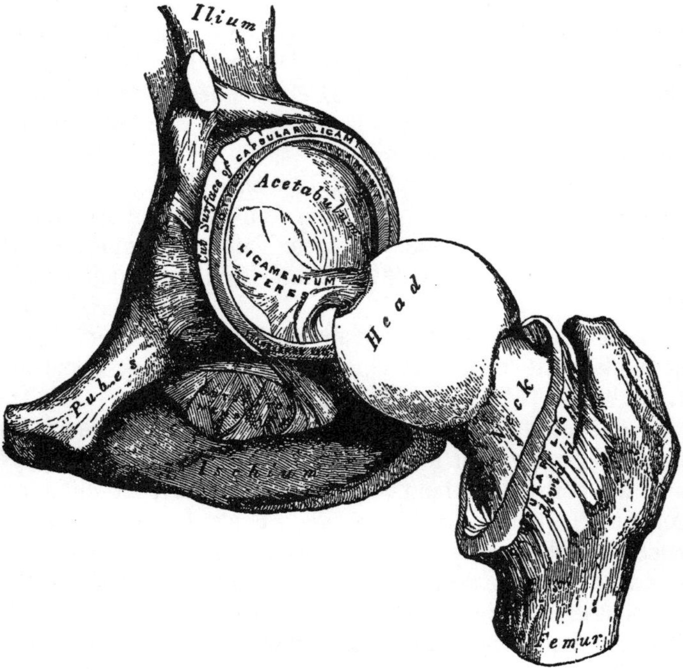

3
La dispute

Un jour, je l'interrogeai sur la nature exacte de ses recherches.
« Je perfectionne les techniques de sir Colin.

— Vous me l'avez déjà dit, Baxter, mais ce n'est pas une réponse satisfaisante. Pourquoi perfectionner des techniques démodées ? Votre célèbre père était un grand chirurgien, mais la médecine a énormément progressé depuis sa mort. Dans les dix dernières années, nous avons découvert des choses qu'il aurait pensées incroyables... les microbes et les phagocytes, le diagnostic et l'extraction des tumeurs cérébrales, le traitement des perforations ulcéreuses.

— Sir Colin a découvert mieux que cela.

— Et quoi donc ?

— Eh bien, fit Baxter d'une voix lente, comme malgré lui, il a découvert comment arrêter la vie d'un corps sans y mettre fin, comment bloquer l'influx nerveux, suspendre complètement la respiration, la circulation et la digestion, sans compromettre la vitalité cellulaire.

— Très intéressant, Baxter. À quoi cela sert-il, du point de vue médical ?

— Oh, cela sert à quelque chose ! dit-il avec un sourire qui m'ennuya beaucoup.

— Je déteste les mystères, Baxter ! lui déclarai-je. Surtout ces mystères artificiels qui sont toujours des supercheries. Savez-vous ce que les étudiants de mon année pensent de vous ? Ils pensent que vous être un fou inoffensif et insignifiant qui tripote les cervelles et les microscopes pour faire l'important. »

Mon pauvre ami s'arrêta net et me regarda d'un air pantois. Je lui rendis un regard glacial. D'une voix tremblante, il me demanda si j'avais la même opinion de lui.

« Si vous ne répondez pas franchement à ma question, dis-je, quelle autre opinion puis-je avoir ?

— Eh bien, fit-il en soupirant, venez chez moi et je vous montrerai quelque chose. »

Cela me plut. Il ne m'avait jamais encore invité chez lui.

C'était une maison haute et sinistre de Park Circus où, dans le vestibule, nous fûmes bruyamment accueillis, lui, son terre-neuve, et moi, par deux saint-bernard, un berger allemand et un lévrier afghan. Au milieu de leur tumulte, il me conduisit directement à l'entresol, puis, de là, dans un étroit jardin entouré de hauts murs. Près de la maison se trouvait une partie pavée avec un pigeonnier de bois, puis venaient un brin de potager et une petite pelouse bordée d'une clôture basse. Il y avait des clapiers sur la pelouse que broutaient quelques lapins. Baxter franchit la clôture et m'invita à en faire autant. Les lapins étaient parfaitement apprivoisés.

« Examinez ces deux-là, me dit Baxter, et dites-moi ce que vous en pensez. »

Il en souleva un, me le tendit, puis prit délicatement l'autre, le caressa doucement de sa manche, en attendant que je l'examine également.

La plus évidente bizarrerie dans le premier était la couleur de sa fourrure : parfaitement noire du museau à la taille, parfaitement blanche de la taille à la queue, comme si les deux parties avaient été soigneusement cousues au milieu. Dans la nature, une pareille séparation rectiligne ne se présente que dans les cristaux et les basaltes — l'horizon marin peut paraître rectiligne par temps clair, mais en fait il est incurvé. Cependant je supposai ce que n'importe qui aurait supposé — à savoir, que ce lapin était un monstre naturel. Si c'était le cas, l'autre lapin était un monstre d'un genre exactement opposé : blanc jusqu'à une ligne *aussi nette et précise que si elle avait été coupée par le scalpel d'un chirurgien*, puis noir jusqu'à la queue. Aucun procédé de sélection naturelle ne pouvait avoir produit ces mélanges de couleurs à la fois semblables et opposés, et je me mis donc à les examiner de nouveau du bout du doigt, en sentant Baxter poser sur moi le regard froid, attentif, curieux que j'accordais de mon côté à ses lapins. L'un avait des organes génitaux mâles avec des tétins de femelle, l'autre des organes génitaux femelles avec des tétins presque invisibles. Sous la fourrure, là où elle changeait de couleur, je sentis sur l'un et l'autre corps une strie à peine perceptible. Ces petites bêtes étaient le produit de l'art, non de la nature. Celle que j'avais en main me parut soudain terriblement précieuse. Je la posai délicatement sur l'herbe et regardai Baxter avec effroi, admiration et une sorte de pitié. Il est difficile de ne pas éprouver de pitié envers ceux que leurs pouvoirs séparent des autres, sauf (bien entendu) si ce sont des dirigeants qui accomplissent leurs forfaits habituels. Je crois que j'avais les larmes aux yeux en demandant à Baxter :

« Comment avez-vous fait cela ?

— Je n'ai rien fait de merveilleux, répondit-il lugubrement, en posant l'autre lapin par terre. En réalité, j'ai fait quelque chose d'assez misérable. Mopsy et Flopsy étaient deux heureux petits lapins ordinaires avant qu'un jour je les endorme et qu'ils se réveillent sous cette forme. Ils ne s'intéressent plus à la procréation, activité qu'ils appréciaient fort autrefois. Mais demain je les remettrai exactement dans l'état où ils étaient auparavant.

— Mais, Baxter, que ne peuvent *pas* faire vos mains si elles peuvent faire cela ?

— Oh, je pourrais remplacer les cœurs malades des riches par les cœurs sains des pauvres, et gagner beaucoup d'argent. Mais j'ai tout l'argent dont j'ai besoin, et ce serait mal d'induire les millionnaires à une pareille tentation.

— Vous en parlez comme d'un meurtre, Baxter, mais les cadavres de notre salle de dissection sont les résultats d'accidents ou de maladies mortelles. Si vous pouvez employer leurs membres et leurs organes intacts pour arranger des corps vivants, vous serez un plus grand sauveur que Pasteur et Lister... et les chirurgiens feront partout de la science pathologique un art de vie !

— Si les praticiens voulaient sauver des vies, déclara Baxter, au lieu d'en tirer de l'argent, ils s'uniraient pour prévenir les maladies, ils ne resteraient pas dans leur coin pour les traiter. La cause de la plupart des maladies est connue depuis le VIe siècle av. J.-C., quand les Grecs ont fait de l'Hygiène une déesse. Le soleil, la propreté et l'exercice, McCandless ! De l'air pur, de l'eau fraîche, une bonne nourriture, des maisons spacieuses et bien tenues pour tout le monde, et le bannissement total par le gouvernement de tous les travaux qui empoisonnent et empêchent tout cela.

— Impossible, Baxter. La Grande-Bretagne est devenue l'atelier industriel du monde. Si une législation sociale entrave le profit de l'industrie britannique, l'Allemagne et l'Amérique nous chiperont le marché mondial, et des milliers de gens mourront de faim. En Grande-Bretagne, près d'un tiers de la nourriture est importée.

— Justement ! Tant que nous garderons la suprématie du marché mondial, la médecine servira de masque charitable sur le visage d'une impitoyable ploutocratie. Je maintiens ce masque lorsque je fais un travail volontaire dans ma clinique de l'East End. Transplanter un simple abdomen nécessiterait une opération de trente-trois heures. Avant cela, il me faudrait au moins une quinzaine de jours pour trouver et préparer un corps compatible avec celui de mon malade. Dans l'intervalle, plusieurs de mes malades pauvres peuvent mourir, ou souffrir encore davantage par manque de chirurgie traditionnelle.

— Alors pourquoi passer du temps à perfectionner les techniques de votre père ?

— Pour une raison personnelle que je refuse de vous révéler, McCandless. Je sais que ce n'est pas la réponse franche d'un ami, mais je m'aperçois maintenant que vous n'avez jamais été mon ami, que vous avez toléré la compagnie d'un fou inoffensif et insignifiant pour la seule raison que les étudiants bien vêtus n'ont pas toléré la vôtre. Mais n'ayez pas peur de l'avenir, McCandless, vous êtes un homme intelligent ! Pas brillant, peut-être, mais pondéré et sans surprise, ce que les gens préfèrent. Dans quelques années, vous serez un bon interne en chirurgie. Toutes vos faims seront assouvies : richesse, respect, amis, et épouse distinguée. »

Tout en parlant, nous étions rentrés dans la maison et nous étions remontés dans le sombre vestibule où les cinq chiens étaient étendus sur le tapis persan. Flairant l'hostilité de leur maître à mon égard, ils avaient dressé leurs oreilles et pointé leur museau vers moi, avec des gueules tendues comme des visages de sphinx. Alors je sentis plus que je n'aperçus la présence d'une tête en bonnet blanc qui se penchait à la rampe d'un palier de l'escalier, sans doute celle d'une femme de chambre ou d'une gouvernante.

« Baxter, m'empressai-je de chuchoter. J'étais maboule de vous dire ces choses-là. Je vous assure que je n'avais pas l'intention de vous blesser.

— Je ne suis pas d'accord. Vous aviez l'intention de me blesser, et vous avez réussi au-delà de votre intention. Adieu. »

Et il ouvrit la porte d'entrée. Le désespoir m'envahit.

« Godwin, fis-je, puisque vous n'avez pas le temps de répandre les découvertes de votre père et vos perfectionnements, prêtez-moi vos notes ! Les faire connaître sera l'œuvre de ma vie ! Je vous attribuerai *tout*.... *tout*, sans jamais empiéter sur votre temps précieux. Et quand le tollé public aura lieu... car il y aura une énorme controverse... je vous défendrai, je serai votre bouledogue, exactement comme Huxley a été le bouledogue de Darwin ! McCandless sera le bouledogue de Baxter.

— Au revoir, McCandless », répéta-t-il, inflexible.

Les chiens se mirent à grogner, de sorte que je ne pus que le laisser me pousser sur le seuil, où j'argumentai :

« Permettez-moi au *moins* de vous serrer la main, Godwin !

— Pourquoi pas ? » fit-il en me la tendant.

Nous ne nous étions encore jamais serré la main, et je n'avais jamais regardé de près les siennes, sans doute parce qu'elles étaient toujours à moitié enfouies dans ses manchettes lorsqu'il avait de la compagnie. La main que je tentai de saisir n'était pas tant carrée que cubique, elle était presque aussi épaisse que large, avec des premières phalanges énormes à partir desquelles les doigts s'effilaient coniquement jusqu'à de minuscules ongles roses de bébé. Un frisson glacial me parcourut — je me sentis incapable de toucher une main pareille. Je me contentai de m'incliner sans un mot, et il sourit brusquement comme il l'avait déjà fait lorsque j'avais grimacé au son de sa voix. Puis il haussa les épaules, et me claqua la porte au nez.

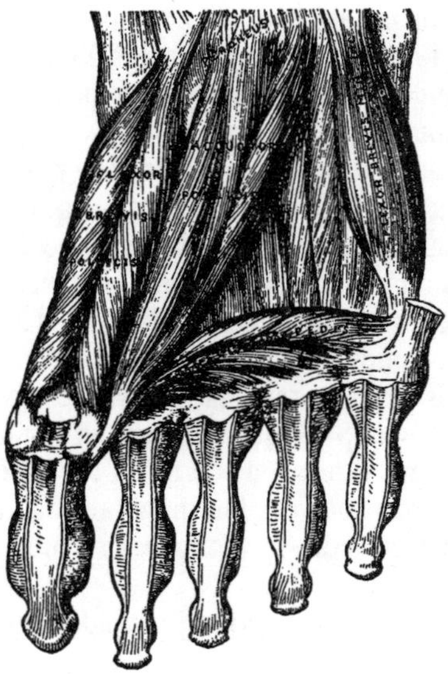

4

Une fascinante inconnue

Vinrent alors les mois les plus solitaires que j'eusse connus. Baxter ne se montrait plus à l'université. On ôta la planche de son ancien coin de travail, et elle redevint porte de placard. J'allais au moins tous les quinze jours rôder près de sa maison de Park Circus, mais je ne voyais jamais personne y entrer ou en sortir, et je n'avais pas le courage de frapper à la porte. Pourtant les vitres propres aux volets ouverts prouvaient qu'elle était occupée, et j'aurais dû me dire que lorsqu'il n'était pas avec un visiteur, il préférait sans doute utiliser la porte de service, donnant sur le jardin. Si sa compagnie me manquait, ce n'était pas par intérêt, car je ne pensais plus que c'était un faiseur de miracles scientifiques. Mes études me montraient que nous ne pouvions même pas greffer la tête d'un ver ou d'une chenille sur le corps d'un autre. C'était vingt ans avant que Jannsky n'identifie les principaux groupes sanguins, et nous ne pouvions même pas transfuser du sang. J'attribuais mon expérience avec les lapins à une hallucination basée sur une coïncidence naturelle et provoquée par quelque chose d'hypnotique dans la voix de Baxter, cependant, en fin de semaine, je suivais de nouveau les sentiers à travers landes et bois où nous nous étions promenés ensemble, parce qu'ils me rappelaient nos anciennes conversations. Et, bien entendu, j'espérais l'y rencontrer.

Par un samedi froid et radieux, alors que l'hiver tournait au printemps, je remontai Sauchiehall Street, et j'entendis ce qui me parut les grincements d'une roue de métal sur l'arête d'un trottoir. Peu après je reconnus une voix familière lançant :

« Bouledogue McCandless ! Comment va mon bouledogue par ce temps ?

— Beaucoup mieux depuis que j'entends votre horrible voix, Baxter, répondis-je. N'avez-vous jamais songé à remplacer votre larynx ? Les cordes vocales d'un mouton résonnent plus mélodieusement que les vôtres. »

Et il marcha à côté de moi du pas clopinant qui l'entraînait aussi vite que mes grandes enjambées. Il avait glissé sa canne sous son bras comme une badine d'officier, il portait renversé sur sa nuque un haut-de-forme à bords retournés, il tenait haut le menton, et son sourire épanoui montrait qu'il se moquait complètement des regards des passants. Avec une pointe d'envie, je lui dis :

« Vous avez l'air heureux, Baxter.

— Oui, McCandless ! Je jouis à présent d'une compagnie bien plus flatteuse que celle que vous pouvez offrir... celle d'une très belle femme, McCandless, qui doit sa vie à mes doigts... à ces petits doigts malinieux ! »

Il les agita en l'air comme s'il jouait sur un clavier. J'étais jaloux.

« De quoi l'avez-vous guérie ? demandai-je.

— De la mort.

— Vous voulez dire que vous l'avez *sauvée* de la mort ?

— En partie, oui, mais la plus grande partie est une résurrection habilement manipulée.

— Vous dites n'importe quoi, Baxter.

— Alors venez la rencontrer... une opinion extérieure sera la bienvenue. Physiquement, elle est parfaite, mais son esprit est encore en formation, oui, son esprit a encore à faire de merveilleuses découvertes. Elle sait seulement ce qu'elle a appris durant les dix dernières semaines, mais vous la trouverez plus intéressante que Mopsy et Flopsy réunis.

— Ainsi, votre patiente est amnésique ?

— C'est ce que je dis aux gens mais n'en croyez rien ! Vous jugerez par vous-même. »

Et les seules précisions qu'il apporta avant que nous n'arrivions à Park Circus furent que sa patiente s'appelait Bell, diminutif de Bella, et qu'il y avait beaucoup de remue-ménage autour d'elle parce qu'il voulait qu'elle vît, entendît et touchât le plus de choses possibles.

Lorsque Baxter ouvrit la porte d'entrée, je crus entendre jouer au piano *Les Belles Rives du Loch Lomond* si fort et si vite que l'air en prenait un caractère joyeux et sauvage. Il me conduisit dans un salon où je vis que la musique était produite par une femme assise devant un Pianola. Elle nous tournait le dos ; ses jambes actionnaient les pédales du cylindre avec une vigueur qui montrait que cet exercice l'amusait autant que la musique. Elle agitait ses bras comme des ailes de mouette, sans considération pour le rythme. Elle était tellement absorbée qu'elle ne nous remarqua pas. J'eus ainsi le temps d'examiner la pièce.

Elle avait de grandes fenêtres donnant sur le Circus, et un feu ardent brûlait dans une cheminée de marbre. Les gros chiens somnolaient sur une carpette, les museaux posés sur les flancs les uns des autres. Trois chats étaient assis aussi à l'écart que possible sur les plus hautes chaises, chacun faisant semblant de ne pas voir les autres mais tous se crispant au moindre mouvement de l'un d'eux. Par une porte ouverte à deux battants, je vis une pièce donnant sur le jardin, où une dame âgée était installée près du feu à tricoter tranquillement, un petit garçon jouait aux cubes à ses pieds, et deux lapins sirotaient du lait dans une soucoupe. Baxter murmura que la dame et l'enfant étaient la gouvernante et son petit-fils. Un lapin était complètement noir, l'autre complètement blanc, mais je décidai de ne pas en tirer de conclusion extravagante. Ce qui rendait étrange l'endroit, c'était une multitude de choses sur les tapis, les tables, les buffets et les sièges : un télescope sur un trépied, une lanterne magique dirigée vers un écran déployé, des globes terrestre et céleste d'un mètre de diamètre, un puzzle à moitié reconstitué représentant les îles Britanniques, une maison de poupée entièrement meublée dont la façade ouverte exposait tous les petits personnages, depuis la mince femme de chambre époussetant au premier étage jusqu'à la grosse cuisinière étalant de la pâte à l'entresol, une ferme miniature avec des dizaines de petits animaux délicatement sculptés et peints, une brillante bande d'oiseaux-mouches empaillés posés sur un perchoir d'argent orné, comme un buisson, de feuilles et de fruits en verre de couleur, un xylophone, une harpe, des timbales, un squelette humain en pied et des récipients de verre où marinaient des membres et des organes internes. Ces spécimens provenaient probablement de l'ancienne collection de sir Colin, mais leur caractère moisi et morbide était contredit par le voisinage de vases de jonquilles, de pots de jacinthes, et d'un grand bocal de cristal où de minuscules poissons tropicaux semblables à de petits joyaux zigzaguaient entre des poissons rouges plus gros et plus calmes. Plusieurs livres étaient ouverts sur des illustrations éclatantes. Je remarquai une Madone à l'Enfant, « Burns se penchant sur une souris des champs », « Le *Combattant téméraire* remorqué à son dernier ancrage » et « Kobolds découvrant le squelette d'un ichtyosaure dans une caverne du Harz ».

La musique s'arrêta. La femme se leva, nous fit face, s'avança d'un pas mal assuré puis s'arrêta comme pour reprendre son équilibre. Sa haute taille, magnifique et épanouie, la situait entre vingt et trente ans, mais, à l'expression de son visage, on lui donnait beaucoup, beaucoup moins. Elle avait les yeux et la bouche grands ouverts, avec une mine qui, chez un adulte, signifiait d'ordinaire la crainte, mais qui chez elle suggérait le pur et intense ravissement de l'attente de quelque chose de plus. Elle portait une robe de velours noir au col et aux poignets de dentelle. Elle parlait posément, avec un accent du Nord de l'Angleterre, et chacune de ses syllabes était aussi douce et nette que si elle était jouée sur une flûte.

« Salle Lut God Win, salle lut homme nouveau. »

Puis elle étendit de tout leur long ses deux bras vers moi et les garda ainsi.

« Tends seulement une main aux hommes nouveaux, Bell », dit gentiment Baxter.

Elle laissa retomber son bras gauche sans faire d'autres mouvements ni modifier son lumineux sourire en attente. Personne ne m'avait jamais regardé de la sorte. J'étais gêné, car cette main offerte était tenue trop haut pour être serrée de façon conventionnelle. Je me surpris à avancer d'un pas, à me dresser sur la pointe des pieds, à saisir les doigts de Bell et à les baiser. Elle eut un petit hoquet, retira lentement sa main, la regarda, et en frotta doucement les doigts avec son pouce, comme pour sentir si mes lèvres y avaient laissé quelque chose. Tout cela en lançant des petits regards étonnés mais heureux à mon visage fasciné, tandis qu'en nous voyant ainsi Baxter rayonnait fièrement comme un pasteur qui présente deux enfants à un pique-nique scolaire du dimanche.

« C'est Mr McCandless, Bell, dit-il.

— Salle lut Mystère Candle, fit-elle, homme nous veau avec cheveux rousse âtre, visage *enterré* sang, cravate bleue, gilet chiffon nez pan talon fait de marron. Veule. Lard ?

— Velours, ma petite, dit Baxter en lui souriant aussi joyeusement qu'elle me souriait.

— Veule Lourd, tissu à côtes, en côte ton, Mystère *Make Candle*.

— Mac Cand *less*, chère Bell.

— *Make Candle less*, faire sans chandelle, mais chère Bell n'a pas de chandelle donc chère Bell est sans chandelle aussi, God Win. S'il vous plaît soyez la nouvelle chandelle de Bell, vous nous veau faiseur de chandelle.

— Tu raisonnes *magnifiquement*, Bell, dit Baxter, mais tu dois encore apprendre que la plupart des mots ne sont pas raisonnables. Oh, Mrs Dinwiddie ! Emmenez Bell et votre petit-fils dans la cuisine et donnez-leur de la limonade et des beignets saupoudrés de sucre. McCandless et moi serons dans le bureau. »

Comme nous montions l'escalier, Baxter me demanda vivement :

« Alors, que pensez-vous de Bella ?

— Triste cas de lésion cérébrale, Baxter. Seuls les idiots et les tout petits enfants parlent comme elle, sont capables d'un bonheur radieux, d'une joie immédiate et d'une franche amitié en rencontrant quelqu'un de nouveau. C'est épouvantable de voir cela chez une ravissante jeune femme. Elle a eu l'air pensif une seule fois, lorsque votre gouvernante l'a éloignée de moi... de nous, veux-je dire.

— Vous l'avez remarqué ? Mais c'est un signe de maturité. Vous avez tort pour la lésion cérébrale. Ses capacités mentales croissent à une énorme vitesse. Il y a six mois, elle avait le cerveau d'un nourrisson.

— Qu'est-ce qui l'a réduite à cet état ?

— Rien ne l'y a réduite, elle en a émergé. C'était un petit cerveau parfaitement sain. »

Sa voix devait en effet avoir des pouvoirs hypnotiques car je compris aussitôt ce qu'il voulait dire, et je le crus. Je m'arrêtai, et m'agrippai à la rampe, j'éprouvais un violent malaise. J'entendis ma voix bredouiller une question au sujet de ce qu'il avait fait des autres morceaux.

« C'est justement ce que je veux vous raconter, McCandless ! » s'écria-t-il en m'entourant d'un bras les épaules pour me soulever jusqu'au sommet de l'escalier.

En ne sentant plus le sol sous mes semelles, j'eus l'impression d'être dans les griffes d'un monstre et je me mis à lancer des coups de pied. Je tentai également de hurler, mais il plaqua sa main sur ma bouche, m'entraîna dans une salle de bains, me tint la tête sous une douche froide, m'emmena dans son bureau, m'installa sur un canapé et me donna une serviette. Je me calmai en m'essuyant, mais je fus à nouveau presque pris de panique lorsqu'il me tendit un gobelet rempli d'une substance visqueuse. Il me dit que c'était une décoction de fruits et de légumes, que cela fortifiait les nerfs, le sang et les muscles sans les exciter, qu'il ne buvait rien d'autre. Je refusai, et il fouilla alors dans les placards, sous les bibliothèques vitrées, jusqu'à dénicher un flacon de porto auquel personne n'avait goûté depuis la mort de son père. En ingurgitant ce sirop couleur de rubis sombre, j'eus soudain le sentiment que Baxter, sa gouvernante, Miss Bell, et moi, oui, et Glasgow, et mon Galloway rural, et toute l'Écosse étaient également improbables et absurdes. Je me mis à rire. Prenant mon hystérie pour un retour au sens commun, il poussa un soupir de soulagement qui ressemblait à un sifflement de vapeur provenant de la pièce d'à côté. Je grimaçai. Il prit du coton dans un tiroir. Je l'enfonçai dans mes oreilles.

Et il me raconta l'histoire suivante.

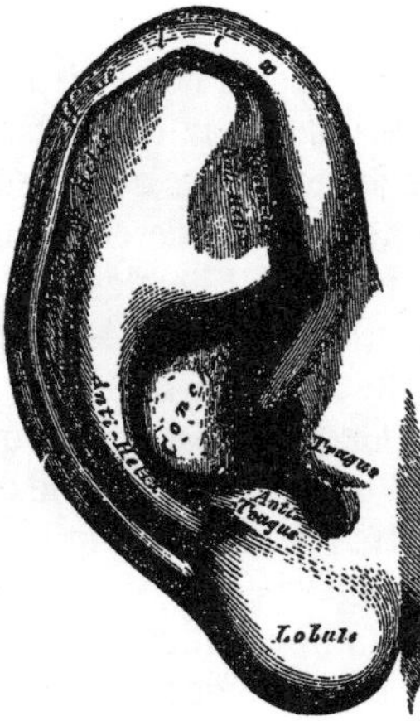

5

La création de Bella Baxter

« Geordie Geddes travaille pour la Société de sauvegarde de Glasgow, qui lui fournit un logement gratuit à Glasgow Green. Son emploi est de repêcher les noyés de la Clyde, et de leur sauver la vie, si possible. Quand ce n'est pas possible, il les place dans une petite morgue attenante à sa maison, en attendant qu'un médecin légiste fasse une autopsie. Si cet officiel n'est pas libre, on fait appel à moi. La plupart des noyés sont bien entendu des suicidés, et si leur corps n'est pas réclamé, on le transporte dans une salle de dissection ou dans un laboratoire. Je me suis occupé de transports de ce genre.

» C'est il y a un an, peu après notre dispute, qu'on m'a appelé pour examiner le corps que vous connaissez sous la forme de Bella. Geddes a vu une jeune femme qui grimpait sur le parapet du pont suspendu qui se trouve près de chez lui. Elle n'a pas sauté comme la plupart des suicidés. Elle s'est jetée la tête la première comme un vrai plongeur, mais en *expirant* l'air de ses poumons au lieu de l'inspirer, car elle n'est pas remontée vivante à la surface. En repêchant le corps, Geddes s'est aperçu qu'elle s'était attaché au poignet la courroie d'un réticule empli de cailloux. C'était donc un suicide singulièrement résolu, et commis par une personne qui désirait être oubliée. Les poches de ses vêtements discrètement à la mode étaient vides, et elle avait soigneusement coupé dans les doublures de sa robe et dans sa lingerie les endroits où les femmes des classes aisées font broder leur nom ou leurs initiales. Il n'y avait pas de rigidité cadavérique, le corps était encore tiède à mon arrivée. J'ai découvert qu'elle était enceinte, et qu'elle avait au doigt la marque des bagues de fiançailles et de mariage qu'elle avait ôtées. Qu'en pensez-vous, McCandless ?

— Elle portait ou bien l'enfant d'un mari qu'elle détestait ou bien celui d'un amant qu'elle avait préféré à son mari, un amant qui l'avait abandonnée.

— C'est également ce que j'ai pensé. J'ai vidé l'eau de ses poumons, j'ai extrait le fœtus de sa matrice, et j'aurais pu la ramener à la conscience en employant subtilement des décharges électriques. Je n'ai pas osé. Vous sauriez pourquoi en voyant Bella endormie. Le visage de Bella au repos est celui de la femme ardente, réfléchie et triste, qui gisait devant moi sur la plaque mortuaire. Je ne savais rien de la vie qu'elle avait quittée, sauf qu'elle l'avait détestée au point de choisir de ne plus être, à jamais ! Qu'aurait-elle ressenti en étant arrachée à cette éternité muette délibérément choisie, en étant forcée d'être entre les murs épais d'un de nos asiles de fous, d'une de nos maisons de correction ou de nos prisons mal gérés et mal équipés ? Car, dans notre nation chrétienne, le suicide est traité comme une démence ou comme un crime. Aussi ai-je maintenu le corps en vie à un niveau purement cellulaire. On a publié son signalement. Personne ne l'a réclamé. Je l'ai emporté dans le laboratoire de mon père. Mes espoirs d'enfant, mes rêves d'adolescent, mon éducation et mes recherches d'adulte m'avaient préparé à ce moment.

» Chaque année, des centaines de jeunes femmes se noient à cause de la pauvreté ou des préjugés de notre société lamentablement injuste. Et la nature aussi peut être impitoyable. Bien souvent, vous le savez, elle produit des enfants qu'on appelle *anormaux* parce qu'ils ne peuvent pas vivre sans aide artificielle, ou ne peuvent pas vivre du tout : des anacéphales, des bicéphales, des cyclopes, et des monstres tellement singuliers que la science ne les nomme pas. Les bons médecins font en sorte que leur mère ne les voient jamais. Certaines malformations sont moins monstrueuses mais aussi épouvantables — bébés sans tube digestif qui meurent de faim dès qu'on coupe le cordon ombilical si une main charitable ne les étouffe pas aussitôt. Aucun médecin n'ose faire une chose pareille, ni ordonner à une infirmière de la faire, mais la chose se fait tout de même, et dans notre Glasgow moderne, deuxième ville de Grande-Bretagne par la taille et première pour la mortalité infantile, peu de parents peuvent s'offrir un cercueil, des obsèques et une tombe pour chaque petit corps condamné qu'ils ont mis au monde. Même les catholiques renvoient dans les limbes leurs petits non baptisés. Dans l'Atelier du Monde, les limbes sont l'affaire ordinaire des médecins.

Durant des années, j'ai projeté de récupérer un cerveau et un corps mis au rebut dans le fumier de notre société et de les unir dans une nouvelle vie. Je l'ai maintenant fait, et voilà Bella. »

Comme la plupart de ceux qui écoutent attentivement une histoire racontée avec calme, je m'étais également calmé, ce qui m'aida à retrouver des idées claires.

« Bravo, Baxter ! m'écriai-je en levant mon verre comme pour lui porter un toast. Comment expliquez-vous son dialecte ? Est-ce qu'elle a du sang du Yorkshire dans les veines, ou est-ce que les aïeux de son *cerveau* étaient du Nord de l'Angleterre ?

— Une seule explication possible, répondit posément Baxter. Les premières habitudes que nous prenons (et la parole en est une) deviennent des instincts du corps, des nerfs et des muscles. Nous savons que les instincts ne siègent pas entièrement dans le cerveau, puisqu'un poulet décapité peut courir plusieurs mètres avant de s'effondrer. Les muscles de la gorge, de la langue et des lèvres de Bella fonctionnent comme ils fonctionnaient durant les vingt-cinq premières années de son existence, qui, je pense, se déroulait plus près de Manchester que de Leeds. Mais tous les mots qu'elle emploie ont été appris de moi, ou des vieilles Écossaises qui s'occupent de ma maison, ou des enfants qui jouent avec elle.

— Comment leur expliquez-vous la présence de Bella, Baxter ? Êtes-vous un tel tyran domestique que vos employées n'osent poser aucune question ? »

Baxter hésita, puis marmonna que ses domestiques étaient toutes d'anciennes infirmières formées par sir Colin, qui n'étaient pas surprises par la présence de personnes étrangères qui se rétablissaient d'opérations compliquées.

« Mais comment expliquez-vous sa présence et son caractère à la *société*, Baxter ? Vos voisins, les parents des enfants qui jouent avec elle, l'agent de ronde... leur a-t-on dit qu'elle était une création chirurgicale ? Comment la présenterez-vous au prochain recensement ?

— On leur a dit qu'il s'agissait de Bella Baxter, une nièce lointaine qui a perdu ses parents dans un accident de chemin de fer en Amérique du Sud, où elle a subi un traumatisme provoquant une amnésie totale. Je l'ai mise en vêtements de deuil pour confirmer l'histoire. C'est une bonne histoire. Sir Colin avait un cousin avec qui il s'est brouillé il y a bien des années, lequel est allé en Argentine avant la disette de pommes de terre sans qu'on en entende plus parler. Il peut facilement avoir épousé une fille d'émigrés anglais dans ce ragoût de races qu'est l'Argentine. Et, par chance, le teint de Bella, qui était différent avant que je n'arrête sa dégradation cellulaire, est à présent aussi bistre que le mien, ce qui peut passer pour un trait de famille. C'est l'histoire qu'on racontera à Bella lorsqu'elle saura que les gens ont des parents et qu'elle en voudra deux pour elle. Cela mettrait une ombre à son existence de savoir qu'elle est une création chirurgicale. Seuls vous et moi savons la vérité, mais je doute que vous y croyiez.

— Franchement, Baxter, l'histoire de l'accident de chemin de fer est plus convaincante.

— Croyez ce que vous voulez, McCandless, mais, s'il vous plaît, modérez-vous avec le porto. »

Je refusai de me modérer. Je remplis résolument mon verre en déclarant avec la même résolution :

« Ainsi, vous pensez que le cerveau de Miss Baxter sera un jour aussi adulte que son corps ?

— Oui, et rapidement. À en juger par sa façon de parler, quel âge lui donneriez-vous ?

— Elle divague comme un enfant de cinq ans.

— J'évalue son âge mental d'après l'âge des enfants avec qui elle peut jouer. Robbie Murdoch, le petit-fils de ma gouvernante, n'a pas encore deux ans. Il y a cinq semaines, ils s'amusaient tous deux à quatre pattes sur le sol, mais elle s'est mise à le trouver ennuyeux, et s'est prise d'une admiration passionnée pour la nièce de ma cuisinière. C'est une petite fille vive de six ans qui, une fois la nouveauté passée, a elle-même trouvé Bella très ennuyeuse. Je pense que Bella a un âge mental d'à peu près quatre ans, et si j'ai raison, son corps a accéléré de façon merveilleuse le développement de son cerveau. Cela causera des problèmes. Vous ne l'avez peut-être pas remarqué, McCandless, mais vous avez attiré Bella. Vous êtes le premier homme adulte qu'elle ait vu à part moi, et je me suis aperçu qu'elle l'avait ressenti au bout des doigts. Sa réaction a montré que son corps se souvenait des sensations charnelles de sa vie précédente, et ces sensations ont provoqué de nouvelles pensées et de nouvelles formules dans son cerveau. Elle vous a demandé d'être sa chandelle et son faiseur de chandelle. On pourrait y voir toutes sortes de significations paillardes.

— Balivernes ! m'écriai-je, épouvanté. Comment osez-vous parlez de votre adorable nièce de cette façon monstrueuse ? Si vous aviez joué avec d'autres gosses quand vous étiez petit, vous sauriez que c'est un babil ordinaire d'enfant. “ C'est une devinette, c'est une devinette. Cheval de bois, bois de campêche, pêche à la ligne, ligne de fond, fond de culotte. Il était un petit navire, qui n'avait ja-ja-jamais navigué. J'ai un petit mari, pas plus haut que mon pouce, mis dans un dé à coudre. ” Mais comment éduquerez-vous Miss Baxter si elle dépasse ce plaisant état ?

— Pas en l'envoyant à l'école ! répondit-il fermement. Je ne laisserai pas les gens la traiter comme une curiosité. Je vais soigneusement organiser un voyage avec elle autour du monde, en restant plus longtemps dans les endroits qui lui plairont. De cette façon, elle apprendra beaucoup en parlant avec des gens qui ne l'estimeront pas plus bizarre que la plupart des voyageurs britanniques, qui la trouveront d'un naturel charmant comparée à son grossier compagnon. Cela me permettra également de l'éloigner rapidement des attachements qui risquent de devenir romantiques d'une manière peu hygiénique.

— Et, bien entendu, Baxter, lui dis-je témérairement, elle sera entièrement à votre merci, sans la protection de l'opinion publique, ni même celle de la faible influence de vos domestiques. Lors de notre dernière rencontre, Baxter, vous vous êtes vanté, dans le feu de notre dispute, de mettre au point une méthode secrète pour avoir une femme pour vous seul, et maintenant je sais ce qu'est votre secret... un détournement de mineure ! Vous pensez être sur le point de posséder ce que les hommes ont désespérément désiré à travers les siècles : l'âme d'un enfant innocent, confiant, dépendant, dans le corps épanoui d'une femme à la beauté radieuse. Je ne le permettrai pas, Baxter. Vous êtes le riche héritier d'un noble puissant, je suis le bâtard d'une pauvre paysanne, mais entre les malheureux de cette terre il y a un lien plus fort que ne peuvent l'imaginer les riches. Que Bella Baxter soit votre nièce orpheline ou une double orpheline de votre création, je suis, moi, plus proche d'elle que vous ne le serez jamais, et je suis prêt à sacrifier ma dernière goutte de sang pour protéger son honneur, aussi sûr qu'il y a un Dieu dans le Ciel, Baxter !... un Dieu de Pitié et de Vengeance éternelles devant Qui l'empereur le plus puissant de la terre est aussi frêle qu'un moineau tombé du nid. »

Baxter réagit en prenant le flacon de porto pour le verrouiller dans le placard où il l'avait trouvé.

Je me calmai alors en me disant que j'avais cessé de croire en Dieu, à la Pitié éternelle, etc. après avoir lu *De l'origine des espèces*. Il me paraît encore invraisemblable qu'après avoir rencontré par hasard mon seul ami, ma future épouse, et mon premier flacon de porto, j'aie pu me laisser aller au langage de romans que je savais être des âneries, et que je lisais seulement pour me détendre l'esprit avant de m'endormir.

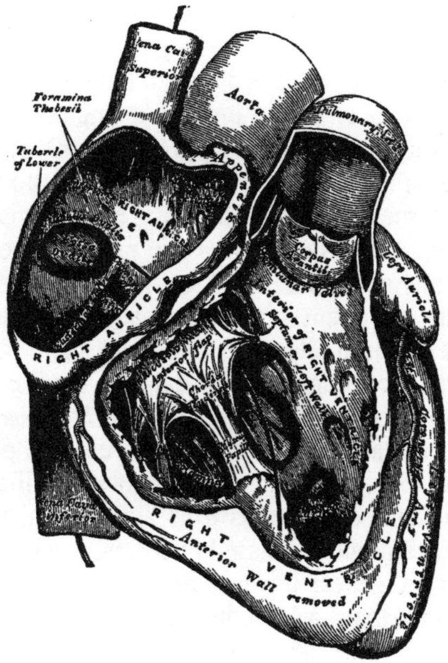

6
Le rêve de Baxter

Baxter revint s'asseoir, et me regarda, les lèvres comprimées et les sourcils levés. Il se peut que j'aie rougi. En tout cas mon visage était brûlant. Il répliqua d'une voix patiente :

« Fouillez votre mémoire, McCandless. Je suis laid, mais avez-vous le souvenir que j'aie fait une chose laide ? »

Je réfléchis, puis répondis d'un air renfrogné :

« Et Mopsy et Flopsy, alors ? »

Il eut l'air blessé, mais pas trop, et au bout d'un instant déclara pensivement, comme en se parlant à lui-même :

« Sir Colin, ses infirmières et ses chiens m'ont accordé plus d'attention qu'on n'en accorde d'ordinaire aux nouveaux venus dans ce monde, mais je voulais davantage. Je rêvais d'une fascinante. inconnue... une femme comme je n'en avais encore jamais rencontrée et que je pouvais seulement imaginer... une femme qui aurait besoin de moi et qui m'admirerait autant que je l'admirerais et que j'aurais besoin d'elle. Sans doute une mère peut-elle satisfaire ce besoin chez son petit, mais, dans les familles riches, c'est souvent une domestique qui joue le rôle de mère. Je ne me suis pas particulièrement attaché à mes nourrices, peut-être parce que j'en ai eu plusieurs. J'ai toujours été un robuste gaillard, et il me semble me souvenir d'au moins trois femmes qui m'ont nourri, lavé et habillé avant que je puisse le faire tout seul. Il se peut qu'il y en ait eu davantage, car je pense qu'elles se passaient le relais. C'est peut-être attribuer à la petite enfance une obsession de ma maturité, mais je ne puis me souvenir d'un seul jour où je n'aie pas ressenti la douleur d'un vide intérieur à emplir par une forme féminine inconnue, plus gentille que celles qui m'entouraient à la maison. Cette douleur est devenue plus forte avec la puberté, qui s'est produite avec une brusquerie catastrophique. Ma voix, hélas, n'a pas mué, et est restée un mezzo-soprano jusqu'à aujourd'hui, mais, un matin, je me suis réveillé avec le pénis développé et les lourds testicules qui affligent la plupart de ceux de notre sexe.

— Et alors, comme vous me l'avez déjà raconté, votre père vous a expliqué en quoi l'anatomie féminine diffère de la nôtre, et vous a proposé de vous fournir un spécimen sain en parfait ordre de marche. Vous auriez dû sauter sur l'occasion.

— Ne m'avez-vous donc pas entendu, McCandless ? Dois-je tout répéter ? *J'avais besoin d'une femme qui aurait besoin de moi et qui m'admirerait.* Voulez-vous une traduction anatomique ? L'éjaculation spermatique ne peut provoquer d'homéostasie en moi que si elle est accompagnée d'une stimulation prolongée des centres nerveux supérieurs dont la pression sur les glandes endocrines modifie la chimie de mon sang non pour quelques minutes spasmodiques mais durant plusieurs jours de picotement. J'ai trouvé son portrait dans les *Contes tirés de Shakespeare* de Lamb : livre qui avait dû être oublié là par un patient de sir Colin... c'était le seul livre de fiction dans la maison. Ophélie écoutait son frère, garçon à l'air insipide malgré sa méchante petite barbe. Il lui disait quelque chose qu'elle faisait seulement semblant de prendre au sérieux, car elle tournait son visage ardent vers quelque chose de merveilleux qui se trouvait en dehors de l'image, et je voulais que ce fût moi. Son expression m'excitait davantage que son corps charmant dans une robe flottante violette, car je pensais tout savoir sur les corps. Et cette expression m'excitait davantage que son joli visage, car j'avais vu de semblables visages de femmes dans le parc... des visages qui devenaient glacés, pâles ou rose vif à mon approche, et qui s'efforçaient de ne pas me voir du tout. Ophélie pouvait me regarder avec un étonnement amoureux car elle pénétrait l'homme que je deviendrais... le plus grand et le plus aimable médecin du monde, qui lui sauverait la vie, et celle de millions de gens. En lisant la triste histoire de la pièce, j'ai découvert que c'était une âme authentiquement amoureuse. Il s'agissait bien évidemment de l'étendue d'une épidémie de fièvre cérébrale qui, comme la typhoïde, était probablement causée par des infiltrations du cimetière du palais dans le réservoir d'eau d'Elseneur. Débutant imperceptiblement parmi les sentinelles des remparts, l'infection avait atteint le prince, le roi, le Premier ministre et les courtisans, et provoqué des hallucinations, des logomanies et des paranoïas aboutissant à des soupçons déments et à des élans meurtriers. Je me suis imaginé entrant dans le palais au début du drame avec toutes les capacités d'un bon officier de santé publique. Les principaux porteurs de la maladie (Claudius, Polonius, et cet Hamlet manifestement incurable) auraient été mis en quarantaine dans des quartiers séparés. Un réservoir d'eau fraîche et une bonne plomberie moderne auraient vite rétabli l'État du Danemark, et Ophélie, en voyant ce médecin écossais rébarbatif indiquer à son peuple les voies de l'hygiène et de la santé, aurait été impuissante à lui refuser son amour... Des rêves éveillés comme celui-là accéléraient mon cœur et changeaient la texture de ma peau durant des heures quand je n'étais pas pris par mes études. Une prostituée fournie pour moi par sir Colin n'aurait été qu'une de ses manigances, une poupée mécanique actionnée, non par un ressort, mais par l'argent.

— Mais un corps chaud et vivant, Baxter.

— J'avais besoin de voir l'expression d'Ophélie.

— Oh, dans le noir... », commençai-je.

Mais il me fit signe de me taire. J'eus le sentiment d'être plus monstrueux que lui.

Après un silence, il soupira, puis continua :

« Mon rêve éveillé de devenir un guérisseur bienfaisant, populaire et adoré s'est révélé impossible. J'ai été le plus brillant étudiant en médecine qu'ait connu l'Université... comment pouvait-il en être autrement ? Comme la plupart des aides de confiance de sir Colin, je savais par expérience ce que bien des professeurs enseignent comme une théorie. Mais, dans la salle d'opération de sir Colin, les seuls malades que je touchais étaient anesthésiés. Regardez cette main, même si sa vue vous fait mal, ce cube avec cinq cônes jaillissant de la masse, au lieu d'une limande avec cinq saucisses plantées sur les flancs. Les seuls malades qu'on me permette d'approcher sont inconscients, ou trop pauvres pour avoir le choix. Plusieurs chirurgiens célèbres apprécient mon aide lorsqu'ils opèrent des personnalités dont la mort nuirait à leur réputation, car mes vilains doigts et (pour dire la vérité) ma vilaine tête valent mieux que les leurs en cas d'urgence. Mais les malades ne me voient jamais, de sorte qu'il n'y a eu aucun moyen de gagner le sourire admiratif d'une Ophélie. Le sourire de Bella est plus heureux que ne l'était celui d'Ophélie, et me rend également heureux.

— Donc Miss Baxter n'a pas peur de vos mains ?

— Non. Dès qu'elle a ouvert les yeux ici, ces mains lui ont servi de la nourriture, des boissons et des douceurs, ont placé des fleurs à côté d'elle, lui ont offert des jouets, lui ont montré comment s'amuser, ont indiqué les plus belles pages de ses livres d'images. Au début j'ai demandé aux femmes de chambre qui la lavaient et qui l'habillaient de porter des mitaines de laine noire en sa présence, mais j'ai vu que c'était superflu. Le fait que d'autres aient des mains différentes ne l'empêche pas de penser que les miennes, et moi-même, sommes aussi normaux et nécessaires que cette maison, nos repas quotidiens, et le soleil du matin. Mais vous êtes un étranger, McCandless, et donc vos mains la font frémir. Les miennes non.

— Bien entendu, vous espérez que cela changera.

— Oui. Oh oui. Mais je ne suis pas pressé. Seuls les mauvais tuteurs et les mauvais parents attendent de l'admiration de la part de jeunes cerveaux. Je suis content que Bella me considère comme aussi naturel que le plancher sous ses pieds : ce plancher où elle aime jouer du Pianola, recherche la compagnie de la petite-nièce de la cuisinière, et frémit au contact de votre main, McCandless.

— Pourrai-je la revoir bientôt ?

— Comment cela, bientôt ?

— Maintenant... ou ce soir... en tout cas, avant que vous n'entrepreniez votre tour du monde.

— Non, McCandless, il vous faut attendre notre retour. L'effet que vous produisez sur Bella ne m'ennuie pas. C'est l'effet qu'elle produit sur vous qui m'ennuie, à présent. »

Il m'entraîna vers la porte d'entrée aussi résolument que lors de ma dernière visite, mais avant de la refermer derrière moi il me tapota gentiment l'épaule. Je ne tressaillis pas à ce contact, mais demandai soudain :

« Un instant, Baxter ! Cette dame dont vous avez parlé et qui s'est noyée... sa grossesse était dans quel état d'avancement ?

— Au moins neuf mois.

— N'auriez-vous pas pu sauver l'enfant ?

— Évidemment, je l'ai sauvé... j'ai sauvé sa partie pensante. Ne vous l'ai-je donc pas expliqué ? Pourquoi aurais-je cherché ailleurs un cerveau compatible, alors qu'elle en abritait déjà un dans son corps ? Mais vous n'avez pas besoin de le croire si cela vous perturbe. »

7

Près de la fontaine

Quinze mois passèrent avant que je la voie de nouveau et ils furent étonnamment heureux. Scraffles mourut et me surprit en me laissant le quart de son argent — sa veuve et son fils légitime se partagèrent le reste. Je devins interne à l'Hôpital royal avec une charge de malades qui semblaient avoir besoin de moi et dont certains feignaient de m'admirer. Je dissimulais à quel point j'avais besoin d'eux sous une surface lisse et hautaine brisée par des éclats inattendus d'humour bon enfant. Je flirtais dans les limites habituelles avec les infirmières sous mes ordres — c'est-à-dire de la même façon avec chacune d'elles. J'étais invité aux concerts privés où tout le monde devait chanter quelque chose. Mes chansons dans le dialecte du Galloway faisaient rire quand elles étaient comiques et étaient applaudies quand elles étaient pathétiques. Je pensais surtout à Bella durant mes moments d'oisiveté, en particulier une demi-heure avant d'aller me coucher et de m'effondrer de sommeil. J'essayais alors de parcourir les romans de Bulwer-Lytton, mais ses personnages me paraissaient des pantins conventionnels éclipsés par le souvenir de Bella au Pianola, agitant ses bras comme des ailes de corbeau, de son sourire de ravissement continuel, de son pas titubant, de sa posture oscillante, de ses bras tendus comme pour m'embrasser ainsi que personne d'autre ne l'avait fait. Je ne rêvais pas d'elle parce que je ne rêvais jamais, mais lorsque je la rencontrai de nouveau je crus pendant presque une minute être au lit en train de rêver, alors que j'étais parfaitement éveillé dans un jardin public.

Une quinzaine de jours d'été calmes et sans nuages avaient rendu Glasgow détestable. Sans aucune pluie pour les laver ni aucune brise pour les dissiper, les fumées et les gaz industriels flottaient en une brume qui emplissait la vallée jusqu'au sommet des collines alentour, une brume cendreuse qui posait une pellicule grise sur tout, même sur le ciel, qui piquait les yeux et formait des croûtes dans les narines. L'air semblait plus propre à l'intérieur de la maison, mais, un soir, un besoin d'exercice me poussa à me promener sur une rive morne de la Kelvin. À un moment, elle passait sur un barrage qui brassait l'effluent d'une fabrique de papier en deux masses d'écume vert sale, de la taille et de la forme d'un bonnet de dame, et séparées par un creux bouillonnant et opaque. Cette substance (qui avait la teinte et l'odeur puante du distillat chimique d'une cornue) couvrait entièrement la rivière à travers le West End Park. J'imaginai cette mixture rejoignant la Clyde souillée d'huile entre Partick et Govan, et je me demandai si les hommes étaient les seuls animaux terrestres à excréter dans l'eau. Désirant avoir des pensées plus agréables, je me dirigeai vers la fontaine commémorative du Loch Katrine dont les jets puissants pulvérisent un peu de fraîcheur dans l'air. Des gens bien vêtus paradaient autour avec leurs enfants, et je me promenai parmi eux les yeux fixés sur le sol, comme j'ai coutume de faire dans la foule. Je tâchai de me rappeler la couleur des yeux de Bella, mais ce dont je me souvenais c'était le son de ses syllabes, semblable au bruit de perles tombant une à une dans une coupe, lorsqu'elle me lança : « Chandelle, où sont vos veules *lourds* ? »

Elle brilla devant moi comme un arc-en-ciel, mais elle était bien concrète, grande, élégante, appuyée au bras de Baxter, et souriant d'un air songeur. Ses yeux étaient d'un brun doré, elle portait une robe de soie cramoisie avec une jaquette de velours bleu ciel, une toque pourpre, des gants blancs comme neige, et sa main gauche faisait tourner la poignée d'ambre d'une ombrelle dont la mince tige, inclinée sur son épaule, entraînait derrière sa tête un dôme de soie beurre frais frangé de vert gazon. Ses cheveux et ses sourcils noirs, sa peau olivâtre et ses yeux brun doré avaient une allure étrangère magnifiquement accordée à toutes ces couleurs ; mais si elle semblait un rêve radieux, Baxter se dessinait à côté d'elle comme un cauchemar. Loin de Baxter, mon souvenir réduisait toujours sa masse monstrueuse et sa tête hirsute et enfantine à quelque chose de plus vraisemblable, de sorte que le revoir par hasard était un choc même au bout d'une semaine. Je ne l'avais pas vu depuis soixante-dix semaines. Il était emmitouflé dans l'épaisse pèlerine qu'il portait par tous les temps, parce que son corps se refroidissait plus vite que celui de la plupart des gens, mais ce fut son visage qui provoqua en moi le plus grand choc. D'habitude il avait l'air malheureux, mais à

W.S.
BELLA CALEDONIA

présent ses yeux hagards semblaient refléter l'absence de quelque chose d'aussi essentiel que la santé d'esprit ou l'oxygène, une absence qui le tuait lentement. Il n'y avait rien d'hostile dans cette mine lugubre — il inclina la tête pour montrer qu'il m'avait reconnu — pourtant j'y sentis une menace parce que je craignis un moment qu'il ne brûlât point de me retrouver, alors que Bella m'adressait le sourire ardent, en attente, qu'elle avait la première fois que je l'avais vue. Elle avait dégagé sa main droite du bras de Baxter, et me la tendait tout droit. De nouveau je me dressai sur la pointe des pieds pour prendre ses doigts et les effleurer des lèvres.

« Ha ! ha ! fit-elle en riant, en lançant sa main au-dessus de sa tête comme pour attraper un papillon. C'est toujours ma petite Chandelle, God[1] ! Vous avez été le premier homme que j'aie aimé après le petit Robert Murdoch, Chandelle, et maintenant je moi Bell Miss Baxter citoyenne de Glasgow native d'Écosse sujet de l'Empire britannique suis devenue une femme du monde ! Français Allemands Italiens Espagnols Africains Asiatiques Américains et quelques femmes du Nord *et* du Sud ont baisé cette main mais je rêve encore de la première fois malgré les océans profonds qui ont mugi entre nous depuis le temps jadis. Asseyez-vous sur ce banc, God. Je vais faire avec Chandelle une promenade flânerie balade marche trot galop et dé-ambu-*lation*. Pauvre vieux God ! Sans Bella, vous allez faire la tête plus triste tête très triste tête jusqu'à penser que je suis perdue bing bang patatras et pan je sors de ce buisson de houx. Gardez-le, les gars ! »

Ils étaient accompagnés de cinq enfants dont les grosses bottes et les rudes vêtements montraient qu'ils appartenaient à la classe des domestiques ou des artisans. Si ses petits compagnons indiquaient l'âge mental de Bella, alors il se situait maintenant entre douze et treize ans. Baxter, sans changer d'expression, se laissa tomber docilement sur un banc déjà en partie occupé par un officier, qui s'en alla précipitamment, et par une nourrice dont le petit se mit à hurler. Deux des garçons prirent place à côté de lui, les autres se mirent en rang devant lui, les jambes écartées et les bras croisés.

« Bien ! dit Bella. Si les gens dévisagent God, dévisagez-les jusqu'à ce qu'ils se détournent. Comme ça, il ne s'en ira pas pendant que je ne serai pas là. »

1. En anglais *God* signifie Dieu, ce qui donne lieu à nombre de jeux de mots. (N.d.T.)

Ces façons résolues et loquaces de Bella me firent pressentir un torrent de mots, pas ce qui allait se passer. Elle s'avança en lançant des regards de côté jusqu'à ce qu'elle aperçût un étroit sentier à travers les broussailles, où elle m'entraîna brusquement. À un tournant du sentier, elle s'arrêta, ferma son ombrelle en la faisant claquer, la planta comme une lance dans un épais buisson de rhododendrons puis m'y attira de force. Je fus trop surpris pour résister. Quand la végétation dépassa nos têtes, elle me relâcha et déboutonna le gant de sa main droite, en souriant, en se pourléchant les babines, et en murmurant : « Maintenant ! »

Elle ôta son gant, appliqua sa paume nue sur ma bouche, et m'entoura la nuque de son bras gauche. Le bord de sa main m'obstruait les narines et, quoique je fusse encore trop stupéfait pour me débattre, je hoquetai bientôt pour reprendre ma respiration. Elle était donc ainsi. Elle avait les yeux fermés, elle secouait la tête de droite et de gauche, et gémissait entre ses lèvres rouges et boudeuses : « Oh Chandelle oh Chandelle la Chandelle de Chandelle à Chandelle par Chandelle je Chandelle tu Chandelles nous Chandelons... »

Je me sentais aussi impuissant qu'un poupon, mais je me pris soudain à désirer n'être rien d'autre ; sa pression sur ma bouche et sur mon cou devenait d'une douceur terrible ; je me mis à lutter non contre l'étouffement mais contre un délice trop puissant pour être contenu. Peu après, je fus de nouveau libre, puis, hébété, je la regardai reprendre son gant sur la branche où il était accroché et le remettre tranquillement.

« Savez-vous, Chandelle, murmura-t-elle après quelques petits soupirs profondément satisfaits, que j'ai pas eu l'occasion de faire cela depuis que je suis descendue du bateau d'Amérique il y a une quinzaine de jours ? Baxter ne m'a jamais laissée seule avec personne depuis. Est-ce que vous avez aimé ce que nous avons fait ? »

Je hochai la tête. Elle ajouta malicieusement :

« Vous ne l'avez pas aimé autant que moi. Sinon vous ne vous seriez pas écarté si vite et vous auriez davantage fait le maboule. Mais les hommes semblent davantage prêts à faire les maboules quand ils sont malheureux. »

Elle récupéra son ombrelle et l'agita joyeusement en direction de quelques spectateurs sur une terrasse à flanc de coteau. Je fus consterné de découvrir que nous avions été vus, mais je me consolai en me disant qu'on avait d'abord dû croire qu'elle tentait de m'étrangler, puis qu'on avait conclu qu'elle cherchait à arrêter un saignement de nez.

Lorsque nous fûmes de nouveau sur le sentier, elle épousseta les brindilles, les feuilles et les pétales de nos vêtements, glissa ma main sous son bras, et se remit à marcher en déclarant :

« De quoi allons-nous parler ? »

J'étais trop ahuri pour lui répondre avant qu'elle ne répétât sa question.

« Miss Baxter, fis-je enfin, Bella... oh, chère Bell, avez-vous fait cela avec beaucoup d'hommes ?

— Oui, dans le monde entier, mais surtout dans le Pacifique. Sur le bateau pour Nagasaki, j'ai rencontré deux sous-officiers... très dévoués l'un à l'autre... et il m'est arrivé de faire ça six fois par jour avec chacun d'eux.

— Est-ce que... est-ce que vous avez fait *davantage* avec d'autres hommes, Bella, davantage que ce que nous venons de faire tous deux dans les buissons ?

— Oh le vilain Chandelle ! Vous avez l'air aussi malheureux que God ! dit Bella en riant de bon cœur. Bien sûr que non ; je n'ai jamais fait davantage que ce que nous venons de faire, jamais davantage avec les HOMMES. Davantage avec les hommes donne des bébés. Je veux m'amuser, pas avoir des bébés. Je fais davantage seulement avec les femmes, quand elles me plaisent, mais beaucoup de femmes sont timides. À San Francisco, Miss Mac Tavish m'a fuie parce que faire davantage que s'embrasser les mains et le visage l'effrayait. Je suis contente que nous puissions parler ouvertement de ces choses, Chandelle. Beaucoup d'hommes aussi sont timides. »

Je lui déclarai que je n'avais pas peur de parler ouvertement parce que j'étais un médecin diplômé qui avait grandi dans une ferme. Je l'interrogeai également sur Miss MacTavish.

« C'était l'élément principal de notre cortège suite cour on-tout-rage train traîne ou corps de suivants quand nous avons quitté Glasgow. C'était mon institutrice escorte gouvernante compagne enseignante chaperon pédagogue duègne guide philosophe et amie jusqu'à San Francisco. Elle m'a appris beaucoup de mots et de poésies avant la rupture finale. Vous avez grandi dans une ferme !

Est-ce que votre papa était un berger frugal ou un pauvre laboureur rentrant à la chaumière d'un pas lourd et las ? Racontez racontez racontez à votre Bell Bell Bell ! Je suis une collectionneuse d'enfances depuis que cette collision a détruit tout souvenir de la mienne. »

Je lui parlai de mes parents. Quand elle apprit que je ne savais plus où ma mère avait été enterrée, elle sourit et hocha la tête à travers des larmes qui se mirent à couler sur ses joues.

« Moi aussi ! dit-elle. À Buenos Aires, nous avons essayé de visiter la tombe de mes parents, mais Baxter a découvert que la compagnie de chemin de fer qui avait payé l'enterrement les avait mis dans un cimetière au bord d'un canyon très profond, et lorsque le Chimborazo ou Cotopaxi ou Popocatapetl a fait éruption tout le bataclan est tombé au fond en avalanche en broyant les tombes cercueils squelettes en une poudre d'atomes in-fi-ni-té-si-maux. Les voir dans cet état aurait été comme visiter un tas de sucre-semoule, alors à la place Baxter m'a emmenée voir la maison où il a dit qu'il avait vécu avec eux. Il y avait une cour poussiéreuse avec un réservoir d'eau lézardé dans un coin et des poulets qui picoraient et un vieux gardien concierge portier un vieux qui m'appelait Bella Señorita donc je suppose qu'il se souvenait de moi mais moi je ne pouvais pas me souvenir de lui. J'ai regardé et regardé et regardé et regardé ces poulets rachitiques et ce réservoir lézardé avec une vigne poussant sur le dehors et j'ai essayé de toutes mes forces de me souvenir mais je n'ai pas réussi. God sait toutes les langues donc il a interrogé le vieux en espagnol et j'ai appris que je n'avais pas vécu là longtemps parce que mon papa et ma maman étaient des migrants qui erraient au gré des vents sur les eaux amères comme le Fils de l'Homme qui n'a nul lieu où reposer sa tête ainsi que l'a fait justement remarquer Miss MacTavish. Mon papa Ignatius Baxter faisait marché de caoutchouc cuivre café bauxite bœuf goudron alpha des choses dont le marché fluctuait donc papa et maman devaient également fluctuer. Mais ce que je veux savoir c'est ce que MOI je faisais pendant qu'ils fluctuaient. J'ai des yeux, et un miroir dans ma chambre, Chandelle, je VOIS que je suis une femme de plus de vingt ans et plus près de trente que de vingt et la plupart des femmes sont mariées à cet âge...

— Épousez-moi, Bella ! m'écriai-je.

— Ne changez pas de sujet, Chandelle. Pourquoi est-ce que

mes parents trimbalaient avec eux une adorable créature comme Bella Baxter ? C'est ce que je veux savoir. »

Nous continuâmes de marcher en silence, elle réfléchissait manifestement sur les mystères de ses origines. Je ruminais son dédain de ma proposition impulsive mais sincère. Je déclarai enfin :

« Bell... Bella... Miss Baxter, j'accepte le fait que vous ayez fait avec plusieurs hommes ce que nous avons fait dans les buissons. Est-ce que vous l'avez fait avec Godwin ?

— Non. Je ne peux pas le faire avec God, et c'est ce qui le rend malheureux. Il est trop ordinaire pour que je m'amuse avec lui de cette façon. Il est aussi ordinaire que moi.

— Sottise, Miss Baxter ! Votre tuteur et vous formez le couple le plus extraordinaire que j'aie jamais...

— Taisez-vous, Chandelle, vous êtes trop impressionné par les apparences. Je n'ai pas lu du début à la fin *La Belle et la Bête* ou *Les Pierres de Venise* de Ruskin ou la traduction anglaise de *Notre-Dame de Paris* de Dumas ou bien est-ce d'Hugo dans le volume de Tauchnitz à la couverture souple coûtant deux shillings et six pence, mais on m'a suffisamment raconté ces puissantes épopées de notre race pour savoir que bien des gens pensent que God et moi formons un couple très gothique. Ils ont tort. Au fond nous sommes des fermiers ordinaires comme Cathy et Heathcliff dans *Les Hauts de Hurlevent*, vous savez, ce livre d'une des Brontë.

— Je ne l'ai pas lu.

— Vous devriez parce qu'il parle de nous. Heathcliff et Cathy appartiennent à une famille de fermiers et il l'aime parce qu'ils ont été ensemble et qu'ils ont joué ensemble presque toujours et elle l'aime bien mais elle aime mieux Edgar et elle l'épouse parce qu'il ne fait pas partie de la famille. Alors Heathcliff devient maboule. J'espère que Baxter ne le deviendra pas. Le voici, tout seul, à portée de main. Je suis contente qu'il ait renvoyé les garçons. »

Nous avions regagné la fontaine, et les gardiens donnaient des coups de sifflet avant de fermer les portes du jardin ; le soleil rouge sombre se noyait à l'horizon dans de longs nuages dorés. La masse solitaire du pauvre Baxter était effondrée exactement là où nous l'avions laissé, le menton posé sur ses mains croisées sur le pommeau d'une grosse canne plantée droit entre ses jambes, ses yeux hagards

« Bouh ! fit Bella. Est-ce que vous vous sentez mieux maintenant ?

— Un peu mieux, murmura-t-il en s'efforçant de sourire.

— Bien, dit Bella. Parce que Chandelle et moi nous allons nous marier et vous devez en être heureux. »

Alors eut lieu l'expérience la plus terrifiante de ma vie. La seule partie de Baxter qui remua fut sa bouche. Il l'ouvrit lentement et silencieusement en un trou rond de plus en plus grand, grand jusqu'à faire disparaître toute sa tête. Son corps parut supporter une vaste cavité noire bordée de dents se dessinant sur le crépuscule pourpre. Le hurlement qui suivit emplit le ciel entier. Comme je m'étais bouché les oreilles des deux mains en le sentant arriver, je ne m'évanouis pas comme le fit Bella, mais cette note surpuissante et suraiguë pénétrait tout et perçait le cerveau comme une fraise de dentiste vrillant une dent sans anesthésie. Je perdis la plupart de mes sens, et les recouvrai si lentement que je ne vis pas de quelle manière Baxter en vint à s'agenouiller auprès du corps évanoui de Bella, à se donner des coups de poing sur le crâne, et à pousser des sanglots humains tout en gémissant d'une voix enrouée de baryton :

« Pardonne-moi, Bella, pardonne-moi de t'avoir créée ainsi ! »

Elle ouvrit les yeux et dit faiblement :

« Qu'est-ce que c'est supposé signifier ? Est-ce que vous n'êtes pas Notre Père qui êtes aux Cieux, God ? Pourquoi faire tant d'histoires à propos de rien du tout ? En plus, votre voix a mué, vous devriez en être reconnaissant. Aidez-moi à me lever, vous deux ! »

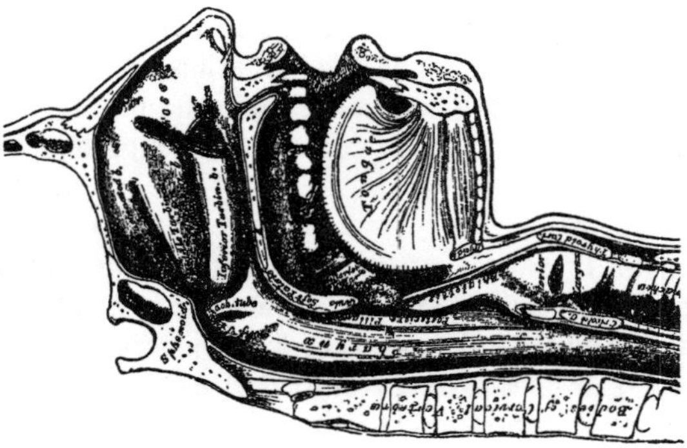

8
Les fiançailles

Et elle sortit du parc d'un pas léger, entre nous deux, une main glissée à chacun de nos bras. Je me dis que la reprise instantanée de sa vivacité d'esprit devait paraître sans cœur à Baxter ; mais, quoique ce fût l'homme le plus sincère que j'eusse jamais rencontré, sa voix nouvelle et plus normale me donna le sentiment qu'il jouait la comédie lorsqu'il dit :

« C'est un supplice de voir que tu me traites comme un navire en perdition et McCandless comme un canot de sauvetage, Bell. Tes aventures pendant notre tour du monde étaient supportables parce qu'elles étaient passagères. Cela fait près de trois ans que je vis avec toi, et j'espérais que ça ne finirait jamais.

— Je ne vous abandonne pas, God, lui dit-elle d'un ton apaisant, ou du moins pas tout de suite. Chandelle est tellement pauvre que ce sera commode pour nous deux de vivre longtemps avec vous. Transformez l'ancienne salle d'opération de votre père en un salon pour nous et vous y serez toujours le bienvenu. Et bien sûr nous mangerons avec vous. Mais je suis une femme très romantique qui a besoin de beaucoup de sexe mais pas avec vous parce que vous ne pouvez pas vous empêcher de me traiter comme une enfant et moi je ne peux pas, NE PEUX PAS, vous traiter comme un enfant. J'épouse Chandelle parce que je peux le traiter comme je veux. »

Baxter me lança un regard interrogatif. D'une voix légèrement honteuse, je lui déclarai que bien que j'eusse toujours essayé d'être un homme austère et indépendant, Bella avait raison : je l'avais adorée, j'avais soupiré après elle, dès le moment où il nous avait présentés — tout en elle me paraissait le summum de la perfection féminine —, et j'endurerais volontiers les plus horribles supplices pour lui éviter le moindre ennui. J'ajoutai que Bella serait toujours libre de faire ce qu'elle voulait avec moi.

« Et les baisers de Chandelle sont presque aussi forts que vos hurlements, God, dit Bella, et ils me feraient également évanouir si je n'étais pas une femme adulte. »

Baxter hocha rapidement la tête pendant plusieurs secondes puis répliqua :

« Je vous aiderai tous deux à faire ce que vous voudrez, mais s'il vous plaît accordez-moi d'abord une faveur, une faveur qui peut me sauver la vie. Ne vous voyez pas durant une quinzaine de jours. Accorde-moi deux semaines pour me remettre de ta perte, Bell. Je sais que tu as l'intention de me garder comme un ami commode, mais tu ne peux pas prévoir comment le mariage te changera, Bell... personne ne peut le prévoir. S'il te plaît, accorde-moi cela. S'il te plaît ! »

Ses lèvres tremblaient, sa bouche semblait s'apprêter à une nouvelle vocifération, de sorte que nous acceptâmes avec empressement. Je doutais qu'il pût hurler une deuxième fois aussi fort que la première, mais je craignais qu'un nouveau et brusque agrandissement de sa cavité buccale ne détachât son crâne de ses vertèbres.

Baxter nous tourna le dos lorsque nous nous dîmes au revoir sous un réverbère.

« Pour moi, deux semaines c'est aussi long que des années et des années », me murmura Bell.

Je lui annonçai que je lui écrirais tous les jours ; puis j'ôtai mon épingle à cravate où était montée une perle minuscule, lui dis que c'était la seule jolie chose de prix que je possédais, lui demandai de la conserver pour toujours et de penser à moi chaque fois qu'elle la regarderait et la toucherait. Elle hocha violemment la tête sept ou huit fois, je plantai alors l'épingle au revers de sa jaquette et lui déclarai que cela signifiait que nous étions fiancés. Puis je la priai de me donner son gant, son écharpe ou son mouchoir, n'importe quelle babiole qui ait connu son contact et son parfum, dont je ferais la relique sacrée de notre contrat. Elle fronça pensivement les sourcils, puis me tendit son paquet de bonbons en me disant : « Gardez tout. »

Je compris que pour son cerveau encore en développement c'était un noble sacrifice, de sorte que les larmes me vinrent aux yeux en appuyant mes lèvres sur le fourreau en chevreau de ses doigts. J'étais sur le point d'appliquer ma bouche sur la sienne, mais je me dis que si mes lèvres sur ses doigts la faisaient presque défaillir, il était plus sage d'attendre une complète intimité pour me montrer plus ardent. Et je m'en allai précipitamment, tout exalté par un merveilleux sentiment de vivre. Si le hurlement de Baxter avait été l'expérience la plus terrifiante de ma vie, celle-ci était la plus douce. Je combinais déjà les phrases que je mettrais dans la lettre d'amour que j'écrirais dès que je serais dans ma chambre. Je savais que Baxter espérait qu'une quinzaine de jours loin de moi feraient changer d'avis Bella, mais je ne craignais pas de la perdre car j'étais convaincu qu'il ne la soumettrait à aucune pression cruelle, qu'il ne ferait rien de sournois ou de malhonnête. Je croyais également qu'il la protégerait des autres hommes.

J'accomplis mes devoirs hospitaliers d'un esprit absent durant près d'une semaine. Mon imagination s'était éveillée. L'imagination, comme l'appendice, est héritée d'une époque primitive où elle aidait à la survie de notre espèce, mais, dans nos nations modernes, scientifiques et industrielles, c'est surtout une source de malaise. Je m'étais flatté d'en manquer, mais elle ne faisait que sommeiller. Je savais ce que les gens attendaient de moi, mais c'était maintenant sans rigueur ni enthousiasme, parce que je ruminais des lettres d'amour lorsque je ne les rédigeais pas et ne me précipitais pas pour les poster. Je découvris que je possédais de grandes capacités poétiques. Tous mes souvenirs de Bella, toutes mes aspirations, devenaient si facilement des bouts rimés que j'avais souvent le sentiment, non de les composer, mais de les tenir de la mémoire d'une vie antérieure. En voici un échantillon :

Ô Bella belle sans égale
Je chéris le souvenir doux
De la première fois où ma femme idéale
Au bord de la Kelvin baisa de mes doigts le bout.
Avec des camarades j'ai folâtré
Et cordialement trinqué
J'ai connu des tourbillons joyeux
Et des pensers heureux
Et les remous des mers actives
Et les avalanches qui fendent les monts
Mais n'ai connu aucun remou (moi ton futur époux)
Aucun bonheur aussi grands (toi qui auras mon nom)
Que près de la Fontaine Commémorative.

Les nombreux autres vers que je lui postai étaient également spontanés et également bons, et s'achevaient par des prières de plus en plus pressantes pour qu'elle me répondît. Je donne textuellement la seule réponse que je reçus enfin. Je fus fou de joie à la vue de la grosseur de l'enveloppe, qui contenait près d'une douzaine de feuillets. Mais son écriture était tellement énorme qu'il n'y avait place que pour quelques mots sur chacun d'eux, bien que, comme les Hébreux et les Babyloniens de l'Antiquité, elle eût gagné de l'espace en se dispensant des voyelles :

CHR CHDLL.

VS N BTNDRZ PS GRD CHS D M D CTT FÇN. LS MTS N M SMBLNT PS RLS LRSQU LS N ST PS PRNNCS D VV VX. VS LTTRS RSSMBLNT BCP X LTTRS D MR DS TRS HMMS, N PRTCLR CLLS D DNCN WDDRBRN

VTR FDL

BLL BXTR.

En murmurant ces consonnes à haute voix, je compris peu à peu tout, sauf DNCN WDDRBRN, et ce que je compris m'inquiéta et me perturba, car les seuls mots qui nourrissaient mes espoirs étaient les deux derniers qui déclaraient qu'elle était fidèlement mienne. C'est une formule d'affaires conventionnelle, mais Bella n'était ni dans les affaires ni conventionnelle. Malgré cela, je décidai de rompre ma promesse et de lui rendre visite dès que possible. Le soir même, alors que je quittais l'Hôpital royal pour accomplir ma décision, je fus hélé par Mrs Dinwiddie, la gouvernante de Baxter, qui m'attendait dehors dans un fiacre. Elle me tendit, en me demandant de le lire sur-le-champ, le message suivant :

Cher McCandless,

J'étais fou de vous séparer de Bella. Venez tout de suite. Je nous ai accidentellement blessé tous les trois d'une façon terrible. Vous seul, peut-être, pouvez nous sauver si vous venez rapidement, ce soir, avant le crépuscule, dès que possible.

Votre ami malheureux et, croyez-moi, sincèrement repentant,

Godwin Bysshe Baxter.

Je bondis dans le fiacre, fus emmené à Park Circus, et me précipitai dans le salon du rez-de-chaussée en m'écriant :
« Que se passe-t-il ? Où est-elle ?
— Là-haut, dans sa chambre, répondit Baxter, et pas malade, seulement trop heureuse. Essayez de garder votre calme, McCandless. Laissez-moi vous raconter toute cette affreuse histoire avant de tenter de la faire changer d'idée. Si vous voulez boire, je peux vous offrir un verre de jus de légumes. Le porto est hors de question. »

Je m'assis et le dévisageai. Il commença :
« Elle attend de s'enfuir avec Duncan Wedderburn.
— Qui ça ?
— L'homme le pire du monde... un beau notaire bien astiqué, onctueux, enjôleur, débauché, sans scrupules, qui, jusqu'à la semaine dernière, avait pour spécialité de séduire les bonnes. Il est trop paresseux pour vivre d'un travail honnête. De plus le legs d'une vieille tante gâteuse lui a rendu tout travail inutile. Il paie ses pertes aux jeux et ses sales amours en tirant des honoraires abusifs d'affaires également abusives se déroulant du côté ténébreux de la loi. Maintenant c'est de lui qu'est amoureuse Bella, pas de vous, McCandless.
— Comment se sont-ils rencontrés ?
— Le lendemain de vos fiançailles, j'ai décidé de faire un testament pour lui laisser tout ce que je possède. J'ai rendu visite le matin même à un vieil avocat très respectable, un ancien ami de mon père. Quand il m'a interrogé sur mes relations exactes avec Bell, je lui ai répondu d'une manière confuse car j'ai soudain soupçonné... sans en être absolument certain... qu'il en savait trop sur la famille Baxter pour croire à l'histoire que j'ai racontée à mes domestiques. J'ai rougi, j'ai bredouillé, puis j'ai feint une colère que je ne ressentais pas, et je lui ai déclaré que puisque je payais ses services je ne voyais aucune raison de répondre à des questions impertinentes qui jetaient un doute sur mon honnêteté. J'aimerais bien ne l'avoir jamais dit ! Mais j'avais perdu la tête. Il a répliqué très froidement qu'il m'avait questionné seulement pour s'assurer que mon testament ne pourrait être contesté par aucun autre parent de sir Colin ; qu'il avait été au service de la famille Baxter durant près de trois générations, et que si je ne me fiais pas à sa discrétion, je devais m'adresser ailleurs. Je brûlais de dire

toute la vérité à ce brave vieillard, McCandless, mais il m'aurait pris pour un fou. Je me suis excusé, et je suis parti.

» Je me suis aperçu que le secrétaire qui me reconduisait avait écouté à la porte de son patron, car il se montrait bien moins obséquieux qu'à mon arrivée. Je l'ai arrêté dans le vestibule, j'ai sorti un souverain de ma poche, et l'ai fait négligemment jouer entre mes doigts. Alors il a déclaré que son patron était trop affairé pour s'occuper de moi... mais pouvait-il me recommander quelqu'un d'autre ? Il m'a chuchoté le nom et l'adresse d'un notaire qui travaillait à demeure dans le quartier sud. J'ai glissé ma pièce au scélérat et me suis rendu en fiacre à l'adresse donnée. Hélas, Wedderburn s'y trouvait. Je lui ai expliqué ce que je voulais et lui ai déclaré que j'étais prêt à payer un supplément pour l'obtenir au plus vite. Il ne m'a pas demandé d'autres informations que celles que je lui ai données. Je lui en ai été reconnaissant. J'ai admiré sa prestance et ses manières suaves. Je ne savais rien alors de la noire iniquité de son âme.

» Il s'est présenté ici le lendemain avec les exemplaires de mon testament à signer. Bella se trouvait avec moi, dans ce salon, et elle l'a accueilli avec ses effusions habituelles. Il y a répondu d'une manière si froide, lointaine et condescendante qu'elle en a manifestement été blessée. Je m'en suis senti gêné, mais je ne l'ai pas montré. J'ai sonné Mrs Dinwiddie pour qu'elle serve de témoin, et nous avons signé et scellé les documents pendant que Bell boudait dans son coin. Wedderburn m'a alors tendu sa note d'honoraires. Je suis sorti prendre des guinées dans mon coffre-fort et, je vous assure, McCandless, je suis revenu en moins de quatre minutes. J'ai constaté avec plaisir que, quoique Mrs Dinwiddie eût entretemps quitté la pièce et que Wedderburn eût l'air froid comme jamais, Bella s'était remise à bavarder aussi vivement que d'habitude. Et j'ai pensé que c'était la dernière fois qu'il serait question de Wedderburn. Or, ce matin même, au petit déjeuner, elle m'a joyeusement déclaré qu'il était venu la rejoindre dans sa chambre durant les trois dernières nuits, après que les domestiques s'étaient retirés. Il imitait le cri de la chouette vers minuit, elle laissait une lumière allumée à sa fenêtre, c'était leur signal, puis il grimpait chez elle par une échelle ! Et ce soir, dans deux heures, elle s'enfuira avec lui si vous ne la faites pas changer d'idée. Tâchez de conserver votre calme, McCandless ! »

Je saisis mes cheveux des deux mains et les tordis en criant :

« Oh, qu'ont-ils FAIT ensemble ?
— Rien dont vous n'ayez à craindre les conséquences, McCandless. J'ai très tôt remarqué sa nature romantique lors de notre tour du monde, et, à Vienne, j'ai payé une femme hautement qualifiée pour lui enseigner les arts de la contraception. Bell m'a dit que lui aussi y était versé.
— Ne lui avez-vous donc pas dit combien il était mauvais et perfide ?
— Non, McCandless. Je l'ai seulement découvert ce matin, c'est elle qui m'a révélé combien il était mauvais et perfide. Le rusé lascar l'a séduite en lui racontant ses débauches avec toutes les femmes qu'il a trompées et trahies, et pas seulement des femmes, McCandless ! Il s'est livré à une orgie d'aveux... elle a dit que c'était aussi intéressant qu'un livre... et bien sûr il lui a déclaré que son amour pour elle purifiait sa vie, faisait de lui un homme nouveau, et qu'elle, il ne l'abandonnerait jamais. Je lui ai demandé si elle le croyait. Elle m'a répondu que pas vraiment, mais que personne ne l'avait encore abandonnée, et que le changement lui ferait du bien. Elle a également dit que les mauvais sujets avaient autant besoin d'amour que les bons, et le faisaient beaucoup mieux. Allez la voir, McCandless, et prouvez-lui qu'elle a tort.
— J'y vais, dis-je en me levant, et lorsque Wedderburn arrivera, lâchez vos chiens sur lui. C'est un cambrioleur qui n'a aucun droit ici. »
Baxter me regarda avec dégoût et stupéfaction, comme si je lui avais demandé de crucifier Wedderburn au clocher de la cathédrale de Glasgow. Il répliqua sur un ton de reproche :
« Je ne dois pas contrarier Bell, McCandless.
— Mais, Baxter, elle a un âge mental de dix ans ! C'est une enfant !
— C'est pourquoi je ne dois pas employer la force. Si je blesse quelqu'un qu'elle aime, son affection pour moi deviendra de la peur et de la méfiance, et ma vie n'aura plus aucun but. Elle aura encore un but, si Bell sait qu'elle a ici une maison prête à l'accueillir lorsqu'elle se sera fatiguée de Wedderburn, ou lui d'elle. Mais peut-être pourrez-vous empêcher que cela se produise. Allez la voir. Faites-lui la cour. Dites-lui que c'est avec ma bénédiction. »

9
À la fenêtre

Je courus à l'étage dans une rage qui fondit en chagrin à la vue de Bella, car ses pensées étaient manifestement loin de moi. À travers une porte, sur le premier palier, je la vis assise à une fenêtre ouverte, le coude sur le rebord et la joue appuyée sur la main. Elle portait un costume de voyage ; il y avait à ses pieds une valise bouclée, avec un chapeau à larges bords et un voile dessus. Je distinguai dans le profil qu'elle me présentait une expression que je ne lui avais jamais vue : de la satisfaction et de la sérénité teintées de quelque idée mélancolique du passé ou de l'avenir. Elle n'était plus plongée vivement, violemment, dans le présent. J'eus l'impression d'être un petit garçon épiant une femme mûre, et je toussai pour attirer son attention. Elle se retourna, m'adressa un doux sourire de bienvenue, puis me dit :

« Comme c'est gentil, Chandelle, d'être venu me tenir compagnie durant mes dernières minutes dans cette vieille, vieille maison. J'aurais bien aimé que God soit avec moi, mais il est tellement malheureux que je ne peux pas le supporter en ce moment.

— Moi aussi je suis malheureux, Bella. Je pensais que nous devions nous marier.

— Je sais. Nous avons arrangé cela il y a des années.

— Six jours... moins d'une semaine.

— Tout ce qui dépasse un jour me semble une éternité. Duncan Wedderburn m'a soudain touchée en des endroits que vous n'avez jamais atteints, et maintenant je suis maboule de lui. Il va arriver avec le crépuscule, il va venir par la ruelle, franchir tranquillement le portail de ce mur lointain, en entourant la poignée de tissu pour l'empêcher de grincer. Puis il va suivre l'allée sur la pointe des pieds, prendre avec précaution l'échelle cachée dans ce lit de chou frisé... elle n'est pas bien cachée, vous pouvez facilement la voir... et, oh, avec quelle tendresse et avec quelle adresse il va la dresser, et me la tendre lentement pour que je puisse la placer de mes mains sur le rebord de ma fenêtre ! Vous n'avez jamais fait cela avec moi. Puis il va nous entraîner vers la vie, et l'amour, et l'Italie, et la côte de Coromandel où les fontaines ensoleillées d'Afrique inondent les sables dorés. Je me demande où nous finirons. Le pauvre cher Duncan aime tellement mal agir. Il ne voudrait probablement pas de moi s'il pensait que God nous laisserait passer par la porte d'entrée pour nous promener au grand jour. Et, Chandelle, en plus de nos fiançailles, je me souviendrai toujours de vos fréquentes visites dans l'ancien temps, de la façon dont vous écoutiez quand je jouais du Pianola pour vous, et de mon sentiment d'être une femme merveilleuse quand vous me baisiez toujours la main après.

— Mais, Bella, je ne vous ai vue que trois fois dans ma vie, et celle-ci est la troisième.

— Justement ! s'écria Bella dans une effrayante bouffée de colère. Je ne suis que la moitié d'une femme, Chandelle, et moins que la moitié puisque je n'ai pas eu d'enfance, ce morceau de vie couvert de nuages de gloire, comme l'a dit Miss MacTavish, pas de sucre et d'épices et toutes les bonnes choses pour petites filles, pas de premier amour et de rêve de jeunesse. Tout un quart de siècle de ma vie a disparu bing bang patatras ! Donc les quelques petits souvenirs tintent dans cette Bell[1] creuse clic clac ding dong drelin drelin sonnent résonnent détonnent vibrent vombrissent bourdonnent rebourdonnent dans ce pauvre petit crâne vide en mots mots mots motsmotsmotsmotsmotsmotsmotsmotsmotsmots qui essayent de faire beaucoup avec peu mais qui n'y arrivent pas. J'ai besoin de davantage de passé. Sur notre bateau remontant le Nil une belle dame voyageait seule et quelqu'un m'a dit que *c'était une dame avec un passé*. Oh, comme je l'ai enviée ! Mais Duncan va vite me donner beaucoup de passé. Duncan est rapide.

— Bell, plaidai-je, vous ne partirez PAS pour épouser cet homme ! Vous ne porterez PAS ses enfants !

— Je sais, répondit-elle en me regardant avec saisissement. Je suis fiancée avec vous. »

Elle me montra mon épingle à cravate piquée sur le revers de sa veste de voyage, et dit malicieusement :

« Je parie que vous avez mangé tous mes bonbons. »

Je lui déclarai que j'avais placé ses bonbons sous couvercle dans un bocal de verre, parce que si je les avais gardés dans ma

1. *Bell* : cloche en anglais. (N.d.T.)

poche, la chaleur de mon corps les aurait fait fondre en une masse informe. J'ajoutai que puisque Baxter refusait de la protéger de cet indigne invidivu, et qu'elle refusait de se protéger elle-même, j'irais attendre le bonhomme dans la ruelle ; et que si mes paroles ne lui faisaient pas rebrousser chemin, je l'assommerais. Elle me fit la tête — je ne l'avais encore jamais vue faire la tête —, avança la lèvre comme un bébé en colère, et je craignis un instant qu'elle ne braillât en effet comme un bébé.

Au lieu de quoi eut lieu une chose charmante. Son visage se détendit en ce sourire ravi qu'elle avait eu la première fois qu'elle m'avait vu, comme la première fois elle me tendit tout droit ses deux bras, mais à présent je m'y jetai et nous nous embrassâmes. Je ne me souvenais pas avoir jamais été aussi proche de personne, elle appuyait si fort mon visage sur sa poitrine que j'avais encore moins d'air que lorsque nous nous étions embrassés dans le parc. Je ne voulus pas attendre de perdre conscience et de nouveau je me dégageai brusquement. Elle me tint les mains et me dit gentiment :

« Mon cher petit Chandelle, chaque fois que j'essaie de vous donner du plaisir, vous ne le prenez pas et vous me repoussez. Dans ces conditions, comment pourriez-vous me donner du plaisir ?

— Vous êtes la seule femme que j'aie aimée, Bella, je ne suis pas comme Duncan Wedderburn qui s'est exercé toute sa vie sur des bonnes, si on compte la nourrice qui lui a donné le sein. Ma mère était domestique dans une ferme. Son patron s'est exercé sur elle, il m'a aussi créé, et c'est une chance que nous n'ayons pas été chassés tous deux ensuite. Il n'y avait pas de temps pour l'amour dans nos vies... le travail était trop dur et trop mal payé. J'ai appris à survivre avec de petites quantités d'amour, Bell. Je ne sais pas jouir comme ça, tout d'un coup, de grandes embrassades.

— Mais moi si, Chandelle. Oh oui ! fit Bella, toujours souriante mais hochant la tête avec résolution. Et, une fois, vous avez dit que je pouvais faire ce que je voulais avec vous. »

Je lui rendis son sourire et son hochement de tête, car j'étais désormais certain que je la gagnerais, et déclarai qu'elle pouvait encore faire ce qu'elle voulait avec moi, mais qu'elle ne pouvait pas faire ce qu'elle voulait avec les autres hommes. Elle fronça les sourcils et soupira avec une mine contrariée, puis éclata de rire et s'écria :

« Mais Duncan ne sera pas ici avant des heures et des heures donc venez en haut et laissez-moi vous surprendre ! »

Elle glissa ma main droite sous son bras et me conduisit à la porte. Me sentant complètement heureux, je l'interrogeai sur la surprise ; elle me demanda de ne plus poser de question, me dit que je verrais bien. Puis, alors que nous grimpions vers le dernier palier, elle ajouta d'un air songeur :

« Duncan est champion de boxe amateur. »

Je lui répliquai que moi aussi je savais me battre ; que plus d'un grand garçon sur le terrain de jeu de l'école de Whauphill avait pensé que mes manières tranquilles et ma petite taille faisaient de moi une victime facile, mais que, sans toujours vaincre, j'avais toujours prouvé qu'on avait eu tort. Elle me pressa la main. Je remarquai alors quelque chose d'étrangement familier : l'arôme mêlé de phénol et d'alcool qui flotte dans les hôpitaux. Je m'étais dit que l'ancienne salle d'opération de sir Colin devait se trouver, comme toutes les salles de ce genre, au dernier étage, mais n'avais pas pensé qu'elle fût encore en usage. Nous étions montés vers la lumière. C'était une heure encore avant le crépuscule. Une brise avait nettoyé le ciel, et autour du solstice d'été une lumière s'attarde toujours dans les cieux écossais, quelle que soit l'obscurité dans laquelle sont plongées les villes et les campagnes. Le dernier palier se trouvait sous une grande verrière éclairant la cage d'escalier. Bella posa la main sur la poignée d'une porte et me dit :

« Attendez dehors, Chandelle, ne regardez pas avant que je vous appelle, et alors, vous serez surpris. »

Elle se glissa de biais à travers la porte entrouverte, et la referma si vivement que je ne pus apercevoir l'intérieur.

En attendant ainsi, quelques idées très bizarres me traversèrent la tête. Wedderburn avait-il pu la corrompre au point qu'en entrant je la découvrisse nue ? Cette image me fit trembler dans un supplice de sentiments conflictuels, mais comme le temps passait je fus tourmenté par un soupçon différent et pire encore. La plupart des grandes maisons ont un étroit escalier de service. Bella s'était-elle esquivée par là, était-elle en ce moment même en train de courir vers Charing Cross, pour y prendre un fiacre et se rendre dans la chambre de Wedderburn ? Cette vision devint si nette dans mon esprit que je fus sur le point d'entrer mais la porte s'ouvrit vers l'intérieur et je compris que Bella devait se cacher derrière, car la pièce était apparemment vide de vie. Je l'entendis dire :

« Avancez et fermez les yeux ! »

J'avançai mais ne fermai pas les yeux tout de suite. C'était en effet l'ancienne salle d'opération de sir Colin, installée selon ses instructions quand Park Circus avait été construit à l'époque du Crystal Palace. Le mobilier était rare et étique mais baigné d'une chaude lumière de crépuscule. Celle-ci affluait de hautes fenêtres et d'un plafond qui semblait formé de quatre lucarnes inclinées vers un réflecteur au centre et en haut, réflecteur douchant d'un plus grand éclat la table d'opération. Je vis des bancs où étaient posés ce qui paraissait être des clapiers et des chenils grillagés, et flairai des relents animaux dans l'odeur d'hôpital. J'entendis la porte claquer derrière moi, et sentis sur ma nuque le souffle de Bella. Soudain certain qu'elle était nue, je fermai à demi les yeux et me mis à trembler. Elle glissa par l'arrière un bras autour de mon torse, et je vis avec soulagement qu'il était vêtu de la manche de sa veste de voyage. Elle me pressa contre son corps et je me laissai aller, remarquant en passant que l'odeur chimique devenait de plus en plus forte. Je sentis autant que j'entendis Bell me murmurer à l'oreille :

« Bell ne laissera *personne* faire du mal à sa petite Chandelle. »

Elle appliqua sa main sur ma bouche et sur mon nez et, lorsque je tentai de respirer, je perdis conscience.

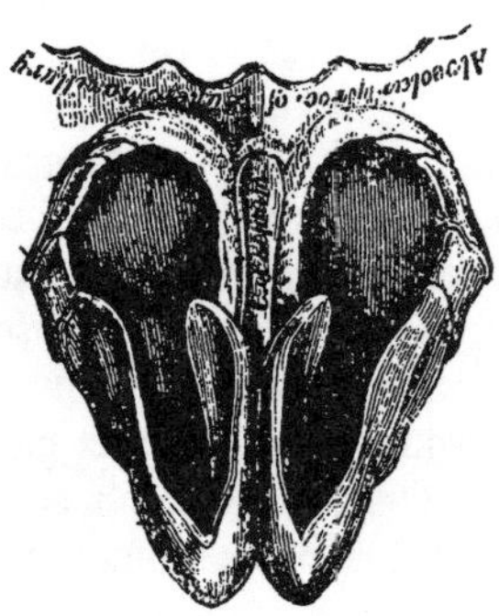

10
Sans Bella

J'entendis le sifflement faible et régulier d'un bec de gaz. J'avais mal à la tête, et n'ouvris pas les yeux de crainte d'être blessé par la lumière. Je sentis que quelque chose d'horrible s'était passé, que quelque chose d'essentiel m'avait été enlevé, mais ne voulus pas y penser. À côté de moi, quelqu'un soupirait et chuchotait : « Mauvais. Je suis mauvais. »

Bella me vint à l'esprit. Je m'aperçus que j'étais allongé sur un canapé dans le bureau de Baxter, je m'y assis, une couverture me glissa des jambes. On m'avait ôté ma veste, mon col et mes chaussures, mon gilet était déboutonné. Le canapé était un meuble massif tapissé d'étoffe de crin noire. Assis à l'autre bout, Baxter me regardait d'un air lugubre. Par les fenêtres aux rideaux écartés, je vis une grosse demi-lune dans un ciel d'un bleu si profondément lumineux qu'il était sans étoiles.

« Quelle heure ? fis-je.

— Ma foi, deux heures passées.

— Bell ?

— Enfuie. »

Après un silence, je lui demandai comment il m'avait trouvé. Il me tendit quelques feuillets gribouillés par l'énorme écriture de Bella. Je les lui rendis en déclarant que j'avais trop mal à la tête pour déchiffrer quoi que ce fût. Il les lut à haute voix :

« Cher God, j'ai chloroformé Chandelle dans la salle d'opération. Quand il se réveillera, demandez-lui de vivre avec vous, comme ça vous pourrez tous deux parler souvent de votre Fidèle, Chère, Bien-Aimée Bell Baxter.

P.-S. Je vous télégraphierai pour vous dire où je serai quand j'y serai. »

Je me mis à pleurer. Baxter dit alors :

« Descendons à la cuisine. Il faut que vous mangiez quelque chose. »

Je m'installai les coudes sur la table de la cuisine pendant que Baxter farfouillait dans un garde-manger. Il mit devant moi une jatte de lait, un gobelet, une assiette, un couteau, une miche de pain, du fromage, des cornichons et les restes froids d'une volaille rôtie. Il me servit ces derniers avec un dégoût qu'il tenta de dissimuler sans y réussir, car il était végétarien et ne tolérait la viande que pour ses domestiques. Tandis que j'entamais la nourriture, il but lentement des litres de ce sirop gris qui constituait la plus grande partie de son régime, en le prenant par louchées dans une de ces bonbonnes industrielles où on transporte les acides. Je profitai d'un moment où il dut aller satisfaire un besoin naturel pour goûter à cette mixture : elle me parut saumâtre comme de l'eau de mer.

Nous restâmes ainsi jusqu'à l'aube, mélancoliques, dans un silence rompu par de brusques élans de conversation. Je lui demandai où Bella avait appris à employer le chloroforme.

« Quand nous sommes revenus de voyage, répondit-il, j'ai compris qu'il faudrait davantage que des jouets pour l'amuser, et j'ai donc mis sur pied une petite clinique vétérinaire. J'ai fait savoir que les animaux malades qu'on présenterait à notre porte de service seraient traités gratuitement. Bella est devenue ma réceptionniste et mon assistante, et a parfaitement accompli ces deux tâches. Elle aimait recevoir des inconnus et soigner des animaux. Je lui ai appris à suturer les plaies et elle l'a fait avec l'application et l'adresse passionnées des ouvrières qui recousent des chemises ou des femmes des classes moyennes qui font de la broderie. L'exclusion des femmes des délicats arts médicaux a causé la perte de beaucoup de membres et de beaucoup de vies, McCandless. »

Je me sentais trop malade et trop fatigué pour en discuter.

Peu après, je lui demandai pourquoi il avait fait un testament le lendemain même de mes fiançailles avec Bella.

« Pour qu'elle ne soit pas dans le besoin après ma mort, dit-il. Vous ne serez pas riche avant des années, McCandless, même si vous travaillez très dur. »

Je l'accusai d'avoir projeté de se tuer après notre mariage. Il haussa les épaules, et déclara qu'il n'aurait plus aucune raison de vivre après cela.

« Vous êtes un égoïste et un idiot, Baxter ! m'écriai-je avec colère. Comment pourrions-nous, Bell et moi, jouir de votre argent, si nous l'obtenons à cause de votre suicide ? Nous l'aurions gardé, bien sûr, mais il nous aurait rendus malheureux. Cette fuite n'est pas une si mauvaise chose, après tout, si elle nous épargne à tous trois un drame pareil. »

Baxter se pencha vers moi et marmonna que sa mort n'aurait pas eu l'air d'un suicide. Je le remerciai de m'avoir averti, lui déclarai que je le surveillerais de plus près à l'avenir, et que si jamais il mourait dans des circonstances malheureuses, je prendrais des initiatives appropriées.

Il me regarda avec des yeux ronds, stupéfaits, et demanda :

« Quelles initiatives ? Est-ce que vous ne me donnerez pas un enterrement décent ? »

Je lui répondis gravement que je conserverais son corps dans de la glace jusqu'à ce que j'aie découvert le moyen de le ranimer. Il parut sur le point d'éclater de rire, mais il se contint. Je poursuivis :

« Vous ne devez pas mourir maintenant. Si vous le faites, tous vos biens iront à Duncan Wedderburn. »

Il me signala que la Chambre des communes débattait d'un projet de loi permettant aux femmes mariées de conserver leurs biens. Je lui rétorquai que ce projet ne deviendrait jamais une loi. Cela saperait l'institution du mariage et la plupart des membres du Parlement étaient des maris. Il soupira et reprit :

« Je mérite la mort comme n'importe quel autre assassin.

— C'est absurde ! Pourquoi dites-vous cela ?

— Ne faites pas semblant d'avoir oublié. En une seule question, vous avez révélé ma culpabilité le jour où je vous ai montré Bella. Excusez-moi. »

Ce fut alors qu'il sortit pour soulager sa vessie ou ses intestins. Cette opération prit près d'une heure, et quand il revint, je lui déclarai :

« Désolé, Baxter, je n'ai pas la moindre idée de la raison pour laquelle vous vous traitez d'assassin.

— Ce petit fœtus de près de neuf mois que j'ai extrait vivant du corps d'une noyée aurait été choyé comme mon enfant adoptif. En transplantant son cerveau, j'ai abrégé la vie de sa mère aussi délibérément que si je lui avais donné un coup de poignard à l'âge de quarante ou cinquante ans, avec cette seule différence que je lui ai ôté non la fin de sa vie, mais son début... ce qui est un crime bien plus vicieux. Et cela comme un vieux débauché qui achète un enfant à une entremetteuse ! L'égoïsme, la rapacité, l'impatience m'ont mené, et c'est pour ÇA, hurla-t-il en frappant du poing la table si fort que les plus lourds objets sautèrent de plusieurs centimètres, c'est pour ÇA que nos arts et nos sciences ne peuvent améliorer le monde, quoi qu'en disent les philanthropes libéraux. Nos grands progrès scientifiques servent d'abord à assouvir les parties immondes, égoïstes, rapaces et impatientes de notre nature et de la nation ; les parties bienfaisantes et désintéressées viennent toujours en second. Sans les techniques de sir Colin, Bell serait maintenant un petit enfant normal de deux ans et demi. Je pourrais jouir de sa compagnie durant seize ou dix-huit ans, avant qu'elle ne devienne indépendante. Mais mes dégoûtants appétits sexuels ont employé mes capacités scientifiques à en faire une friandise enrobée pour *DUNCAN WEDDERBURN* ! »

Il sanglota et je méditai.

Je méditai un long moment, puis déclarai :

« Ce que vous venez de dire est en grande partie vrai, sauf votre remarque sur l'impossibilité d'améliorer scientifiquement les choses. Comme membre du parti libéral, je suis tenu de ne pas être d'accord avec vous. Quant au fait que vous ayez abrégé la vie de Bell, n'oubliez pas que la seule chose que nous sachions sur le vieillissement est que la souffrance et la misère vieillissent les gens plus vite que le bonheur, de sorte que l'exceptionnel bonheur du jeune cerveau de Bella peut maintenir la vie de son corps bien au-delà de la longévité ordinaire. Si vous avez commis un crime en créant Bell telle qu'elle est, je vous suis reconnaissant de ce prétendu crime parce que je l'aime telle qu'elle est, qu'elle épouse ou non Wedderburn. Et puis je doute que la femme qui a été capable de me chloroformer puisse être le jouet impuissant de qui que ce soit. Wedderburn est peut-être à plaindre. »

Baxter me fixa, puis m'agrippa la main droite par-dessus la table à m'en faire craquer les jointures. Je rugis de douleur (il me fallut un mois pour me remettre de mes meurtrissures). Il s'excusa en disant qu'il avait voulu exprimer sa sincère gratitude. Je le priai de garder sa gratitude pour lui à l'avenir.

Après quoi nous fûmes d'un peu meilleure humeur. Baxter se mit à arpenter la cuisine, en souriant comme il le faisait en pensant à Bell et en s'oubliant.

« En effet, dit-il, peu d'enfants de deux ans et demi ont le pas aussi ferme, la main aussi assurée et l'esprit aussi vif. Elle se souvient de tout ce qui lui est arrivé et de tous les mots qu'elle a entendus, et si elle les utilise à tort et à travers, elle en saisit le sens plus tard. Et puis je lui ai épargné un inconvénient désastreux que je n'ai pas subi moi-même : elle n'a jamais été petite, donc elle n'a jamais connu la peur. Vous souvenez-vous de tous les nabots que vous avez successivement été avant d'atteindre votre taille actuelle, McCandless ? Ce lutin de soixante centimètres ? Ce gnome d'un mètre ? Ce nain d'un mètre vingt ? Aviez-vous le sentiment d'être aussi important que les géants qui dominaient votre monde ? »

Je haussai les épaules, et répondis que toutes les enfances n'étaient pas comme la mienne.

« Sans doute pas, poursuivit-il, mais j'ai entendu dire que même dans les foyers riches il y avait des bébés braillards, des enfants terrifiés, et des adolescents maussades. La nature donne à ses rejetons une grande résistance émotionnelle pour les aider à survivre aux inconvénients d'être petits, mais ces inconvénients en font des adultes légèrement déséquilibrés, soit, la plupart du temps, fous d'envie d'acquérir tout le pouvoir dont ils ont manqué autrefois, soit fous d'envie de l'esquiver. À présent (et c'est pourquoi vous avez peut-être raison en disant que Wedderburn est à plaindre), Bella a toute la résistance des petits enfants avec toute la stature et la force d'une belle femme formée. Son cycle menstruel a pleinement repris dès qu'elle a ouvert les yeux, donc on ne lui a pas enseigné de considérer son corps comme répugnant ni de redouter ce qu'elle désire. Comme elle n'a pas appris la couardise des petits devant l'oppression, elle ne parle que pour dire ce qu'elle pense et ce qu'elle ressent, et non pour se dissimuler, de sorte qu'elle est incapable des méfaits de l'hypocrisie et du mensonge... elle est incapable de presque tout méfait. Tout ce qui lui fait défaut, c'est l'expérience, en particulier l'expérience des décisions. Wedderburn est sa première décision importante, mais elle ne se fait aucune illusion sur le personnage. Mrs Dinwiddie lui a cousu dans la doublure de ses vêtements suffisamment d'argent pour qu'elle n'en manque pas en cas de rupture soudaine avec Wedderburn. Ce que je crains surtout, c'est que quelqu'un qui l'intéresse davantage ne l'entraîne dans une aventure que nous ne pouvons imaginer. Enfin, elle sait comment envoyer un télégramme.

— Son pire défaut, dis-je (et Baxter eut aussitôt l'air indigné), c'est son sens infantile du temps et de l'espace. Pour elle, de petits intervalles sont énormes, et pourtant elle pense qu'elle peut attraper tout de suite tout ce qu'elle veut, quelles que soient les distances. Elle m'a parlé comme si nos fiançailles et sa fuite avec Wedderburn étaient compatibles, simultanées. Je n'ai pas eu le cœur de lui dire que le temps et l'espace s'y opposaient. Je ne lui ai même pas expliqué que la loi morale l'interdisait. »

Baxter commença à m'exposer que nos idées sur le temps, l'espace et la morale étaient des conventions commodes, mais je lui bâillai au visage.

C'était le point du jour et des oiseaux chantaient dans le jardin. Des hululements sinistres appelaient les ouvriers aux usines et aux chantiers navals. Baxter me dit qu'on avait préparé un lit pour moi dans une chambre d'ami. Je répliquai que je serais à mon travail dans deux heures et que je ne voulais rien d'autre qu'un lavabo, un rasoir et un peigne. Il me conduisit à l'étage, et me déclara :

« Nous avons parlé de Bella exactement comme elle l'a annoncé dans sa lettre, donc vous feriez aussi bien de vivre ici comme elle l'a prévu. Je vous demande cela comme une faveur, McCandless. La compagnie de femmes âgées ne me suffit plus désormais.

— Park Circus est très loin de l'Hôpital royal, comparé à mon meublé sur le Trongate. Quelles sont vos conditions ?

— Chambre gratuite, gaz gratuit, feu de charbon gratuit, bains chauds gratuits, literie gratuite, blanchisserie gratuite, y compris l'empesage de vos cols, entretien gratuit de vos bottes, repas gratuits lorsque vous voudrez les prendre avec moi.

— Vos repas me rendraient malade, Baxter.

— Vous aurez la nourriture que se servent Mrs Dinwiddie, la cuisinière et la femme de chambre... de la bonne chère bien cuisinée. Vous aurez libre accès à une bonne bibliothèque qui a été grandement augmentée depuis l'époque de sir Colin.

— Et en retour ?

— Lorsque vous aurez un moment libre, vous pourrez m'aider à la clinique. Des chiens, des chats, des lapins et des perroquets, vous pourrez apprendre beaucoup pour soigner vos patients bipèdes et sans plumes.

— Hum ! Je vais y réfléchir. »

Il sourit comme si ma remarque lui paraissait une inutile manifestation d'indépendance virile. Il avait raison.

Le soir même, j'empruntai une grosse malle, y mis mes affaires, payai à mon propriétaire de Trongate deux semaines de loyer en guise depréavis, et me rendis à Park Circus avec mes instruments, biens et effets. Baxter me reçut sans commentaire, me montra ma nouvelle chambre, et me tendit un télégramme câblé de Londres quelques heures auparavant. Il y était inscrit : S 8 I 6 (suis ici), sans signature.

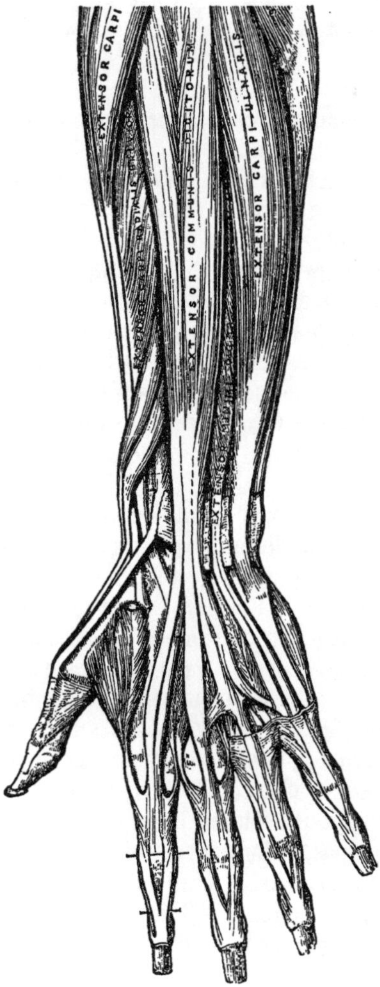

11
Dix-huit Park Circus

Si un travail prenant et rémunérateur, une amitié intéressante et peu exigeante, et une demeure confortable sont les meilleures bases du bonheur, alors les mois suivants furent sans doute les plus agréables que j'eusse connus. Toutes les domestiques de Baxter avaient été au début de leur vie des filles de la campagne comme ma mère, et quoique aucune n'eût moins de cinquante ans, je pense qu'elles aimaient avoir à la maison un homme relativement jeune qui appréciait la nourriture qu'elles préparaient. Elles ne me voyaient jamais manger parce que mes repas étaient hissés dans la salle à manger par un monte-charge, mais souvent je renvoyais les plats vides à la cuisine avec un petit bouquet de fleurs ou un mot de remerciement.

Je mangeais avec Baxter à une énorme table, en m'asseyant aussi loin que possible de lui. Ayant un très mauvais pancréas, il composait lui-même ses sucs digestifs, en les mêlant à sa nourriture avant de la mâcher et de l'avaler. Quand je l'interrogeais sur ces ingrédients, il éludait ma question d'un air honteux qui laissait entendre que certains étaient extraits de restes humains. Derrière sa chaise se trouvait un buffet contenant des bonbonnes, des fioles bouchées à l'émeri, des verres gradués, des pipettes, des seringues, du papier de tournesol, des thermomètres et un baromètre ; ainsi qu'un bec Bunsen, et une cornue pour distiller les plantes. Cette dernière bouillait sur une flamme basse durant toute la journée. Au cours de chaque repas, il s'arrêtait de mâcher à des moments imprévisibles, et restait absolument immobile, comme à l'écoute d'une chose lointaine, mais en réalité à l'écoute de lui-même. Alors il se levait lentement, s'approchait du buffet avec son assiette et passait des minutes à concocter une mixture qu'il y ajoutait. Sur le buffet se trouvait un graphique où il notait sa température, son pouls, son rythme respiratoire, ainsi que les variations chimiques de ses systèmes sanguin et lymphatique. Un matin, avant le petit déjeuner, j'y jetai un coup d'œil et en fus tellement effrayé que je ne le regardai plus jamais. Les fluctuations indiquées étaient si irrégulières, soudaines et abruptes qu'il semblait que le corps le plus robuste et le plus sain n'aurait pu leur survivre. Les heures et les dates (inscrites avec l'écriture appliquée, minuscule, enfantine et pourtant ferme de Baxter) me montrèrent que la veille, alors qu'il continuait de me parler, son système nerveux était passé par une sorte de crise d'épilepsie, et pourtant je n'avais remarqué aucune modification dans son comportement. Ce matériel et ce graphique devaient sûrement être une feinte, une espièglerie d'un vilain hypocondriaque qui exagérait ses malaises afin de se sentir surhumain.

En dehors de la salle à manger, la vie au 18 Park Circus était splendidement routinière. Après dîner, nous soignions les animaux malades dans la salle d'opération, puis nous nous retirions dans le bureau où nous lisions, faisions une partie d'échecs (que Baxter gagnait toujours), de dames (que je gagnais presque toujours), ou d'écarté (dont le vainqueur était imprévisible). Nous reprîmes nos longues promenades de fin de semaine et nous parlions tout le temps de Bella. Tous les trois ou quatre jours un télégramme disant « S 816 » arrivait — d'Amsterdam, de Francfort, de Marienbad, de Genève, de Milan, de Trieste, d'Athènes, de Constantinople, d'Odessa, d'Alexandrie, de Malte, du Maroc, de Gibraltar et de Marseille.

Par un après-midi brumeux de novembre nous parvint de Paris un télégramme disant : « N PS S NQTR ». Baxter perdit la tête. Il cria :

« Il faut certainement s'inquiéter de quelque chose d'épouvantable si elle nous dit de ne pas le faire. Je vais aller à Paris. J'engagerai des détectives. Je la retrouverai.

— Attendez qu'elle vous appelle, Baxter, dis-je. Ayez confiance en son honnêteté. Ce message signifie qu'elle n'est pas ennuyée par un événement qui pourrait nous bouleverser, vous ou moi. De crainte de la contrarier, vous l'avez confiée à Duncan Wedderburn. Eh bien, à présent, vous feriez bien de la confier à elle-même. »

Cela le convainquit mais ne le calma point. Lorsque, exactement une semaine plus tard, le même message arriva de Paris, sa volonté s'effondra. Je me rendis un matin au travail en étant certain qu'il partirait le jour même pour la France, mais, quand je rentrai, je l'entendis me hurler du palier de son bureau :

« Des nouvelles de Bella, McCandless ! Deux lettres ! Une d'un dément de Glasgow, et l'autre venant de la résidence de Bella à Paris !

— Quelles nouvelles ? m'écriai-je en jetant ma veste et en courant à l'étage. Bonnes ? Mauvaises ? Comment va-t-elle ? Qui a écrit ces lettres ?

— Les nouvelles ne sont certainement pas entièrement mauvaises, répondit-il prudemment. En fait, je pense qu'elle agit remarquablement bien, même si ce n'est pas en accord avec la morale conventionnelle. Entrez dans mon bureau. Je vais vous lire ces lettres, en gardant la meilleure pour la fin. L'autre a un cachet du sud de Glasgow, et c'est un fou qui l'a écrite. »

Nous nous installâmes sur le canapé. Et il me lut ce qui suit.

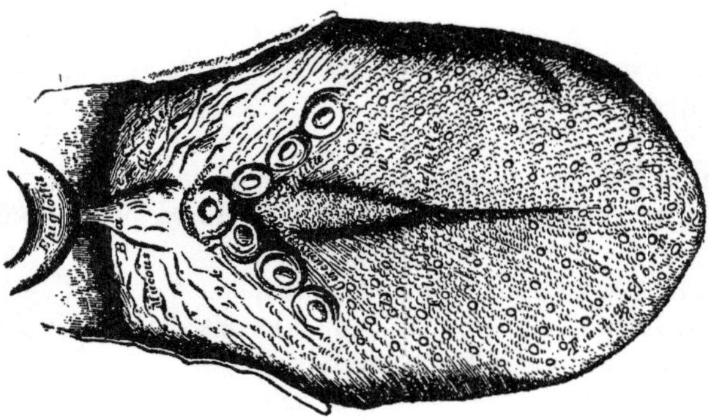

LA LETTRE DE WEDDERBURN : LA CRÉATION D'UN DÉMENT

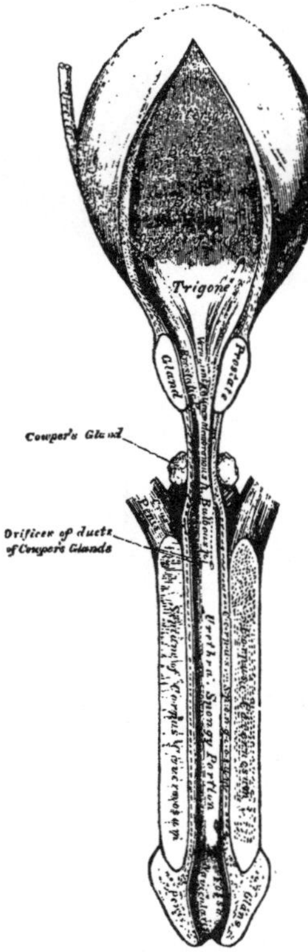

DUNCAN WEDDERBURN

41 Aytoun Street,
Pollokshields.

Le 14 novembre.

Mr Baxter,

Il y a encore une semaine, j'aurais eu honte de vous écrire, monsieur. J'aurais pensé que la vue de ma signature sur une lettre vous ferait éclater en malédictions et que vous la brûleriez sans la lire. Vous m'avez fait venir chez vous pour affaires. J'ai vu votre « nièce », je l'ai aimée, j'ai comploté avec elle, je me suis enfui avec elle. Nous ne sommes pas mariés, et pourtant nous avons parcouru l'Europe et la Méditerranée comme mari et femme. La semaine dernière, je l'ai laissée à Paris et je suis revenu seul à Glasgow, chez ma mère. Si ces faits étaient divulgués, l'opinion me considérerait comme un scélérat de la plus noire espèce, et c'est ainsi que je me considérais moi-même il y a encore une semaine : comme un coupable, un impudent libertin qui a ravi une belle jeune femme de son foyer et de son affectueux tuteur. À présent j'ai bien meilleure opinion de Duncan Wedderburn et une bien pire opinion de vous, monsieur. Avez-vous vu au Théâtre-Royal de Glasgow la production du Faust *de Goethe par le grand Henry Irving ? Moi si. J'ai été profondément ému. Je me suis reconnu dans ce héros tourmenté, ce membre respectable d'une profession des classes moyennes qui enjoint le Prince des Ténèbres de l'aider à séduire une femme de la classe des domestiques. Oui, Goethe et Irving savaient que cet Homme moderne — ce Duncan Wedderburn — est essentiellement double : une noble âme pleinement instruite de ce qui est sage et légitime, mais aussi un démon qui n'aime la beauté que pour l'abaisser et la dégrader. C'est ainsi que je me voyais jusqu'à la semaine dernière. J'étais un idiot, Mr Baxter ! Un idiot aveugle et égaré ! Mon aventure avec Bella était faustienne dès le début, l'encens enivrant du Malin m'a empli les narines dès que vous m'avez agité sous le nez votre « nièce ». Je ne savais guère que dans CE mélodrame c'était moi qui jouais le rôle de l'innocente, de la confiante Marguerite, que votre irrésistible nièce incarnait Faust, et que VOUS ! OUI, VOUS, Godwin Bysshe Baxter, étiez Satan en personne !*

« Remarquez, McCandless, dit à cet endroit Baxter, que ce garçon écrit comme on parle quand on est ivre. »

Je dois essayer d'écrire calmement. Il y a exactement une semaine, j'étais recroquevillé dans une voiture à l'arrêt, et Bella était sur le quai, à bavarder avec moi à travers la vitre. Elle était animée et belle comme toujours, avec une fraîcheur, une jeunesse en attente qui semblaient entièrement neuves, et pourtant obstinément familières. POURQUOI *était-ce familier ? Alors je me suis souvenu que c'était l'air qu'avait Bella lorsque nous sommes devenus amants. Et maintenant, avec toutes les apparences de la gentillesse (car c'était moi qui avais dit que nous devions nous quitter), elle se débarrassait de moi comme d'une chaussure usée ou d'un jouet cassé, parce qu'elle avait été* RÉNOVÉE *par quelqu'un que je n'avais jamais vu, quelqu'un qu'elle avait dû apercevoir le matin même, car nous n'étions arrivés à Paris de Marseille que six heures auparavant. Durant ces six heures, elle n'avait rencontré personne, parlé à personne sauf moi et la patronne de notre hôtel — j'étais resté tout le temps à côté d'elle, sauf lorsque j'étais allé visiter la cathédrale, ce qui m'avait pris au plus trente minutes — et dans l'intervalle elle était de nouveau tombée amoureuse ! Tout est possible à une sorcière ! Soudain elle a dit : « Promets-moi lorsque tu seras à Glasgow de dire que je voudrai bientôt la chandelle. » J'ai promis, bien que ce message m'ait paru du galimatias — ou une formule de sorcellerie de plus. Cette lettre accomplit ma promesse.*

Pourquoi, l'ayant accomplie, suis-je pris du besoin pressant de vous en dire davantage, de tout vous raconter ? D'où vient cette faim de vous révéler, à vous, Méphisto Baxter, les plus profonds secrets de mon cœur coupable et torturé ? Est-ce parce que je crois que vous les connaissez déjà ?

« Le catholicisme devrait lui rendre la santé d'esprit, marmonna Baxter. Comme il manque des rites du confessionnal, il avance n'importe quelle excuse pour débiter à n'importe qui ses sentiments de seconde main, de second ordre. »

Avez-vous vu au Théâtre-Royal, il y a deux ans, la production Beerbohm-Tree de Elle s'abaisse pour triompher, *du plus grand des Irlandais, Oliver Goldsmith ? Le héros est un beau gentleman, fin et brillant, apprécié de ses compagnons, plaisant aux vieilles personnes, et attirant les femmes. Il n'a qu'un défaut. Il est à l'aise seulement avec les bonnes. Les femmes respectables de sa classe sociale le rendent formel et frigide, et plus elles sont belles et agréables, plus il se sent gauche et incapable de les aimer. C'est tout à fait mon cas ! Je tenais pour acquis que seules les femmes qui travaillent de leurs mains ne considéraient pas que le Duncan Wedderburn naturel était une créature dégoûtante, et le résultat en a été que seules les femmes qui travaillent m'ont attiré. Adolescent, je pensais que cela faisait de moi une sorte de monstre. Me croirez-vous lorsque je vous dirai qu'à l'université j'ai découvert que les* DEUX TIERS *des étudiants éprouvaient exactement les mêmes sentiments que moi ? La plupart triomphent de cet instinct au point d'épouser une femme respectable et d'avoir des enfants, mais je doute qu'ils soient heureux. Mes instincts étaient trop puissants pour cela, ou peut-être étais-je trop honnête pour vivre un mensonge. Le héros de Goldsmith finit par être sauvé par une belle héritière de son milieu qui le conquiert en s'habillant et en parlant comme sa femme de chambre. Hélas, cet heureux dénouement n'est pas possible au* XIXe *siècle pour un notaire de Glasgow. Ma vie amoureuse s'est déroulée sous les escaliers et dans les arrière-salles de ma vie professionnelle, et dans ces zones étriquées j'ai connu les extases et obéi au code moral chanté et pratiqué par le barde national d'Écosse, Rabbie Burns. Quand je disais à chaque belle pantelante que je l'aimerais toujours, j'étais parfaitement sincère et, en fait, j'aurais épousé chacune d'entre elles si le gouffre social qui nous séparait ne l'avait pas interdit. Mes quelques pauvres petits* moutards *(excusez le terme d'argot, mais à mes oreilles le mot moutard sonne avec plus de chaleur, plus de vérité humaines que* bébé *ou* enfant*), mes quelques pauvres petits bâtards n'ont jamais été abandonnés. Tous ont été confiés à l'institution charitable de mon ami Quarrier. Vous savez (si vous lisez* The Glasgow Herald*) combien ce grand philanthrope choie ces tendres infortunés, puis les envoie au Canada où ils s'appliquent à d'utiles travaux d'agriculture pour étendre les frontières de notre Empire dans le nord. Aucune délicieuse aide-cuisinière, aucune tentante repasseuse, aucune succulente nettoyeuse de latrines n'a jamais perdu un jour de travail en folâtrant avec Duncan Wedderburn, même si la brièveté et l'irrégularité de leurs moments libres imposaient que j'en courtise plusieurs à la fois. Fondamentale-*

ment innocent, malgré ses mauvais procédés — tel était l'homme que vous avez présenté à votre prétendue nièce, Mr Baxter.

DÈS LE PREMIER REGARD, *j'ai compris que c'était une femme pour qui les distinctions sociales n'avaient pas de sens. Quoique magnifiquement vêtue à la dernière mode, elle me regardait avec autant de bonheur et de franchise qu'une bonne à qui on a donné une demi-couronne de pourboire et dont on a caressé le menton derrière le dos de sa maîtresse. Je savais qu'elle distinguait et accueillait avec plaisir le Duncan naturel à l'intérieur du notaire. J'ai caché ma confusion sous un masque de froideur qui a dû vous paraître de mauvaises manières, mais mon cœur battait si fort que j'ai craint que vous ne l'entendiez cogner dans ma poitrine. Dans les affaires de cœur, il vaut mieux se montrer direct. Au moment de la quitter, je lui ai dit : « Pourrai-je vous revoir bientôt, sans que personne ne le sache ? »*

Elle a eu l'air saisie, mais a hoché la tête. J'ai insisté : « Est-ce que votre chambre donne sur l'arrière de la maison ? » Elle a souri, et de nouveau a hoché la tête. J'ai poursuivi : « Laisserez-vous une lumière sur le rebord de la fenêtre, quand tout le monde sera couché ? J'apporterai une échelle. » Elle a ri, et a encore hoché la tête. « Je vous aime », lui ai-je dit. Elle a alors répondu : « Il y a déjà un autre garçon qui me dit ça », et elle s'est mise à babiller au sujet de son fiancé, mais alors vous êtes revenu, Mr Baxter. Sa ruse m'étonnait et m'excitait. Encore aujourd'hui, j'ai de la peine à y croire.

Mais même si j'ai sottement cru vous avoir berné, je n'ai jamais essayé de la tromper. Je lui ai exposé toutes mes iniquités passées plus franchement et plus complètement que je n'ai le courage ni la place de le faire ici... (« Dieu merci ! » grommela vivement Godwin)... *parce que (aveugle et idiot que j'étais !) je croyais que nous serions bientôt mari et femme ! Je n'avais jamais entendu parler d'aucune femme de son milieu et de son âge qui ne veuille* PAS *le mariage avec l'homme qu'elle aime, surtout si elle s'enfuit avec lui. J'étais tellement sûr que Bella serait bientôt ma femme que, par une fraude bénigne, j'ai obtenu un passeport où nous étions inscrits comme époux. C'était afin de faciliter sur le Continent notre lune de miel que je voulais voir débuter le plus vite possible après la signature du contrat. Et je jure la main sur le cœur que l'avantage financier n'a eu aucun rôle dans ma détermination à faire de Bella Baxter Bella Wedder-*

burn. J'admets que votre empressement à rédiger votre testament m'a fait penser que vous n'en aviez plus pour longtemps, mais j'étais certain que vous vivriez assez pour nous voir revenir de notre lune de miel. Tout ce que j'attendais de vous, monsieur, du point de vue financier, c'était une solide petite rente me permettant d'entretenir Bella sur le pied auquel vous l'avez habituée. Quelques milliers de livres par an y auraient suffi, et la façon dont Bella parlait de vous laissait entendre que votre générosité était sans limite quand il s'agissait de la femme que vous prétendez être votre nièce. Vous devez tous deux rire de bon cœur de l'habileté avec laquelle vous m'avez dupé ! Car lorsque, cette douce nuit d'été, nous avons pris le train pour Londres, j'avais prévu un arrêt à Kilmarnock où j'avais persuadé un officier d'état civil de nous recevoir chez lui pour nous unir. Imaginez ma consternation quand, avant Crossmyloof, elle m'a déclaré qu'elle NE POUVAIT PAS M'ÉPOUSER PARCE QU'ELLE ÉTAIT FIANCÉE À QUELQU'UN D'AUTRE ! ! !

« C'est sûrement une histoire passée ? » dis-je. « Non, c'est une histoire future », a-t-elle répondu. « Et où est-ce que je me situe, dans tout cela ? » ai-je poursuivi. « Ici et maintenant », a-t-elle dit, et elle m'a embrassé.

C'était une houri, j'étais dans le paradis de Mahomet. J'ai soudoyé le contrôleur pour que nous ayons une voiture de première classe pour nous seuls. Ce n'était pas un train express, donc il a DÛ s'arrêter à Kilmarnock, à Dumfries, à Carlisle, à Leeds, dans toutes les gares au nord de la correspondance de Watford, mais je ne me suis rendu compte que du mouvement et des brefs arrêts de notre pèlerinage de passion. Je me montrais suffisamment homme pour elle, mais son rythme était terrifiant !

« Est-ce que cela vous cause du chagrin, McCandless ? demanda Baxter.

— Continuez ! lui dis-je en me cachant le visage dans les mains, continuez !

— Je vais le faire, mais n'oubliez pas qu'il exagère. »

Enfin, le raclement des aiguillages, les grincements, les sifflements, et le ralentissement des roues montrèrent que notre coursier à vapeur allait s'arrêter pantelant au terminus sud de la ligne des Midlands. Tandis que nous ajustions nos vêtements, Bella a déclaré : « Je meurs d'impatience de refaire ça dans un lit convenable. » Certain que nos actes d'union avaient effacé tous ses sentiments pour l'autre homme, je lui ai de nouveau demandé de m'épouser. Elle a dit d'un air surpris : « As-tu déjà oublié m'a réponse à l'autre ? Allons à l'hôtel de la gare et commandons un énorme petit déjeuner. Je veux du porridge, du bacon, des œufs, des saucisses, des harengs, des tas de toasts beurrés et des pintes de bon thé au lait bien chaud. Et il faut que tu manges beaucoup toi aussi ! »

J'avais besoin d'un hôtel. La journée précédente avait été éreintante, je n'avais pas dormi depuis vingt-quatre heures. Bella semblait aussi fraîche qu'au départ de Glasgow. Je trébuchai en m'approchant de la réception, je m'accrochai à son bras et l'entendis dire : « Mon pauvre petit homme est épuisé. Il va falloir nous faire servir notre déjeuner dans notre chambre. »

Et il advint donc que tandis que Bella avalait son énorme petit déjeuner, j'ôtai ma veste, mon col et mes chaussures et m'effondrai sur le lit pour un petit somme. Je fis de nombreux rêves, mais le seul dont je me souvienne est d'être entré chez un barbier pour me faire raser par Marie, reine d'Écosse. Elle m'étalait sur le menton une tiède mousse de savon et se mettait à y passer le rasoir, mais alors je me suis réveillé et me suis rendu compte que c'était Bella qui était en train de me raser. J'étais étendu nu dans le lit, la tête et les épaules soutenues par des oreillers, une serviette autour du cou. Bella, en négligé de soie, me raclait les joues avec le fil de mon rasoir. Elle a éclaté de rire en me voyant écarquiller les yeux et m'a dit :

*« Je t'enlève tes poils pour te rendre aussi lisse, doux et beau que tu l'étais la nuit dernière, Wedder, parce qu'il fait presque nuit de nouveau. Ne prends pas cet air terrifié, je ne vais pas t'égorger ! J'ai rasé beaucoup de poils autour des blessures et des abcès de chiens, de chats, et d'une vieille mangouste. Tu as un sommeil drôlement profond ! Tu n'as même pas ouvert les yeux ce matin quand je t'ai déshabillé et glissé sous les draps. Devine ce que j'ai fait aujourd'hui ! Je suis allée à l'abbaye de Westminster, au musée de Madame Tussaud, et à une représentation d'*Hamlet *en matinée. Comme c'est merveilleux d'entendre des princes, des soldats et des fossoyeurs dire de la poésie ! J'ai aussi vu un tas de petits enfants dépenaillés et je leur ai donné quelques-unes des pièces que j'ai prises dans tes poches avant de sortir. Maintenant,*

je vais t'essuyer le visage avec des serviettes chaudes, je vais t'aider à mettre ta belle robe de chambre ouatée, tu vas pouvoir rester levé une demi-heure avant que nous nous mettions au lit, et tu vas avaler le savoureux souper que j'ai commandé, car il faut te maintenir en forme, Wedder ! »

Je me suis levé dans cet hébétement qu'on ressent lorsqu'on a trop dormi par épuisement et qu'on se réveille à l'heure où d'ordinaire on se couche. Le souper se composait de viandes froides, avec salade et cornichons, d'une tarte aux pommes et de deux bouteilles de bière indienne d'importation. La cafetière était gardée au chaud sur une chevrette près du feu. Reprenant mes esprits, je considérais ma Fatalité qui se lovait comme un serpent sur une chaise confortable, à l'autre bout de la table. Elle me fixait avec un sourire si plein de sous-entendus que j'en frissonnais de crainte, d'effroi et d'intense désir. Ses épaules nues étaient blanches devant le rideau déployé de ses cheveux noirs, les douces palpitations de...

« Ici, je vais sauter plusieurs phrases, McCandless, dit Baxter, car elles sont odieusement fleuries, même selon les critères de Wedderburn. Tout ce qu'elles nous apprennent, c'est qu'ils ont passé à l'hôtel le même genre de nuit que dans le train, sauf que cette fois-ci il l'a priée peu avant sept heures de le laisser dormir. Je reprends à ce moment-là. »

« Pourquoi ? m'a-t-elle demandé. Tu pourras dormir autant que tu voudras après le petit déjeuner. J'ai dit à la direction que tu étais souffrant, et on s'est montré très compréhensif.

— Je ne veux pas passer toute ma lune de miel à l'hôtel de la gare, ai-je sangloté, en oubliant dans mon angoisse que nous n'étions pas mariés. J'avais l'intention de nous emmener à l'étranger.

— Youpi ! a-t-elle fait. J'adore l'étranger. Dans quel coin d'abord ? »

À Glasgow (des années me semblaient être passées depuis), j'avais projeté de profiter d'elle dans quelque petite auberge d'un port breton isolé, mais à présent la pensée d'être dans un endroit solitaire avec Bella me glaçait la moelle des os. J'ai marmonné : « Amsterdam », et me suis écroulé de sommeil.

Elle m'a réveillé à dix heures ; elle s'était rendue à l'agence Cook avec mon portefeuille, avait pris des billets de bateau pour

La Haye pour l'après-midi même, payé notre note d'hôtel, fait nos valises et les avait mises dans le hall. Il ne restait que ma trousse de toilette et de quoi me vêtir.

« J'ai faim et j'ai sommeil. Je veux mon petit déjeuner au lit ! ai-je crié.

— Ne t'inquiète pas, mon pauvre petit, a-t-elle répliqué d'un ton apaisant. On va nous servir notre petit déjeuner en bas dans dix minutes, et puis tu pourras dormir dans le fiacre, le train, le bateau, l'autre train et l'autre fiacre. »

À présent vous connaissez mon genre d'existence à travers l'Europe et autour de la Méditerranée. Mes heures de veille et d'activité se passaient toute la nuit, au lit avec une femme qui ne dormait jamais, de sorte que durant la journée, ou bien je sommeillais, ou bien je me laissais entraîner dans un état d'hébétude. Je prévoyais ce risque en quittant Londres, et, sur le bateau pour La Haye, j'ai décidé de le prévenir en ÉPUISANT *Bella ! Je peux presque entendre les hurlements de rire démoniaque poussés par votre gorge hideuse devant cette folle idée. Avec une volonté d'acier et maintes tasses de café fort, je l'ai fait courir toute la journée en train, en péniche, en fiacre, je l'ai précipitée dans le tumulte des hôtels, des théâtres, des musées, des champs de course, et, hélas, hélas, des casinos, et nous avons parcouru quatre nations du Continent en une seule semaine. Elle a profité de chaque minute et, avec des regards brillants et des caresses légères, n'a cessé de me promettre qu'elle manifesterait bientôt sa gratitude par des actes intimes d'amour. Alors mon seul espoir est devenu que, puisque, au moment de se coucher, elle n'était pas réduite à l'inconscience par les trajets et le tourbillon frénétique de la journée, j'y sois moi-même réduit ! Vain espoir ! Entre Bella et le Wedderburn naturel — la partie la plus basse de Wedderburn — il y avait un lien sympathique auquel mon pauvre cerveau torturé* NE POUVAIT *ni résister ni échapper. Je m'effondrais au lit comme pour y trouver le sommeil de la mort et peu après je me réveillais en train de lui donner du plaisir. Lorsqu'on est sujet au vertige, on se penche fasciné sur les précipices au lieu de reculer ; de même, je me lançais* SCIEMMENT *dans la danse d'amour avec des grognements d'extase et de désespoir jusqu'à ce que des rayons de lumière à travers les volets annoncent le purgatoire d'une nouvelle journée. À Venise, je me suis écroulé ; j'ai roulé jusqu'en bas des marches de San Giorgio Maggiore, suis tombé dans la lagune, ai pensé me noyer, et en ai remercié le Ciel. Je me suis réveillé de nouveau au lit avec Bella. J'avais le mal de mer. Nous nous trouvions dans une cabine de première classe d'un navire faisant croisière sur la Méditerranée.*

« Pauvre Wedder, tu as forcé le rythme ! a-t-elle dit. Plus de casinos ni de cafés-dansants pour toi ! Je suis ton docteur maintenant, et je t'ordonne le repos complet, sauf quand nous sommes l'un contre l'autre, comme maintenant. »

Dès lors, jusqu'au jour de ma fuite, j'ai été son pantin, son jouet impuissant. Mais, en restant prostré le plus longtemps possible dans la journée, j'ai enfin réussi à reprendre lentement des forces.

Et pourtant, je la trouvais encore gentille ! ESCLAFFEZ-VOUS ! ESCLAFFEZ-VOUS ! ESCLAFFEZ-VOUS !!! Oui, maudit Baxter, que la violence de votre rire vous fasse éclater en morceaux ! Je croyais encore que mon Démon Angélique était gentil ! Quand elle me levait la tête en l'appuyant sur son bras pour m'introduire dans la bouche de pleines cuillerées de nourriture, des larmes de gratitude roulaient sur mes joues. Quand, durant nos escales, elle me conduisait dans une banque anglaise, disait à l'employé que son pauvre compagnon n'allait pas très bien, me guidait la main pour la signature d'un chèque ou d'un retrait d'argent, des larmes de gratitude me roulaient sur les joues. Par une journée d'un bleu radieux, nous étions sur le pont dans des chaises longues, côte à côte et main dans la main, traversant le Bosphore avec toute l'Asie à babord et toute l'Europe à tribord, ou l'inverse :

« Tu n'es bon qu'à une seule chose, a-t-elle dit soudain d'un air songeur. Mais tu y es vraiment très bon, tu y es un authentique grandiose monarque magnifique excellence empereur seigneur tout-puissant président lord-maire et maître épatant. »

Des larmes de gratitude ont roulé sur mes joues. J'étais tellement dépendant et délabré que j'ai désespérément continué de la supplier de m'épouser. Les événements de Gibraltar ne m'ont même pas ouvert les yeux.

Nous y avons débarqué et y sommes restés un certain temps ; j'ai voulu y vendre mes actions des Orphelins et Veuves d'Écosse, transaction qu'on ne pouvait précipiter. Je me souviens qu'un responsable de la banque m'a dit avec une insistance qui m'a donné mal à la tête : « Êtes-vous sûr de savoir ce que vous faites,

Mr Wedderburn ? » Alors j'ai regardé Bella, qui m'a simplement déclaré : « Nous avons besoin d'argent, Wedder, et nous ne sommes pas les seuls ici. » J'ai signé un ordre. Puis elle m'a fait sortir de la banque, et m'a conduit à travers les jardins d'Almeda jusqu'au bastion sud où nous avions notre logement. Soudain, elle s'est trouvée face à face avec une femme imposante et bien vêtue qui s'est écriée : « Quelle surprise de vous voir, lady Blessington ! Depuis quand êtes-vous ici ? Pourquoi n'êtes-vous pas venue tout de suite nous rendre visite ? Vous souvenez-vous de moi ? Je suis certaine que nous avons été présentées il y a quatre ans, à Cowes, à bord du yacht du prince de Galles.

— Quel plaisir ! a répondu Bella. Mais la plupart des gens m'appellent Bell Baxter quand je ne suis pas avec mon Wedderburn.

— Mais enfin... enfin n'êtes-vous pas l'épouse du général Blessington que j'ai rencontré à Cowes ?

— Oh, je veux bien ! Mais God dit que j'étais en Amérique du Sud il y a quatre ans. À quoi ressemble mon mari ? Plus beau que ce vieux Wedder abattu à côté de moi ? Plus grand ? Plus fort ? Plus riche ?

— Il y a manifestement erreur, dit froidement la dame, quoique votre apparence et votre voix soient remarquablement semblables à celles de lady Blessington. »

Elle s'est inclinée et a repris sa promenade.

« J'ai vu cette femme hier, a dit Bella en réfléchissant. Elle se prélassait en voiture ouverte, et quelqu'un m'a dit que c'est la femme d'un vieil amiral qui gouverne ce gros rocher. Elle n'a répondu à aucune de mes questions. Est-ce que je peux lui tomber dessus pour la questionner de nouveau ? Pourquoi est-ce que je n'aurais pas quelque part en réserve un mari soldat et quelques noms de plus que ceux que j'ai déjà, pourquoi ne serais-je pas montée à bord de yachts royaux ? »

C'est ainsi que j'ai appris que ma terrible maîtresse n'avait aucun souvenir de sa vie passée, avant le choc qui a causé cette cicatrice étrangement régulière qui encercle son crâne sous ses cheveux — si CICATRICE IL Y A, *Mr Baxter ! Mais vous savez, et* MAINTENANT JE SAIS, *de quoi il s'agit* VRAIMENT*...*

« Baxter, fis-je en gémissant, est-ce que Wedderburn a tout deviné ?

— Wedderburn n'a rien deviné de sensé, McCandless. Son cerveau fragile ne s'est pas remis de sa chute à Venise. Écoutez la suite. »

... VOUS savez, et MAINTENANT JE SAIS de quoi il s'agit VRAIMENT — de la marque d'une sorcière. Oui, l'équivalent sur les femmes de la marque de Caïn, indiquant le lémure, le vampire, le succube, un être répugnant !

« Maintenant je vais sauter six pages de balivernes superstitieuses et résumer la page où il décrit comment Bella l'a emmené à Paris dans un train de nuit. Ils sont de nouveau à court d'argent et ne veulent pas se payer un fiacre. Ils marchent dans les rues encore désertes parcourues seulement par les énormes véhicules de voirie matinale. Le ciel est gris et laiteux, l'air est frais, les moineaux se mettent à piailler. Bell regarde autour d'elle avec un plaisir ardent, tout en portant deux grosses valises sur chacune de ses épaules. Wedderburn ne porte rien. Il a en grande partie retrouvé sa force physique mais n'ose pas le reconnaître devant Bella de crainte (je cite) “ *qu'elle ne me vide une fois de plus de toute virilité* ”. Écoutez. »

La rue de la Huchette est une artère très étroite proche de la Seine. Là, nous avons trouvé un petit hôtel, fort bruyant étant donné l'heure. Non loin, un garçon de café sortait des tables et des chaises sur la chaussée, et je m'y suis installé pendant que Bella allait retenir une chambre. Elle est bientôt revenue sans bagages et d'excellente humeur. Notre chambre serait prête dans une heure ; de plus, la patronne, bien que veuve d'un Français, était née à Londres et parlait couramment le cockney. Elle avait proposé à Bella d'attendre dans son bureau, mais le bureau était très petit, aussi, ne voulais-je pas attendre là où j'étais ? Je pouvais attendre dans le hall si je préférais, mais le hall également était très petit, et puis plusieurs clients de la nuit étaient sur le point de s'en aller et risquaient de me bousculer. D'une voix douloureuse, je lui ai répondu que j'attendrais dehors, en cachant ma joie d'avoir, pour la première fois depuis notre fuite, l'occasion d'être en plein air sans elle. En retournant vivement à l'hôtel, elle avait un sourire si radieux que je me suis dit qu'elle était peut-être contente de se débarrasser de moi.

J'ai commandé au garçon un café, un croissant et un cognac, qui m'ont redonné courage. Et je me suis senti enfin suffisamment fort pour ouvrir la lettre que j'avais reçue à Gibraltar en même temps que l'ordre de paiement de la Clydesdale & North of Scotland Bank. Je savais que cette lettre, dont l'adresse était de l'écriture de ma mère, serait pleine de reproches amers et justifiés : reproches que je n'aurais jamais pu affronter SANS *alcool dans le ventre et* AVEC *Bella à côté de moi, car Bella ne m'aurait jamais laissé digérer en paix la peine et les remords que je méritais pleinement. C'est presque avec volupté que j'ai déchiré l'enveloppe et que j'ai grimacé en lisant son contenu.*

Les nouvelles étaient pires que je ne l'avais redouté. Ma mère était presque sans ressources. À présent elle ne pouvait s'offrir l'aide que de deux domestiques, la vieille Jessy et la cuisinière. C'étaient ces deux-là qui m'avaient fait découvrir les plaisirs de l'amour, mais il y avait longtemps que leurs charmes étaient fanés. La vieille Jessy était devenue si tremblotante que nous avions l'intention de la confier à un asile après Noël. La cuisinière était désormais dipsomane. Elles servaient ma mère sans gages parce que personne d'autre ne les aurait logées. Moins tragique mais plus poignant était le fait que ma frêle et adorable mère, veuve de quarante-six ans, n'ait plus les moyens de commander ses robes à Londres et à Édimbourg, et doive les acheter elle-même dans les boutiques de Glasgow. La culpabilité et la rage m'ont fait frémir de la tête aux pieds — rage surtout contre Bella, car qu'avait-elle fait de tout mon argent ? *Sans plus réfléchir, j'ai dévalé comme un couloir une ruelle étroite, en grinçant des dents au souvenir de mes souffrances dans les griffes de ce monstre splendide.*

Est-ce la Main de Dieu qui m'a fait traverser un pont et m'a arrêté devant les portes ouvertes de Notre-Dame ? Je pense que oui. Je n'étais encore jamais entré dans une cathédrale catholique romaine. Quel espoir tremblant m'a poussé à pénétrer dans celle-là ?

J'y ai vu d'infinies perspectives de piliers colossaux semblables à des allées de titanesques arbres de pierre soutenant les voûtes obscures ; j'y ai entendu une glorieuse rafale de... « Honnêtement, McCandless, son style est tellement écœurant et emprunté que je vais résumer ce qui suit. Duncan le Double n'a jamais prié Dieu avant de décider de tenter le coup sur place, parce que d'autres le faisaient. Il glisse une pièce dans un tronc, allume un cierge, le plante devant un autel, s'agenouille en fermant les yeux et dit au Créateur de Toutes Choses que Duncan le Double est mauvais, méchant, pourri, égaré, tout cela à cause de l'infâme Bell Baxter, donc de l'aide s'il Vous plaît ! Soudain le monde s'illumine. Wedderburn ouvre les yeux, et voit le soleil traverser un vitrail derrière l'autel : un rayon rose tombe d'un cœur de verre pourpre en plein milieu de l'élégant gilet de soie blanche de Duncan le Double. Est-ce un télégramme du Créateur adressé personnellement à Duncan le Double ? Wedderburn a d'abord une réaction de protestant. Il cherche un endroit retiré pour réfléchir, un endroit intime avec un siège et une porte verrouillée où on ne puisse pas venir le déranger. Il aperçoit une rangée de caissons où des gens entrent et sortent, avec sur les portes des pancartes indiquant s'ils ont libres ou occupés. Il s'enferme alors dans ce qui se révèle bien sûr être un confessionnal disponible. Si je vous dis que le père qui s'y trouve parle anglais, devinez-vous ce qui s'y passe, McCandless ?

— Pas vraiment.

— Wedderburn se met à confesser tous ses péchés depuis l'âge de cinq ans (quand la vieille Jessy lui a appris à se masturber) jusqu'à une demi-heure avant que Bella ne réserve dans ce qui a l'air d'être un bordel. Il veut également l'avis d'un professionnel sur ce télégramme envoyé par Dieu à travers le Sacré-Cœur. Le prêtre répond que tous ceux qui prient devant cet autel reçoivent le même télégramme à la même époque et à la même heure, et que le message est toujours favorable si on le lit correctement. Le prêtre ajoute qu'il ne peut absoudre de ses péchés Monsieur Le Double, parce que c'est un hérétique, une sorte de païen, mais que si Monsieur Le Double lui fait un bref exposé des péchés qui l'affligent si fort en ce moment, il lui donnera une franche opinion de prêtre. Monsieur Le Double déverse donc toute l'histoire, et le prêtre lui conseille d'épouser Bella et de rentrer chez sa mère, ou de quitter Bella et de rentrer chez sa mère, ou d'aller brûler en Enfer. Le prêre suggère aussi à Monsieur Le Double de se conformer à la Foi Catholique dès son retour à Glasgow et maintenant, Adieu Monsieur, je vais prier pour le salut de votre âme. Wedderburn se retrouve dans la rue où “ *le soleil brillait sur moi comme une bénédiction, car je sentais qu'un fardeau hideux m'avait été ôté des épaules* ”, etc. En d'autres mots, il découvre qu'il en a par-dessus la tête d'être avec Bella. Il retourne donc vivement à l'hôtel. Dans la chambre, Bella défait les bagages. “ Arrête ! ” crie Wedderburn, et il lui dit qu'il doit rentrer à Glasgow pour TRAVAILLER, mais qu'il ne peut pas l'emmener avec lui à moins qu'elle ne devienne sa femme. Elle réplique joyeusement : " C'est parfait, Wedder, je veux voir un peu plus Paris. " Elle lui refait sa valise et lui donne de l'argent pour le voyage de retour. " C'est tout ? " dit-il, et elle répond : " C'est tout ce qui reste de ton argent, mais si tu as besoin de davantage, je vais te donner ce que m'a donné God. " Elle prend une paire de ciseaux, entaille la doublure de son costume de voyage, en sort 500 livres en billets de la Banque d'Angleterre, et les lui tend en disant : " C'est pour payer tout l'amusement que tu m'as donné. Tu mérites bien plus, mais c'est tout ce que j'ai. C'est quand même beaucoup, et God me l'a donné parce qu'il a pensé que quelque chose de ce genre se passerait avec toi. "

» Je reviens maintenant à la lettre, McCandless. La façon dont Wedderburn décrit sa réaction en apprenant que je savais qu'il allait enlever Bella est d'un grand intérêt clinique. »

Tandis que mon cerveau essayait à la fois de saisir et de rejeter la signification hideuse de ses paroles, j'en suis venu à savoir ce qu'est la folie. Me contorsionnant la tête d'une épaule à l'autre, et articulant en silence comme pour mâcher l'air ou pousser un cri qui ne venait pas, j'ai reculé dans un coin et me suis laissé tomber sur le sol, en donnant de violents coups de poing dans le vide comme pour me défendre d'un adversaire répugnant et multiforme semblable à un essaim d'énormes guêpes ou de chauves-souris carnivores ; pourtant je savais que cette vermine n'était pas vraiment à l'extérieur, mais se trouvait À L'INTÉRIEUR de mon cerveau qu'elle rongeait, rongeait. Elle le ronge encore. Bella avait dû appeler son amie la patronne, mais ma folie multipliait ces deux-là en une foule jacassante de femmes débraillées de tous âges et de toutes formes, dont les vêtements succincts dévoilaient pleinement les charmes sexuels tandis qu'elles me harcelaient vindicativement comme si c'étaient toutes les bonnes que j'avais séduites. Et Bella semblait l'une d'elles ! De leurs membres forts et doux, elles m'ont ligoté comme un bébé emmailloté. Elles m'ont fait ingurgiter du cognac. Je suis devenu stupide et passif. Bella m'a emmené en fiacre à la gare du Nord, a acheté un billet, l'a glissé dans la poche de mon gilet, m'a dit qu'elle m'avait mis mon passeport et de l'argent dans d'autres poches, m'a installé, moi et mes bagages, dans un train, et n'a cessé de déverser un torrent affolant de paroles apaisantes : « ... pauvre Wedder, mon pauvre vieux, j'ai été méchante avec toi, je t'ai surmené, je parie que tu es content de rentrer chez ta mère et d'y prendre un long repos, pense à l'argent que tu vas économiser, mais nous avons pris du bon temps ensemble, je n'en regrette pas un seul moment, je suis sûre qu'il n'y a pas de meilleur sportif, de meilleur athlète que Duncan Wedderburn dans tout ce vaste monde mais dis à God que je veux la chandelle bientôt te souviens-tu de notre première nuit en train ? » etc., et quand le train s'est ébranlé, elle a couru sur le quai en me criant par la fenêtre : « SALUE POUR MOI CETTE CHÈRE BONNE VIEILLE ÉCOSSE ! »

À présent je sais qui est votre nièce, Mr Baxter. Les juifs l'appelle Ève ou Dalila ; les Grecs, Hélène de Troie ; les Romains, Cléopâtre ; les chrétiens, Salomé. C'est le Démon blanc qui détruit l'honneur et la virilité des hommes les plus nobles et les plus virils de tous les siècles. Elle est venue vers moi sous le masque de Bella Baxter. C'était madame de Maintenon pour Louis le Grand, Clementina Walkinshaw pour le prince Charlie, Jean Armour, etc. pour Robert Burns, et pour le général Blessington, c'était Victoria Hattersley. Est-ce que ce nom vous fait trembler, Lucifer Baxter ? Le désastre conjugal du général n'a pas fait les gros titres des journaux, mais nous autres hommes de loi avons d'autres sources de renseignements, et grâce à cela j'ai pénétré votre secret. CAR LE DÉMON BLANC EST DANS TOUS LES SIÈCLES, ET DANS TOUTES LES NATIONS LA POUPÉE, L'INSTRUMENT D'UN DÉMON PLUS PUISSANT ET PLUS SOMBRE ! ! ! Ève était manipulée par le Serpent, madame de Maintenon par le cardinal Machinchose et Bella Baxter l'est par VOUS, Godwin Bysshe Baxter, triple démon et grand manipulateur de ce Siècle de Sciences matérielles ! Dans le Glasgow moderne seulement — cette BABYLONE des Sciences matérielles — il vous était possible d'obtenir la richesse, le pouvoir et le respect en disloquant des cerveaux humains, en rôdant dans les morgues et autour des lits d'agonie des pauvres. Pour cela, vous auriez été brûlé vif comme sorcier à l'époque où l'Écosse était une Nation spirituelle, CHIRURCHIEN BRAQUE-STÈRE BÊTE DE L'ABÎME SANS FOND !!!

Vous ignorez probablement que vous êtes l'Antéchrist, car il n'est de pire aveugle que les damnés, et le Maître de Tous les Mensonges est condamné à se connaître en dernier. Mais vous êtes un scientifique. Examinez-donc les preuves que je vais maintenant vous donner froidement et logiquement, sans employer un tas de majuscules, sauf au début.

L'AVÈNEMENT DE LA BÊTE

PROPHÉTIES BIBLIQUES	*FAITS MODERNES*
1. Le nombre de la Bête est 666.	*Vous vivez au 18 Park Circus, dont le numéro est trois fois 6.*
2. Sur la Bête est montée une femme vêtue de pourpre et d'écarlate.	*Bella aime beaucoup porter du rouge.*
3. La Bête se nomme Babylone, parce que cette ville dominait le plus grand empire matériel *du Monde antique, et persécutait les enfants de Dieu, le peuple* spirituel *de l'époque. (Notez que les protestants fanatiques disent que Rome est la Babylone moderne et le palais de la Bête, mais souvenez-vous que le catholicisme romain — avec tous ses défauts — est de nos jours un empire entièrement* spirituel.)	*L'Empire britannique est le plus grand empire que le monde ait connu. Il est entièrement* matériel, *basé sur l'industrie, le commerce et la puissance militaire. Il a été inventé à Glasgow. Là, James Watt a conçu les machines à vapeur qui actionnent les trains, les flottes marchandes et militaires, et c'est là que sont construits les meilleurs bateaux et les meilleures locomotives. Ici, Adam Smith a inventé l'économie politique. Là, Sir William Thomson a mis au point le télégraphe, dont les câbles relient l'Empire à travers les océans, et aussi les moteurs électriques de l'avenir.*
4. La Bête (et la femme qui la monte) se nomment également MYSTÈRE.	*La chimie, l'électricité, l'anatomie sont des mystères pour presque tout le monde — SAUF VOUS !*

5. La Bête est adorée par tous les rois de la terre.

Quoique la reine Victoria préfère Édimbourg à Glasgow, Balmoral au reste de l'Écosse, le grand-duc Alexis, fils du tsar de Russie, a appelé Glasgow « le centre de l'intelligence en Angleterre », l'année dernière, dans son discours pour le lancement du Livadia, *construit pour son père à l'arsenal d'Elder.*

6. La Bête a sept têtes. (Les protestants fanatiques disent qu'elle doit donc être romaine, parce que Rome est bâtie sur sept collines.)

Mais Glasgow est bâti sur sept collines ! Golf Hill, Balmano Braes, Blythswood Hill, Garnet Hill, Partick Hill, Gilmore Hill couronnée par l'université, Woodlands Hill couronnée par Park Circus où vous m'avez sacrifié à la Prostituée Écarlate de la Babylone Moderne !

7. La Femme Écarlate sur le dos de la Bête tient une coupe d'or pleine d'abominations.

Je ne sais pas exactement ce qu'est cette coupe aujourd'hui parce que Bella n'aime ni le vin ni les liqueurs, mais si nous nous rencontrons vous et moi pour en discuter calmement, nous trouverons sûrement quelque chose.

Je suis horriblement solitaire. Ma mère ne cesse de me dire de me ressaisir. J'aime m'asseoir à côté d'elle mais lorsque je le fais elle s'énerve et me demande pourquoi je ne sors pas, pourquoi je ne vais pas au concert, dans des clubs de sport, et autres « CHOSES ». J'étais actif avant mon voyage à l'étranger. Je redoute ces « CHOSES » aujourd'hui. Quand j'étais petit, la vieille Jessy s'occupait de moi quand maman s'énervait. À présent je fais semblant de sortir pour

« une soirée en ville », mais reviens aussitôt par l'entrée de service dans la cuisine où je reste à boire avec la vieille Jessy et la cuisinière. Je ne buvais jamais d'alcool dans ma période donjuanesque, car un dévot de Vénus doit abjurer Bacchus. Il fait froid dans la cuisine. J'ai tellement dilapidé la fortune des Wedderburn que maman ne peut se permettre de laisser les domestiques brûler du charbon. La vieille Jessy et la cuisinière dorment dans le même lit pour se tenir chaud, et donc je dors entre elles. Je ne peux pas dormir seul. Je t'en prie, Bella, reviens me réchauffer !

Demain je commencerai une nouvelle vie en faisant trois choses d'un coup. Je vais rendre la richesse à ma mère en me consacrant obstinément à l'art et la science des transmissions de biens. Je vais sauver ma Bella de la Bête Baxter en boxant la Babylone Moderne aux coins des rues, au forum ouvert de Glasgow Green, et dans les lettres aux journaux. Je vais embrasser la Vraie Foi Catholique, faire vœu de chasteté éternelle, et finir mes jours dans la paix d'un cloître. J'ai besoin de repos. Aidez-moi.

À jamais votre Fidèle

Poids Moyen rejeté par Bella

Au Gilet saignant du Sacré-Cœur

Duncan McNab Wed Wed Wedder

(Avoué et Gros Lapin à sa vieille Jessy).

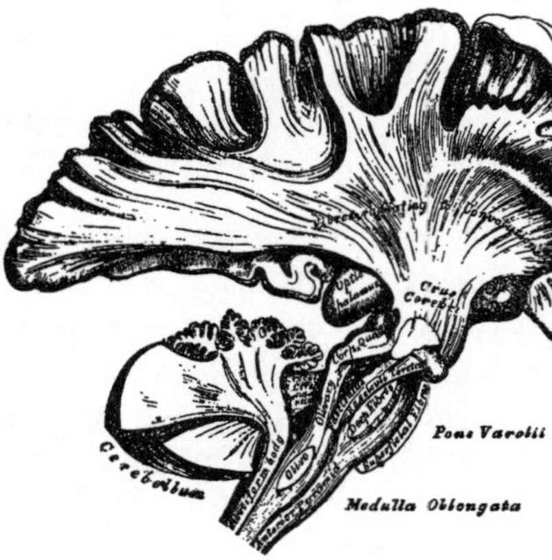

13
Entracte

Nous restâmes un instant silencieux quand Baxter eut fini sa lecture. Enfin je demandai :

« Ne pouvons-nous rien faire pour sauver l'état mental de ce pauvre garçon ?

— Rien du tout », répondit Baxter d'un ton tranchant.

Il remit les pages dans une enveloppe et sortit d'une pochette en papier fort une liasse bien plus épaisse. La plaçant délicatement sur ses genoux, il la regarda en souriant, et caressa tendrement la première page avec la pointe minuscule de ses pouces coniques.

« Une lettre de Bell ? » demandai-je.

Il hocha la tête et dit :

« Pourquoi se faire du souci pour Wedderburn, McCandless ? C'est un homme des classes moyennes, en pleine jeunesse, avec une formation juridique, un foyer assuré et trois femmes pour s'occuper de lui. Pensez à votre fiancée, cette femme attirante avec un cerveau de trois ans qu'il a laissée sans un sou à Paris. Ne craignez-vous donc rien pour elle ?

— Non. Avec tous ses avantages, Wedderburn est une pauvre créature. Ce n'est pas le cas de Bell.

— Vrai. Juste. Correct. Exactement. Oui, en effet ! s'écria-t-il dans un acquiescement extatique.

— L'emploi que Bell fait des synonymes semble contagieux, dis-je gravement. Est-ce qu'elle en emploie beaucoup dans sa lettre ? »

Il me sourit comme un vieux et sage professeur dont l'élève préféré a bien répondu à une question difficile et déclara :

« Pardonnez mon excitation, McCandless. Vous ne pouvez pas la partager parce que vous n'avez jamais été un parent, vous n'avez jamais créé quelque chose de nouveau et de splendide. C'est merveilleux pour un créateur de voir sa créature vivre, sentir et agir indépendamment. J'ai lu la Genèse il y a trois ans et je n'ai pas pu comprendre la colère du Créateur quand Adam et Ève ont voulu connaître le Bien et le Mal... et devenir semblables au Créateur. Ç'aurait dû au contraire être sa plus grande fierté.

— Ils lui avaient délibérément désobéi ! répliquai-je en oubliant *De l'origine des espèces* et en reprenant la voix du *Petit Catéchisme*. Il leur avait donné la vie et la jouissance de tout sur la terre, tout sauf de deux arbres interdits. C'étaient des mystères sacrés dont les fruits étaient mauvais. C'est une avidité perverse qui les a poussés à y goûter. »

Baxter secoua la tête et déclara :

« Seules les mauvaises religions sont basées sur des mystères, de même que les mauvais gouvernements dépendent de la police secrète. La vérité, la beauté et le bien ne sont pas des mystères, ce sont les faits les plus communs, les plus évidents et les plus essentiels de la vie, comme le soleil, l'air et le pain. Seules les personnes dont l'esprit a été brouillé par une éducation coûteuse pensent que la vérité, le bien et la beauté sont de précieuses propriétés privées. La nature est plus généreuse. L'univers ne nous refuse rien d'essentiel... Il ne fait qu'accorder, que donner. Dieu est la conscience de l'univers. Ceux qui disent que Dieu, ou l'univers, ou la nature, sont mystérieux sont comme ceux qui leur attribuent de la jalousie et de la colère. Ils révèlent l'état de leur propre esprit brouillé et solitaire.

— Pures balivernes, Baxter ! m'écriai-je. Toute notre vie est un combat contre les mystères. Les mystères nous entourent, nous menacent, nous détruisent. Nos grands savants en ont éclairci quelques-uns, mais seulement pour en obscurcir quelques autres. La deuxième loi de la thermodynamique prouve que l'univers finira en porridge froid, mais personne ne sait comment il a commencé, ni même s'il a commencé. Notre science provient de la découverte de la gravitation par Kepler, mais, quoique nous puissions décrire comment gravitent les plus grandes galaxies et les gaz les plus impalpables, nous ignorons ce qu'est la gravité ou comment elle fonctionne. Kepler a avancé que c'était une forme d'intelligence non organique. Les physiciens modernes n'avancent rien, et cachent leur ignorance sous des formules. Nous connaissons l'origine des espèces, mais sommes incapables de créer la moindre cellule vivante. Vous avez greffé le cerveau d'un bébé dans le crâne de sa mère. C'est très fort. Mais ça ne fait pas de vous un dieu omniscient.

— Je ne suis d'accord ni avec votre langage ni avec vos faits, McCandless, répliqua Baxter avec ce même sourire bienveillant et gênant. Évidemment, un seul esprit ne peut connaître davantage qu'une fraction de l'existence passée, présente et future. Mais ce que vous appelez *mystères*, je l'appelle *ignorances*, et rien de ce que nous ignorons (quel que soit le nom qu'on lui donne) n'est plus saint, sacré et merveilleux que ce que nous savons... que ce que nous sommes ! La gentillesse, l'affection des êtres humains, est ce qui nous crée et nous soutient, actionne notre société et nous laisse librement agir.

— La convoitise, la peur, la faim et la police jouent également leur rôle. Lisez-moi la lettre de Bell.

— Je vais le faire, mais je vais commencer par vous étonner. Cette lettre est un journal tenu pendant trois mois. Comparez la première et la dernière pages. »

Il me les tendit.

Elles m'étonnèrent en effet, pas tellement la première qui, comme je m'y attendais, était couverte de grosses majuscules à décrypter :

CHR GD J N NLL PX PR PVR VS CRRVNT D NVGR SR L ZR D CS FLTS

mais plutôt la dernière qui contenait quarante lignes de mots soigneusement formés, et dont une phrase me sauta aux yeux :

Dites à mon cher Chandelle que sa Bell à épouser ne pense plus qu'il doive faire tout ce qu'elle demande.

« C'est bien, n'est-ce pas, pour une enfant de trois ans ? fit Baxter.

— Elle continue d'apprendre, dis-je en rendant les deux pages.

— Elle continue d'apprendre ! Elle apprend la sagesse et l'aptitude à la vie en luttant pour gagner ce qui est bon en elle. Cette lettre me justifie, McCandless. Imaginez que je suis le vieil instituteur de Shakespeare, celui qui lui a appris à écrire. Imaginez que cette lettre est un présent de mon ancien élève, le manuscrit original d'*Hamlet*, écrit de sa propre main. L'âme qui a écrit ceci s'élève aussi loin au-dessus de mon âme que mon âme s'élève au-dessus... »

Il s'interrompit en détournant les yeux, et reprit :

« ... au moins au-dessus de Duncan Wedderburn. Mon analogie shakespearienne n'est pas tirée par les cheveux, McCandless. Le sens resserré de ses phrases, ses jeux de mots, le rythme même de ses vers sont shakespeariens.

— Alors lisez-moi ça.

— Tout de suite. Il n'y a pas de date, mais cela commence manifestement à bord d'un bateau peu après que Wedderburn est tombé à genoux en larmoyant dans un caniveau de Trieste ou (si vous préférez le récit pompeux qu'il fait lui-même de cet incident) a fait un plongeon dans le Grand Canal. À part ce détail, la lettre de Bella confirme l'essentiel de la lettre de Duncan le Double : elle confirme même un fait qu'il présente comme une hallucination. Mais l'épître de Bell est aussi brillamment supérieure à celle de Wedderburn que l'Évangile selon saint Matthieu (qui contient le sermon du Christ sur le mont des Oliviers) l'est à l'Évangile selon saint Jean (qui ne le contient pas). Ou bien est-ce que je me trompe, McCandless ? On vous a enfoncé la Bible dans le crâne à l'école. Est-ce dans saint Marc ou dans saint Luc que... »

Je déclarai que j'allais forcer le placard où son père enfermait le porto s'il ne se mettait pas aussitôt à lire.

« D'accord, tout de suite ! fit-il. Mais avant cela, laissez-moi donner un *titre* à la lettre de Bell, un titre qui n'est pas d'elle mais qui vous préparera à l'étendue, la profondeur et la hauteur de ce que sa lettre embrasse. Je l'intitule LA CRÉATION D'UNE CONSCIENCE. Écoutez donc. »

Il s'éclaircit la gorge et lut d'un ton précis, sérieux et exalté que je trouvai théâtral. Sa lecture fut un moment interrompue par quelques sanglots venus du cœur, qu'il tenta de réprimer sans y réussir. Je donne la lettre de Bella, non comme elle l'a écrite, mais comme Baxter l'a déchiffrée.

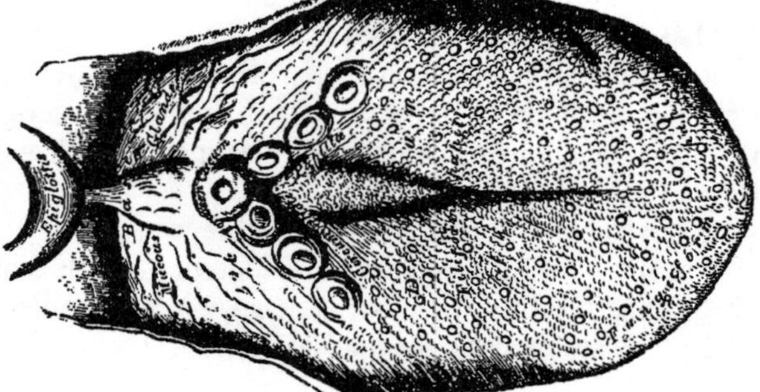

LA LETTRE DE BELLA BAXTER : LA CRÉATION D'UNE CONSCIENCE

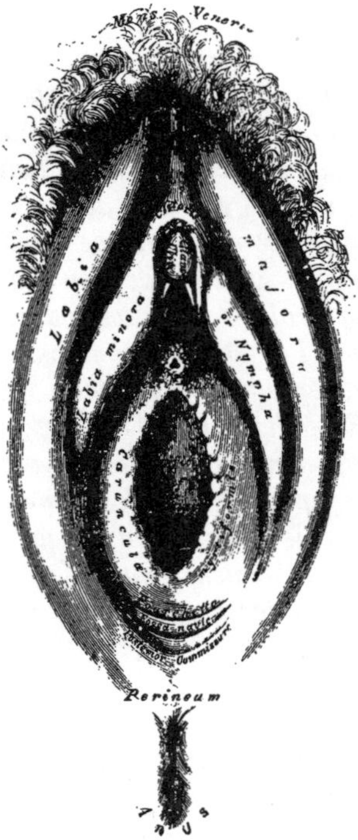

14

De Glasgow à Odessa : Les joueurs

Cher God,
Je n'ai eu nulle paix pour pouvoir vous écrire
Avant de naviguer sur l'azur de ces flots.
Wedder est bien content couché dans sa cabine
De ne plus faire enfin rien du tout rien du tout.
Comme elle est loin la nuit, chloroformé Chandelle,
Où après avoir fait un tendre et doux adieu
L'échelle ai descendu jusqu'aux bras de Wedder.
Avons, vifs comme vent, sauté le fiacre en train
Puis unis en wagon en allant jusqu'à Londres
Nous avons réservé à l'hôtel Saint-Pancras.
Mais le pauvre Wedder voulait se marier !
Il n'a pas réussi. Entendez-vous, Chandelle ?
God n'est pas marié, donc God ne peut savoir
Qu'une nuit est assez pour obtenir des hommes
Plus qu'en toute une vie ils ne savent donner.
J'ai eu une journée entièrement à moi
Et puis j'ai réveillé Wedder avec un thé.
« Où étais-tu ? »
J'ai répondu.
« Qui as-tu vu ?
— Personne. — Et crois-tu que je croie qu'en ta sortie
Durant un jour entier tu n'as pas vu un homme ?
— Des tas d'hommes ai vus, mais à nul n'ai parlé,
Sauf à un policier dedans le Regent's Park
À qui j'ai demandé où était Drury Lane.
— Bien sûr ! dit-il. C'était à coup sûr la police !
Ils sont très beaux et sont très grands n'est-il pas vrai ?
Forts et beaux sont aussi les officiers de garde.

Ton policier sans doute était de cette garde.
Ils cherchent dans le parc celles qui disent oui.
La garde et la police ont beaucoup en commun.
— Deviendrais-tu maboule ? ai-je alors demandé.
Qu'est-ce qui ne va pas ? Tu es le seul que j'aime,
Ô toi qui as connu cent femmes avant moi.
— Une centaine non. Je ne sais pas au juste.
Une demi-centaine est à peu près le compte.»
Il grogna, soupira, se tordit les cheveux
Et voulut des détails. C'est alors que j'appris
Que l'amour selon lui n'est pas baiser les mains.
L'amour selon Wedder ne mérite son nom
Que quand l'homme introduit sa jambe du milieu.
« Si c'est cela mon cher, soyez bien assuré
D'être vraiment le seul que j'ai jamais aimé.
— Menteuse ! cria-t-il. Je ne suis pas idiot.
Vierge tu n'étais pas. Qui t'a donc déflorée ? »
Pour comprendre cela il m'a fallu du temps.
Les femmes, semble-t-il, qui n'ont jamais eu d'homme
Comme mon Wedderburn ont un morceau de peau
Tout au fond tout au fond de leur fente d'amour
Où tous les Wedderburn plantent leur péninsule.
Or ce morceau de peau n'était pas dedans moi.
« Et cette cicatrice ? » a demandé Wedder
En montrant une mince et blanche cannelure
Qui, partant de ma fente et perdue dans les boucles,
Divise, ainsi que le méridien de Greenwich,
Ce ventre que le roi Salomon a voulu
Quelque part comparer à un tas de froment.
« La ligne est sûrement sur chacune de nous.
— Non ! s'écria Wedder. Car elle est seulement
Sur les ventres coupés pour sortir les bébés.
— Ce devait être avant qu'on F.L.P.P.B.
Qu'on Fracasse La Pauvre Petite Bella. »
Je lui montrai sous mes cheveux la fracassure
Qui cause des ding dong dans le crâne de Bell.
« Je t'ai tout dit, soupira-t-il. Pensers, Enfance,
Et Noirs Forfaits. Pourquoi ne racontes-tu pas
Ton passé ou plutôt ton manque de passé ?
— Tu ne m'en as jamais encor donné le temps.

Tu parlais tellement que j'ai toujours pensé
Que tu ne voulais pas connaître mon passé,
Mes pensées, mes espoirs, ce qui ne servait pas
À ce que nous faisons quand nous nous unissons.
— Tu as raison. Je ne vaux rien. Je veux mourir. »
Il se cacha la tête et se mit à pleurer,
Ôta son pantalon et s'unit vite à moi.
Alors je le berçai comme un bébé qu'il est
Et lui donnai l'union vite comme il voulait.
Eh oui il sait s'unir, mais mon petit Chandelle
Ne sois pas malheureux en entendant cela.
Les femmes ont besoin plus d'amour que de Wed
Plus d'un homme fidèle, aimable et très patient.

Aurais-je eu un bébé ? Cher God, serait-ce vrai ?
Et si cela est vrai, qu'est-elle devenue ?
Car c'était une fille, à en croire mon cœur.
C'est un trop grand sujet pour l'esprit de Bella.
C'est par petits degrés qu'il doit entrer en moi.

Cher God, voyez-vous bien à quel point j'ai changé ?
Je ne suis plus égoïste comme j'étais.
Chandelle n'est pas là, pourtant je pense à lui
Pour le réconforter. Et je commence à craindre
De vraiment trop penser à la petite fille
Que sans m'en souvenir j'ai sûrement perdue.
C'est étrange comme ce bébé de Wedder
Apprend à cette pauvre Bella fracassée
À penser davantage à tous les autres gens.
En Suisse il fit de moi une vraie infirmière.
Comment ça s'est passé, je le dirai plus tard.

Jaloux comme à l'hôtel où il fut seul à Londres
Il se montra encore en ville d'Amsterdam.
Il ne quitta mon bras que parce qu'il voulait
Consulter un docteur pour une léthargie
— C'est le nom qu'il donnait à sa grande fatigue.
Rien d'anormal pourtant. Tout le monde a besoin
De pause et de repos, de rêve et de penser.
En place de repos, il a pris des cachets.

Nous courûmes dedans palais et cathédrales,
Courses et music-halls, cafés et clubs de boxe.
Son visage était blanc, ses yeux étaient brillants
Et dilatés. « Je ne suis pas une mauviette !
Criait-il. Continuons, Bella ! En avant ! »

Merci, cher God, de m'avoir appris à dormir
En ne faisant que m'asseoir et fermer les yeux.
Dans les trams et les trains, les bateaux et les fiacres,
C'était très reposant mais ne suffisait pas.
Il me fallait dormir d'autre façon aussi.
Le second soir sommes allés à l'opéra.
On donnait du Wagner et je trouvais ça long.
Quand je fermais les yeux, Wedder me secouait.
« Réveille-toi ! Concentre-toi ! » chuchotait-il.
C'est ainsi que j'appris à dormir yeux ouverts.
J'ai pu dormir debout alors que nous trottions
Bras dessus bras dessous. Et même enfin j'ai pu
Répondre à ses questions sans rompre mon sommeil.
« Oui, chéri », en ce cas est ma seule réponse.
Je m'éveillais toujours à l'hôtel, à la poste
Lorsqu'il fallait vous envoyer des télégrammes
(Tandis que Wed en envoyait à sa maman)
Au restaurant, parce que j'aime bien manger,
Mais sinon nulle part, sauf, oui, en Allemagne,
Au zoo de Francfort et puis dans cette salle
Où on fait des paris et dont je vais parler.

La forte odeur comme au zoo m'a réveillée.
Ça pue le désespoir et l'espoir angoissé
Et une obsession rance est des deux le mélange.
(Le nez de mon esprit exagère peut-être.)
Vous souvenez-vous donc de ce jour où nous vîmes
La Bourse de Glasgow ? L'endroit est tout pareil,
Tout plein de colonnes de couleur crème et or
Sous un plafond voûté tout de bleu et de blanc
Partout illuminé de lustres de cristal
Qui répandent leurs feux sur les gens en dessous :
Six tables de roulette où jouent des hommes chics,
Contre les murs des canapés de tissu pourpre

Où s'assoient comme moi les femmes élégantes.
Et Wedderburn se tient debout tout près de moi
Ne quittant pas des yeux la table la plus proche
Et murmurant tout bas : « Je vois. Je vois. Je vois. »
J'imagine qu'il parle en dormant comme moi
Et alors je lui dis, douce mais résolue :
« Mon cher Duncan, rentrons maintenant à l'hôtel.
Il faut aller au lit. C'est moi qui t'y mettrai. »
Il m'a dévisagée en secouant la tête :
« Pas encor. Pas encor. J'ai une chose à faire.
Je sens qu'au fond de toi mon cerveau tu méprises
Comme un simple appendice attaché à ma queue`
Sans qu'il ait la fonction de mes deux testicules.
Je te le dis, Bella, mon cerveau est en train
De saisir un grand fait qu'on appelle la CHANCE,
Qui est insaisissable. Et je vois maintenant
Que DIEU *et le* DESTIN, *comme ladite* CHANCE
Sont des mots glorifiant notre grande IGNORANCE.
Debout, Femme ! En avant ! Et viens me voir jouer ! »
À la table on se tourne à notre vive approche.
On lui offre une chaise, alors il dit merci.
Je reste à regarder comme il a demandé.

Cher God, je suis fatiguée. Écrire comme Shakespeare est un rude travail pour une femme à la tête fracassée qui ne sait pas épeler correctement, quoique je remarque que mon écriture devient plus petite. Demain nous nous arrêtons à Athènes. Vous rappelez-vous m'y avoir emmenée il y a des siècles en passant par Zagreb et par Sarajevo ? J'espère qu'on a réparé le Parthénon. À présent je vais me glisser au côté de Wedder. Je raconterai un autre jour ce qui l'a conduit à s'effondrer, et je finis pour le moment par une ligne d'étoiles.

****

C'est à l'aube que notre bateau qui est russe`
Quitta le port de Constantinetcetera.
Il sort du Bosphore et vogue vers Odessa.
L'air est frais et calme et le ciel est d'un bleu clair.
J'ai fait sortir mon homme et l'ai enveloppé
Tout doux douillettement dans une chaise longue

Ou il aurait gardé tout le jour sa couchette
En s'enfermant à clef et en lisant la Bible.
Il a redemandé que nous soyons unis
En une « union scellée » ! « Union scellée » holà !
Les joies de cette union ne peuvent se sceller
Même en partie, et sa caboche a oublié
Qu'à un autre que lui je me suis fiancée.

Tous ces gens autour de la table de roulette
N'étaient plus élégants observés de très près.
Certains bien sûr étaient très richement vêtus
Avec gilets de soie ou vestes d'officier -
Ou robes de velours à grand décolleté.
D'autres étaient riches avec moins d'évidence
Sans doute marchands et petits propriétaires
Et même des pasteurs en costume très sobre.
Les femmes de certains étaient là derrière eux.
Tout d'abord je n'ai vu aucune pauvreté
(Les pauvrement vêtus ne peuvent pas entrer)
Et puis j'ai remarqué des vêtements peu nets
Élimés aux poignets ou très haut boutonnés
Afin de bien cacher un linge très douteux.
Les riches pariaient de l'or et des billets.
Les autres misaient plus de l'argent que de l'or
Et réfléchissaient fort avant de parier.
Les plus pauvres de tous pariaient des piécettes
Le visage aussi blanc que celui de Wedder.
L'argent circulait vite entre riches et pauvres
Le riche faisant pauvre ou bien du pauvre un riche.
Mais tous s'agitaient fort, riches, pauvres et autres,
Jeunes en fleur de l'âge ou vieux sur le déclin,
Allemands et Français, Russes et Suédois,
Même quelques Anglais, avec l'air supérieur,
Qui jouaient rarement. Tous avaient quelque chose
De très bizarre en eux. J'ai découvert pourquoi
Mais pas avant qu'ait lieu le terrible dégât.

La roue qui entraînait la minuscule boule
Décidait de l'humeur de ceux qui pariaient.
Et ils étaient contents de la voir repartir

Car elle est si puissante en s'arrêtant enfin
Qu'ils veulent que quelqu'un l'agite sans arrêt.
J'ai depuis discuté avec un homme fin
Qui dit que cette roue a de multiples noms.
Pour les prêtres c'est l'âme, ou l'argent pour les pauvres ;
C'est pour les Allemands rien que la volonté ;
Pour les poètes c'est l'amour ; mais lui l'appelle
Liberté, car par elle les hommes sont libres
De juger ce qu'ils font. Ils détestent cela,
Donc détestent la roue. Je ne suis pas un homme,
L'endroit pour moi puait comme un cirque romain
Mais où l'on torturait les esprits, non les corps.
La foule était ici pour voir l'esprit humain
(Qui peut par la pensée franchir l'éternité)
Se faire crucifier au hasard d'une roue.
Wedder en attendant s'était mis à jouer.

La plupart des joueurs pariaient sur les cases
Noires ou rouges ou de nouveau sur les noires.
Wed plaça sur la case où était le zéro
Une pièce d'or qu'il perdit. Il rejoua,
Et rejoua, en perdit deux, en perdit quatre,
En perdit huit, en perdit seize, et en plaça
Trente-deux. L'homme au râteau de bois repoussa
Douze des pièces d'or. Car la vingtaine était
Le pari le plus haut par l'endroit accepté.
La boule repartit et Wedderburn gagna.
C'est beaucoup qu'il gagna. Les petits rouleaux d'or
Lui furent remis dans des enveloppes bleues.
Il m'adressa alors un sourire joyeux
Le premier que je lui vis après notre fuite.
« Bell, est-ce que tu sais ce que je vais en faire ? »
J'ai eu tant de pitié pour sa tête brouillée
Que je n'ai pas su voir qu'il aimait à penser
Avoir fait tout cela afin de m'étonner.
J'aurais dû m'écrier : « Ô Duncan tu es grand !
J'ai presque défailli, tu m'impressionnais tant !
À présent célébrons ta victoire en mangeant. »
Mais je ne l'ai pas dit. Il entendit ceci :
« Ô Duncan, s'il te plaît, emmène-moi d'ici !

Jouons donc au billard, il faut y être adroit.
Allons faire glisser les globes ronds d'ivoire
Sur le beau tapis vert jusqu'aux petits trous noirs. »
Son visage de blanc devint rouge effrayant.
« Détesterais-tu donc me voir gagner au jeu ?
Eh bien moi aussi je déteste la roulette,
La déteste et la méprise et pour le prouver
Je vais épouvanter et je vais humilier
Tous ces croupiers idiots qui mènent les enjeux
Et ce tas de crétins qui perdent leur argent ! »

Il se leva soudain, se dirigea ailleurs,
Choisit une autre table où jouer de nouveau.
Je l'aurais bien quitté pour rentrer à l'hôtel
Mais je n'en savais ni le chemin ni le nom.
C'était le résultat de mon somnambulisme.
Je finissais par ne plus savoir où j'étais.
J'allai alors m'asseoir sur un canapé libre.
Wedder quittait la table où il avait gagné,
S'installait à une autre, et les gens le suivaient.
J'entendais murmurer ; des voix criaient : « Bravo ! »
C'était tout un boucan, un chahut, une émeute.
Les joueurs le flattaient, le traitaient en héros.
Les femmes décolletées lui lançaient des regards
Signifiant : « Venez vite vous unir à moi ! »
Un courtier juif, qui pleurait comme une fontaine,
Lui dit d'abandonner : la chance allait tourner.
Mais lui voulut jouer jusqu'à la fermeture.
Il lui fallut du temps pour empocher ses gains.

Tandis qu'il faisait ça, on courtisait Wedder,
Mais si tous s'empressaient, je restais à l'écart.
J'entendis une toux, et quelqu'un déclarer :
« Pardonnez donc mon intrusion, chère madame. »
Je me tournai, et alors... ding dong, Youpi, God !
La cloche du dîner ! J'ai une faim de loup,
Et d'ogre et de cheval, je veux des bols de soupe,
Oui, un énorme bortchtch, sinon je fais un crime,
Mais j'ai encor le temps de trouver une rime.

****

Je vais cesser d'écrire comme Shakespeare. Cela me ralentit, surtout quand j'essaie d'écrire longuement les mots comme le font la plupart des gens. Encore une journée chaude à Odessa. Le ciel est un grand drap de nuage gris pâle parfaitement lisse qui ne cache même pas l'horizon. Je suis assise, avec ma petite écritoire ouverte sur les genoux, sur la plus haute d'une immense volée de marches qui descend jusqu'au port. Elle est assez large pour qu'y parade une armée et ressemble beaucoup à l'escalier qui descend vers le West End Park près de notre maison, God. Toutes sortes de gens se promènent ici, mais si j'étais assise à écrire une lettre sur les marches de Glasgow, on me lancerait des regards étonnés ou furieux, et si j'étais pauvrement vêtue la police me ferait partir. Les Russes m'ignorent complètement, ou bien me sourient de façon amicale. De toutes les nations que j'ai visitées, les États-Unis et la Russie me conviennent le mieux. Les gens y semblent plus prêts à s'adresser aux inconnus sans se montrer formels ou réprobateurs. Est-ce parce que, comme moi, ils ont très peu de passé ? L'ami que je me suis fait au casino, et qui m'a parlé de la roulette, de la liberté et de l'âme, est russe. Il a dit que la Russie est un pays aussi jeune que les États-Unis parce qu'une nation a l'âge de sa littérature.

« Notre littérature a commencé avec Pouchkine, qui est contemporain de votre Walter Scott, m'a-t-il dit. Avant Pouchkine, la Russie n'était pas une véritable nation, ce n'était qu'une zone administrative. Notre aristocratie parlait français, notre bureaucratie était prussienne, et les seuls vrais Russes — les paysans — étaient méprisés à la fois par les dirigeants et par la bureaucratie. Mais Pouchkine a appris les contes populaires auprès de sa nourrice, une femme du peuple. Ses nouvelles et ses poèmes nous ont rendus fiers de notre langue et nous ont fait prendre conscience de notre passé tragique, de notre présent singulier, et de notre avenir énigmatique. Il a fait de la Russie un état d'esprit — l'a rendue réelle. Puis nous avons eu Gogol, qui est aussi grand que votre Dickens, et Tourgueniev, qui est plus grand que votre George Eliot, et Tolstoï, qui est aussi grand que votre Shakespeare. Mais vous avez eu Shakespeare des siècles avant Walter Scott. »

Je n'avais pas entendu citer autant d'écrivains en si peu de phrases depuis que Miss MacTavish avait fui mes embrassades à San Francisco, et je n'en avais lu aucun ! Pour l'empêcher de penser que Bell Baxter était totalement ignare, je lui ai dit que

Burns était un grand poète écossais qui vivait avant Walter Scott, et que Shakespeare, Dickens, etc. étaient anglais ; mais il ne pouvait saisir la différence entre l'Écosse et l'Angleterre, quoiqu'il fût avisé sur d'autres sujets. Je lui ai également dit que beaucoup de gens estimaient que les romans et les poèmes étaient des passe-temps d'oisifs — est-ce qu'il ne les prenait pas trop au sérieux ?

« Les personnes qui ne s'intéressent pas aux chants et aux histoires de leur pays, a-t-il répondu, sont comme des personnes sans passé — sans mémoire —, ce ne sont que des demi-personnes. »

Imaginez mon sentiment en entendant cela ! Mais peut-être est-ce que, comme la Russie, je rattrape le temps perdu.

Tel était donc l'inconnu qui m'avait abordée au casino tandis que la cohue se pressait autour de Wedder. C'était un petit homme correct comme Chandelle, mais (c'est difficile à expliquer) à la fois plus humble et plus fier que Chandelle. Ses vêtements avouaient qu'il était pauvre, mais son expression montrait qu'il était intelligent. J'ai senti que c'était un homme adorable, même si peut-être il ne savait pas s'unir vite comme Wedder, et j'ai été enchantée. Personne d'autre que Wedderburn ne m'avait parlé après ce policier à Regent's Park. Je lui ai dit :

« Ma foi, vous avez l'air intéressant ! Qu'avez-vous à me dire ? »

Il s'est illuminé tout en paraissant surpris, et il a répondu :

« Vous êtes sûrement une grande dame — la fille d'un baron ou d'un lord anglais ?

— Moi ? Non. Qu'est-ce qui vous fait penser cela ?

— Vous parlez comme parlent les grandes dames russes. Elles aussi disent aussitôt ce qu'elles ressentent sans se soucier des conventions. Puisque vous êtes ainsi, je vais parler directement, en ne me présentant pas davantage qu'en vous disant que je suis un joueur invétéré — un individu tout à fait inutile qui veut vous donner un conseil qui ne lui coûte rien mais qui peut vous épargner de terribles pertes. »

C'était excitant, et je lui ai dit :

« Allez-y.

— Cet Anglais qui a tant de succès, est-ce votre... ? »

Il regardait ma main gauche pour voir si je portais un anneau conjugal. J'ai répondu : « Lui et moi sommes unis. »

Ça l'a un peu trompé parce que beaucoup de gens pensent que l'union et le mariage sont la même chose, mais c'était trop compliqué de donner des explications. Il a demandé :

« Et votre mari n'avait jamais joué à la roulette ?

— Non, pas à la roulette.

— Cela explique pourquoi il a joué aussi systématiquement. Son système était le plus évident du monde — tous les joueurs réfléchis le découvrent la première fois qu'ils jouent et l'abandonnent avant la fin. Mais, ce soir, votre mari a eu la meilleure chance du monde, ou la pire, tout dépend de ce qu'elle fera de lui. La roue, par pur hasard, n'a cessé de se conformer à son système enfantin. Étonnant ! Cela ne se produit que très rarement, et d'habitude quand le débutant (pardonnez-moi, mais je ne dirais pas cela à une Anglaise ordinaire) est très amoureux, et donc plus confiant ou plus désespéré que les autres. Oui, Cupidon et la cupidité ne s'accordent pour nous flatter qu'une fois dans notre vie. Cela m'est arrivé. J'ai gagné une fortune mais j'ai perdu la femme que j'aimais, et puis, bien sûr, la fortune, car la fièvre du jeu m'était entrée dans le sang. Cela a fait de moi ce que je suis — une âme perdue — : une existence ratée. Si vous ne parvenez pas à persuader votre mari de quitter demain cette petite ville infernale, il reviendra au casino, perdra tout ce qu'il a gagné, puis dilapidera tout le reste en tentant de le regagner. Les revenus de la municipalité dépendent entièrement des casinos, donc les banques emploient tous les moyens modernes pour convertir promptement les biens en argent liquide, à un taux de change abusif. J'ai vu une grande princesse — une femme de quatre-vingts ans mais avec toute sa tête —, je l'ai vue trompée par la chance des débutants et jouer tout ce qu'elle avait, à part la vie de ses domestiques, avant de reprendre ses esprits. »

J'avais envie d'embrasser ce petit étranger pour son bon sens et pour le bien qu'il voulait faire. Au lieu de quoi, j'ai dû soupirer, et expliquer que hélas mon pauvre homme n'écouterait aucun de mes conseils, parce qu'il se sentait faible quand il les suivait, et fort quand il ne les suivait pas. Et j'ai ajouté :

« Mais peut-être écoutera-t-il les conseils d'un étranger. S'il vous plaît, répétez-lui ce que vous m'avez dit. Le voici. »

Wedder, me voyant soudain parler à un inconnu, fendait la foule et se précipitait sur nous avec les cheveux hérissés en tous sens comme une vieille brosse de chiendent. Il avait le visage plus bleu que blanc et ses yeux étaient injectés de sang. À côté de lui s'empressait un employé en livrée du casino, portant ses gains dans un sac.

« Duncan, écoute ce monsieur, s'il te plaît, ai-je dit. Il a quelque chose d'important à te dire. »

Wedder s'est croisé les bras, et a toisé avec raideur mon nouvel ami. L'étranger avait à peine prononcé quelques phrases que Wedderburn l'a coupé d'un ton tranchant :

« Pourquoi me racontez-vous tout cela ?

— Si je vois deux enfants inconscients faire un pique-nique sur les rails d'une ligne express, il est normal que je les avertisse du danger, a répondu l'étranger. Mais si vous avez besoin d'une raison plus personnelle, écoutez ceci. Un ami anglais (Mr Astley, de Lovel & Co., une célèbre société londonienne) m'a fait une fois une faveur que je n'ai jamais réussi à rembourser. Je dois donc aux Anglais quelque chose que j'essaie de leur rembourser à travers vous.

— Je suis écossais, a répliqué Wedderburn en m'adressant un regard où j'ai vu une sorte d'imploration.

— Cela ne me décourage pas, a dit mon nouvel ami. Mr Astley est un cousin de lord Pibroch.

— Nous devons nous en aller, Bell », a fait Wedder d'une voix blanche.

Et je me suis rendu compte que s'il croisait si fort ses bras, c'était pour s'empêcher de trembler. Le manque de sommeil et l'excitation l'avaient tellement épuisé qu'il avait de la peine à entendre ou à voir quoi que ce fût ; il concentrait toutes ses forces pour se tenir debout et pour avoir l'air sensé. Alors, au lieu de le semoncer pour sa grossièreté, j'ai glissé mon bras sous le sien et il s'y est accroché.

« Mon pauvre homme a besoin de repos maintenant, mais je me souviendrai de ce que vous m'avez dit. Merci beaucoup. Bonne nuit », ai-je dit.

Comme nous nous dirigions vers la sortie accompagnés de l'employé, je me suis aperçue que Wedderburn faisait lui aussi du somnambulisme. Dans le hall, je l'ai pincé pour le réveiller et pour lui demander le nom de notre hôtel. En reprenant conscience, il m'a déclaré qu'il devait d'abord aller aux lavabos, et s'y est rendu en titubant, suivi de l'employé avec ses gains, car il ne voulait pas les perdre de vue. La seconde d'après, mon nouvel ami revenait à côté de moi, en parlant si vite et si bas que j'ai dû lui tendre une oreille.

« Votre mari paraît trop éreinté pour compter ses gains cette

nuit. Prenez-les et gardez-en autant que vous pourrez sans qu'il le sache. Ce ne sera pas du vol. S'il joue de nouveau, ce sera votre seul moyen de quitter cette ville avec dignité. »

J'ai hoché la tête, lui ai pris les deux mains et lui ai déclaré que j'espérais pouvoir l'aider d'une façon ou d'une autre. Il a rougi jusqu'aux oreilles, a souri, et a répondu : « Trop tard ! » Puis il s'est incliné et est parti.

Peu après, Wedder est revenu avec un air un peu plus net. Son visage avait encore cette horrible couleur, mais il n'y avait maintenant en lui plus aucun signe de tremblement ni de fatigue. Je savais qu'il avait pris un de ces cachets contre la léthargie et une nouvelle nuit d'union s'annonçait. Comme il saisissait mon bras en maître, j'ai pensé : « Pendant combien de temps cette pauvre âme pourra continuer comme cela ? »

À la porte, un homme de très grande allure lui a déclaré :

« Gute Nacht, mein Herr ! *Votre visite demain nous recevrons, j'espère ardemment ?*

— Bien entendu, a répondu Wedder avec un sourire grimaçant, si votre mine d'or n'est pas épuisée.

— Pas la mienne, mais celle de vos compagnons de jeu sur qui vous avez gagné », a dit aimablement l'homme, que j'ai compris être le patron de la boutique.

Dehors j'ai découvert que la boutique, notre hôtel, la gare et une banque donnaient sur la même place, et donc nous n'avions pas beaucoup à marcher. Sur le seuil de notre chambre, Wedder a arraché le sac des mains de l'employé, lui a claqué la porte au nez sans remerciements ni pourboire, s'est précipité sur le lit (un énorme lit à baldaquin) et a déversé l'argent dessus dans une sorte de fracas métallique, car quelques enveloppes avaient crevé. Il a déchiré les autres, les a jetées sur le sol, et a frénétiquement fait un gros tas d'or sur le couvre-lit de soie. Je me suis rendu compte que, comme le petit Robbie Murdoch dans une flaque de boue, il allait patauger dedans avant de le compter. Cela risquait de durer toute la nuit. Il fallait le distraire d'une façon ou d'une autre.

« Ici, je vais omettre deux pages, dit Baxter. Elles jettent une forte lumière sur cette zone où l'anatomie et la psychologie se confondent, mais votre future épouse vous enseignera un jour tout cela en personne, donc pourquoi l'anticiper ? Dans un langage chaste et précis, Bell raconte comment, durant quelques heures, elle a, par des caresses, détourné Wedderburn de son obsession infantile de l'or et l'a mené à un sommeil profond et naturel sur un tapis en peau d'ours. Elle raconte comment elle a pris dans le tas d'or quatre cents friedrichs pour les cacher, et qu'il ne s'en est pas aperçu en se réveillant et en comptant soigneusement le reste. Je vais reprendre à cet endroit. »

« Ce soir, cela va être multiplié par dix — ou par cent », a-t-il dit avec un sourire vorace.

Je lui ai répliqué qu'il était stupide.

« Bella ! a-t-il crié. Toute la nuit dernière, les gens m'ont supplié de m'arrêter de jouer avant que la chance ne tourne. J'ai joué jusqu'à la fermeture et j'ai gagné parce que j'utilisais ma RAISON — et pas la chance. Toi, du moins, devrais avoir foi en moi parce qu'aux yeux de God tu es mon épouse légitime !

— God me laissera te quitter quand je le voudrai, ai-je dit, et je ne remettrai pas les pieds dans cette boutique. Je parie que tu vas TOUT perdre si tu y retournes — TOUT.

— Que paries-tu ? » a-t-il demandé avec un regard étrange. Alors j'ai souri, parce que j'avais une très brillante idée. J'ai répondu :

« Donne-moi cinq cents pièces. Si tu reviens plus riche, je te les rendrai et je t'épouserai. Si tu perds le reste, ce que tu m'as donné nous servira à partir d'ici. »

Il m'a embrassée, a pleuré, et a dit que c'était le plus heureux moment de sa vie, car maintenant il savait qu'il aurait tout ce qu'il pouvait désirer. J'ai sangloté par pitié pour lui — que pouvais-je faire d'autre ? Alors il m'a donné les cinq cents pièces, nous avons pris notre petit déjeuner et il est parti. J'ai demandé à la réception qu'on me serve mon déjeuner dans ma chambre, et y suis retournée pour dormir.

Comme c'est délicieux, God, de se réveiller toute seule, de prendre un bain et de s'habiller toute seule, et de manger toute seule. Quand nous serons mariés, Chandelle, nous devrons passer un certain temps chacun de notre côté pour éviter de nous racornir. Dans l'après-midi, je suis allée me promener dans le jardin de la place, en espérant y rencontrer mon nouvel ami. Il était là, à distance. J'ai agité mon ombrelle, nous nous sommes approchés l'un vers l'autre et nous sommes assis sur un banc libre. Il m'a demandé avec délicatesse : « L'avez-vous fait ? »

J'ai hoché la tête, souri et demandé à mon tour : « Qu'est-ce que mon homme est en train de faire ?

— Oh, il a commencé tôt et a tout perdu en une heure. Il nous a stupéfaits par son extraordinaire froideur. Depuis il s'est rendu deux fois à la banque et quatre fois à la poste — donc la rumeur se répand. La Grande-Bretagne a le marché financier le plus riche et le plus actif du monde. Nous nous attendons à ce qu'il revienne perdre autant, ou davantage, dans une heure ou deux.

— Parlons de choses plus gaies, ai-je dit. En connaissez-vous quelques-unes ?

— Eh bien, a-t-il répondu avec un sourire triste, nous pourrions parler de l'avenir radieux de la race humaine lorsque, dans un siècle, la science, le commerce et la démocratie fraternelle auront aboli la maladie, la guerre et la pauvreté, et que tout le monde habitera dans des immeubles hygiéniques avec au rez-de-chaussée une clinique gratuite tenu par un bon dentiste allemand. Mais je me sentirais perdu dans un tel avenir. Si Dieu entendait mes souhaits (et peut-être le fait-il), il ferait de moi un déclassé — un larbin sans emploi —, un amoureux de la Russie qui préfère bavarder avec une élégante Écossaise dans un jardin public allemand plutôt que de lutter pour la rénovation de son pays natal. Ce n'est peut-être pas beaucoup, mais ça me satisfait, et c'est mieux que d'être une punaise. Quoique, bien sûr, les punaises aussi doivent avoir leur vision particulière du monde. »

Nous avons alors discuté de ce que les gens désirent le plus, de la liberté, de l'âme, de la littérature russe, de toutes sortes de choses ; il détestait les Polonais parce qu'ils voulaient être traités comme des seigneurs alors qu'ils étaient plus pauvres que lui ; il détestait les Français parce qu'ils avaient la forme sans le contenu et qu'ils sympathisaient avec les Polonais ; il aimait les Anglais à cause de Mr Astley ; il avait été larbin-précepteur des enfants d'un riche général —, et il a raconté les tristes aventures qui avaient fait de lui un joueur. Il était tellement franc et ouvert que je lui ai un peu parlé de mes ennuis avec Wedder. Après avoir réfléchi, il a dit que le mieux que je pouvais faire avec Wedder était de l'emmener en croisière sur la Méditerranée jusqu'à ce qu'il soit en état de rentrer chez lui. Il valait mieux que ce soit, non sur un navire de croisière, mais sur un cargo avec des cabines de passager.

« Il aura peu de possibilités de jouer sur un cargo, a-t-il ajouté, et très peu d'émulation sociale. S'il a besoin de repos autant que

vous le dites, un bateau russe vaudrait mieux qu'un bateau anglais ou... écossais, car vous y serez moins sujets à la curiosité et aux ragots des autres passagers. »

Je l'ai embrassé pour ce bon conseil. Je crois que mon baiser lui a fait chaud au cœur. Et je l'ai quitté.

Je vais vite raconter le reste. Wedder revient à l'hôtel sans un sou, d'une humeur shakespearienne, « être ou ne pas être », etc. Je lui dis que les cinq cents pièces que nous avons pariées nous permettront de reprendre notre voyage d'union, et que je vais les lui rendre. Le lendemain il paie la note d'hôtel, nous allons à la gare. Il achète des billets pour la Suisse. Une demi-heure avant le départ du train, il m'installe avec les bagages dans la salle d'attente des dames, en me disant qu'il va fumer un cigare dehors. Naturellement il s'esquive, va tenter au casino un dernier coup pour se refaire, perd tout, revient et me fonce dessus en délirant comme Hamlet sur le cercueil d'Ophélie. Je comprends alors que la seule façon de le calmer est de faire moi aussi un peu de théâtre — d'en « faire des tonnes », comme on dit. Je prends une expression pétrifiée, pousse un long gémissement, et déclare d'une voix caverneuse :

« Plus d'argent ? Je vais nous en trouver.

— Comment ? Comment ?

— Ne pose pas de questions. Attends ici. Je serai de retour dans deux heures. Nous prendrons le dernier train. »

Je m'en vais donc, trouve un agréable petit café et m'y régale de quatre tasses de chocolat et de huit gâteaux viennois. Puis je reviens avec un air tragique, juste à temps pour le train. Notre wagon est bondé. Je ne fais pas attention à ce qu'il me chuchote : je dors les yeux ouverts. Durant quatre jours, je ne réponds rien d'autre que : « Ne pose pas de questions ! » lorsqu'il me prie de lui dire où je l'emmène. Mon expression fatale et ma voix caverneuse lui causent de délicieux pincements de culpabilité qui l'occupent, le pauvre, quand il ne tremble pas de tous ses membres et n'est pas trempé de sueur parce qu'il a avalé le dernier de ses cachets contre la léthargie et qu'il veut en avaler d'autres. Ce serait la fin ! Heureusement, il est tellement malade qu'il ne peut aller nulle part sans que je le tienne par le bras. Il est tellement dépendant que je sais qu'il ne sortira pas de sa chambre d'hôtel pendant que je suis dehors à prendre des dispositions. Dans une agence maritime de Trieste, je retiens des places sur un bateau du genre qu'a recommandé mon ami le déclassé. Je ne peux pas écrire le nom de ce bateau, parce que l'alphabet russe est du grec pour moi, mais ça sonne comme du cristal fêlé.

Alors que nous descendons vers le port par une rue large mais sinistre (il pleut), Wedder s'arrête soudain devant un bureau de tabac et me dit d'un ton désespéré que je ne lui ai encore jamais entendu :

« Ô Bella, dis-moi la vérité ! Est-ce que nous allons faire un long voyage en bateau ?

— Oui.

— S'il te plaît, Bella ! (et il tombe à genoux dans l'eau du caniveau) s'il te plaît, donne-moi un peu d'argent pour acheter des cigares ! S'il te plaît ! Je suis complètement à bout. »

J'ai compris que c'était le moment d'ôter mon masque tragique.

« Mon pauvre petit Wedder, dis-je en l'aidant gentiment à se relever, tu auras tous les cigares que tu voudras. Je peux te les offrir.

— Bella, chuchote-t-il en approchant son visage tout contre le mien, je sais comment tu as eu cet argent. Tu t'es vendue à ce dégoûtant petit joueur russe qui essayait de te séduire la nuit même de ma glorieuse victoire.

— Ne pose pas de questions.

— Oui, tu as fait ça pour moi ! Pourquoi ? Je suis un fumier puant, un purin fétide, une quintessence de merde. Tu es Vénus, Minerve et Notre Dame des Douleurs en une seule créature — comment peux-tu supporter mon contact ? »

Cependant, quatre minutes plus tard, un cigare entre les dents le met de meilleure humeur.

Maintenant vous savez comment nous avons pris un navire marchand russe pour Odessa. Nous restons trois jours ici pendant que le bateau charge une cargaison de betteraves, dont la région abonde. Wedder n'est plus jaloux. Il me laisse aller toute seule à terre, même s'il me supplie de lui revenir le plus vite possible. Puisque j'ai enfin mis cette lettre à jour, peut-être irai-je en ville aujourd'hui.

* *

* *

* * * * * * * * * * * * * * *

* * * * * *

* * *

*

15

D'Odessa à Alexandrie : Les missionnaires

Je pensais que le monde était très vaste, mais hier quelque chose m'en a fait douter. C'était de nouveau une belle matinée. Le bateau devait quitter Odessa à midi. J'étais assise avec Wedder dans le seul endroit en dehors de notre cabine où je pouvais le persuader de se mettre, un coin entre deux manches à air. Il lisait une Bible française, car les seuls autres livres disponibles dans le salon des passagers étaient en russe. Comme il sait le français, il ne se sépare plus de cette Bible. Il la lit, la relit, puis garde longtemps les yeux dans le vide, les sourcils froncés, et murmure : « Je vois. » Je lisais Punch *ou* The London Charivari, *magazine anglais d'art et de comédie. Les images montraient toutes sortes de gens. Les plus laids et les plus comiques sont les Écossais, les Irlandais, les étrangers, les domestiques, les riches qui étaient pauvres encore récemment, les hommes de petite taille, les vieilles filles et les socialistes. Les socialistes sont les plus laids, très sales, hirsutes avec des mentons fuyants, et semble passer leur temps à apostropher les gens aux coins des rues.*

« Que sont les socialistes, Duncan ? ai-je demandé.

— Des idiots qui pensent qu'on peut améliorer le monde.

— Pourquoi ? Il y a quelque chose qui cloche dans le monde ?

— Ce sont les socialistes qui clochent — et ma chance infernale.

— Tu m'as dit une fois que la chance est un nom pompeux pour l'ignorance.

— Ne me torture pas, Bell. »

Il dit toujours ça quand il veut me faire taire. J'ai regardé les mouettes qui tournoyaient dans un ciel bleu parcouru de nuages gros et lents. J'ai vu l'énorme port plein de navires avec des cheminées, des voiles et des mâts étincelants. J'ai regardé le quai ensoleillé avec ses grues, ses dragues, ses dockers actifs et bruns et ses officiers en uniforme. Je me demandais comment améliorer tout ça, mais tout avait l'air parfait. Puis je me suis de nouveau plongée dans Punch *et je me suis demandé pourquoi les Anglais bien habillés dans les images étaient plus beaux et moins comiques que les autres, sauf si c'étaient des nouveaux riches. Des cris bruyants et des claquements de sabots ont interrompu ces pensées. Trois chevaux tiraient en galopant sur le quai une voiture particulière pour s'arrêter au pied de notre passerelle. Alors est monté à bord un de ces beaux messieurs bien habillés dont l'image dans* Punch *m'avait fait réfléchir. Tandis qu'il franchissait la haie des officiers et des marins russes, j'ai presque éclaté de rire — sa silhouette mince et raide, son visage figé, son haut-de-forme luisant et sa jaquette impeccable avaient une allure si comiquement anglaise !*

Bell Baxter aime faire de nouvelles rencontres. Wedder dîne dans sa cabine, donc, le soir, je noue une serviette autour du cou de mon pauvre homme, mets devant lui le plateau de son repas, et me rends dans la salle à manger. Je suis désormais un personnage célèbre sur ce bateau, et les passagers qui parlent anglais sont toujours placés à ma table. Ce soir-là, il n'y en avait que deux, qui avaient embarqué à Odessa. L'un était un Américain corpulent au teint bistre, du nom de docteur Hooker ; l'autre était l'Anglais ostensible — Mr Astley ! J'en ai été très excitée. Je lui ai demandé :

« Travaillez-vous pour une firme londonienne appelée Lovel & Co ?

— J'en suis un des directeurs.

— Êtes-vous cousin de lord Pibroch ?

— En effet.

— Comme c'est curieux ! Je suis une amie d'un de vos grands amis, un charmant petit joueur russe qui hante les casinos allemands de très pauvre façon — il a même été en prison, mais pour rien de grave. Ce qui est étrange, c'est que je ne sais pas son nom, mais il vous considère comme son meilleur ami parce que vous avez été très bon avec lui. »

Après une longue pause, Mr Astley a répondu lentement :

« Je ne puis dire que je suis un ami de la personne dont vous parlez. »

Et il a porté sa cuillère de soupe à la bouche, en déconcertant complètement Bell Baxter. Nous aurions continué de manger en silence si le docteur Hooker ne m'avait pas réconfortée avec des anecdotes sur ses missions en Chine. Juste avant la fin du repas, Mr Astley, remuant pensivement son café, a déclaré :

« Toutefois, je sais de qui il s'agit. Ma femme est russe, c'est la fille d'un général russe. Une fois, je suis venu en aide à un domestique de la maisonnée de son père, une sorte de gouvernante mâle qui s'occupait des jeunes enfants. C'était il y a des années. »

J'ai répliqué d'un ton accusateur :

« C'est une âme très bonne, très gentille et très sage ! Il m'a beaucoup aidée, et n'y a rien gagné, et il aime tous les Anglais à cause de vous !

— Ah. »

Je ne l'aurais pas détesté s'il avait fait « Oh ! » ou « Hein ? » mais il a fait « Ah » comme s'il en savait plus que n'importe qui, comme s'il en savait tellement qu'il était inutile de parler. Le déclassé avait dit qu'il était timide. Je le trouvais stupide et froid. J'étais contente de revenir à mon Wedder tout chaud qu'on pouvait enflammer jusqu'à ce qu'il donne toute la chaleur que peut désirer une femme. Mais ne vous inquiétez pas, Chandelle. Votre épingle à cravate brille toujours sur le revers de la veste de voyage de Bell.

****

Le Dr H. a l'air content chaque fois qu'il me voit, contrairement à Mr Astley. Il est docteur en médecine comme en théologie, et aujourd'hui je lui ai demandé d'ausculter Wedder qui se comporte toujours en malade, quoiqu'il ne soit plus ni pâle ni tremblant. Je suis restée à l'extérieur de la cabine durant la consultation, mais assez près pour entendre la voix bienveillante et sonore du Dr H. ponctuée (je suppose) de brèves réponses de Wedder, qui bientôt s'est mis à crier. Quand le Dr H. est ressorti, il m'a déclaré que la maladie de Wedder n'était pas physique.

« Nous avons été en désaccord sur la doctrine de l'expiation et sur la fatalité de l'enfer, m'a-t-il expliqué. Il me trouve trop libéral. Mais la religion n'est pas son principal problème. Il s'en sert pour se distraire d'un souvenir récent et très douloureux dont il refuse de discuter. Sauriez-vous de quoi il s'agit ? »

Je lui ai dit que le pauvre homme avait fait l'idiot dans une salle de jeux en Allemagne.

« Si ce n'est que ça, a dit le Dr H., laissez-le bouder tout son soûl. Traitez-le avec affection, mais ne sacrifiez pas votre nature charmante en vous interdisant vous-même de joyeux exercices sociaux. Jouez-vous aux échecs ? Non. Permettez-moi de vous apprendre. »

C'est un homme épatant.

* *

Cher God, nous passons de nouveau entre les îles Grecques où le brûlant Byron a aimé et chanté et je suis très contente qu'ici les seins des filles n'allaitent plus des esclaves et je viens de prendre un magnifique petit déjeuner au cours duquel le Dr H. et Mr A. ont violemment discuté et c'est Mr Astley qui a commencé ! Nous étions stupéfaits. Car durant ces deux derniers jours où il a mangé avec nous il n'a dit rien d'autre que « bonjour » et « bonsoir », donc nous avons pris l'habitude de bavarder comme s'il n'existait pas. Ce matin, mon ami américain me disait que le crâne plus petit des Chinois leur rendait difficile l'apprentissage de l'anglais quand Mr Astley a soudain demandé :

« Trouvez-vous facile d'apprendre le chinois, Dr Hooker ?

— Monsieur, a répondu le Dr H. en se tournant vers lui, je n'ai pas visité la Chine pour apprendre la langue de Confucius et de Lao Tseu. Durant quinze années, j'ai servi une fédération de sociétés bibliques américaines qui — avec l'aide de nos chambres de commerce et du gouvernement des États-Unis — m'a employé pour enseigner aux autochtones de Pékin la langue et la foi de la Bible chrétienne. Pour cela, j'ai trouvé le simple jargon des pauvres coolies (vous appelez cela du petit nègre) plus utile que les complexités des mandarins. »

Mr Astley a déclaré à voix basse :

« Pour les Espagnols qui ont été les premiers à coloniser votre continent, c'était le latin qui était la langue de la Bible et de la foi chrétienne.

— Le genre de religion que je prêche et que j'essaie de pratiquer, a répliqué le Dr H., a été prêchée par Moïse et Jésus bien avant que les empereurs romains ne la reprenne et ne la déforme en pompes superflues du royaume terrestre.

— Ah.

— Monsieur Astley ! a fait sévèrement le Dr H., par une simple

question et un commentaire oblique vous avez tiré de moi une profession de foi. Laissez-moi vous interroger de la même façon. Priez-vous Jésus au fond de votre cœur comme un sauveur personnel ? Ou êtes-vous catholique romain ? Ou soutenez-vous l'Église d'État anglaise dont le pape est la reine Victoria ?

— Quand je suis en Angleterre, a lentement répondu Mr Astley, je soutiens l'Église d'Angleterre. Elle maintient la stabilité du pays. Pour la même raison, je soutiens l'Église d'Écosse en Écosse, l'hindouisme en Inde, l'islam en Égypte. L'Empire britannique ne dominerait pas un quart du globe si nous nous opposions aux religions locales. Si notre gouvernement avait fait du catholicisme la religion officielle de l'Irlande, il contrôlerait facilement cette colonie turbulente avec l'aide des prêtres du pape, quoique bien entendu les citoyens de l'Ulster aient besoin d'un coin à eux.

— Vous êtes pire qu'un athée, Mr Astley, a dit gravement le Dr H. Un athée a du moins une forte conviction en ce qu'il ne croit pas. Vous ne croyez en rien de ferme ni de fixé. Vous êtes un opportuniste — un homme sans foi.

— Pas tout à fait sans foi, a murmuré Mr Astley. Je suis malthusien — je crois en l'évangile selon Malthus.

— Je pensais que Malthus était un prêtre de l'Église d'Angleterre qui, au sujet de l'accroissement des populations, avait une araignée au plafond. Êtes-vous en train de me dire qu'il a fondé une nouvelle religion ?

— Non, une nouvelle foi. Les religions impliquent des congrégations, des prêcheurs, des prieurs, des hymnes, des édifices, des codes et des rites particuliers. Mon genre de malthusianisme n'en a pas.

— Votre genre, Mr Astley ? Y en aurait-il plusieurs ?

— Oui. Tous les systèmes prouvent leur vigueur par la diversification : le christianisme, par exemple.

— Touché ! a fait le Dr H. en gloussant. C'est un plaisir de débattre avec vous. Et maintenant, monsieur, expliquez votre secte de malthusianisme. Convertissez-moi !

— Vous êtes mieux comme vous êtes, Dr Hooker. Ma foi n'offre aucun réconfort aux pauvres, aux malades, aux maltraités, à ceux qui vont mourir. Je n'ai aucun désir de la répandre.

— Une foi sans espoir ni charité ? s'est bruyamment écrié le Dr H. Dans ce cas, rejetez-la, Mr Astley, car elle vous a manifestement glacé le sang. Noyez-la. Attachez-y une pierre et jetez-la par-

dessus bord. Adoptez une foi qui réchauffe le cœur, qui nous rapproche de nos semblables et nous dirige vers un avenir meilleur.

— Je n'aime pas les liquides enivrants. Je préfère l'amère vérité.

— Mr Astley, je constate que vous êtes une de ces tristes créatures modernes qui pensent que le monde matériel est une impitoyable machine détruisant les cœurs sensibles et les esprits visionnaires. Concevez, par le sang du Christ, qu'il se peut que vous ayez tort. Notre univers varié et glorieux n'aurait pu produire des cerveaux et des cœurs comme le vôtre si le Créateur de Toute Chose ne les avait pas destinés à cette planète, et destiné la planète à eux, et tout destiné à Lui !

— Votre vision du monde comme un endroit où Dieu fait pousser des légumes humains pour sa propre consommation peut séduire un marchand des quatre-saisons, Dr Hooker, a rétorqué Mr Astley, mais je suis un homme d'affaires. Avez-vous une foi, Mrs Wedderburn ?

— Est-ce que cela a quelque chose à voir avec God *? ai-je demandé, contente qu'il se soit adressé à moi.*

— Certainement, Mrs Wedderburn ! s'est écrié le Dr H. Du moins pour la plupart des gens, sinon pour Mr Astley. Cependant c'est un enfant de Dieu, même s'il ne l'admet pas — mais vous, vous êtes particulièrement une enfant de Dieu. La foi, l'espoir et la charité qui brillent dans votre regard limpide en sont la garantie. Je vous en prie, Mrs Wedderburn, comment concevez-vous Notre Père Qui Êtes aux Cieux ? »

Depuis mon papotage avec le déclassé russe dans le jardin allemand, je n'avais pas eu l'occasion de parler des grandes bizarres choses ordinaires parce que Wedder trouve que c'est une torture. Et maintenant ces deux hommes intelligents voulaient que je parle de TOUT *! Les mots se sont précipités.*

« Tout ce que je sais de ce god, *ai-je répondu, c'est ce que m'en dit mon propre God — mon tuteur, Godwin Baxter. Il dit que " god " est un nom commode pour tout et n'importe quoi : votre chapeau haut de forme et vos rêves, Mr Astley, ciel bottes Belles Rives du Loch Lomond borchtch moi lave en fusion idées coqueluche extases de l'union bénie mon lapin blanc Flopsy* ET *le clapier où il vit — tout ce qui figure dans chaque livre et dans chaque dictionnaire qui a existé et qui peut être ajouté à " god ". Mais le morceau le plus complet de " god " est le mouvement, parce qu'il*

remue les choses pour en créer d'autres. Le mouvement transforme les chiens morts en vers et en marguerites, et la farine le beurre un œuf et une cuillerée de lait en biscuits d'Abernethy, et les spermatozoïdes et les ovules en douteuses petites plantes qui deviennent des bébés si nous ne les arrachons pas. Et le mouvement cause de la douleur quand des corps solides heurtent des corps vivants ou que des objets vivants se heurtent les uns les autres, donc pour nous empêcher d'être heurtés à mort avant que la vie nous ait épuisés à mort nous avons généré développé inventé mûri gagné et fait pousser des yeux et des cerveaux pour voir les coups venir et pour les éviter. Et comme toute cette pagaille fonctionne divinement ! Je me suis demandé il y a trois jours comment améliorer le port d'Odessa et je n'ai pas su par quoi commencer. Je sais que les choses n'ont pas toujours été ainsi. J'ai lu Les Derniers Jours de Pompéi *et* La Case de l'Oncle Tom *et* Les Hauts de Hurlevent *et je sais que l'histoire est pleine de méchancetés, mais l'histoire c'est du passé donc aujourd'hui personne n'est cruel avec personne, on est seulement parfois stupides quand on va dans les salles de jeu.* Punch *dit que seuls les paresseux sont sans travail, donc les plus pauvres doivent être contents d'être pauvres. Ils ont aussi la consolation d'être comiques. Je sais bien sûr qu'il y a parfois de graves accidents mais la vie continue. Mes parents ont été tués dans un accident de chemin de fer mais je ne me souviens pas d'eux, donc je n'ai guère pleuré. En tout cas ils devaient être vieux, presque complètement usés. On m'a dit que j'ai perdu un bébé quelque part ailleurs, mais je sais qu'on s'occupe de ma petite fille. Mon tuteur s'occupe de chiens et de chats malades sans être payé, donc une petite fille perdue est certainement en sécurité. De quelle vérité amère parliez-vous, Mr Astley ? »*

Pendant que je parlais, une chose étrange s'est passée. Tous deux m'ont fixée des yeux intensément très intensément de plus en plus intensément, mais Mr Astley se penchait de plus en plus en avant tandis que le Dr H. se penchait de plus en plus en arrière. Cependant, quand je me suis arrêtée de parler, Mr Astley n'a rien dit, et le Dr H. a déclaré à voix basse :

« Mon enfant, n'avez-vous jamais lu La Sainte Bible ?

— Je ne suis l'enfant de personne ! » ai-je sèchement répliqué.

Mais, bien sûr, il me fallait maintenant expliquer mon amnésie. Je l'ai fait, et le Dr H. a repris :

« Pourtant... votre mari semble être un pieux chrétien. Est-ce qu'il ne vous a donné aucune instruction religieuse ? »

Je lui ai répondu que je ne pouvais guère obtenir un mot du pauvre Wedder depuis qu'il était devenu biblique. Le Dr H. m'a regardée en silence jusqu'à ce que Mr Astley dise d'une voix étrange :

« Dr Hooker, avez-vous l'intention d'instruire Mrs Wedderburn sur les doctrines du péché originel et du châtiment éternel pour les transgressions terrestres ?

— Non, monsieur, a brièvement fait le Dr H.

— Mrs Wedderburn, a poursuivi Mr Astley, la conception que votre tuteur a de l'univers est de celles auxquelles aucun de nous n'a rien à objecter. L'amère vérité dont j'ai parlé est une affaire de statistique — un détail d'économie politique. Je plaisantais quand je l'ai appelée une foi — j'ai dit cela pour ennuyer le Dr Hooker. Je suis un garçon flegmatique, donc son exubérance américaine m'ennuyait. Mais nous sommes tous deux contents que vous trouviez que le monde est un bon et heureux endroit.

— Serrons-nous la main », a tranquillement dit le Dr H. en tendant la sienne.

Mr Astley s'est exécuté.

« J'aime voir deux messieurs s'entendre, leur ai-je dit, mais je sens que vous conspirez pour me cacher quelque chose, et je vais découvrir de quoi il s'agit. Si nous allions nous promener sur le pont ? »

Nous y sommes donc allés tous trois. Une délicieuse matinée. À présent je vais déjeuner dans notre cabine avec mon Wedder, puis ce sera un après-midi de câlins. Je me demande de quoi le Dr H. et Mr Astley parleront au dîner.

****

« Qu'est-ce qui vous a amené à Odessa, Astley ?

— La betterave, Dr Hooker. Ma société raffine et vend du sucre de canne mais le sucre de betterave allemand peut faire baisser les prix, et donc nous devons être compétitifs. Mais les fermiers anglais refusent de faire pousser de la betterave à sucre — ils gagnent davantage en cultivant d'autres racines. Pour concurrencer les Allemands, nous avons besoin de cultivateurs qui travaillent au tarif asiatique, et non européen, d'où ma visite en Rus-

sie. Nous avons aussi besoin d'un port accueillant les lignes maritimes internationales, d'où ma visite à Odessa.

— Ainsi, le lion britannique forge des liens commerciaux avec l'ours russe ?

— Trop tôt pour le dire, Dr Hooker. Les Russes nous offrent des terres et de la main-d'œuvre pour bâtir une raffinerie de sucre dans d'excellentes conditions, mais il se peut que le sol et le climat ne soient pas des meilleurs pour la betterave. Et qu'est-ce qui vous a amené à Odessa ? Est-ce que votre fédération de sociétés bibliques projette de convertir les adeptes de l'Église orthodoxe russe ?

— Nenni. En fait je me suis retiré du travail de missionnaire. Je suis allé en Chine il y a quinze ans par la ligne directe du Pacifique. Je m'achemine de nouveau vers le Pays de la Liberté par la route la plus agréable et la plus détournée que je puis trouver.

— Le Siam, l'Inde, l'Afghanistan ?

— Pas tout à fait.

— Les routes extérieures de la Mongolie, du Turkestan ou de la Sibérie ne proposent pas exactement un voyage d'agrément, Dr Hooker. Vous avez dû avoir besoin d'une escorte armée pour une grande partie du trajet. Est-ce le gouvernement des États-Unis ou les chambres de commerce qui ont payé cela ?

— Vous êtes un homme profond et dangereux, Astley ! s'est écrié le Dr H. en gloussant un peu. Je préférerais affronter dix guerriers orientaux rusés plutôt qu'un seul Anglais de votre trempe. Oui, quelques citoyens américains prévoyants m'ont demandé de rendre compte de certains aspects de l'Asie centrale, le plus grand cloaque de paganisme non revendiqué. Nous blâmeriez-vous ? La Grande-Bretagne a dépecé la planète. Il y a moins de deux ans, vous avez chipé l'Égypte aux Français — et aux Égyptiens.

— Il nous fallait leur canal. Nous l'avions payé.

— Vous avez également raflé Alexandrie, notre prochain port d'escale.

— Ils s'armaient contre nous, et nous avions besoin de leur canal.

— Et maintenant les régiments britanniques combattent les derviches au Soudan.

— Nous ne pouvons tolérer les religions qui induisent les indigènes à se gouverner eux-mêmes. Un gouvernement local perturberait le commerce et notre circulation régulière sur le canal. »

Là s'est fait entendre la petite voix de Bell Baxter :

« Que sont des indigènes, Mr Astley ? »

Je m'étais tenue tranquille, dans l'espoir d'apprendre des choses, mais « concurrencer », « rendre compte des aspects », « paganisme non revendiqué », « chiper l'Égypte », « gouvernement local », « perturber le commerce » n'avaient pas de sens pour moi. Cependant les « indigènes » semblaient être des gens.

« Les indigènes, a répondu patiemment Mr Astley, sont des gens qui vivent sur le sol où ils sont nés, et qui ne veulent pas le quitter. Peu d'Anglais peuvent être considérés comme des indigènes car nous avons une préférence romantique pour le sol des autres, quoique nous soyons très loyaux envers nos écoles et nos anciens compagnons d'étude, nos régiments et nos affaires. Certains même sont loyaux envers la reine, qui est une vieille dame très égoïste.

— Il n'y a pas d'indigènes anglais ?

— Dans le pays de Galles, en Irlande ou en Écosse, peut-être. En Angleterre aussi, il y a des fermiers, les employés de ferme et de château, etc., mais les propriétaires terriens et les citadins les considèrent comme des animaux utiles, comme les chevaux et les chiens.

— Mais pourquoi les soldats britanniques combattent-ils les indigènes d'Égypte ? Cela n'a pas de sens pour moi.

— Je suis heureux que cela n'ait pas de sens pour vous, Mrs Wedderburn. La politique, comme la vidange des fosses d'aisance, est un travail malpropre dont il faut protéger les femmes. Parlons de choses plus propres, Dr Hooker.

— Halte là, Astley ! a dit sévèrement le Dr Hooker. Aux États-Unis, nous tenons en haute estime l'intelligence et l'éducation du Beau Sexe. Je peux en quelques mots exposer à Mrs Wedderburn l'état politique complet de la planète Terre, et cela sans blesser un seul instant ses instincts féminins ou votre sensibilité patriotique. Puis-je commencer ?

— Si cela intéresse Mrs Wedderburn, et si elle me permet de fumer un cigare en buvant mon café, alors cela m'intéresse moi aussi. »

Naturellement j'ai répondu « oui » à tous deux. Mr A. a tendu sa boîte de cigares au Dr H., qui l'a remercié, en a pris un, l'a reniflé, a déclaré qu'il était excellent, en a mordu le bout, l'a allumé, puis l'a complètement oublié tellement il était pris par son propre discours.

« Ce matin, au petit déjeuner, Mrs Wedderburn a dit que notre

monde actuel était bien meilleur que durant les anciens mauvais jours. Elle avait raison, et pourquoi ? Parce que la race anglo-saxonne à laquelle elle appartient comme vous, Mr Astley, et moi-même, est plus intelligente, plus aimable, plus hardie, plus authentiquement chrétienne, plus courageuse au travail et plus démocratique que toutes celles qui ont existé. Nous n'avons pas à être fiers de nos vertus supérieures. Dieu nous les a accordées en nous donnant des cerveaux plus gros que ceux des autres, et donc il nous est plus facile de contrôler nos instincts animaux. Cela signifie que comparés aux Chinois, aux hindous, aux nègres et aux Amérindiens — et même, oui, aux Latins et aux Sémites — nous sommes comme des professeurs dans une cour de récréation où les enfants ne veulent pas savoir que l'école existe. Pourquoi est-ce notre devoir de leur donner des leçons ? Je vais vous le dire. Quand des enfants, ou des individus enfantins, sont laissés à eux-mêmes, les plus forts dominent les autres et les maltraitent. En Chine, la torture imposée par la justice est un divertissement le long des routes. Les veuves hindoues sont brûlées vives avec le cadavre de leur mari. Les Noirs se mangent les uns les autres. Les Arabes et les Juifs font des choses inqualifiables aux organes intimes de leurs enfants. Les Français bavards font des révolutions sanglantes, les Italiens insouciants se regroupent en sociétés secrètes d'assassins, nous avons tous entendu parler de l'Inquisition espagnole. Même les Allemands, dont la race est la plus proche de la nôtre, ont du goût pour la musique orchestrale violente, et pour les duels au sabre. Dieu a créé la race anglo-saxonne pour mettre fin à tout cela, et nous le ferons. Mais nous ne pouvons améliorer les gens tout d'un coup, et partout. Les dirigeants brutaux des races inférieures nous haïssent de vouloir les remplacer, donc pour les ramener au bon sens nous devons tout d'abord nous en débarrasser. Nos fusils, nos mitrailleuses, nos cuirassés, et notre discipline militaire supérieure nous permettent de nous en débarrasser sûrement, mais c'est un long processus. À partir des quartiers généraux des minuscules îles Britanniques, les Anglo-Saxons ont conquis un quart de la planète en un peu plus de deux siècles. Mais, à l'ouest de l'Atlantique, une autre nation anglo-saxonne, plus vaste, commence à sentir sa force et à s'étirer les membres — les États-Unis ! Qui peut douter qu'avant la fin du XXe siècle les États-Unis ne dominent le reste de la planète ? En doutez-vous, Mr Astley ?

— Ce que vous prédisez est possible, a posément répondu Mr A., si les races soumises n'apprennent rien de nous. Mais les Japonais semblent être d'intelligents petits élèves, et la puissance industrielle allemande a presque dépassé celle de la Grande-Bretagne.

— Chargez-vous des Allemands et laissez-nous les Nippons, car dans nos écoles les élèves ne pourront jamais devenir des maîtres — leurs cerveaux plus petits les en empêchent. J'admets que le cerveau allemand est à la taille du vôtre et du nôtre, mais il manque de souplesse. Ce que je tiens à dire, Mrs Wedderburn, c'est ceci. Il faut encore un siècle de combat pour que le monde soit finalement civilisé, mais ce combat ne doit pas être considéré comme une guerre. Quand les Britanniques envahissent l'Égypte — quand les Américains entrent au Mexique ou à Cuba — ils viennent policer et civiliser les indigènes, ils ne viennent pas les meurtrir. Oui, il se peut qu'il faille un siècle aux forces de police anglo-saxonnes pour débarrasser le monde de ses brutes, mais nous y parviendrons. En l'an 2000, le porcelainier chinois, le pêcheur de perles indien, le tapissier perse, le tailleur juif, le chanteur d'opéra italien, etc. poursuivront enfin leurs activités dans la paix et la prospérité, car la loi anglo-saxonne aura enfin permis aux humbles d'hériter de cette terre. »

Il y a eu alors un long silence durant lequel le Dr H. a alternativement posé des regards ardents sur Mr Astley et sur moi, mais surtout sur Mr Astley qui a enfin dit :

« Ah !

— N'êtes-vous pas d'accord avec mes prédictions, monsieur ? a sèchement repris le Dr H.

— Je suis d'accord si elles plaisent à Mrs Wedderburn. »

Ces hommes intelligents m'ont intensément regardée tous deux. J'ai soudain eu très chaud et j'ai vu que je rougissais jusqu'aux mains. J'ai déclaré avec gaucherie :

« Vous avez dit une chose qui m'a surprise, Dr Hooker. Vous avez dit qu'il était plus facile aux gens avec de gros cerveaux de contrôler leurs mauvais instincts animaux. J'ai vu beaucoup d'animaux, j'ai joué avec eux, et aucun n'a été méchant avec moi. Une chienne avec une patte cassée a grogné et m'a donné un coup de dents pendant que je lui mettais une attelle, mais c'était seulement parce que je lui faisais mal. Quand elle s'est sentie mieux, elle m'a traitée comme une copine. Est-ce qu'il y a beaucoup d'animaux méchants ?

— Il n'y a PAS d'animaux méchants, a répondu avec chaleur le Dr Hooker, et vous avez raison de me reprendre sur ce point. Laissez-moi m'expliquer d'une autre façon. Les êtres humains contiennent deux natures, une élevée et une basse. La nature élevée aime les choses belles et propres ; la nature basse aime les choses laides et sales. Vous êtes une jeune dame bien élevée, donc vous n'avez pas de bas instincts. Vous avez reçu une éducation anglo-saxonne adaptée à votre sexe et à votre milieu, qui vous a protégée du spectacle dégradant des saletés et des misères humaines. Vous venez de Grande-Bretagne, où une belle force de police écarte les criminels, les chômeurs et autres créatures malpropres et incurables des endroits où vivent les nobles natures, les natures anglo-saxonnes. J'ai entendu dire qu'en Grande-Bretagne les basses couches sociales sont surtout irlandaises. »

J'ai répliqué avec indignation :

« Je suis une femme du monde, Dr Hooker. Mon tuteur m'a emmenée faire le tour du monde pendant que je me rétablissais de mon accident. J'ai vu toutes sortes de gens, et certains portaient les souliers crevés, les vêtements reprisés et les sous-vêtements crasseux des pauvres dont on se moque dans le Punch. Mais aucun ne s'est jamais montré aussi horrible que vous le dites.

— Êtes-vous allée en Chine et en Afrique ?

— Dans certaines régions. Je suis allée au Caire, en Égypte.

— Et avez-vous vu les fellahs quémander un bakchich en pleurnichant ?

— Changez de sujet, Hooker ! » a dit durement Mr Astley.

Mais je ne voulais pas qu'on change de sujet, et j'ai continué :

« Quand God m'a emmenée voir les pyramides, il y avait une foule devant notre hôtel. Certains poussaient des cris comme aaaïe aaaïe, mais je ne les ai pas vus. Que veut dire bakchich, Dr Hooker ?

— Si vous débarquez demain avec moi à Alexandrie, je vous montrerai ce que c'est en moins de quinze minutes. Le spectacle vous choquera, mais vous édifiera. Quand vous l'aurez vu, vous comprendrez trois choses : la dépravation innée de l'animal humain sans le rachat ; pourquoi le Christ est mort pour nos péchés ; pourquoi Dieu a envoyé la race anglo-saxonne purifier le globe par le feu et par l'épée.

— Vous n'avez pas tenu parole, Hooker, a dit Mr Astley avec froideur. Vous avez rompu notre marché.

— J'en suis désolé mais également content, Astley ! s'est écrié le

Dr H. (et je n'avais pas vu d'homme aussi excité depuis que Chandelle s'est déclaré à moi et que Wedder a joué à la roulette). Les paroles de Mrs Wedderburn montrent qu'elle s'est remise des pires effets de son accident de train. Quoiqu'elle n'ait pas retrouvé ses premiers souvenirs, sa façon de s'exprimer révèle un esprit aussi clair et logique que le vôtre et que le mien, mais si nous ne lui fournissons pas les informations qu'elle sollicite son esprit restera celui d'une enfant précoce. Il se peut que vous autres Anglais préfériez garder vos femmes dans cet état, mais dans l'Ouest américain nous voulons que nos femmes soient des partenaires à notre niveau. Acceptez-vous mon invitation à voir l'envers d'Alexandrie, Mrs Wedderburn ? Peut-être pourriez-vous persuader votre mari de vous accompagner ?

— J'accepte votre invitation, que mon pauvre homme vienne ou non », lui ai-je répondu en me sentant excitée d'une manière effrayante.

« Venez également, Astley, a dit le Dr Hooker. Formons pour notre belle compagne une escorte anglo-américaine. »

Mr Astley a pensivement soufflé un nuage de fumée, a haussé les épaules et a répondu :

« Qu'il en soit ainsi. »

J'ai aussitôt quitté la table. J'avais besoin de tranquillité pour penser à toutes les nouvelles choses étranges que j'avais entendues. Peut-être faut-il en blâmer ma caboche fêlée, mais je me sens moins heureuse depuis que le Dr H. a expliqué que quelque chose ne va pas dans le monde que les Anglo-Saxons ne soignent pas par le feu et par l'épée. Jusqu'alors je pensais que tous ceux que je rencontrais faisaient partie de la même famille amicale, même ceux qui, blessés, agissaient comme notre chienne hargneuse. Pourquoi ne m'avez-vous pas appris la politique, God ?

* *

À cet endroit, la voix de Baxter trembla et tomba dans le silence, et je m'aperçus qu'il luttait pour maîtriser une très profonde émotion.

« Lisez vous-même les six pages suivantes », reprit-il soudain.

Et il me les passa. Je reproduis ici ces pages comme elles m'ont été données. Elles sont imprimées par un procédé de photogravure qui reproduit exactement le barbouillage causé par des taches de larmes, mais qui ne montre pas la pression de la plume qui souvent déchire le papier.

soanie parle e par le pais.
Juskalor jeu rencontre
feuze parti deux la maime
famiye amikal, maime ceu
ki, blaisse, agisse kome notre
chiaine arnieuse. Pourkoi
neu mave vou pa apri la
politik God?

* * * * * *

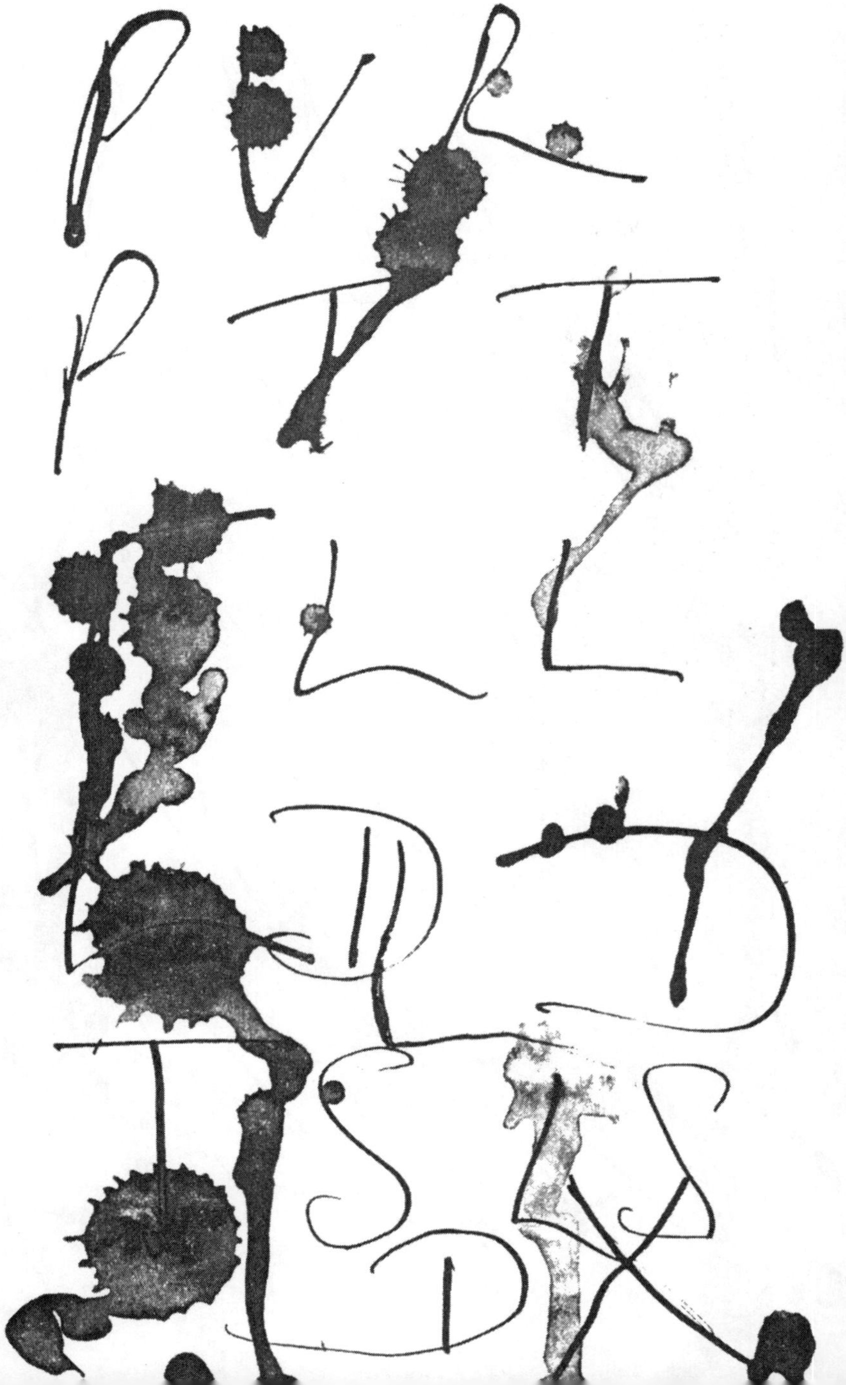

PS DD

PR LS

BBS

VLS

PVRS

FLLS

jeu sai contente
davoir mordu Mystere Astlag

« Un retour catastrophique à une phase antérieure avec un vif rétablissement à la fin, dis-je. Que signifient ces gribouillis, Baxter ? Tenez... reprenez-les. Vous seul pouvez les déchiffrer. »

Baxter soupira et me dit d'une voix calme et blanche :

« Ils signifient non non non non non non non non non aidez le bébé aveugle pauvre petite fille au secours au secours tous les deux piétinés non non non non non non non non non non non non non non non non non non non où est ma fille pas de secours pour les bébés aveugles pauvres petites filles je suis contente d'avoir mordu Mr Astley. »

Baxter alors posa la lettre, sortit un mouchoir, le plia pour en faire une sorte de coussin (ses mouchoirs étaient grands comme le quart d'un drap de lit) et y enfouit son visage. Un instant je craignis qu'il ne tentât de s'y étouffer, mais des explosions amorties révélèrent qu'il s'appliquait à y absorber des évacuations glandulaires. Quand il eut fini, il montra des yeux ultra-brillants.

« Et alors ? demandai-je avec impatience. Et alors ? Est-ce que la suite explique tout cela ?

— Non, mais ce qui s'est passé émerge finalement. Le reste a été écrit des semaines ou des mois après sa romance avec Harry Astley...

— ROMANCE ! hurlai-je.

— Calmez-vous, McCandless. De sa part à elle, c'était une aventure platonique. Que cela ait aidé à son évolution mentale est prouvé par son écriture qui soudain devient petite, régulière et droite ; par son orthographe, qui se conforme vite aux dictionnaires usuels ; par la séparation entre ses chapitres, où une ligne horizontale remplace la ligne folâtre d'étoiles. Mais son évolution apparaît plus clairement dans la qualité de ses réflexions. Car, à partir de maintenant, c'est un mélange de méditations spirituelles dignes d'un sage oriental avec la précision analytique d'un David Hume ou d'un Adam Smith. Écoutez donc ! »

16
D'Alexandrie à Gibraltar : La sagesse amère d'Astley

Penser m'a rendue folle durant des semaines. Mon seul soulagement a été une dispute avec Harry Astley. Il a dit que je ne trouverais la paix qu'en embrassant sa sagesse amère — et lui-même. Je ne veux ni de l'une ni de l'autre — sauf comme ennemis. Il a dit que la cruauté envers les faibles ne finirait jamais parce que les forts vivent en les piétinant. Je lui ai dit que si c'était vrai nous devions cesser de vivre ainsi. Il m'a prêté des livres qui, dit-il, prouvent que c'est impossible : L'Essai sur le principe de population *de Malthus,* De l'origine des espèces *de Darwin,* Le Martyre de l'homme *de Winwood Reade. Ils m'ont donné mal à la tête. Aujourd'hui j'étais en train de changer le pansement de sa main lorsqu'il m'a dit que sa femme était morte il y a un an et il a ajouté :*

« Vous n'êtes pas légalement mariée avec Wedderburn, n'est-ce pas ?

— Comme vous êtes malin de l'avoir deviné, Mr Astley !

— Appelez-moi Harry, s'il vous plaît. »

Sa main est presque guérie quoique le pouce soit encore très raide — mes dents ont laissé une cicatrice circulaire à la jointure de la paume. Il a dit pensivement :

« Cette marque me restera à jamais.

— J'en ai peur, Harry.

— Puis-je la considérer comme un anneau de fiançailles ? M'épouserez-vous ?

— Non, Harry. Je suis fiancée à quelqu'un d'autre. »

Il m'a questionnée sur mon fiancé, et donc je lui ai parlé de Chandelle. Quand j'ai eu fini de lui mettre un nouveau bandage, il a dit qu'il connaissait plusieurs femmes de haut rang, dont la duchesse de Sutherland et la princesse Louise de Connaught, mais que j'étais la plus pure aristocrate qu'il eût rencontrée.

Le Dr Hooker a quitté le bateau au Maroc sans dire au revoir ni demander son Nouveau Testament. Il me l'avait prêté pour que je trouve la paix en Jésus, mais je ne l'ai pas trouvée. Jésus était autant que moi rendu fou par la cruauté et la froideur générales. Lui aussi avait dû détester découvrir qu'il devait tout seul rendre les gens meilleurs. Il avait un avantage sur moi — il pouvait faire des miracles. J'ai demandé au Dr Hooker comment Jésus aurait traité ma petite fille affamée avec le bébé aveugle.

« Jésus rendait la vue aux aveugles », a répondu le pauvre Dr Hooker, l'air mal à l'aise.

« Qu'aurait fait Jésus s'il n'avait pas pu leur rendre la vue ? ai-je continué. Est-ce qu'il aurait passé son chemin comme un mauvais Samaritain ? »

Je pense que c'est pour cette raison qu'il a quitté le Coup-Tout-Sauf *cet après-midi. Il ne veut pas vivre comme Jésus, mais contrairement à Harry Astley il n'ose pas l'avouer.*

Astley, Hooker, Wedder, tous rendus malheureux par une Bell fêlée. Le dégât à Wedder a été fait après que je suis revenue d'Alexandrie. Je me suis précipitée dans notre cabine et me suis unie unie à lui et unie et unie jusqu'à ce qu'il me supplie d'arrêter, qu'il dise qu'il ne pouvait plus mais il le pouvait et il l'a fait encore — c'était la seule chose qui m'empêchait de penser à ce que j'avais vu. Je l'ai dégoûté des unions, m'en suis dégoûtée également et alors les pensées sont revenues. J'ai réfléchi pendant des jours entiers sans lui dire un mot. Hier soir mon homme bêta a éclaté en sanglots, et m'a demandé pardon.

« Pour quoi ? » ai-je demandé. Il avait l'air de ne pas croire que mes larmes et mes méditations étaient causées par la vue des men-

diants d'Alexandrie — il pensait que je boudais parce qu'il m'avait poussée à me prostituer en Allemagne. J'ai ri très fort et je lui ai dit que je n'avais rien fait de tel ; que l'argent que j'avais eu pour nous deux était à lui, que je l'avais pris quand il dormait, la nuit où il avait tellement gagné. D'abord, il ne m'a pas crue, puis il s'est longtemps renfrogné en grommelant : « MON argent ! MON argent ! » J'ai essayé de le remettre de bonne humeur en recommençant à m'unir à lui mais il a hurlé : « JE NE VAIS PAS SERVIR ! » et m'a tourné le dos, s'est mis tête-bêche, les pieds sur l'oreiller. Tout au long de la nuit, j'ai entendu ce petit chuchotement : « mon argent, mon argent », provenant du fond de la couchette.

Harry est méchant parce que la façon cruelle qu'ont les gens d'agir et de souffrir l'amuse, et parce qu'il veut me persuader que la méchanceté est nécessaire. S'il y réussit, il m'aura également rendue méchante. Je l'écoute parce que j'ai besoin de savoir tout ce qu'il sait ; il est aussi franc que God et m'apprend des faits que God ne m'a jamais appris — toutes les choses que je dois changer, donc il vaut mieux que je les note.

LES FEMMES DÉSŒUVRÉES — « Napoléon considérait les femmes comme le repos du guerrier. En Angleterre, les épouses sont traitées comme les ornements publics et les parcs privés des riches propriétaires, industriels, avocats, médecins, etc. Les joies de la maternité leur sont fermées, car après les douleurs de l'enfantement, leurs petits sont confiés aux soins et aux caresses de domestiques. Elles sont censées être au-dessus des plaisirs de l'allaitement — au-dessus de l'acte sexuel même — mais la plupart du temps ce sont autant des parasites, des prisonnières, des objets de loisir que les odalisques d'un harem turc. Si une femme de ce milieu ne trouve pas un mari sensible et original, sa vie risque d'être aussi pénible que celle des femmes qui passent des années à mourir de lente suffocation en trimant sur les métiers à tisser du Lancashire. Et c'est pourquoi vous devriez m'épouser, Bella. Vous seriez mon esclave selon la loi, mais pas dans les faits. »

ÉDUCATION — « Les enfants très pauvres apprennent de leurs parents à mendier, à mentir et à voler — sinon ils ne survivraient guère. Les parents cossus disent à leurs enfants que personne ne devrait mentir, voler ou tuer, et que l'oisiveté et les jeux de hasard sont des vices. Puis ils les envoient dans des écoles où ils souffrent s'ils ne déguisent pas leurs pensées et leurs sentiments et où on leur apprend à admirer des voleurs et des meurtriers comme Ulysse et Achille, Guillaume le Conquérant et Henri VIII. Cela les prépare à vivre dans un pays où les riches utilisent les lois parlementaires pour priver les pauvres de logis et gagne-pain, où on accroît les revenus du capital en jouant à la bourse, où ceux qui possèdent le plus travaillent le moins et s'amusent à la chasse, aux courses de chevaux, et en poussant leur pays à la guerre. Vous trouvez ce monde horrifiant, Bell, parce que vous n'y avez pas été conformée par une éducation appropriée. »

SORTES DE GENS — « Il y a trois sortes de gens. Les plus heureux sont les innocents qui considèrent tout et tout le monde comme fondamentalement bons. Beaucoup d'enfants sont ainsi, et vous étiez ainsi jusqu'à ce que Hooker (tout à fait contre ma volonté) vous présente les choses autrement. La deuxième sorte, et la plus vaste, sont les demi-optimistes : les gens à l'esprit à moitié endurci qui peuvent regarder sans gêne la famine et l'injustice. Ils estiment que les malheureux méritent leurs souffrances, ou que la nation modère — mais ne cause pas — ces misères, ou que Dieu, la Nature, l'Histoire arrangeront tout cela un de ces jours. Le Dr Hooker est de cette sorte et je suis content que sa rhétorique ne vous ait pas aveuglée sur les faits. La troisième sorte, la plus rare, sait que l'existence humaine est essentiellement une maladie douloureuse que seule la mort peut guérir. Nous avons la force de vivre en toute conscience au milieu de ceux qui vivent dans l'aveuglement. Nous sommes les cyniques.

— Il doit y avoir une quatrième sorte, ai-je répliqué, parce que je ne suis plus une innocente, et que je déteste aussi bien ce que dit le Dr Hooker que ce que vous dites.

— C'est parce que vous êtes en train de chercher une voie qui n'existe pas.

— Je préfère la chercher toute ma vie plutôt que d'être une enfant stupide ou une optimiste égoïste ou une cynique tout aussi égoïste, ai-je dit, et je ferai en sorte que mon mari la cherche également.

— Vous serez un couple assommant. »

Histoire — « Les grandes nations sont créées par des opérations de pillage réussies, et puisque l'histoire est essentiellement écrite par des amis des conquérants, elle laisse d'ordinaire entendre que les pillés ont tiré avantage de leur perte et devraient s'y préparer. Le pillage a lieu également à l'intérieur des pays. Le roi Henri VIII a pillé les monastères anglais, seules institutions de l'époque à fournir des hôpitaux, des écoles et des abris aux pauvres. Les historiens anglais admettent que Henri VIII était rapace, brutal et emporté, mais déclarent qu'il a fait beaucoup de bien. Ils appartiennent à une classe qui s'est enrichie à l'aide des biens de l'Église. »

Les bénéfices de la guerre — « Napoléon nous a donné l'occasion d'être une nation industrielle. Pour le combattre dans toute l'Europe, le gouvernement a créé des impôts plus lourds qui ont surtout taxé les pauvres, et a employé beaucoup de cet argent à fournir des uniformes, des bottes, des armes, des bateaux. Toutes sortes d'usines ont été construites. Les hommes bons pour le service étaient pour la plupart à l'étranger avec les armées, mais de nouvelles machines rendaient possible le fonctionnement des usines avec une main-d'œuvre à bon marché de femmes et d'enfants. Cela faisait tellement accroître le profit que nous pouvions investir dans des trains, des blindés et la conquête d'un vaste empire. Nous devons beaucoup à Napo. »

Chômage — « La fin des guerres napoléoniennes a laissé tellement de chômage et de famine qu'on a créé un comité parlementaire pour étudier la question — le gouvernement craignait une révolution. Un industriel socialiste du nom de Robert Owen a proposé que les bénéfices industriels, commerciaux ou financiers au-delà de cinq pour cent soient consacrés à la nourriture, au logement et à l'éducation des travailleurs, au lieu de les employer à saper la concurrence. Cependant, les malthusiens ont objecté que mieux on nourrissait les pauvres, plus ils pullulaient. La pauvreté, la faim et la maladie peuvent pousser certains à voler du pain et à rêver de révolutions, mais rendent les révolutions moins probables en affaiblissant l'énergie physique des pauvres et en diminuant leur nombre par la mortalité infantile. Ne frémissez pas, Bell. Ce dont avait besoin la Grande-Bretagne — et ce qu'elle a obtenu ! — c'étaient de casernes à côté de chaque ville indus-

trielle, d'une grande force de police, et d'énormes prisons nouvelles ; et également de logements pauvres où les enfants sont séparés des parents et les femmes des maris — de quartiers si délibérément lugubres que ceux qui avaient la moindre étincelle de respect d'eux-mêmes dépensaient leurs derniers sous à du mauvais gin et préféraient mourir dans un fossé plutôt que de rentrer dans des endroits pareils. C'est ainsi que nous avons mis sur pied la nation industrielle la plus riche du monde, et elle fonctionne très bien. »

LIBERTÉ — *« Je suis sûr qu'il n'y avait pas de mot pour la liberté avant que l'esclavage soit inventé. Les anciens Grecs ont eu toutes sortes de gouvernements — monarchie, aristocratie, ploutocratie, démocratie — et ont violemment discuté du système qui donnait le plus de liberté au peuple, mais tous ces systèmes comportaient des esclaves. De même la République romaine antique. De même les vigoureux propriétaires qui ont fondé les États-Unis. Oui, la seule définition certaine de la liberté est-elle d'être le contraire de l'esclavage? Vous avez dû l'entendre dans ce chant populaire :*

Règne, Britannia ! Britannia règne sur les mers !
Jamais, jamais, tes enfants ne seront esclaves !

» À l'époque de la bonne reine Elizabeth, nous autres Anglais étions tellement dégoûtés par la cruauté avec laquelle les Espagnols esclavagisaient les Indiens d'Amérique que nous avons pillé leurs galions, que nous fussions ou non en guerre avec eux. En 1562, sir John Hawkyns (devenu commissaire de la Marine et héros dans la bataille contre l'Invincible Armada) a commencé le commerce anglais des esclaves en volant en Afrique des esclaves noirs aux Portugais et en les vendant aux Espagnols dans le Nouveau Monde. Le Parlement a décrété ce commerce délit criminel en 1811.

— Bien ! ai-je dit. Et maintenant les Américains ont également aboli l'esclavage.

— Oui. Il ne profitait qu'aux fermiers sudistes. L'industrie moderne trouve moins cher d'employer de la main-d'œuvre à la journée ou à la semaine — quand on n'en a plus besoin, les ouvriers sont libres d'aller mendier du travail à d'autres maîtres. Quand beaucoup d'hommes libres mendient du travail, les maîtres sont libres de donner de plus bas salaires. »

LIBRE ÉCHANGE — « Oui, notre Parlement a défini la liberté comme capacité d'acheter aussi bon marché que possible et de vendre aussi cher que possible partout, avec l'aide de l'armée et de la marine. Cela nous permet de briser des pays par des famines aussi promptement qu'un charpentier coupe le bois avec une scie. Écoutez attentivement, Bell.

» Les tisserands indiens fabriquaient le plus beau coton du monde, et seuls les marchands britanniques étaient libres de le vendre — les Français s'y sont essayés, donc nous les avons chassés des Indes. Puis nous autres Anglais avons appris à tisser mécaniquement le coton à plus bas prix dans nos propres usines, donc nous avions besoin de coton brut indien et de laine angora et pouvions empêcher n'importe qui d'autre d'acheter du tissu indien. Peu après, un des gouverneurs que nous avons donnés aux Indes a signalé que les plaines de Dacca étaient jonchées des ossements des tisserands indiens.

» Saviez-vous que huit Irlandais sur dix vivaient de la pomme de terre ? C'étaient des paysans dont le sol aride ne produisait guère autre chose, et l'argent qu'ils gagnaient par d'autres moyens servait à payer leur fermage. Les propriétaires terriens étaient des descendants des envahisseurs et conquérants anglais, donc ils possédaient les sols riches où poussaient les céréales. Il y a trente-cinq ans, une maladie a ravagé les cultures de pommes de terre, et les paysans ont commencé à mourir de faim. Maintenant, en temps de famine, les gens qui possèdent de grandes réserves de nourriture les exportent, car le peuple affamé est trop pauvre pour payer les denrées à bon prix. Le Parlement anglais a discuté d'un projet de loi pour fermer les ports irlandais afin que le grain irlandais soit mangé par le peuple irlandais. Cette loi n'est pas passée parce qu'elle était contraire au principe du libre-échange — et nous avons envoyé des soldats pour nous assurer que le grain était bien chargé sur des bateaux. Près d'un million de gens sont morts de faim : un million et demi ont émigré. Ceux qui ont émigré en Angleterre ont travaillé pour des salaires tellement bas que les salaires des ouvriers britanniques se sont effondrés, et nos industries ont plus que jamais gagné de l'argent. À présent, allons passer un moment sur le pont arrière. »

Il sait que lorsque je ne peux en supporter davantage je me précipite sur le pont arrière et me penche au bastingage pour que le vent emporte mes cris au large. Cette fois je l'ai regardé intensé-

ment et lui ai demandé s'il aurait voté contre la fermeture des ports irlandais s'il avait fait partie du Parlement. Je ne l'aurais pas mordu s'il avait répondu oui — je lui aurais craché au visage. Il a dit tranquillement : « Je n'aurais pas osé voter contre si j'avais su que je devais vous affronter par la suite, Bell. »

J'étais prête à le traiter de démon rusé, mais c'est ainsi que parle Wedder. J'ai ravalé mon crachat et me suis éloignée.

EMPIRE — « Aucun endroit fortement peuplé n'a manqué d'empire — la Perse, la Grèce, l'Italie, la Mongolie, l'Arabie, le Danemark, l'Espagne et la France ont eu leur tour. L'empire le moins belliqueux, le plus vaste et le plus durable était chinois. Nous l'avons détruit il y a vingt-cinq ans parce que son gouvernement ne nous permettait pas d'y vendre de l'opium. L'Empire britannique s'est rapidement développé, mais il se peut que dans deux ou trois siècles les descendants à demi nus de Disraeli et de Gladstone plongent des ruines du pont de Londres pour ramasser dans la Tamise des pièces jetées par des touristes tibétains qui auront trouvé la vue amusante. »

GOUVERNEMENT AUTONOME — Je lui ai demandé s'il existait des pays où un peuple joyeux et prospère gouverne lui-même.

« Oui. En Suisse, plusieurs petites républiques avec des langues et des religions différentes ont vécu paisiblement côte à côte durant des siècles, mais de hautes montagnes les séparaient les unes des autres et du reste du monde. Pour améliorer le monde, Bell, il vous faut seulement bâtir de hautes montagnes autour de chaque ville et de ses environs, ou hacher les continents en une myriade d'îles de taille égale. »

PROGRESSISTES — « Oui, je prévois qu'en dépit de mes leçons, Bell, vous allez faire partie de la sorte la plus moderne d'optimistes endurcis, la sorte qui veut abolir les inégalités en partageant équitablement les biens terrestres.

— Ce n'est que du bon sens ! me suis-je écriée.

— Il y a quatre sectes qui sont d'accord avec vous, mais qui ont quatre plans différents pour y parvenir.

» Les SOCIALISTES veulent que les pauvres les élisent au Parlement afin qu'ils imposent les surplus des riches et édictent des lois pour que chacun ait un travail productif dans de bonnes condi-

tions, une bonne nourriture, de bons logements, une bonne éducation et des soins de santé.

— Excellente idée ! ai-je fait.

— Oui. Magnifique. Les autres progressistes font remarquer que le parlement est une alliance de monarques, de seigneurs, d'évêques, de juristes, de marchands, de banquiers, de boursiers, d'industriels, de militaires, de propriétaires terriens, de fonctionnaires, qui l'emploient à protéger leurs richesses ET À RIEN D'AUTRE. *Les socialistes élus seraient donc circonvenus, ou soudoyés, ou réduits à néant. Je suis d'accord avec cette prédiction.*

» Les COMMUNISTES *forment un parti de gens venus de toutes les classes de la société qui travaillent patiemment dans l'attente d'un jour où leur pays connaîtra de sérieux troubles financiers, et où ils renverseront le gouvernement pour prendre le pouvoir — pour une courte période. Ils gouverneront le pays jusqu'à ce que chacun ait ce dont il a besoin et soit capable de le conserver, puis ils se dissoudront car alors ni leur parti ni aucun autre gouvernement ne sera nécessaire.*

— Hourra ! ai-je crié.

— Oui, hourra. Les autres progressistes disent que les groupes qui prennent le pouvoir par la violence s'y maintiennent toujours par davantage de violence et installent une nouvelle tyrannie. Je suis d'accord.

» Les ANARCHISTES VIOLENTS *ou* TERRORISTES *détestent ceux qui veulent le pouvoir autant que ceux qui l'ont. Puisque toutes les autres classes dépendent de ceux qui travaillent la terre, et dans les mines, les usines et les transports, ils disent que ces travailleurs devraient garder pour eux ce qu'ils font — devraient ignorer l'argent et faire du troc — devraient employer des explosifs pour terrifier ceux qui ne se joignent pas à eux et qui essayent de les diriger.*

— Ils devraient ! ai-je lancé.

— Je suis d'accord. Je suis également d'accord avec ceux qui disent que l'armée et la police sont de plus efficaces terroristes. De surcroît, ce sont les classes moyennes qui détiennent les clefs des réserves de nourriture et de carburant, quels que soient ceux qui les produisent.

» De sorte que votre seul espoir se trouve parmi les PACIFISTES OU ANARCHISTES NON VIOLENTS. *Ceux-là disent que nous ne pouvons améliorer le monde qu'en nous améliorant nous-mêmes et en*

espérant que les autres suivent notre exemple. Cela signifie ne combattre personne, renoncer à l'argent et vivre de dons ou du travail de ses mains. Bouddha, Jésus et saint François ont suivi cette voie, ainsi que, dans notre siècle, le prince Kropotkine, le comte Léon Tolstoï et un célibataire, fermier et auteur américain nommé Thoreau. Ce mouvement attire nombre d'aristocrates et d'écrivains inoffensifs. Ils ennuient le gouvernement en refusant de payer des impôts qu'ils estiment néfastes — ce qui est en grande partie vrai, puisque les impôts paient surtout des armes et des armées. Toutefois, la police ne harcèle et n'emprisonne que les pacifistes ordinaires. Les admirateurs des pacifistes célèbres leur évitent les graves ennuis. Si vous faites de la politique, Bell, prenez bien soin d'être une anarchiste pacifiste. Les gens vous aimeront. »

J'ai pleuré et crié :

« Oh, que puis-je faire ?

— Allons sur le pont arrière, Bell, et je vous le dirai », a-t-il répondu.

La solution d'Astley — Donc nous nous sommes penchés au bastingage et sommes restés à regarder le sillage du bateau écumer et luire sous le clair de lune. Il a dit alors :

« La pitié maternelle que vous éprouvez envers les malheureux de cette terre est un instinct animal qui manque d'objet approprié. Mariez-vous et ayez des enfants. Épousez-moi. J'ai à la campagne un domaine avec une ferme et tout un village — pensez aux pauvres que vous aurez sous la main. En plus de vous occuper de mes enfants (que nous n'enverrons pas dans une école privée), vous pourrez me tarabuster pour que j'améliore le système d'égouts et que je baisse les loyers de toute une communauté. Je vous offre l'occasion d'être aussi heureuse et bonne que peut l'être une femme intelligente sur cette sale planète.

— Votre offre ne me tente pas, Harry Astley, ai-je répondu, parce que je ne vous aime pas ; mais c'est pour vous la façon la plus habile d'induire une femme à mener une vie totalement égoïste. Merci, mais non.

— Alors s'il vous plaît tenez-moi un moment la main. »

Je me suis exécutée et, pour la première fois, j'ai senti qui il était vraiment — un petit garçon tourmenté qui haïssait autant que moi la cruauté mais qui pensait être un homme fort parce qu'il pouvait faire semblant de l'aimer. Il est aussi pauvre et désespéré que ma fille perdue, mais seulement à l'intérieur. À l'extérieur il est parfaitement à l'aise. Chacun devrait avoir autour de lui une carapace confortable, une bonne veste avec de l'argent dans les poches. Il me faut être socialiste.

La misère m'a empêchée de penser aux bonnes choses, God, donc je n'ai pas pensé à vous jusqu'à ce matin. J'ai été réveillée par un bruit semblable à une pluie violente et je me suis mise à l'imaginer arrosant les laitues pour Mopsy et Flopsy — à m'imaginer prenant un petit déjeuner d'œufs pochés, de rognons et de harengs tandis que vous mangez votre purée et votre rata — à nous imaginer allant soigner les animaux malades dans votre clinique. Après avoir ainsi lézardé dans la joie et la paix, j'ai ouvert les yeux et j'ai vu les pieds de Wedder à côté de moi et des rayons de soleil à travers les lames des volets fermés. Je me suis souvenue que le bruit de pluie venait d'un eucalyptus à l'extérieur de l'hôtel, un arbre dont les feuilles dures et luisantes bruissent sous le vent. Mais la joie paisible ne s'est pas évanouie. Votre souvenir écartait l'horreur et les pleurs parce que vous êtes meilleur et plus sage que le Dr Hooker et Harry Astley réunis. Vous n'avez jamais dit que la cruauté envers les faibles était bonne ou inévitable ou sans importance. Un jour, vous me direz comment changer ce que je ne peux décrire sans que mes mots deviennent ÉNORMES, que mes voyelles disparaissent, que mes larmes effacent l'encre.

Quelqu'un a frappé à la porte de la chambre pour dire qu'on avait déposé un broc d'eau chaude à l'extérieur. Je n'ai pas rasé Wedder depuis le jour où nous avons accosté à Alexandrie, et j'ai décidé de le faire maintenant. Je me suis levée d'un bond, me suis vite lavée et habillée, ai glissé une serviette entre sa tête et l'oreiller, et lui ai entièrement savonné le visage. C'était beaucoup plus facile à faire avec sa tête au bout du lit. Il n'a ni parlé ni ouvert les yeux, mais je savais qu'il était content, parce qu'il déteste se raser lui-même. En lui raclant les poils, je lui ai rappelé qu'un bateau à destination de Glasgow par Lisbonne et Liverpool partait aujourd'hui — que Mr Astley le prenait, et avait proposé de nous y retenir des places. Tout en gardant les yeux fermés, Wedder a dit :

« Nous allons à Paris par Marseille.
— Mais pourquoi, Duncan ?
— Puisqu'une catin de voleuse comme toi refuse de m'épouser, il ne reste que Paris. Emmène-moi là-bas. Remets-moi aux mains des midinettes et de la petite fée verte puis épouse qui tu veux — Anglais, Américain ou sale Russe, ah ah ah ah ah ! »
Wedder est de bien meilleure humeur depuis qu'il a décidé qu'il n'était pas un démon et que j'en étais probablement un.
« Mais, Duncan, lui ai-je répliqué, nous ne pouvons pas nous offrir un séjour à Paris. J'ai juste assez d'argent pour notre voyage de retour. »
Ce n'était pas vrai. Votre argent est encore dans la doublure de ma veste, God, mais je sentais que la manière la plus gentille de me débarrasser de Wedder (qui maintenant n'a plus guère envie de s'unir avec moi) était de le renvoyer à sa mère.
« Alors, a-t-il dit, je dois rester à Gibraltar jusqu'à ce que j'aie réussi à liquider les dernières rentes consolidées de mon héritage ; et sache, femme, que tu ne me déroberas plus jamais un seul sou — je vais me cramponner à toute la somme. Puisque tu te soucies de l'argent, tu ferais mieux de m'abandonner aujourd'hui et de rentrer en Grande-Bretagne avec ton cher Astley. »
L'idée m'a plu, mais je ne pouvais pas abandonner Wedder si loin de chez lui. Je ne sais rien des midinettes et de la petite fée verte, mais si elles sont gentilles avec lui il pourra rester avec elles à Paris pendant que je rentrerai seule à Glasgow.
Comme d'habitude il a voulu prendre son thé et ses toasts au lit. Je suis descendue à la salle à manger, j'ai demandé qu'on les lui monte, et pour la dernière fois j'ai pris mon petit déjeuner avec Harry Astley. Vous ai-je dit que c'est un veuf qui a depuis longtemps deviné que je n'étais pas mariée ? Attaquant des œufs au jambon (c'est un hôtel anglais quoique le service soit espagnol), j'ai vu qu'il allait de nouveau se déclarer, et l'en ai empêché en lui disant que je n'épouserais qu'un progressiste. Il a soupiré, a tambouriné des doigts sur la nappe, et a dit que je devrais me méfier des hommes qui parlent de faire progresser le monde — beaucoup employaient ce langage pour prendre au piège des femmes de ma sorte.
« De quelle sorte s'agit-il ? » ai-je demandé avec intérêt.
Il a détourné le regard et a répondu avec froideur :
« La brave et aimable sorte qui se montre généreuse envers les

malheureux de tous milieux et de tous pays — généreuse également envers les riches et froids égoïstes. »

J'ai presque fondu. Je lui ai dit : « Levez-vous, Harry ! »

On a dû lui apprendre très jeune à obéir car, bien qu'il ait eu l'air saisi et que la salle à manger fût pleine de monde, il s'est levé aussitôt, tout droit, comme un soldat. Je me suis jetée sur lui, lui ai plaqué les bras sur les côtes en les entourant des miens, et je l'ai embrassé jusqu'à ce qu'il se mette à trembler. Puis j'ai chuchoté : « Au revoir, Harry », et suis retournée en toute hâte auprès de mon vieux Wedder fatigué. Harry et lui sont très semblables, quoique Harry ait les nerfs plus solides. Dans le couloir, j'ai jeté un regard en arrière vers la salle à manger au tout dernier moment. Les clients étrangers me regardaient avec des yeux ronds, les Anglais feignaient de n'avoir rien vu de curieux. Harry Astley, en bon Anglais, avait le nez sur son petit déjeuner.

Chandelle ne doit pas être jaloux. C'est le seul baiser que Harry ait obtenu de moi, et Bell Baxter ne sera jamais prise au piège par de beaux parleurs. Quand je serai de retour à la maison, God, vous nous direz comment faire progresser le monde, et puis nous nous marierons, Chandelle, et nous le ferons progresser.

17

De Gibraltar à Paris : Le dernier vol de Wedderburn

Enfin, plus de Wedder ! Et une petite chambre à moi dans une rue étroite de ce Paris magnifique et sensé ! Vous rappelez-vous m'y avoir emmenée il y a longtemps ? À quel point les énormes tableaux du Louvre nous laissaient bouche bée ? Et que nous mangions à de petites tables sous les arbres du jardin des Tuileries ? Et que nous sommes allés voir le professeur Charcot à la Salpêtrière, et qu'il a essayé de toutes ses forces de m'hypnotiser ? À la fin j'ai fait semblant de m'endormir, parce que je ne voulais pas qu'il se sente ridicule devant son vaste public d'étudiants en adoration. Je crois qu'il s'est aperçu que je faisais semblant — c'est pourquoi il a souri d'un air entendu et a déclaré que j'étais l'Anglaise la plus saine d'esprit qu'il eût examinée médicalement. Je vais vous raconter comment je suis revenue ici.

À Gibraltar, Wedder m'a fait attendre à l'extérieur de la banque où il prenait son argent. Il en est sorti avec cette crânerie insouciante que j'admirais tant, même si je savais désormais qu'il n'y avait pas grand-chose derrière. Sur le bateau pour Marseille, il a commandé des bouteilles de vin avec nos repas. C'était nouveau. Je n'en ai pas bu parce qu'une seule gorgée m'étourdit, mais il a dit qu'un repas sans vin n'est pas un vrai repas, et a fait remarquer que tous les Français en buvaient. Ce navire, contrairement au Coup-Tout-Sauf, *était surtout pour les passagers. L'après-midi et le soir, Wedder jouait aux cartes avec des hommes dans un coin du grand salon, et continuait bien après que je me fus couchée. La nuit avant notre arrivée à Marseille, il est revenu dans la cabine en chantonnant et sifflotant : « Ma poulette ma poule mon colibri ma jolie caille ma Bell écossaise, tu avais raison l'autre fois ! Les jeux d'adresse et non les jeux de hasard sont le métier de ton homme. »*

Il a compté ses gains puis est venu au lit en se mettant du bon côté pour la première fois depuis des semaines. Je m'apprêtais à profiter de ce qu'il a appelé « notre deuxième lune de miel » lorsqu'il s'est soudain endormi. Pas moi. Je savais ce qui allait se passer et que je ne pouvais pas l'empêcher.

Au lieu d'aller directement de Marseille à Paris, nous nous sommes arrêtés dans un hôtel recommandé par un des joueurs de cartes du bateau. Ce même ami l'a introduit dans un café ou club de cartes où il a joué chaque après-midi et chaque soir tandis que j'attendais à l'hôtel en buvant tasse de chocolat sur tasse de chocolat et en méditant sur Le Principe de population *de Malthus. Il a fallu à Wedder cinq jours pour perdre tout ce qu'il avait. Il a encaissé la chose mieux que je ne m'y attendais ; il est revenu dans notre chambre un après-midi et a déclaré : « Me voilà de nouveau à ta merci, Bell. J'espère que tu as assez pour payer l'hôtel — je suis complètement ratiboisé. Mais tu me préfères ainsi. »*

J'avais l'intention de n'utiliser votre argent qu'au tout dernier moment, God. J'ai glissé le strict nécessaire dans un sac à main, ai arrangé ma toilette, arrangé la toilette de Wedder, puis l'ai emmené à pied à la gare où nous avons pris un train de nuit pour Paris. En attendant le départ, il a essayé une ou deux fois de s'éloigner, sous le prétexte de reprendre à l'hôtel une trousse de toilette contenant des brosses en argent qui avaient appartenu à son père. Mais je lui ai dit : « Non, Wedder, c'est toi qui as retenu cette chambre pour nous. Sois heureux que l'hôtel récupère quelque chose de valeur en retour. »

J'étais tellement soulagée de m'en aller loin de Marseille que j'ai profondément dormi assise toute droite sur la banquette de bois d'une voiture de troisième classe française.

Lorsque nous sommes arrivés à Paris, j'ai vu que Wedder n'avait pas fermé l'œil et qu'il était sur le point de s'effondrer. Je l'ai traîné à travers les rues tortueuses de la rive la moins chic de la Seine, là où les hôtels étaient probablement bon marché, mais ils n'étaient pas encore ouverts. Sur un coin de chaussée, au carrefour de trois ruelles, je l'ai laissé tomber sur une chaise de café, et je lui ai dit :

« Repose-toi ici, Wedder. Je vais aller à la gare d'où partent les trains pour Calais, et je vais acheter des billets. Nous serons à Glasgow dans trois jours.

— Impossible — cela signifierait notre ruine sociale. Nous ne sommes pas mari et femme.

— Alors, cher Duncan, rentrons séparément à Glasgow.

— Femme diabolique ! Démon ! Ne t'ai-je pas prouvé que je t'aime et que j'ai besoin de toi ? Me séparer de toi serait arracher mon cœur jusqu'aux racines, etc.

— Mais tu as dit qu'il y avait des personnes avec qui tu voulais rester à Paris. Peut-être puis-je arranger cela.

— Quelles personnes ?

— Les midinettes et la petite fée verte.

— Brûlé par mon propre pétard, ah ah ah ah ah ! »

Quand Wedder ne veut pas expliquer ses drôles de mots il s'en sort avec de plus drôles encore. À cet instant, un garçon qui disposait les tables pour les clients a demandé en français si nous voulions quelque chose et Wedder lui a répondu : « Ioune aybsonthe. »

Le garçon est rentré dans le café et est revenu avec un petit verre à pied contenant ce qui paraissait être de l'eau et une carafe avec davantage d'eau. Wedder a versé quelques gouttes de la carafe dans le verre, qu'il a levé. Le liquide était devenu d'un beau vert laiteux. « Je te présente la petite fée verte ! » a-t-il dit, et il l'a avalé d'un coup. Puis il a crié « ioune ôtre » au garçon, a croisé ses bras sur la table et y a enfoui son visage. Alors j'ai vu sortir un homme bien vêtu d'une porte voisine surmontée d'une inscription peinte sur le mur : « Hôtel de Notre-Dame. »

« Excuse-moi, Duncan », ai-je dit. Et je suis entrée. Le hall était tellement petit que le lourd bureau d'acajou le coupait presque au milieu. Les gens qui entraient et sortaient devaient le contourner. Derrière le bureau était assise une femme qui ressemblait à la reine Victoria en plus jeune et en plus aimable, une petite femme dodue et alerte dans une robe de veuve en soie noire.

« Parlez-vous anglais, madame ? ai-je demandé.

— C'est ma langue mâternaaile, chère amie, a-t-elle répondu avec un accent londonien. Que puis-je faire pour vous ? »

Je lui ai dit que j'avais un pauvre homme dehors qui avait terriblement besoin de repos ; que nous n'avions pas beaucoup d'argent et presque aucun bagage, donc que nous voulions sa chambre la plus petite et la moins chère. Elle a dit que j'avais trouvé la bonne adresse — une alcôve ici ne coûtait que deux francs pour la première heure, à payer d'avance, et deux francs par heure ou fraction d'heure supplémentaire à payer avant que chacun des deux soit parti. Une alcôve venait de se libérer et serait prête dans dix ou quinze minutes — où se trouvait mon monsieur ? J'ai répondu qu'il buvait des fées vertes au café d'à côté. Elle m'a demandé s'il était capable de s'être esquivé. J'ai ri et j'ai répondu : « Oh non, j'aimerais bien ! »

Elle a ri également et m'a proposé de boire une tasse de café avec elle en attendant, puis a ajouté :

« D'après votre accent, vous venez de Manchester, et il y a des années que je n'ai pas eu de conversation à cœur ouvert avec une Anglaise sensée et terre à terre. »

J'ai couru avertir Wedder. Il m'a lancé un regard trouble et a avalé sa deuxième fée verte. Je suis retournée à l'hôtel.

La dame s'est mise à me raconter qu'elle était autrefois Millicent Moon des Sept Cadrans et mordue des affaires hôtelières, mais que les règlements londoniens sur les hôtels rendaient la vie difficile aux débutants, et qu'elle était donc venue à Paris où on encourageait les nouveaux hôteliers. Au Notre-Dame, elle avait d'abord occupé une position très subalterne, mais elle s'était rendue tellement indispensable au patron qu'il l'avait épousée — on la connaissait maintenant sous le nom de Mme Cronquebil, mais je devais l'appeler Millie. Elle était elle-même devenue patronne après la guerre franco-prussienne, durant laquelle les communards avaient pendu Cronquebil à un réverbère à cause de ses sympathies avec l'étranger. Elle a dit qu'elle regrettait la mort de son mari, mais qu'elle avait poursuivi sa profession avec une aisance et une finesse qui étaient appréciées dans les beaux quartiers. Les Français étaient plus faciles à vivre que les Anglais. Les Anglais faisaient mine d'être honnêtes et pratiques mais étaient au fond une race d'excentriques. Seuls les Français avaient du bon sens pour les choses importantes — n'étais-je pas d'accord ?

« Je ne saurais dire, Millie, ai-je répondu. Quelles sont les choses importantes ?

— L'argent et l'amour. Qu'y a-t-il d'autre ?

— La cruauté. »

Elle a ri et a déclaré que c'était là une idée bien anglaise, mais que les gens qui aimaient la cruauté devaient payer pour cela, ce qui prouvait que l'amour et l'argent venaient en premier. Je lui ai demandé ce qu'elle voulait dire. Elle a haussé les sourcils et a demandé ce que je voulais dire. Je lui ai dit que j'avais peur de lui répondre. Sur ce, elle a cessé d'être joviale et maternelle, et m'a demandé à voix basse si un homme m'avait fait du mal.

« Oh non, Millie, personne ne m'a jamais fait de mal. Je parle de choses bien pires que cela. »

Je tremblais et je me suis mise à pleurer, et alors elle m'a pris les mains. Cela m'a donné la force de lui raconter ce qui s'était passé à Alexandrie. Et maintenant j'ai la force de vous le raconter à vous aussi, God, mais c'est tellement important que je vais le séparer du reste de ma lettre par une nouvelle ligne.

Mr Astley et le Dr Hooker m'ont emmenée dans un hôtel où nous nous sommes assis parmi des gens bien vêtus comme nous à une table sur une véranda où tout le monde bavardait mangeait buvait tandis qu'une foule de gens presque nus principalement des enfants nous regardait par-delà un espace où deux hommes avec des fouets allaient et venaient et d'abord j'ai pensé qu'un jeu amusant se déroulait car plusieurs personnes dans la foule divertissaient ceux qui étaient sur la véranda en s'inclinant et en suppliant et en se tortillant et en faisant des grimaces comiques jusqu'à ce qu'on leur jette de la véranda une pièce dans la poussière et alors un ou deux ou une horde se précipitaient sur les pièces à quatre pattes et en criant tandis que les gens à table riaient ou prenaient l'air dégoûté ou se détournaient et alors les hommes avec des fouets qui étaient restés les bras croisés en faisant semblant de ne rien voir voyaient soudain et se ruaient dans la foule en la fouettant pour la disperser et la faire reculer ce qui provoquait également des rires et Mr Astley a dit que c'étaient les vestiges de la race qui avait sculpté le Sphinx et le Dr Hooker a dit que c'était un cas digne d'intérêt et il a indiqué une petite fille maigre et aveugle d'un œil portant un bébé avec une grosse tête aveugle des deux yeux qu'elle serrait fort d'un bras en tendant l'autre et en agitant sa main vide recroquevillée de tous côtés comme dans une transe et dans une transe je me suis levée et suis allée vers elle je pense que les hommes ont crié et ont suivi j'ai traversé l'espace et ai pénétré dans la foule de mendiants et j'ai voulu sortir ma bourse de mon sac à main mais quelqu'un me l'a arraché de toute façon il n'y aurait jamais eu assez d'argent c'était peut-être ma fille je me suis agenouillée et je les ai embrassés elle et le bébé je les ai fait lever et traverser péniblement la foule d'enfants de vieillards aveugles estropiés avec des ulcères rampant hurlant se piétinant les doigts pour attraper les pièces de la bourse déchirée je suis montée sur la véranda un homme de l'hôtel a dit vous ne pouvez pas amener ceux-là ici et j'ai répondu qu'ils venaient avec moi et Mr Astley m'a dit Mrs Wedderburn ni les autorités du port ni le capitaine ne vous laisseront les faire monter sur le bateau et le bébé hurlait et faisait pipi mais la petite fille s'accrochait à moi avec son bras libre je suis sûre qu'elle savait qu'elle avait trouvé sa mère mais ils nous ont tirés à l'écart VOUS NE POUVEZ FAIRE AUCUN BIEN a beuglé le Dr Hooker personne ne m'avait encore insultée ainsi comment pouvait-il dire à moi qui veux jusqu'à la moelle des os que chacun de nous soit bon que JE NE PEUX FAIRE AUCUN BIEN ? J'ai pleuré en croyant que j'avais mal entendu une suggestion aussi vile mais Mr Astley a dit distinctement aucun bien du tout alors j'ai essayé de hurler comme vous avez hurlé un jour God parce que je voulais que tout le monde s'évanouisse mais Harry Astley a plaqué sa main sur ma bouche et oh quelle joie de sentir mes dents s'enfoncer dans la chair.

Le goût du sang m'a dégrisée. J'ai été également surprise, parce que Mr Astley n'a ni grimacé ni gémi. Il a à peine froncé les sourcils, mais deux secondes après son visage est devenu blanc et il serait tombé si le Dr Hooker et moi ne l'avions pas aidé à rentrer et à s'asseoir sur un canapé dans une alcôve du salon. Le Dr Hooker a demandé de l'eau chaude, de l'iode et des bandages propres, mais bien qu'il soit diplômé en médecine c'est moi qui ai nettoyé et pansé la plaie et l'ai entourée d'un garrot. J'ai également dit que j'étais désolée. D'une voix lasse il m'a répondu qu'une blessure nette et inattendue, même douloureuse, était une morsure de puce pour qui avait été éduqué à Eton.

Nous sommes retournés au port en fiacre et je suis restée raide et silencieuse en regardant droit devant moi pendant qu'ils parlaient. Le Dr Hooker a dit que je connaissais maintenant la grande tâche qui se présentait aux races anglo-saxonnes et savais également pourquoi Notre Père qui Êtes aux Cieux avait créé une vie après la mort pour corriger les maux de la vie sur terre. En même temps (a-t-il ajouté) je ne devais pas exagérer les maux dans ce que j'avais vu. Les ulcères, etc. étaient une source ae revenu pour ceux qui les exhibaient, et beaucoup de mendiants étaient plus heureux que les gens qui vivaient d'un travail honnête. Cette fille et son bébé étaient accoutumés à leur situation, ce n'était pas de la misère dans le sens que nous attachons à ce mot — ils étaient certainement plus heureux et plus libres en Égypte qu'ils ne le seraient dans un pays civilisé. Il admirait la façon dont je m'étais remise de ma première réaction à une terrible surprise, mais il ne regrettait pas de m'avoir exposée à cette surprise — désormais je penserais en femme, et plus en enfant. Mr Astley a dit que ma pitié était naturelle et bonne si je la limitais aux malheureux de mon milieu, mais si je l'appliquais à la multitude je prolongerais la misère de bien des gens qui seraient mieux morts. Je venais de voir un modèle presque complet des nations civilisées. Les gens sur la véranda étaient les possédants et les dirigeants — leur intelligence et leur richesse héritées les plaçaient au-dessus de tout le monde. La foule de mendiants représentait la majorité jalouse et incapable, que maintenaient à leur place les fouets des intermédiaires : ces derniers représentaient les policiers et les fonctionnaires qui maintenaient la société en l'état. Et, tandis qu'ils parlaient ainsi, je serrais les dents et les poings pour m'empêcher de mordre et de frapper ces hommes intelligents qui veulent qu'on ne s'occupe pas des petits, des faibles et des malades, qui utilisent la religion et la politique pour se sentir confortablement supérieurs à toute cette douleur : qui font de la religion et de la politique des excuses pour répandre la misère par le feu et par l'épée et comment pouvais-je empêcher tout cela ? Je ne savais que faire.

« Je ne sais toujours pas, ai-je dit à Millie en souriant à travers mes larmes. Je ferais mieux de rentrer pour demander conseil à God. Mais je ne peux pas le faire avant de m'être débarrassée de ce pauvre garçon qui attend dehors.

— Amenez-le ici, m'a dit Millie d'un ton ferme. Votre chambre est prête. Faites-le monter, expédiez-le vite, et nous reprendrons notre conversation. Vous avez trop bon cœur pour ce monde méchant, ma petite. Vous avez besoin des conseils d'une femme amicale et expérimentée en qui vous pouvez avoir confiance. »

J'ai trouvé que « expédiez-le » était une curieuse façon de dire « mettez-le au lit », mais je suis sortie et j'ai vu — plus de Duncan ! Quatre petits verres à fée verte étaient vides sur la table, un garçon qui voulait être payé s'est précipité, mais mon Wedder avait disparu.

Je suis retournée à l'hôtel. Millie nous a fait un autre café puis m'a demandé comment j'avais rencontré un homme pareil et pourquoi je me promenais dans Paris avec si peu de bagages. Je le lui ai dit. Alors elle a déclaré :

« J'admire beaucoup votre bon sens, ma petite, en ayant une longue lune de miel avec un amant avant d'épouser un homme respectable. Trop de femmes se lancent dans le mariage en ignorant complètement ce qu'elles doivent prendre et donner. Désormais, pour vous, ce Wedderburn est manifestement un citron pressé. Vous ferez une bien meilleure épouse si vous profitez maintenant d'un peu de variété. »

Elle m'a expliqué que son hôtel était du genre qu'on appelait une « maison de passe » — ses clients étaient des hommes qui payaient pour s'unir à une complète inconnue pour une durée d'une heure, ou moins. Les passes étaient illégales en Grande-Bretagne, mais toute fille suffisamment intelligente pouvait obtenir l'autorisation d'en faire en France, ou trouver du travail dans un établissement autorisé comme le sien.

« Est-il possible que des inconnus s'unissent si rapidement ? » ai-je demandé étonnée, et elle a répondu que beaucoup d'hommes préféraient des inconnues parce qu'ils ne pouvaient pas s'unir à celles qu'ils connaissaient mieux. La plupart de ses clients étaient des hommes mariés, et certains d'entre eux avaient également des maîtresses. Il semble qu'une maîtresse soit ce que j'ai été pour Wedder, même si à Paris on les appelle des midinettes.

« Il en a visiblement trouvé une en vous attendant, a-t-elle dit. Les hôtels perdent constamment de la clientèle à cause des occasionnelles — si je n'aimais pas mon métier je me serais retirée il y a des années. Je ne pense pas que vous voudrez rester ici pour toujours, mais beaucoup de femmes abandonnées gagnent suffisamment d'argent en travaillant avec moi avant de retourner à God.

— Pas à mon God ! me suis-je écriée.

— Bien sûr que non, ma chère. Je parle des catholiques. »

Alors Wedder est entré. Il était dans un de ses états d'agitation, et il a exigé une conversation privée avec moi.

« Le voulez-vous, ma petite ? a demandé Millie.

— Bien entendu ! » ai-je répondu.

Elle nous a conduits d'un pas très raide dans une jolie petite chambre puis a dit à Wedder :

« Par respect pour la personne de votre compagne je renonce à faire payer d'avance, mais si vous la faites souffrir d'une façon ou d'une autre je vous appliquerai un tarif qui vous surprendra beaucoup. »

Elle a dit cela d'une voix très française.

« Hein ? » a fait Wedder, d'un air autant piteux qu'agité.

D'une voix plus londonienne elle a ajouté :

« Souvenez-vous que les murs ont des oreilles. »

Et elle nous a laissés en claquant la porte. Alors Wedder s'est mis à arpenter la chambre en faisant un discours qui ressemblait plus à la Bible qu'à du Shakespeare. Il a parlé de Dieu, de sa mère, du paradis perdu du foyer, des feux de l'enfer, de la damnation et de l'argent. Il a dit qu'en volant cinq cents friedrichs d'or j'avais détourné le cours de sa chance, l'avais empêché de faire sauter la banque du casino et l'avais frustré du mariage. Mon vol avait dérobé aux pauvres de grandes sommes dont il aurait fait don aux institutions charitables et à l'Église, et nous avait privés d'une maison à Londres, d'un yacht sur la Méditerranée, d'une chasse privée à la grouse en Écosse et d'une demeure dans le royaume des Cieux. Et maintenant qu'il ne désirait plus m'épouser — maintenant qu'il désirait être séparé de moi par un abîme plus profond que l'enfer même — il était enchaîné par sa pauvreté abjecte au démon qui l'avait condamné à l'enfer — était enchaîné à une femme envers qui il n'éprouvait à présent plus que de la haine haine haine haine — détestation, aversion, exécration, haine.

« Mais, Duncan, ai-je crié avec bonheur en déchirant la doublure de ma veste, la chance t'est revenue ! Voici des billets de la Clydesdale & North of Scotland pour une valeur de cinq cents livres sterling — qui valent autant que des friedrichs d'or. God me les a donnés parce qu'il savait que quelque chose comme ça allait se produire, et je les ai conservés jusqu'à notre dernier moment qui est maintenant arrivé. Prends tout ! Rentre à Glasgow, auprès de ta mère, auprès de ces bonnes qui aimeront ta virilité plus que je ne le peux, dans le sein de n'importe quelle Église dont tu t'enticheras. Sois libre comme l'oiseau — envole-toi loin de moi ! »

Au lieu d'être rasséréné, il a essayé d'avaler les billets en se jetant par la fenêtre, mais comme il n'a pas réussi à l'ouvrir, il s'est précipité vers la porte pour plonger dans les escaliers la tête la première.

Par chance Millie écoutait à la porte de la pièce d'à côté (l'hôtel est plein de portes) et a appelé ses femmes de chambre. Elles se sont jetées sur lui et l'ont rempli de juste ce qu'il fallait de cognac. Ça n'a pas été facile de le traîner jusqu'au train pour Calais. Il ne voulait vraiment pas me quitter, mais plusieurs mains rendent le travail plus aisé et on l'a fait sortir. Millie voulait que je garde la plus grande partie des cinq cents livres mais j'ai dit non : Wedder aimait plus que moi l'argent et c'était sa récompense pour toutes les unions que nous avions connues. Je devais désormais gagner ma vie pour avoir ce dont j'ai besoin : chose que je n'avais encore jamais faite. « Si c'est vraiment ce que vous voulez, ma petite », a dit Millie. Et voilà. Je suis ici.

18

De Paris à Glasgow : Le retour

Je ne suis plus un parasite. Durant trois jours, j'ai gagné un salaire en accomplissant mon travail aussi bien et aussi vite que possible, non pour le plaisir mais pour l'argent, comme le font la plupart des gens. Chaque matin, je m'écroule de sommeil, contente d'avoir expédié quarante hommes et d'avoir gagné quatre cent quatre-vingts francs. Je suis surprise par mon succès. Bell Baxter est certainement une femme splendide, mais si j'étais un homme, il y aurait ici au moins douze femmes que je préférerais à moi : douces petites poupées, élégantes, grandes et souples, brunes exotiques et brûlantes. Millie, dans notre brochure, me décrit comme « la belle Anglaise qui vous consolera pleinement des déboires d'Azincourt et de Waterloo. » Elle veille à ce que je ne traite qu'avec des Français parce que (dit-elle) je risquerais d'être gênée en rencontrant certains de ses clients anglais par la suite. Peut-être pense-t-elle que ça risquerait de les gêner eux aussi ! Elle reçoit en fin de semaine beaucoup d'Anglais qui demandent les services spéciaux de certaines de nos filles qui sont entre deux rôles à la Comédie-Française. *J'ai observé hier soir une de ces scènes par un soupirail. Notre client était M. Spankybot qui arrive en fiacre en portant un loup noir qu'il n'enlève jamais, quoiqu'il enlève tout le reste. Il a des exigences très compliquées pour lesquelles il paie beaucoup : il se fait d'abord traiter en bébé, puis en petit écolier passant sa première nuit en pension, puis en jeune soldat capturé par une tribu sauvage. Ses cris étaient hors de toute proportion avec ce qu'on lui faisait réellement.*

Ma meilleure amie ici, Toinette, est une socialiste, et nous parlons souvent d'améliorer le monde, surtout pour les misérables, comme les appelle Victor Hugo, bien que Toinette dise que les vues particulières d'Hugo sont très sentimentales et que je devrais me plonger dans les romans de Zola. Nous discutons de ces choses au café d'à côté parce que Millie dit que la politique doit être exclue des affaires de l'hôtel. La vie intellectuelle de Paris a lieu dans les cafés, et dans notre quartier (qui est celui de l'université) les clients sont des écrivains, des peintres, ou des savants d'un autre genre, mais les universitaires et les révolutionnaires ne vont pas dans les mêmes cafés. Le nôtre est surtout fréquenté par des hôteliers révolutionnaires qui disent qu'on ne fera rendre gorge aux riches que par un bouleversement total du système.

Plus le temps d'écrire davantage. Quelqu'un arrive.

Je reprends cette lettre dans un magnifique bureau qui sent le cuir et le désinfectant, comme notre maison. J'ai brusquement quitté le Notre-Dame aujourd'hui après deux heures de terrible confusion. La cause en était ma terrible ignorance. En verrai-je jamais la fin ?

Pour des raisons évidentes, nous nous levons d'habitude tard dans la matinée, mais aujourd'hui Millie a frappé à ma porte peu après huit heures et m'a dit de descendre tout de suite dans le Salon international parce que le docteur regardait les filles.

« La journée commence bien tôt ! » a pensé Bell. Mais j'ai dit à haute voix :

« Certainement, Millie. Quel docteur est-ce ?

— La mairie l'emploie pour appliquer les règlements de santé publique. Mets seulement ton peignoir, chérie, et ce sera réglé en un clin d'œil. »

J'ai donc fait la queue, en remarquant que plusieurs filles ne portaient rien d'autre que leur chemise et leurs bas. Celles qui attendaient à l'extérieur de l'alcôve avaient l'air plus calme et plus maussade que d'habitude, donc, pour les dérider, j'ai dit que c'était bien de la part de la mairie de s'intéresser à notre santé, et que j'espérais que Toinette (qui était juste avant moi) obtiendrait du docteur quelque chose qui soulagerait ses maux de tête. Elles se sont déridées en effet — elles ont gloussé et ont dit que j'avais de l'esprit, ce qui m'a déroutée. Mais quand je suis entrée dans l'alcôve, j'ai vu un affreux petit bonhomme à la mine féroce qui aboyait « Plus ouvert ! Plus ouvert ! » à la pauvre Toinette comme un sergent de manœuvre furieux. Elle était étendue les jambes écartées sur une table matelassée tandis qu'il enfonçait une sorte de cuillère dans sa fente d'amour ou vagin (comme l'appellent les Latins) en y plantant presque son nez et sa grosse moustache. C'était la seule partie qui l'intéressait dans les femmes parce que peu après il a dit : « Pouah ! Vous pouvez partir.

— Je ne le laisserai pas m'approcher ! ai-je dit fermement. Ce n'est pas un docteur — les docteurs sont aimables et doux et s'intéressent à toutes les parties de leurs patients. »

Vacarme. La moitié de la queue s'est écroulée de rire.

« Tu crois valoir mieux que nous ? a crié le reste.

— Tu veux qu'il nous supprime notre patente ? a hurlé Millie en se précipitant.

— Folie ! a rugi le docteur. Elle s'accommode volontiers de quantité d'appendices mâles pleins de vermine, mais recule devant une spatule clinique dans les mains d'un médecin impersonnel. Mais non, elle n'est pas folle — elle est anglaise, et a quelque chose à cacher. »

C'est ainsi que j'ai appris l'existence de maladies vénériennes.

« Je suis navrée, Millie, je ne peux plus travailler ici. Comme vous le savez, je suis fiancée. Et cet examen médical est injuste et inefficace. Vos filles sont en bonne santé quand elles commencent à travailler ici, donc ce sont les clients, pas le personnel, qui répandent les maladies. Ce sont les clients qu'on devrait examiner avant de les laisser nous pénétrer.

— Les clients ne le permettraient jamais et d'ailleurs il n'y aurait pas suffisamment de médecins en France pour ça. »

Nous étions maintenant en tête à tête dans son bureau.

« Alors, ai-je répliqué, apprenez aux filles à examiner leurs clients avant que l'union commence — que ça fasse partie de la cérémonie !

— Les expérimentées le font déjà et la maison ne peut s'offrir des classes de formation pour les novices. De vos gains, je suis obligée de retirer le loyer, les taxes, le gaz, les fournitures, les ristournes à la police, les gages, et quinze pour cent nets pour l'avocat qui travaille pour la corporation. Si je donne moins de quinze pour cent par mois, je serai tout de suite remplacée et je mourrai comme une vieille dame abandonnée. »

Quoique royalement dodue, elle s'est mise à gémir comme un petit enfant maigrichon, et j'ai compris qu'il lui fallait des câlins, des baisers et des embrassades passionnées. Je l'ai conduite dans sa chambre tandis que Toinette s'occupait de la réception.

Mais rien de ce que j'ai fait ne l'a réconfortée. Elle a dit qu'elle détestait Paris et les Français et qu'elle avait essayé durant des années de retourner en Angleterre. Elle rêvait d'acheter une pension de famille à Brighton et de finir sa vie en ayant des obsèques convenables à l'Église anglicane, mais chaque fois qu'elle réussissait à économiser un peu d'argent un accident comme celui de ce matin les faisaient fondre et donc elle n'échapperait jamais à Paris — son cadavre resterait au bord de la Seine, dans un tiroir de la morgue municipale, avec son maquillage tout barbouillé par des gouttes d'eau tombant d'un robinet rouillé. Elle a dit d'autres choses émouvantes, tragiques et désespérées qui me déchiraient le cœur, tellement elles étaient maboules. Elle a dit : « C'est trop injuste — j'ai la cinquième place dans tes affections. D'abord vient ton mystérieux tuteur, puis ton paysan de fiancé, puis ce débauché Wedderburn, enfin ce frigide d'Astley. Dès mon âge le plus tendre, j'ai prié pour avoir une copine mais Dieu me déteste. Chaque fois qu'une belle et amicale personne entre dans ma vie patatras ! elle s'enfuit et ne laisse derrière elle rien d'autre qu'une horrible grosse lagune. »

J'ai dit qu'aucun dieu ne pouvait la détester — qu'elle devait penser à mes tendres baisers et non à des lagunes imaginaires — que je me souviendrais toujours d'elle avec tendresse — mais combien d'argent avais-je gagné ? Sûrement assez pour rentrer en troisième classe en Écosse ?

« Tu as gagné moins que rien, a-t-elle dit. J'ai donné au médecin de la police tout ce que tu as gagné et davantage, pour l'aider à oublier que tu avais insulté sa profession. Les Français sont très fiers. Si je ne l'avais pas fait, il aurait supprimé ma patente et nous nous retrouverions toutes sans travail. »

Je me suis soudain sentie trop froide et trop fatiguée pour dire un mot. Je suis allée dans ma chambre, me suis habillée, ai fait mes bagages, suis descendue, ai embrassé Toinette en silence (elle s'est mise alors à pleurer très fort) et j'ai quitté pour toujours l'hôtel de Notre-Dame.

Il me restait encore quelques francs de l'argent qui nous avait permis de venir à Paris, Wedder et moi. J'ai pu ainsi me payer un fiacre pour aller à la Salpêtrière, et j'ai donné le reste à un préposé avec un message à remettre en main propre au professeur

Charcot. Ce message disait que Bella Baxter, nièce de Mr Godwin Baxter de Glasgow, était dans le vestibule et aimerait le voir le plus tôt qu'il pourrait. Le préposé est revenu et a dit que les devoirs du professeur le retiendraient durant une heure ou plus, mais que si je voulais bien attendre dans son bureau sa secrétaire me servirait du café. On m'a donc introduite dans cette pièce qui a la même odeur que votre bureau de Park Circus.

Quand Charcot est enfin arrivé, il s'est d'abord montré très chaleureux :

« Bonjour, mam'zelle Baxter — seule Anglaise parfaitement saine d'esprit ! Comment va mon ami l'énorme Godwin ? Qu'est-ce qui me vaut le plaisir inattendu de votre visite ? »

Je le lui ai dit. Cela a pris beaucoup de temps, parce qu'il a posé des questions à tout propos, et il a pris l'air de plus en plus solennel à mesure que je parlais. Enfin il a brusquement dit :

« Vous avez besoin d'argent.

— Juste assez pour rentrer à Glasgow, lui ai-je répondu, où mon tuteur vous remboursera par mandat. »

À cela, il n'a rien répliqué, mais est resté assis à tambouriner son bureau du bout des doigts, jusqu'à ce que je me lève, le remercie pour son attention, et lui dise au revoir.

« Non, non. Pardonnez ma distraction — vous avez besoin d'argent et vous en aurez — assez pour rentrer confortablement en Écosse quand vous le voudrez après avoir passé la nuit chez moi en invitée. Et ne me remerciez pas. Vous préférez gagner de l'argent plutôt qu'on vous en donne. Je vous approuve. Cet argent sera le paiement d'une aide que vous allez me fournir comme vous l'avez déjà fait. Écoutez ! Ce soir, je donne une conférence devant un auditoire très restreint et très élégant : le duc de Guermantes (homme authentiquement cultivé) et deux ou trois personnes dont les noms ne vous intéresseraient pas. Ce sont des politiciens — des amateurs de sensations qui aiment jouer aux intellectuels. Cette conférence contribuera indirectement à la science en confirmant que mes recherches sont appréciées par ceux qui tiennent les cordons de la bourse publique. Ce soir, j'interrogerai sous hypnose une employée de ferme — une hystérique de la religion qui, hélas, n'est pas aussi intéressante que Jeanne d'Arc ou que vous-même, mam'zelle Baxter. S'il vous plaît, animez le débat en relatant ce soir (sous hypnose, bien sûr, et en réponse à mes questions) une partie de ce que vous venez de me raconter.

— Quelle partie ? a demandé Bell.

— Dites-leur à quel point vous avez apprécié la vie avant de voir Alexandrie, parlez de votre plaisir rationnel dans une existence qui n'était pas entachée par la culpabilité et la crainte de la mort. Dites-leur, de votre façon magnifiquement haletante, combien la vue des enfants pauvres vous a affectée, et, au nom du Ciel, ne retenez pas vos larmes. Dites comment vous vous êtes soulagée de vos sentiments sur votre compagnon, et quel effet a produit sur vous le goût de son sang. Soyez aussi socialiste, communiste, anarchiste que vous voudrez — dénoncez la bourgeoisie, les ploutocrates, les aristocrates, même les monarques ! Que savez-vous des monarques ?

— On m'a dit que la reine Victoria était une vieille femme égoïste.

— Parfait. Ça leur plaira beaucoup. Vos discours seront brièvement ponctués par mes adresses en français à l'auditoire. Après tout, vous serez en transe hypnotique.

— Je suppose que vous leur direz que ma pitié pour les pauvres est un sens maternel mal placé.

— Vous l'avez deviné ? Alors vous êtes une psychologue ! s'est-il écrié en riant. Mais ne dites pas ça ce soir ! La société est basée sur la division du travail. Je suis le conférencier, vous êtes le sujet. Mon auguste auditoire serait déconcerté si quelqu'un d'autre que le grand Charcot exprimait des opinions. À propos, je vous garantis l'anonymat. Et vous n'avez pas besoin de préciser le nom de vos amis. Après tout, vous êtes britannique. La réserve vous est instinctive, et tout le monde sait que l'hypnose ne peut aller contre les instincts des gens. D'accord ? »

Donc, ce soir, je vais de nouveau me donner en spectacle avec lui, et demain je prendrai le chemin de retour, mais cette lettre doit être postée aujourd'hui, car il faut que vous sachiez que la Bell qui vous revient n'est plus la somnambule recherchant le plaisir qui s'est enfuie avec Wedder. Vous devrez répondre devant moi à certaines questions difficiles. Vous devrez m'apprendre à faire le bien et à ne pas être un parasite. Vous devrez également l'apprendre à Chandelle, car puisque Bell et lui seront bientôt partenaires pour la vie, il leur faudra travailler ensemble. Dites à mon cher Chandelle que sa Bell à épouser ne pense plus qu'il doive faire tout ce qu'elle demande. Dites-lui aussi que Millie Cronquebil avait tort sur un point : je ne serais pas *une meilleure épouse pour avoir*

PROFESSOR JEAN MARTIN CHARCOT

profité de toute une variété au Notre-Dame, à moins que cela ne lui plaise de me voir étendue à plat en murmurant « formidable* ! » *sur toute une variété de tons ravis.*

En attendant, tous les meilleurs vœux, à vous deux
De celle qui vous aime tant
Ding Dong Bell.

P.-S. Caressez les petits chats, flattez les chiens, embrassez Mopsy et Flopsy pour moi.

« Eh bien, Chandelle ? dit Baxter en posant la lettre et en me souriant. N'êtes-vous pas terrifié par la perspective du retour de cette partenaire vraiment *formidable** ? Pensez à ce qu'elle a fait à Duncan Wedderburn ! »

J'étais à présent trop joyeux pour m'offusquer de son aimable condescendance. Mes glandes endocrines sécrétaient tellement de fluide vital dans mon circuit sanguin (je *ressentais* leur action) que mes muscles se gonflèrent et que je me trouvai la force de plusieurs hommes.

« Non, Baxter ! Je ne crains rien de Bella. C'est une gentille femme et une juge parfaite des caractères. Elle connaît l'âme profonde d'un homme dès qu'elle lui serre la main. En Wedderburn, elle a senti le mâle à la sexualité rampante et égoïste et elle l'a traité exactement comme il le souhaitait. Il était assez fou pour désirer une vie d'extase ininterrompue. Ce n'est pas de sa faute à elle si aucun organisme ne peut survivre à ce régime. Je suis vierge. Mes extases avec elle seront diversifiées par des élans d'affection plus doux et plus aisés. La principale contrainte vous incombe, Baxter. Si vous ne lui montrez pas comment Mr et Mrs McCandless peuvent améliorer le monde vous la décevrez affreusement... notre mariage risque de ne pas avoir lieu. Est-ce que *vous* n'êtes pas terrifié ?

— Non. Je vous dirai comment améliorer le monde selon des lignes nettement adaptées à vos caractères et vos talents... Quel est ce bruit ? »

Il était un peu plus de minuit. Comme durant la nuit où Bella nous avait quittés, les rideaux étaient grands ouverts et je voyais la lune par la fenêtre, quoiqu'elle se dissimulât parfois derrière des

* En français dans le texte. (N.d.T.)

amas de nuages rapides. Le bruit était celui d'une clef tournant dans une serrure en bas, d'une porte s'ouvrant et se refermant, et d'un pas vif et léger montant les escaliers. Je me levai pour l'accueillir à la porte du bureau — Baxter resta assis. Soudain elle fut devant moi, avec un visage plus maigre et plus dessiné qu'à son départ, mais avec un sourire ravissant et ravi comme toujours. Elle avait déboutonné sa veste de voyage et donc je pus distinguer la doublure reprisée et ma petite perle brillant au revers. Elle rit en voyant mes yeux rivés sur l'objet puis déclara :

« Je suis contente que vous soyez tous deux encore debout et que ce vieil endroit soit exactement le même... à part ceci. C'est nouveau. »

Elle s'approcha de la cheminée et examina un bocal de cristal fermé sur le manteau. Il contenait nos bonbons.

« Le pacte de notre promesse de foi ! fit-elle. Elle ouvrit le couvercle, prit un bonbon, le pulvérisa entre ses solides dents blanches, l'avala, nous tendit les bras, et s'écria :

— Oh mon God et mon Chandelle, quelle merveille d'être à la maison mais qu'y a-t-il à manger en bas ? Les sucreries ne suffisent pas à une femme affamée. Duncan me l'a appris, en plus de m'avoir appris ce que signifiait la cicatrice sur mon estomac. »

Cela la fit songer à autre chose. Elle regarda soudain Baxter avec intensité, son visage s'amincit, ses pupilles se dilatèrent jusqu'à emplir tout l'iris.

« Où est mon enfant, God ? » demanda-t-elle.

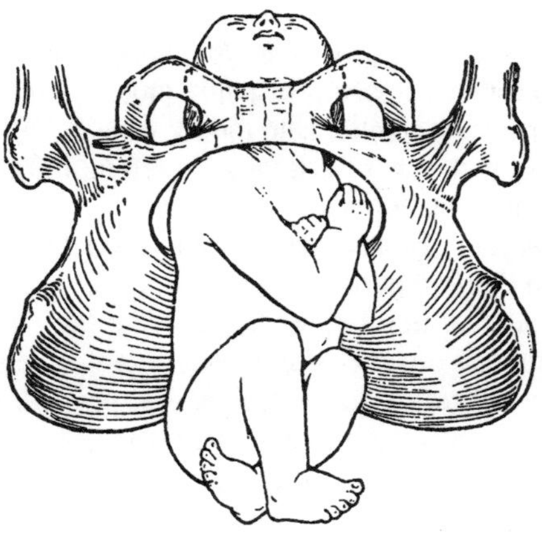

19
Mon chapitre le plus court

Si Bella n'était pas arrivée aussi vite après sa lettre, Baxter, je pense, aurait préparé une réponse, mais la question surgit comme un choc et le changea horriblement. Je ne sais pas si son sang affleura sur sa peau bistre ou en suinta, mais en deux secondes il prit une couleur pourpre grisâtre. La sueur qui avait soudain perlé sur son visage n'y ruissela pas mais en jaillit ; car il ne tremblait pas, il vibrait. Son ample vêtement resta immobile, mais les contours de ses bottes, de ses mains et de sa tête devinrent indistincts comme des cordes de guitare qu'on pince. Cependant il lui répondit. Dans la lugubre cavité de cette énorme tête floue sonna une voix lente, creuse, métallique, dont chaque parole était brouillée mais non couverte par son propre écho.

« LES... ÉVÉNEMENTS... QUI... ONT... PROVOQUÉ... LA... FÊLURE... DE... TA... TÊTE... T'ONT.... ÉGALEMENT... PRIVÉE... DE... TA... TA... TA... TA... »

Silence. Sa bouche se tordait pour prononcer un mot pour lequel le souffle lui manquait. Je vis sa lèvre inférieure trembloter contre ses dents supérieures, et compris que le mot commençait par un *v* qui pouvait être celui de *vie*. Une moitié de son cerveau tendait à dire à Bella la vérité sur ses origines, l'autre moitié était épouvantée par cette tentative, et je l'étais moi aussi.

« De ton *enfant*, Bella ! criai-je. Le choc qui t'a détruit la mémoire a tué l'*enfant* qui était en toi ! »

Baxter se calma tout à fait, en la regardant les yeux écarquillés et la bouche grande ouverte. J'en faisais autant. Elle soupira et dit à voix basse : « C'est ce que je craignais », puis adressa à Baxter un sourire aussi gentil que si elle n'avait pas les joues baignées de larmes. Puis elle s'assit sur ses genoux, l'embrassa autant que ses bras pouvaient lui entourer le torse, y appuya sa tête, et parut s'endormir. Lui aussi ferma les yeux et sa couleur normale réapparut lentement.

Je les observai un instant avec soulagement mais avec jalousie. Finalement je m'assis à côté de Bella, lui entourai la taille et posai ma tête sur son épaule. Elle ne dormait pas complètement, car elle bougea pour que mon corps s'appuyât plus confortablement contre le sien. Nous restâmes ainsi tous trois un long moment.

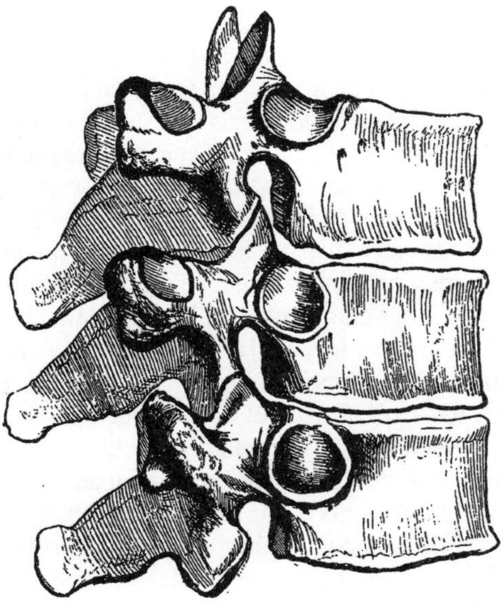

20

Les réponses de God

Une heure peut-être passa. Elle nous réveilla en bâillant et s'asseyant. La conversation qui suivit commença dans le bureau. Elle se termina autour de la table de la cuisine où Bella engloutit presque tout un jambon cuit avec du pain, du fromage, des cornichons et deux ou trois pintes de thé au lait sucré. Quoique habitué à ses rapides rétablissements après un choc émotionnel, je n'avais jamais à ce point assisté à leur manifestation physique. Son visage perdit son aspect hagard et amaigri, ses joues devinrent plus rondes, son front plus lisse et plus éclatant, sa peau se rafraîchit et les petites rides disparurent. Elle avait paru avoir un âge quelconque entre vingt-cinq et quarante ans, elle paraissait maintenant avoir entre vingt-cinq et quinze. Mon œil strictement scientifique était-il aveuglé par le regard d'adoration qu'elle m'adressait ? Sûrement pas, tandis qu'un peu plus de jambon et de thé effaçaient ses dernières traces de fatigue et de tension. Elle nous mangeait des yeux, ses oreilles et son cerveau digéraient nos paroles, en faisaient la substance de sa pensée, lui redonnaient vigueur aussi promptement que ses dents et son estomac absorbaient des comestibles pour fortifier son corps. Entre ses mastications et ses déglutitions, elle parlait avec beaucoup de sagesse, en provoquant une discussion au sujet de son avenir, et du mien également, et de la date de notre mariage. Peut-être en effet son éclat m'aveuglait-il légèrement. Je parlais autant que Baxter et elle faisait le lien mais je ne me souviens guère de ce que je dis. Cependant je me rappelle très nettement comment la discussion débuta.

« Pourquoi avez-vous transpiré et bredouillé et tremblé quand je vous ai questionné à propos de mon enfant, God ? demanda Bell. Avez-vous eu peur que votre réponse me rende folle ? »

Baxter hocha la tête avec une violence qui nous fit craindre pour son cou.

« Je suppose que ce n'est pas surprenant, reprit-elle. J'étais une enfant lorsque je me suis enfuie... comment auriez-vous pu dire à l'enfant Bell Baxter qu'elle avait perdue un enfant à elle ? Vous m'avez rendue forte et sûre de moi, God, en m'informant sur les belles et grandes choses du monde et en me montrant que j'étais l'une d'elles. Vous aviez trop de bon sens pour informer un enfant sur la folie et la cruauté. J'ai compris que quelque chose n'allait pas dans le monde dès que Wedder m'a dit que j'avais été mère. J'ai compris que ma petite fille pouvait avoir subi de terribles épreuves dès que le Dr Hooker m'a indiqué avec hauteur cette pauvre petite fille avec le bébé aveugle. Quand Mr Astley a expliqué que la richesse des nations dépendait de la mortalité infantile, j'ai compris qu'il se pouvait qu'elle fût morte, et je l'ai presque souhaité quand j'ai appris chez Millie Cronquebil de quelle façon étaient utilisées les femmes faibles et abandonnées. Vous n'avez *rien* à vous reprocher, God, rien du tout à mon égard. Mais vous connaissez et vous détestez (n'est-ce pas ?) la façon dont on fait souffrir les faibles ?

— Oui.

— N'avez-vous jamais essayé de l'empêcher ?

— Jamais, répondit lugubrement Baxter, même si j'ai pu autrefois tenter d'amoindrir leurs souffrances en soignant les employés blessés de la fonderie de Blochrain et des ateliers de chemin de fer de Saint-Rollox.

— Pourquoi n'avez-vous pas continué ?

— Par égoïsme, dit Baxter en se remettant à transpirer et à vibrer, et parce que je t'ai trouvée. Gagner ton affection m'intéressait bien plus que de m'occuper des blessés et des brûlés de l'industrie lourde. »

Bella le calma en lui adressant un sourire dont la consternation tendre et amusée se retrouva dans le ton de sa voix.

« Cher God, j'ai empêché tellement de bienfaits par ma seule existence ! Harry Astley doit avoir raison... Il y a trop de gens dans le monde, en particulier trop d'enfants gâtés comme moi. Nous devons nous mettre à utiliser correctement votre argent, God. Prenons le bateau pour Alexandrie, retrouvons la petite fille et son petit frère aveugle, adoptons-les et ramenons-les ici.

— Pas besoin d'aller aussi loin, Bell, dit Baxter en soupirant. Demain, si tu veux, nous remonterons tous deux High Street à partir de Glasgow Cross. À ta droite, tu verras les voies de garage et les entrepôts de chemin de fer sur les terrains de l'ancienne université : l'université où Adam Smith a conçu son traité sur la richesse des nations, mondialement célèbre, et sa théorie sur les sentiments moraux, universellement négligée. L'autre côté est une rangée d'immeubles ordinaires avec des boutiques au rez-de-chaussée derrière lesquels se trouve une zone de logis puants et surpeuplés où tu trouveras autant de misère grégaire que celle que tu as vue sous le soleil d'Alexandrie. Il s'y trouve des impasses où une centaine de personnes ne disposent que d'un robinet municipal pour boire et se laver, des chambres où s'entassent des familles entières. Les maladies les plus communes y sont la dysenterie, le rachitisme et la tuberculose. Là, tu pourras recueillir toutes les malheureuses petites filles que tu voudras. Dis à leurs parents que tu vas en faire des domestiques, et ils te béniront de les emmener. Amènes-en six ici. Avec l'aide de Mrs Dinwiddie, tu pourras probablement leur apprendre en deux ou trois ans à nettoyer une pièce et à laver des vêtements. Tu es trop ignorante pour leur apprendre davantage. »

Bella se tordit les cheveux des deux mains et cria :

« Vous parlez comme Harry Astley ! Voulez-vous vous aussi que je devienne un parasite cynique, God ? Pensez-vous également que ma haine de la souffrance ne soit qu'un sentiment maternel mal placé ?

— Je le penserai certainement si tu te mets à materner les enfants sans pouvoir leur apprendre à être indépendants.

— Comment puis-je le leur apprendre ?

— En apprenant à être toi-même indépendante... indépendante de moi et aussi de Chandelle, que tu l'épouses ou non. Es-tu prête à travailler dur... en dehors d'un bordel, veux-je dire ?

— Vous m'avez vu travailler dur pendant des heures auprès des animaux malades dans notre petite clinique.

— Mais maintenant tu veux aider les pauvres et les malades.

— Vous savez bien que oui.

— Es-tu prête à t'épuiser le corps et l'esprit en trimant dans des endroits épouvantables où il faut autant de courage que de jugement ?

— Je suis ignorante et j'ai l'esprit confus, mais je ne suis ni stupide ni lâche. Donnez-moi un travail qui emploie toutes mes capacités !

— Alors tu sais quoi devenir.

— Non... dites-le-moi !

— Si tu n'as pas déjà la réponse en tête, dit sinistrement Baxter, rien de ce que je peux dire n'est utile.

— Donnez-moi une piste, s'il vous plaît.

— Ton travail exigera de longues études avant la pratique, mais tes meilleurs amis peuvent t'y aider dans les deux cas.

— Je serai médecin. »

Elle avait le visage baigné de larmes et il avait le sien trempé de sueur, pourtant ils se souriaient en hochant la tête dans une entente si parfaite que je les jalousais presque, bien que durant toute cette conversation j'eusse tenu la main de Bell. Sans doute s'aperçut-elle de ma jalousie car elle m'embrassa et me dit :

« Pense à tous les cours que tu vas pouvoir me donner, Chandelle, et avec quelle attention je vais t'écouter !

— Baxter en sait beaucoup plus que moi, répliquai-je.

— Oui, fit Baxter, mais je ne dirai jamais à personne tout ce que je sais. »

****

Cette ligne d'étoiles sépare le récit de notre conversation d'un rapide résumé.

Baxter nous apprit qu'il n'y avait jusqu'alors que quatre femmes médecins en Grande-Bretagne, toutes diplômées d'universités étrangères, mais le décret d'habilitation de 1876 et l'action de Sophia Jex-Blake avaient conduit l'université de Dublin à ouvrir ses portes aux étudiantes en médecine et les universités écossaises devaient bientôt en faire autant. En attendant, il reprendrait son travail bénévole dans un hôpital de l'est de Glasgow si Bella s'y faisait embaucher comme apprentie infirmière. Si elle supportait bien la discipline, il s'arrangerait pour la prendre comme assistante d'opération. Ainsi, lorsqu'elle irait enfin dans une faculté de médecine (à Dublin ou à Glasgow), les cours seraient pour elle davantage que les exercices de mémoire qu'ils sont pour la plupart des étudiants en première année. Il ajouta que tous les médecins et les chirurgiens devraient être recrutés parmi les infirmiers ou devraient du moins commencer par être infirmiers. Puis il se lança avec tant de violence dans une digression sur la nécessité pour toute profession britannique de commencer par une formation sur le tas qu'il nous fallut un moment pour le ramener à notre sujet.

Il demanda alors à Bella si elle voulait être généraliste ou si elle voulait se spécialiser dans le secours à des personnes particulières.

Elle répondit qu'elle voulait secourir les petites filles, les mères et les prostituées. Il dit que c'était une bonne idée parce que jusqu'alors la plupart de ceux qui traitaient ces personnes avaient des organes sexuels différents de ceux de leurs patientes. Bella dit qu'elle était déterminée à apprendre à toutes les femmes qui viendraient à elle les méthodes contraceptives les plus modernes et les plus efficaces. Baxter et moi lui conseillèrent de garder secrète cette intention jusqu'à ce qu'elle fût en mesure de la mettre en pratique. Ce qu'elle dirait alors à ses patientes dans l'intimité d'un cabinet de consultation ne risquerait guère de provoquer un scandale public. Si elle désirait débattre publiquement du contrôle des naissances, elle le ferait plus efficacement après au moins cinq ans de pleine pratique. Elle ne fut d'accord avec nous que lorsque nous admîmes que c'était à elle, et à personne d'autre, de décider de la longueur de cette période d'attente.

Puis Baxter se tourna vers moi et dit que des amis de son père l'avaient tenu au courant de ma réputation à Glasgow dans la profession médicale. J'étais un bon diagnosticien et un bon pathologiste bactérien, avec des connaissances étendues sur l'hygiène qui permettait le fonctionnement correct de l'organisme humain. C'étaient exactement les qualifications exigées d'un officier de santé publique, et il espérait que j'en tiendrais compte. Il valait mieux prévenir que guérir. Il n'y avait pas de meilleurs bienfaiteurs publics que ceux qui s'occupaient de l'amélioration des systèmes d'adduction d'eau, d'égout et d'éclairage de Glasgow — bref de l'amélioration du *logement*. Mais sa principale raison pour me vouloir dans une telle position était personnelle. Quand Bella aurait finalement la charge de sa propre clinique (et il consacrerait toute sa fortune à l'aider à en créer une), le soutien d'une personnalité haut placée dans le gouvernement local lui serait très utile. Cet argument me convainquit.

J'avançai alors la question de notre mariage, et suggérai qu'il eût lieu le plus tôt possible. Bella répliqua qu'elle devait d'abord s'assurer de n'avoir contracté aucune maladie vénérienne en travaillant pour Mme Cronquebil. Baxter dit que six semaines de quarantaine sexuelle seraient suffisantes, puis déclara qu'il était fatigué, nous souhaita brusquement bonsoir et monta à l'étage. Je supposai que la pensée qu'elle m'épousât, moi et non lui, lui faisait de la peine. Je le dis à Bella, et cette idée la fit rire. Elle ne le nia pas, mais déclara que c'était un accès de *maboulerie* dont il se remettrait aisément. Ce fut la seule occasion où je surpris ma chère Bella insensible à la peine des autres. Mais lorsque nous eûmes des enfants à nous, je découvris que la plupart des jeunes sont joyeusement insensibles à la peine des parents ou des tuteurs avec qui ils se sentent en confiance.

Nous nous embrassâmes, nous souhaitâmes bonsoir, montâmes à l'étage et, sur le palier où donnait sa chambre, nous embrassâmes de nouveau. Elle murmura :

« Tu es beaucoup plus fort, Chandelle. Autrefois tu t'évanouissais presque lorsque nous faisions cela. »

Je répondis que je craignais d'être moins sensible à présent — elle m'avait si longtemps manqué que mon corps ne se rendait pas vraiment compte qu'elle était avec moi. Elle rit tranquillement et dit qu'elle aussi était moins passionnée.

« J'ai plus besoin de câlins que d'unions, désormais, déclara-t-elle. Et je n'ai pas eu de câlin convenable durant toute une nuit depuis que Wedder s'est mis à dormir tête-bêche après Alexandrie. Dormons ensemble ce soir, mon nécessaire Chandelle ! Nous mettrons un drap entre nous, je sentirai tes bras autour de moi, et je ne te ferai aucun mal. Ça ne t'ennuie pas de me câliner juste comme ça ? »

Je répondis que j'adorerais le faire et que ce rite préliminaire au mariage était très fréquent dans la campagne écossaise, où on l'appelait « faire le baluchon ».

Nous allâmes donc au lit pour faire le baluchon, et n'avons plus dormi séparément depuis, sauf lorsqu'elle doit aller à Londres pour assister aux réunions de l'Association fabienne.

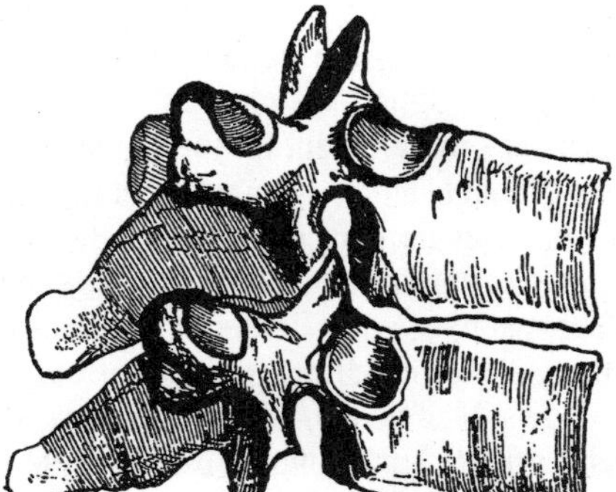

21
Une interruption

Quoique athée, je ne suis pas bigot de l'athéisme. Quand nous sûmes que Bella n'avait aucune maladie, j'organisai une simple cérémonie de mariage presbytérienne, car je pensais que c'était une façon traditionnelle et inoffensive de consacrer nos liens. L'église la plus proche était celle de Park, mais je ne voulais pas que les enfants des voisins se bousculent à notre porte, donc je choisis l'église presbytérienne unifiée de Lansdowne, à moins de dix minutes de marche par la Great Western Road. Il se peut que les lecteurs anglais clignent des yeux en apprenant que la cérémonie devait avoir lieu le 25 décembre à neuf heures du matin. C'était la date la plus proche possible, et l'Église écossaise ne pense pas que Noël soit un jour plus saint que les autres, à moins qu'il ne tombe un dimanche. Comme Bella et moi sortions bras dessus bras dessous, avec Baxter et Mrs Dinwiddie bras dessus bras dessous sur nos talons, je ressentis une sorte d'allégresse à l'idée que le jour de mon mariage les gens fussent en vacances dans le monde entier, bien que les boutiques et les bureaux de Glasgow fussent comme toujours en pleine activité.

C'était un matin glacial. Les toits, les jardins et les rues les plus calmes étaient couverts de neige, mais nous avançâmes d'un pas égal car Baxter avait payé une bande de gamins pour dégager notre chemin jusqu'à l'église. Ce chemin descendait la colline à travers le parc, mais suffisamment de sel y avait été répandu pour qu'il ne fût pas glissant. Notre respiration était fumante, mais le brouillard était léger et ne masquait pas les distances, et je crus voir des silhouettes entrer dans l'église avant nous. Cela me déconcerta. J'avais supposé que Baxter et Mrs Dinwiddie seraient nos seuls témoins et notre seule assemblée. Bella avait souhaité la présence de Miss MacTavish, de Wedderburn, d'Astley et de Mme Cronquebil afin de leur montrer (dit-elle) que « tout est bien qui finit bien ». Nous l'avions persuadée que, s'ils venaient, ces invités se gêneraient les uns les autres, et n'avions finalement invité personne, ni même annoncé la cérémonie. Mais bien sûr le pasteur avait dû publier les bans comme d'habitude.

Nous entrâmes ponctuellement dans l'église, à neuf heures moins une, et vîmes que la nef était vide, à part cinq hommes au premier rang. « Qui sont-ils ? » demanda Bella, et je l'ignorais, mais je m'aperçus que l'un d'eux avait l'air inhabituellement grand, mince et militaire. Cela me fit trembler. Je sentis qu'un désastre allait se produire, et j'eus comme l'impression d'avoir déjà plusieurs fois parcouru cette allée au bras de Bella, vers le même désastre. Baxter murmura : « Du calme, McCandless ! » d'une voix si tranquillement impérieuse que je le regardai les yeux écarquillés. Il me répondit d'un hochement de tête et je me rendis compte qu'il avait prévu tout ce qui pouvait se produire et s'y tenait prêt. Je serrai plus fort le bras de Bella et avançai avec le courage d'un chrétien qui sait que Dieu est de son côté.

Nous dépassâmes les inconnus et nous arrêtâmes en leur tournant le dos, en face de l'autel. Le pasteur vint au pied de la chaire et, après quelques mots d'introduction, demanda formellement si j'étais Archibald McCandless, fils unique de Jessica McCandless, femme célibataire de la paroisse de Whauphill dans le Galloway. Je répondis oui. Puis il demanda à ma fiancée si elle était Bella Baxter, fille d'Ignatius MacGregor Baxter, agent commercial à Buenos Aires, et son épouse Seraphina Rhinegold Cumberpatch. Bella répondit oui. Je me demandai pourquoi Baxter avait inventé pour la mère un nom aussi long et aussi invraisemblable, mais je me dis qu'il avait pensé que dans un monde plein de bizarreries une liste de noms ne contenant pas un nom long et invraisemblable n'était pas plausible. Quand il se fut acquitté de cette tâche, le pasteur déclara que si une personne de l'assemblée avait des raisons de s'opposer à notre union par les saints nœuds du mariage, elle devait se manifester. Alors j'entendis derrière moi une voix rude et sonore lancer nettement : *« Ce mariage ne peut avoir lieu ! »*

Nous nous retournâmes. Ces paroles avaient été prononcées par l'homme très grand et très maigre qui se tenait tout droit, en nous regardant fixement comme une statue de bois finement sculptée, grandeur nature. Il avait l'air en bois parce que sa grosse moustache gris acier (qui recouvrait sa bouche) et sa barbe pointue étaient presque du même ton que sa peau d'un brun rosé. Un petit vieux râblé et basané, à la mine féroce, s'agitait à côté de lui.

« Qui êtes-vous ? demanda le pasteur d'une voix soudain étranglée et couinante.

— Je suis le général sir Aubrey de la Pole Blessington. La femme qui prétend être Bella Baxter est mon épouse légitime, Victoria Blessington, dont le nom de jeune fille est Victoria Hattersley. Voici son père, Blaydon Hattersley, président directeur de la Union Jack Steam Traction Company of Manchester & Birmingham.

— Vicky ! s'écria le vieil homme, en tendant les bras vers Bella tandis que des larmes se répandaient sur ses joues. Oh, ma petite Vicky ! Tu ne reconnais pas ton vieux papa ? »

Bella le regarda avec un grand intérêt, puis regarda avec un égal intérêt son premier mari. Le général soutint fixement son regard. L'industriel sanglotait. Mes propres sentiments étaient trop étranges pour que je les décrive. Je savais que Bella voyait sans le savoir le père de son cerveau dans le premier mari de son corps, et le grand-père de son cerveau dans le père de son corps. Elle dit enfin :

« Ma foi, vous avez l'air tous deux fascinants, mais je ne me souviens pas vous avoir déjà vus.

— Parlez, Prickett ! » fit le général.

Un troisième homme se leva et déclara qu'il était le médecin du général, et qu'il avait traité lady Blessington pour une grave maladie pendant au moins huit mois avant qu'elle ne disparût. Il ajouta que la dame qui avait répondu au nom de Bella Baxter avait une voix et une allure tellement semblables à celles de lady Blessington qu'il ne doutait nullement qu'elles fussent la même personne. Sur ce, le pasteur dit qu'il ne pouvait célébrer le mariage.

Je ne sais pas ce que j'aurais fait si Bella n'était pas restée agrippée à mon bras et si Baxter n'était pas venu à la charge. Sa masse imposante, la gravité de son ton m'emplirent d'un espoir enfantin.

« Général Blessington, Mr Hattersley, dit-il. Quelqu'un vous a averti du lieu et de l'heure de ce mariage. La même personne vous a peut-être dit que je suis un homme riche et un chirurgien qui a opéré des membres la famille royale. Miss Baxter s'est présentée à moi il y a trois ans en ayant perdu tout souvenir de sa vie précédente. Depuis, elle a vécu avec moi comme ma pupille, et j'ai rédigé un testament faisant d'elle l'héritière de tous mes biens. Il y a un an, elle s'est librement fiancée à mon ami le Dr McCandless de l'Hôpital royal de Glasgow. Général Blessington ! Mr Hattersley ! Voulez-vous que la question de l'identité de Miss Baxter soit tranchée au tribunal par un juge et des jurés ? Ou bien allons-nous d'abord en discuter rationnellement ? Ma maison se trouve à quelques pas d'ici. Je vous y invite.

— Parlez, Harker ! fit le général. »

Un quatrième homme se leva, dit qu'il était le notaire du général Blessington, et qu'il savait que sir Aubrey désirait éviter de souiller la réputation de sa femme par une enquête publique sur des affaires privées. Pour cette seule raison, le général était prêt à accepter une discussion privée impliquant les individus en question. D'un côté, le général lui-même, son avocat, son médecin, le père de son épouse, et Mr Seymour Grimes de l'agence de détectives privés Seymour Grimes. (À la mention de son nom, le cinquième homme se leva.) De l'autre côté, continua le notaire, le général tolérait Mr Baxter et son ami le Dr McCandless. Cependant, sir Aubrey tenait à ce que son épouse Victoria Blessington attendît l'issue de la discussion dans une pièce adjacente. Il avait les meilleures raisons du monde pour l'exclure. Il tenait également à ce que la discussion se déroulât dans une suite de chambres qu'il avait retenues à l'hôtel de Saint-Enoch.

« Vous voulez dire à God et à Chandelle qui je suis sans que je l'entende ? s'écria Bella. Que dites-vous de ça, God ?

— Je dis que nous n'en avons rien à faire, répondit calmement Baxter, à moins qu'on me donne une bonne raison.

— Parlez, Prickett ! » fit le général.

Son conseiller médical se glissa hors de la rangée puis ennuya fort Bella en attirant Baxter à l'écart et en lui chuchotant à l'oreille. Tout le monde put entendre la réponse de Baxter :

« Ce n'est pas une raison, c'est un mensonge. Cette discussion n'aura pas lieu à moins que Miss Baxter n'y participe, et qu'elle ne se déroule chez moi. Le général Blessington et sa suite ne risquent rien en pénétrant dans ma maison ; tandis que des femmes sont enlevées dans des hôtels par des hommes qui prétendent être leur mari, sans que la police intervienne.

— Justement ! » aboya le général.

Son notaire le regarda intensément. Le général lui rendit un regard impassible, et durant un instant personne ne sembla bouger. Puis quelque signal fut sans doute donné, car le notaire dit à voix basse à Baxter :

« Nous irons chez vous. Trois fiacres attendent dans l'allée près de l'église.

— Trois fiacres peuvent emmener six personnes, dit Baxter. Mrs Dinwiddie, s'il vous plaît, rentrez avec ces cinq messieurs au 18 Park Circus. Installez-les dans mon bureau, faites du feu et offrez-leur des boissons. Miss Baxter, le Dr McCandless et moi-même tenons à rentrer à pied, mais nous arriverons peu après vous. Mr Harker, s'il vous plaît, expliquez ces dispositions à votre employeur. »

Baxter tourna alors le dos au notaire, dit au pasteur qu'on le paierait le lendemain pour le dérangement, et qu'on le contacterait de nouveau lorsque le malentendu serait dissipé. Puis il glissa sous son bras la main libre de Bella, et nous nous dirigeâmes ainsi tous trois vers la porte. J'avais l'impression d'être resté dix semaines dans cette église, alors que j'y avais été moins de dix minutes.

Comme les rues brumeuses et les toits enneigés avaient l'air frais, éclatant et sain ! Bella le sentit également. Elle dit :

« Je ne pensais pas que notre mariage serait aussi amusant. Est-ce que ce pauvre vieux est vraiment mon papa ? Nous devons essayer de le réconforter. Est-ce que j'ai vraiment épousé ce grand échalas avec un masque au bout ? Eh, je suis bien partie avec lui. Est-ce que tous ces hommes ont l'intention de me kidnapper ? Je suis contente que vous ayez été avec nous, God. Chandelle se serait battu à mort pour me garder, mais à quoi sert une Chandelle morte pour une Bell kidnappée ? Un souffle de vos poumons aurait jeté à terre toute la bande, God, et ils le savaient. Donc il semble que le mystère de l'Origine de l'Espèce Bell Baxter va enfin être dévoilé. Qu'est-ce que ce médicaillon vous a chuchoté, God ?

— Un mensonge. Il le répétera probablement à haute voix et tu m'entendras le contredire.

— Pourquoi avez-vous l'air aussi malheureux, God ? Pourquoi n'êtes-vous pas aussi excité que moi ?

— Parce que tu vas apprendre que moi aussi j'ai dit des mensonges.

— Vous ? Un menteur ?

— Oui.

— Si vous m'avez menti, comment pourrait-il y avoir une vérité ? Où se trouve le bien ? demanda Bella, l'air effrayé.

— La vérité et le bien ne dépendent pas de moi, Bell. Je suis trop faible. Je suis une aussi pauvre créature que le général Blessington. Prépare-toi à nous mépriser tous deux. »

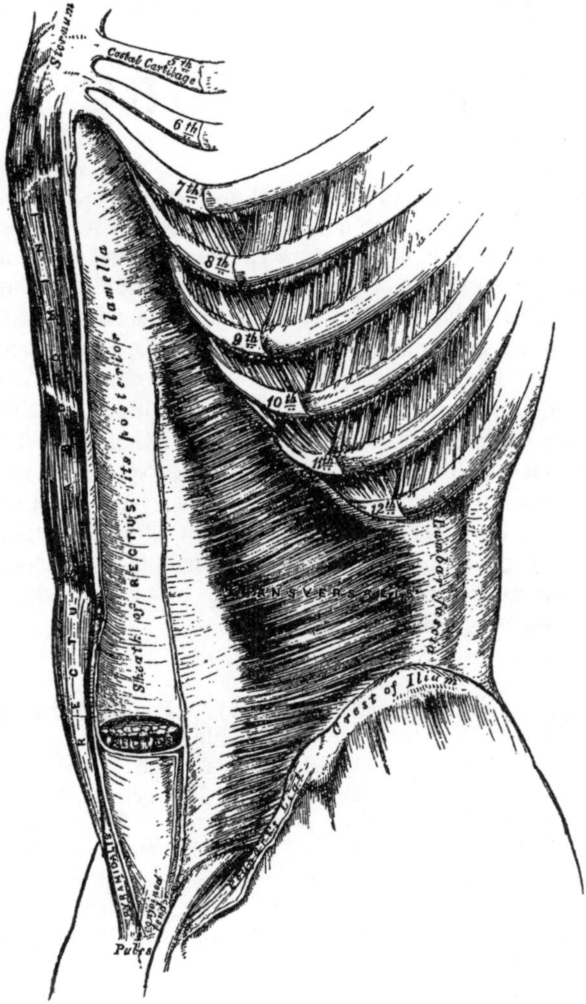

22
La vérité : Mon chapitre le plus long

J'avais entendu parler du général Blessington bien avant que Baxter ne lût son nom à haute voix dans la lettre de Wedderburn. À cette époque, « Tonnerre » Blessington était aussi familier aux lecteurs de journaux que sir Garnet Wolseley et « Chinois » Gordon. Le vicomte Wolseley est devenu commandant en chef des forces armées britanniques. Le général Gordon, en se faisant écarteler par les derviches du Soudan, est vénéré comme un martyr de l'Empire. Le premier mari de ma femme a été moins aimablement traité. Le *Times* de Londres et le *Manchester Guardian* attribuent maintenant ses plus grandes actions à des officiers qu'on ne nommait pas sur le moment. La presse populaire suit leur exemple. Pourquoi la fin malheureuse d'un brave a-t-elle éclipsé toute une vie d'effort patriotique ? Sa meilleure biographie est encore donnée par un article du *Who's Who* de 1883. On ne le mentionne pas dans les éditions suivantes.

BLESSINGTON, sir Aubrey de la Pole, 13e baronnet ; cr. 1623 ; croix de Victoria ; grand-croix de l'ordre de Malte ; grand-croix de l'ordre de Saint-Michel et de Saint-George ; juge de Paix ; membre du Parlement (libéral) Manchester Nord depuis 1878 ; né à Simla, 1827 ; fils aîné du général Q. Blessington, gouverneur des îles Andaman et Nicobar, et d'Emilia e.d. Bamforth de la Pole, Baronnette, Hogsnorton, Loamshire, et Ballyknockmeallup, comté de Cork ; succède à son cousin en 1861 ; épouse Victoria Hattersley, fille de B. Hattersley, fabricant de locomotives à Manchester. *Éducation* : Rugby, Heidelberg, Sandhurst ; lève une troupe indigène sur la frontière orientale, cap de Bonne-Espérance, 1849 ; expédition contre les Swazanji, 1850-51 (grièvement blessé, citations et brevet de lieutenant-colonel) ; volontaire en Crimée, a servi devant Sébastopol (deux fois blessé, cité pour avoir repoussé cinq sorties russes avec un très petit détachement du 4e bataillon de la Reine, médaille et trois palmes de la guerre de Crimée, ordre de Medjidie et médaille de guerre turque) ; commandant de brigade en charge de la colonne mobile dans l'Inde centrale durant le soulèvement de 1857-58 (blessé, présent à la prise des forts de Fumuckenugger, Bullubghur, et à l'assaut du bastion du Cachemire et des hauteurs de Delhi, médaille des Indes, barrette de Delhi, ordre de la Toison d'or de la couronne portugaise pour la défense de Goa) ; adjudant général adjoint, forces expéditionnaires britanniques en Chine, 1860 (blessé durant la destruction des batteries des rives du Yang-Tsé Kiang, mais présent à l'entrée dans Pékin et à l'assaut du Palais d'Été) ; gouverneur de la colonie pénitentiaire de l'île de Norfolk, 1862-64 ; gouverneur de Patagonie (a écrasé les révoltes Tehuelches et Gennaken sans perdre un homme) ; gouverneur de Jamaïque, 1869-72 ; commandant de l'expédition punitive en Birmanie, 1872-73 ; lieutenant-général ; répression complète de la révolte des métis du nord-ouest du Canada, 1874 ; adjudant général, guerre des Achantis, 1875 (blessé, croix de Victoria) ; commandant en chef des milices du Canada, 1876 (blessé par l'explosion d'une bombarde lors d'une mission dans la province du Québec, remercié par une prime de 25 000 livres accordée par le Parlement, légion d'honneur de 5e classe) ; candidat conservateur à Loamshire Downs ; grand surveillant de l'ordre des Francs-Maçons d'Angleterre, pour le Grand Londres, 1877. *Publications : Quand l'Angleterre tremblait,* récit de la jugulation du mouvement chartiste de 1848 ; *Purger la planète,* monologue ; *Maladies politiques, Remèdes impériaux,* conférence à l'Institut du United Service. *Loisirs :* chasse, tir, élevage des pur-sang, président de l'Association humanitaire pour le refuge des enfants abandonnés de Manchester, s'occupe personnellement d'une ferme expérimentale où l'on rééduque les orphelins des bas quartiers pour les envoyer aux Colonies. *Adresse :* 49, Porchester Terrace, Londres. *Clubs* : Cavalry, United Service, Pratt's, British Eugenics.

Le lendemain du retour de Bella, je lus dans la bibliothèque de Baxter l'article ci-dessus, en m'assurant d'abord que personne ne me voyait. Des semaines plus tard, j'appris que Bella et Baxter en avaient fait autant chacun de leur côté. Nous avions tous trop de projets en ce qui concernait l'avenir de Bella pour sonder ou pour provoquer ensemble le passé — nous espérions qu'il nous laisserait en paix. Seul Baxter s'était informé à l'avance pour se préparer à ce que ce passé nous tombât dessus d'une façon inattendue.

Tandis que nous rentrions en toute hâte de l'église par ce froid matin de Noël, il avait une tactique sérieuse en tête. J'avais été envahi par la curiosité avide de Bella et par un sentiment insensé de l'importance du général. Je ne redoutais nullement qu'il m'enlevât ma fiancée, mais je pensais que ma vie amoureuse risquait d'entrer dans l'histoire comme celles de Rizzio et de Bothwell — pas assez pour que je connusse une fin catastrophique, mais juste assez pour que je devinsse célèbre. Même une remarque que fit Baxter ne me guérit pas de cette illusion. Alors que nous approchions du numéro 18, nous aperçûmes le général, debout derrière la fenêtre du bureau, en train de nous regarder fixement arriver. Bella frissonna. Baxter dit avec douceur :

« Son œil gauche est en verre. Il regarde toujours droit devant lui pour que son autre œil s'accorde. Aucun grand général n'a été aussi souvent blessé que de la Pole Blessington.

— Oh, le pauvre garçon ! » s'écria Bella.

Et elle lui fit de la main un signe encourageant. Il parut ne pas s'en apercevoir, mais je craignis soudain qu'elle ne fût attirée vers lui par pitié.

Quand nous pénétrâmes dans le bureau, il était toujours à regarder par la fenêtre, le dos tourné. Le vieil industriel était recroquevillé dans un fauteuil près de la cheminée. Il nous lança un bref regard tandis que Bella et moi prenions place à la table, puis détourna les yeux vers les flammes. Le notaire et le médecin du général étaient assis avec raideur sur le canapé, à côté du détective. Seymour Grimes était le seul visiteur à avoir l'air à l'aise : il s'était servi un verre de whisky d'un flacon que Mrs Dinwiddie avait laissé à portée de main. Baxter alla tout droit vers un secrétaire, l'ouvrit et en sortit une liasse de papiers. Il la posa sur la table et demanda à la cantonade :

« Est-ce que le général préfère rester debout ?

— Sir Aubrey, *d'habitude,* préfère rester debout, murmura cauteleusement le médecin du général.

— Bon », fit Baxter.

Il choisit pour s'asseoir une place où il pouvait bien voir tout le monde et se mit aussitôt à parler.

« Dans un monde surpeuplé comme le nôtre, il est inévitable que plusieurs personnes se ressemblent et parlent de la même

GENERAL SIR AUBREY de la POLE
BLESSINGTON BART V.C.

façon. Quelqu'un a-t-il une meilleure raison pour penser que Bella Baxter est Victoria Blessington ?

— Oui, répondit le vieil industriel. Il y a une semaine, j'ai reçu une lettre d'un certain Wedderburn. Il m'a écrit que ma Vicky vivait ici, avec vous. J'ai contacté mon gendre et il m'a dit qu'il avait reçu une lettre semblable quinze jours auparavant, mais qu'il n'y avait pas attaché d'importance.

— C'était la lettre d'un fou ! dit vivement le notaire du général. Wedderburn disait non seulement que lady Blessington avait été sa maîtresse, mais aussi qu'elle avait été la maîtresse de Robert Burns, de Bonnie Prince Charlie et de toute une bande de personnages remontant jusqu'au jardin d'Éden. Êtes-vous surpris que le général ait ignoré une telle épître ?

— Oui, dit le vieil homme en regardant les flammes d'un air renfrogné. Cette lettre était la seule piste depuis trois années entières indiquant où se trouvait ma Vicky. Lorsqu'elle a disparu, j'aurais remué ciel et terre pour la retrouver, mais le Dr Prickett ici présent a dit : " Pas besoin d'avertir la police. Je suis sûr que c'est une lubie passagère. Un scandale public la détraquerait encore plus. Si vous aimez votre fille, donnez-lui le temps de revenir à la maison de son propre gré. " Naturellement, Prickett ne faisait que répéter ce que lui avait dicté sir Aubrey. Je le sais à présent, quoique je n'en aie pas été certain sur le moment. Des jours ont passé avant que Scotland Yard fût prévenu, et les policiers ont très mollement considéré l'affaire parce que... parce que... (il produisit un son entre le sanglot et le gloussement)... Blessington est la coqueluche de la nation... un exemple pour la jeunesse britannique... Lord Palmerston l'a dit ! Les journaux n'ont jamais rendu compte de cette histoire et on n'a rien trouvé. Ou si on a trouvé quelque chose, personne ne me l'a dit. Dès que j'ai lu la lettre de Wedderburn, j'ai engagé Grimes ici présent. Racontez ce que vous avez découvert, Grimes. »

Le détective hocha la tête, prit une gorgée de whisky et parla dans le jargon rapide d'un natif de Londres. C'était un homme banal d'environ trente ans : tellement banal que je ne remarquai rien de particulier en lui sauf sa façon de parler, qui laissait de côté les pronoms de la première personne.

« Ai été appelé à enquêter sur la disparition de lady Bless'ton il y a une semaine, trois ans après l'événement. Lady Bless'ton a brusqu'ment disparu d'sa maison étant perturbée, désespérée, folle et en position intéressante... enceinte de huit mois et quinze jours, ce qui rend souvent le Beau Sexe tordu, pauvres créatures. Obtenu un portrait de la dame perdue, une bonne photo. Suis allé à Glasgow suivant l'information de la lettre du sieur Duncan Wedderburn et ai trouvé ladite personne incarcérée dans le quartier de sécurité de l'Asile royal d'aliénés de Glasgow, où personne n'est admis. Lady B. a disparu du 49 Porchester Terrace le 6 février 1880 ; ai donc examiné tous les rapports de police et de la Société de sauvetage sur les vagabondes folles ou irresponsables appréhendées ou sinon repérées à Glasgow depuis cette date. Remarqué qu'une femme du genre de lady B. avait été vue se jeter d'un pont dans la Clyde le 8 février et avait été repêchée par un employé de la Société de sauvetage, un certain George Geddes. Lui ai montré photo. " C'telle ! " qu'il a dit. " Où maintenant ? " ai dit. " Cadavre non réclamé ", qu'il a dit, " donc emmené à la faculté de médecine par le médecin légiste le 15 février " mais les registres de la faculté montrent que Mr Baxter n'y a amené AUCUN cadavre le 15 février ni après, parce que le 16 février la faculté a reçu de lui une lettre disant qu'il démissionnait de son travail de médecin légiste pour se concentrer (disait-il) sur la pratique privée. Ce qu'il a certainement fait. À la fin de février, le charbonnier, le laitier, l'épicier, le boucher livrant au 18 Park Circus savaient que Mr Baxter avait une dame résidant chez lui. Paralysée. En avril, elle marchait mais comme un petit enfant. Trois ans plus tard, elle est assise ici épanouie comme une rose et prête à se marier de nouveau. Bonne chance à vous, Miss ou lady B. ! »

Seymour Grimes leva son verre à l'adresse de Bella et le vida d'un trait.

« Cet homme me plaît », chuchota Bella avec tant de chaleur que je doutai qu'elle l'eût compris.

Tous les autres regardaient Baxter.

« Il manque un maillon à votre chaîne de raisonnements, Grimes, dit-il. Vous nous dites que George Geddes (personnage populaire et respecté dans cette ville) déclare avoir repêché un cadavre. Comment le cadavre qu'il a trouvé peut-il être assis parmi nous alors qu'il a passé, vous l'avez vous-même précisé, sept jours à la morgue ?

— Peux pas dire... c'est pas mon rayon, répondit le détective en haussant les épaules.

— Je crois pouvoir jeter une lumière sur cette sombre affaire, dit le médecin du général, si sir Aubrey me le permet... »

Le général parut ne pas l'avoir entendu.

« Nous sommes chez moi, Dr Prickett, fit Baxter. Non seulement je vous le permets, mais je vous prie instamment de donner votre opinion.

— Eh bien, je vais le faire, Mr Baxter, quoique cela risque de ne pas vous plaire. Le monde médical londonien sait que depuis le début de ce siècle les chirurgiens de Glasgow appliquent des courants électriques au système nerveux des cadavres. On rapporte que dans les années 1820 un praticien de votre genre a réanimé le cadavre d'un criminel qu'on avait pendu, lequel s'est redressé et s'est mis à parler. Un des démonstrateurs a évité de justesse le scandale public en tranchant d'un coup de scalpel la jugulaire du condamné. Votre père était présent à cette démonstration. Je ne doute pas qu'il vous ait transmis tout son savoir, à vous qui étiez son unique assistant, à part des infirmières ignorantes. Sir Colin passait notoirement pour en savoir bien davantage que ce qu'il communiquait à ses collègues.

— God, fit Bella d'une voix terne que je ne lui avais encore jamais entendue, quand nous sommes sortis de l'église, vous avez dit que j'allais m'apercevoir que vous m'aviez menti. Je pense savoir maintenant quel était votre mensonge. Mon papa et ma maman ne sont jamais morts dans un accident de train en Argentine. Vous avez inventé ça pour me cacher quelque chose de pire.

— Oui », dit Baxter.

Et il s'enfouit le visage dans les mains.

« Donc ce pauvre vieux est vraiment mon père ? Et ce grand échalas qui semble avoir peur de me regarder en face est mon mari ? Et je l'ai quitté pour aller me noyer ? Oh, Chandelle, s'il te plaît, serre-moi fort. »

Je suis content de l'avoir fait car le général s'est tourné vers nous.

Il se tourna vers nous et parla d'une voix grêle, cassante, haut perchée qui s'enfla progressivement.

« Cessez de simuler, Victoria ! Vous vous souvenez parfaitement que Hattersley est votre père, que je suis votre mari et que vous vous êtes enfuie de la maison pour échapper à vos devoirs conjugaux. Cette absurde histoire de noyade, de morgue et de perte de mémoire a été concoctée pour masquer le simple fait que durant trois ans vous avez vécu avec un monstre afin d'assouvir votre appétit insensé de relations charnelles, d'abord avec lui, ensuite avec un libertin fou, et maintenant avec un ruffian de basse extraction. Vous le faites en ce moment même... sous mes yeux. LÂCHEZ MA FEMME, MONSIEUR ! »

Il hurla tellement fort ces derniers mots que je fus presque sur le point d'obéir. Il se pouvait qu'un de ses yeux bleu de glace fût en verre, mais il s'accordait tellement bien à l'autre que la haine que j'y lus me fit frissonner. Mais je vis soudain Baxter derrière nous, aussi grand que le général et cinq fois plus large, et, de plus, le vieil homme qui détournait les yeux vers le feu nous apporta un soutien inattendu.

« Ne parlez pas sur ce ton à ma Vicky, sir Aubrey, dit-il. Vous savez parfaitement de qui les appétits charnels l'ont poussée à fuir son foyer. Si elle feint d'avoir oublié, alors nous devons l'en remercier. Et si elle a effectivement oublié, nous devons en remercier Dieu.

— Je n'ai à avoir honte de rien dans la manière dont j'ai traité ma femme », répliqua sèchement le général.

Mais Bella se dégagea doucement de mon étreinte et s'approcha du vieil homme.

« Vous essayez d'être gentil, dit-elle, donc vous êtes peut-être mon père. Donnez-moi votre main. »

Il la regarda, tordit sa bouche en un sourire douloureux qui me rappela celui de ma mère, et lui laissa prendre des deux mains sa main droite. Elle ferma les yeux et murmura :

« Vous êtes fort... violent... rusé... mais vous ne pouvez pas être gentil, parce que vous avez peur.

— Ce n'est pas vrai ! cria le vieux en retirant vivement sa main. Fort, violent, rusé, oui, je le suis, grâce à Dieu. Cela m'a permis de nous hisser, ta mère, toi et moi, au-dessus du fumier puant de Manchester, de nous hisser en y enfonçant les mauviettes. Je n'ai pas pu en sortir tes trois petits frères... Ils sont morts du choléra. Mais je n'ai peur de rien au monde, sinon de la faim, de la pauvreté et des sarcasmes de ceux qui ont davantage d'argent. Seul un idiot n'en a pas peur, surtout lorsqu'il en a souffert. Nous en avons tous souffert avant que je n'extorque à ton oncle sa part dans l'atelier. Il a couiné comme un porc qu'on égorge et a essayé de se refaire en s'associant à Hudson... Hudson ! Le roi du chemin

BLAYDON HATTERSLEY

de fer ! Mais je l'ai écrabouillé, et Hudson avec. Oui, Vicky, continua le vieux en rugissant soudain de rire, ton vieux père est celui qui a écrabouillé Hudson ! Mais tu es une femme, et tu ne connais rien aux affaires. Dix ans plus tard, j'avais un comte dans mon conseil d'administration, je faisais élire des députés au Parlement, et j'employais la moitié de la main-d'œuvre qualifiée de Manchester et de Birmingham. Puis, un jour, tu as eu dix-sept ans, et je me suis brusquement aperçu que tu étais une beauté. Jusqu'alors j'avais été trop occupé pour faire attention à toi et penser à te préparer au marché du mariage. Donc je t'ai aussitôt envoyée dans un couvent suisse où les filles de millionnaires sont récurées et polies au milieu de filles de marquis et de princes étrangers. " Faites-en une lady, ai-je dit à la mère supérieure. Ce ne sera pas facile. C'est une forte tête, comme l'était sa maman... la sorte de bourrique qui a plus besoin de coups de pied que de carottes pour être mise sur la bonne voie. Je me moque du temps que ça prendra et de l'argent que ça coûtera, mais rendez-la propre à trouver un mari dans le plus haut gratin. " Ça leur a pris sept années. Ta maman est morte entre-temps (à cause d'une faiblesse du foie), et j'en ai été content pour toi. C'était une bonne épouse pour un homme pauvre, mais elle ne valait rien pour un homme riche. Ses façons modestes auraient ruiné tes chances. Eh, les nonnes avaient fait de toi une créature charmante... tu parlais le français comme une vraie demoiselle, même si en anglais tu avais encore l'accent de Manchester. Mais le général s'en moquait... n'est-ce pas, sir Aubrey ?

— En effet. Son étrange dialecte m'amusait. C'était la créature la plus jolie et la plus pure que j'avais jamais vue, dit le général d'un air songeur. Elle avait l'âme d'un enfant innocent dans le corps d'une houri circassienne... irrésistible.

— Est-ce que je vous aimais ? » demanda Bella en le fixant des yeux.

Il hocha lourdement la tête.

« Tu l'adorais... tu le vénérais, s'écria son père. Tu étais *obligée* de l'aimer ! C'était un héros national, et le cousin du comte de Harewood. De plus, tu avais vingt-quatre ans, et c'était à part moi le seul homme qu'on t'avait permis de rencontrer. Le jour de ton mariage, tu étais la femme la plus heureuse du monde. J'ai loué et fait décorer toute la chambre de commerce de Manchester pour la réception et le banquet, et le chœur de la cathédrale a chanté des alléluias.

— Vous m'aimiez, Victoria, et je vous aimais, dit d'une voix rauque le général, donc nous sommes devenus mari et femme. Je suis ici pour vous le rappeler, et vous protéger. Messieurs, excusez-moi ! (et son œil droit divagua curieusement vers Baxter et moi). Excusez-moi d'avoir crié et de vous avoir insultés. Vous êtes sans doute des honnêtes hommes malgré les circonstances, et mon mauvais caractère est célèbre. Durant trente années, j'ai servi l'Angleterre (peut-être devrais-je dire la Grande-Bretagne) en me traitant moi-même aussi durement que les régiments que je commandais et les sauvages que je soumettais. Chaque muscle de mon corps a sa douleur particulière, surtout quand je m'assois. Je n'ai un peu de soulagement que lorsque je suis allongé. Me permettrez-vous de me reposer un instant ?

— Je vous en prie », dit Baxter.

Le notaire, le médecin et le détective se dressèrent du canapé. Le médecin aida le général à s'y étendre à plat.

« Laissez-moi vous mettre un coussin sous la tête, dit Bella en lui en apportant un et en s'agenouillant près de lui.

— Non, Victoria. Je n'utilise jamais de coussin. L'avez-vous vraiment oublié ? dit le général en fermant les yeux.

— Oui. Vraiment.

— Vous ne vous souvenez de rien du tout à mon sujet ?

— De rien de précis, répondit Bella avec gêne, pourtant quelque chose dans votre voix et dans votre aspect me semble familier, comme si j'en avais rêvé, ou entendu parler, ou si je l'avais vu au théâtre. Donnez-moi votre main. Elle pourrait éveiller des souvenirs. »

Il lui tendit mollement la main, mais lorsqu'elle la toucha des doigts, elle les retira dans un sursaut, comme s'ils avaient été brûlés ou piqués.

« Vous êtes épouvantable ! s'écria-t-elle d'un ton, non pas accusateur, mais étonné.

— C'est ce que vous avez dit le jour où vous vous êtes enfuie, dit-il avec lassitude, les yeux toujours fermés, et vous aviez tort. À part les honneurs militaires et ma position sociale, je suis un homme comme les autres. Vous êtes encore une femme instable. Prickett aurait dû vous opérer après notre lune de miel.

— Opérer ? De quoi ?

— Je ne puis vous le dire. Ce sont des choses dont les hommes ne discutent qu'avec leur médecin.

— Sir Aubrey, intervint Baxter, trois personnes dans cette pièce sont des médecins qualifiés, et la seule femme ici présente va avoir une formation d'infirmière. Elle a le droit de savoir pourquoi vous dites qu'elle est une femme instable avec des appétits insensés et qui aurait dû subir une opération chirurgicale après sa lune de miel.

— Avant aurait été encore mieux, dit le général sans ouvrir les yeux. Les musulmans le font à leurs femmes peu après leur naissance. Cela fait d'elles les épouses les plus dociles du monde.

— Les allusions sont inutiles, sir Aubrey. Ce matin, à l'église, votre médecin m'a chuchoté ce qu'il pense... et ce que vous pensez... être le nom de la maladie qu'avait votre femme. Si vous ne le prononcez pas ici et maintenant à haute voix, on en débattra au tribunal devant un jury écossais.

— Dites-le, Prickett, dit du bout des lèvres le général. Beuglez-le. Cassez-nous les oreilles avec.

— Érotomanie, murmura le médecin.

— Qu'est-ce que c'est ? demanda Bell.

— Cela signifie que le général pense que sa femme l'aimait trop, répondit Baxter.

— Cela signifie, reprit vivement le Dr Prickett, que vous vouliez dormir dans sa chambre... partager son lit... coucher avec lui (je suis forcé d'être brutal) chaque nuit de la semaine. Messieurs — il quitta Bella des yeux et s'adressa à nous —, messieurs, le général est un homme aimable qui se couperait le bras droit plutôt que de décevoir une femme ! La veille de son mariage, il m'a demandé une description exacte... du point de vue scientifique et hygiénique... des devoirs d'un époux. Je lui ai dit tout ce que sait un médecin... que les relations sexuelles affaiblissent l'esprit et le corps lorsqu'elles sont excessives, mais qu'en doses raisonnables elles ne font que du bien. Je lui ai dit qu'il pouvait permettre à son épouse de coucher avec lui une demi-heure chaque nuit durant la période de la lune de miel, et une ou deux fois par semaine ensuite, mais que tout échange amoureux devait être suspendu dès qu'une grossesse serait détectée. Hélas, lady Blessington était tellement dérangée que même au huitième mois de grossesse elle voulait passer toute la nuit avec sir Aubrey. Elle sanglotait et gémissait quand on ne le lui permettait pas. »

Des larmes inondèrent les joues de Bella.

« La pauvre créature avait besoin de câlins, dit-elle.

— Vous ne pouviez pas admettre le fait, dit entre ses dents le général, que le contact d'un corps féminin éveille des DÉSIRS DIABOLIQUES chez les hommes puissamment sensuels... des désirs que nous pouvons difficilement contenir. Câlins ! Ce mot est bestial et dégoûtant. Il souille vos lèvres, Victoria.

— Je sais que tout le monde ici dit ce qu'il pense être la vérité, déclara Bella en s'essuyant les yeux, mais ça a l'air maboule. Sir Aubrey parle comme s'il était capable de mutiler une femme, mais, franchement, s'il s'attaque à moi, je pense que je pourrais le casser en deux sur mon genou comme une tige.

— Ah ! » s'écria dédaigneusement le général.

Son médecin se mit alors à parler très vite, sans doute gêné par les paroles de Bella et par les regards sceptiques que nous avions échangés, Baxter et moi, durant son exposé. Il dit d'une voix presque aussi perçante que celle du général :

« Aucune femme saine et normale... aucune femme sensée et honorable ne considère les relations sexuelles autrement que comme un devoir. Même les philosophes païens savaient que les hommes sont des planteurs énergiques et les femmes honorables des champs paisibles. Dans *De natura rerum*, Lucrèce nous dit que seules les femmes débauchées se tortillent les hanches.

— Ce credo est faux à la fois envers la nature et l'expérience la plus humaine, répliqua Baxter.

— L'expérience *la plus* humaine ? Oh, certainement ! s'écria Prickett. Je parle des femmes raffinées... des femmes respectables... non de celles du bas peuple.

— Cette idée particulière, dit Baxter à Bella, a d'abord été avancée par des homosexuels athéniens qui pensaient que les femmes ne servaient qu'à donner naissance à des hommes. Puis elle a été adoptée par les prêtres célibataires de la chrétienté qui pensaient que le plaisir sexuel était à l'origine de tous les péchés, et que les femmes en étaient la source. Je ne sais pas pourquoi cette idée est à présent tellement populaire en Grande-Bretagne. Peut-être l'accroissement en nombre et en taille des pensionnats de garçons a formé un milieu professionnel qui est étranger à la réalité féminine. Mais dites-moi un peu, Dr Prickett, lady Blessington était-elle d'accord pour subir une clitoridectomie ?

— Non seulement elle était d'accord... mais elle la réclamait avec des pleurs. Elle maudissait ses fureurs hystériques, maudissait son désir pathétique de contact sexuel avec son mari, détestait autant que lui cette maladie. Elle avalait avec avidité tous les sédatifs que je lui ordonnais, mais j'ai dû enfin lui dire qu'ils étaient pires qu'inefficaces... que je ne pouvais la guérir qu'en *tranchant* le centre de son excitation nerveuse. Elle m'a prié de le faire tout de suite, et j'ai été navré de lui répondre qu'il fallait attendre la naissance de son enfant. Lady Blessington ! fit Prickett en se tournant de nouveau vers Bella. Lady Blessington, je suis désolé que vous n'en ayez aucun souvenir. Vous me considériez comme un bon ami. »

Bella secoua la tête sans un mot.

« Donc, reprit Baxter, lady Blessington ne s'est pas enfuie de chez elle parce qu'elle redoutait votre traitement ?

— Certainement pas ! s'écria Prickett avec indignation. Lady Blessington disait que mes visites étaient pour elle les moments les plus agréables de la semaine.

— Alors, quelle était la raison de sa fuite ?

— Elle était folle, dit le général. Il n'y a pas d'autre raison. Si à présent elle est saine d'esprit, elle va rentrer avec moi. Si elle refuse, c'est qu'elle est toujours folle, et c'est de mon devoir d'époux de la placer dans une institution où elle sera traitée comme il convient. Je ne peux pas la laisser dans un foyer qui est en train de faire de mon ex-femme une *infirmière* !

— Mais ce n'est pas votre femme puisqu'elle s'est noyée ! répliqua vivement Baxter. Le contrat de mariage dit que l'union dure *jusqu'à ce que la mort sépare*. Le seul témoin objectif de l'identité de votre femme et de ma pupille est l'employé de la Société de sauvetage qui a vu le suicide et a repêché le corps. Le Dr Prickett suggère que je lui ai donné une nouvelle vie. Si c'est le cas, je suis autant le père et le protecteur de la femme ressuscitée que Mr Hattersley l'était de la précédente, et j'ai autant de titre qu'il en avait à la donner en mariage à un homme de son choix. Que pensez-vous de ce raisonnement, Mr Harker ?

— Fadaises, Mr Baxter : fadaises et inepties, répondit froidement le notaire. Je ne doute pas que lady Blessington se soit noyée dans la Clyde, et je ne doute pas que l'employé de la Société de sauvetage l'ait sauvée. On le paie pour sauver les gens. Il vous a appelé pour la ressusciter, et vous avez clairement réussi. Vous l'avez alors soudoyé pour qu'il vous permette de l'enlever, de l'emmener ici où, en prétendant que c'était votre nièce, vous l'avez droguée pour la rendre infantile, et abuser ainsi de ses charmes physiques et de ses faiblesses amoureuses sous une façade de bon oncle et de médecin généreux. Vous avez même fait le tour du monde avec votre maîtresse tout en jouant cette comédie ! À votre retour à Glasgow, vous étiez fatigué d'elle, donc vous avez été de connivence dans son enlèvement par le malheureux Duncan Wedderburn. Hier je suis allé rendre visite à la pauvre mère de Wedderburn. Cette dame est complètement désespérée. Elle m'a dit que son fils avait été détruit physiquement, mentalement et financièrement par une femme qu'il appelle Bella Baxter. S'il n'était pas enfermé à l'Asile royal d'aliénés de Glasgow, il serait en prison pour détournement des fonds de sa clientèle. Votre maîtresse deux fois rejetée est revenue à vous, donc vous avez vite combiné son mariage avec McCandless, votre parasite débile. Si cette histoire est exposée devant un jury britannique, il la croira, car c'est la vérité. Regardez, sir Aubrey ! Regardez-le ! La vérité le frappe de plein fouet ! »

Avec un grognement semblable à une explosion souterraine, Baxter avait bondi de sa chaise, avait appuyé ses mains sur son estomac, et s'était penché en avant, pris de convulsions épileptiques. Je fus surpris qu'il ne tombât pas, mais non par sa détresse. Le notaire avait si habilement mêlé faits et mensonges que même moi je le crus un instant. Mais Bella se précipita au côté de Baxter, lui entoura le torse d'un bras et l'aida à se redresser. Cela me fit reprendre mes esprits. Si les visiteurs n'avaient encore jamais entendu la fureur froide d'un Écossais parfaitement rationnel, ils y assistèrent alors.

« Mr Baxter serait une statue de pierre s'il n'éprouvait aucune douleur, leur dis-je. Vous avez défiguré l'hospitalité de cet homme raisonnable, aimable et désintéressé pour le traiter de monstre et de menteur. En présence de la patiente dont il a sauvé la vie, vous l'avez accusé d'avoir vicieusement abusé d'elle. Vous ne savez rien de la terrible fêlure qui court sur son crâne... s'il ne l'avait pas chérie comme une mère et éduquée comme un père, elle aurait souffert de bien plus que d'une totale amnésie : elle aurait souffert de crétinisme. Son voyage avec elle n'était pas une excursion amoureuse, mais la meilleure façon de la réintégrer dans un monde qu'elle avait oublié. Il n'a pas été de *connivence* dans son enlèvement par Wedderburn... il a essayé de l'en dissuader, m'a prié de tenter moi aussi de l'en dissuader, mais comme nous y avons tous deux échoué, il lui a donné les moyens de nous revenir lorsqu'elle serait fatiguée de son escapade. Aucun roué se débarrassant de sa maîtresse n'aurait fait cela ! Vous avez eu aussi l'insolence de me traiter... moi, son meilleur ami, Archibald McCandless, médecin de l'Hôpital royal de Glasgow !... vous avez osé me traiter de ruffian de basse extraction et de parasite débile. Pas étonnant qu'une décharge du nerf pneumogastrique ait produit un péristaltisme contraire et qu'un excès de suc pancréatique ait irrité l'œsophage en causant de violentes brûlures d'estomac ! Et vous prétendez que sa douleur en entendant de telles vilenies est une preuve de CULPABILITÉ ! ! ? ? Honte noire sur vous, messieurs ! Vous m'avez quasiment persuadé que vous n'êtes en rien des gentlemen.

— Merci, McCandless », murmura Baxter.

Il s'était assis dans un fauteuil en face de Mr Hattersley. Bella, debout derrière lui, posait les mains sur ses épaules, d'un geste protecteur. Elle le regardait avec une expression que je vis plus tard, durant notre lune de miel, aux madones de Botticelli. Baxter alors s'adressa au notaire comme si rien ne s'était passé.

« Donc, vous pensez que cette dame derrière moi est la même personne que l'épouse du général ?

— Je sais que oui.

— Je vais vous prouver que vous avez tort, et pour cela je vais produire cinq témoignages différents, chacun d'un savant de renommée internationale. Lady Victoria Blessington était une hystérique ; elle dépendait d'une façon tellement infantile d'un mari qui la trouvait insupportable que les visites de son médecin étaient pour elle les meilleurs moments de la semaine ; elle se détestait tellement qu'elle s'abrutissait de sédatifs avec joie et désirait que son corps fût mutilé par la chirurgie. Ai-je raison ?

— Oui, elle faisait une vie d'enfer au général, grommela le vieux Mr Hattersley, mais il faudrait ajouter que dans ses pires moments elle agissait encore comme une parfaite lady.

— Elle *soulageait* son pauvre esprit à l'aide de sédatifs, dit le médecin, et souhaitait être *guérie* par la chirurgie. À part ça, votre portrait de cette pauvre lady n'est que trop vrai.

— Oui, vous connaissez bien ma femme, Baxter, ricana le général.

— Je n'ai jamais rencontré votre femme, sir Aubrey. La noyée qui a retrouvé ici la conscience est quelqu'un d'autre. Dites à l'assemblée, Dr Prickett, qui sont Charcot de Paris, Golgi de Pavie, Kraepelin de Würzburg, Breuer de Vienne et Korsakoff de Moscou.

— Ce sont des psychiatres... des spécialistes des maladies nerveuses et mentales. Je considère Charcot comme un charlatan, mais bien sûr il est hautement estimé sur le Continent.

— Nous sommes allés les voir durant notre tour du monde. Chacun d'eux a examiné la femme que j'appelle Bella Baxter et a fait un rapport sur son état. Ces rapports, signés et accompagnés d'une traduction en anglais, sont sur cette table. Leurs terminologies diffèrent, car ils ont des vues différentes sur l'esprit humain. Kraepelin et Korsakoff partagent l'opinion du Dr Prickett sur Charcot. Mais ils sont unanimes au sujet de Bella Baxter : elle est saine d'esprit, forte et gaie, avec une attitude envers la vie vigoureusement indépendante, même si une amnésie (provoquée par une blessure au crâne et la perte d'un enfant avant terme) a effacé en elle tout souvenir de sa vie avant sa venue ici. À part ça, son équilibre, sa perception sensorielle, ses capacités logiques, intuitives et assimilatrices sont exceptionnels. Charcot a audacieusement suggéré que l'amnésie a augmenté son intelligence en lui faisant réapprendre les choses lorsqu'elle était suffisamment mûre pour y réfléchir, ce que ne font guère les personnes qui ont été formées dans l'enfance. Tous sont d'accord sur le fait qu'elle ne manifeste aucun signe de manie, d'hystérie, de phobie, de démence, de mélancolie, de neurasthénie, d'aphasie, de catatonie, d'algolagnie, de nécrophilie, de coprophilie, de folie des grandeurs, de nostalgie de la boue, de lycanthropie, de fétichisme, de narcissisme, d'onanisme, d'agressivité irrationnelle, de réticence maladive et de saphisme obsessionnel. Ils disent que son seul trait obsessionnel est linguistique. Ces rapports se basent sur des tests opérés durant l'hiver 1880-1881, quand elle apprenait à écrire et éprouvait pour les synonymes, les assonances et les allitérations un enthousiasme qui parfois frisait l'écholalie. Kraepelin a avancé que c'était une compensation instinctive à son manque de souvenirs sensoriels. Charcot a dit que cela pouvait faire d'elle une poétesse ; Breuer, que cette obsession diminuerait à mesure qu'elle acquerrait des souvenirs. C'est ce qui s'est passé. Elle ne parle plus d'une façon excentrique. Charcot disait qu'elle était exceptionnellement libre des préjugés absurdes qui caractérisent la plupart de ses compatriotes, ce qui naturellement exprimait son propre préjugé national, mais sa conclusion résume le verdict des autres : l'anomalie la plus frappante de Bella Baxter est son absence de préjugés. Une femme pareille ne peut avoir été l'épouse du général Blessington. S'il vous plaît, Dr Prickett, examinez les preuves, ou alors emportez-les et vérifiez-les à loisir.

— Ne perdez pas votre temps, Prickett, dit le notaire du général. Elles sont sans valeur. Ce sont des dérobades.

— Expliquez-vous, je vous prie, dit patiemment Baxter.

— Je vais le faire, et très facilement. Supposons qu'un malade fort désagréable s'enfuie de Londres après m'avoir volé de l'argent. Supposons que trois ans plus tard la police l'arrête à Glasgow, et s'apprête à le mettre sous les verrous, lorsqu'un médecin s'écrie : “ Halte ! Je peux prouver que cet homme est devenu plus sain et plus agréable depuis qu'il a volé votre argent, ce qu'il a complètement oublié. ” La police penserait que c'est une dérobade. L'érotomanie de lady Blessington en a fait une triste épouse pour le général, mais ni lui ni les lois de ce pays ne toléreront qu'elle pratique la bigamie et file le parfait bonheur dans un ménage à trois écossais, sous le simple prétexte qu'une horde de psychiatres étrangers lui a donné un certificat de bonheur. »

On entendit un bruit semblable à un tranquille caquetage de poule — le général était amusé. Baxter soupira — soupira et dit :

« Sir Aubrey, Mr Hattersley ! Cette femme étudie pour accomplir un travail utile dans l'art aimable de la médecine. Pourquoi la ramener à un mariage qui rendaient malheureux aussi bien son mari qu'elle-même ? Si McCandless est mon parasite, Harker, Prickett et Grimes sont les vôtres. Nul dans cette pièce ne veut un scandale. La seule personne à l'extérieur qui connaisse la vérité, ou une partie, est un dément avéré. Tout ce que j'ai dit l'a été pour vous persuader qu'il est honorable et possible de laisser cette femme librement choisir soit de rentrer avec vous en Angleterre soit de rester avec nous en Écosse... honorable et possible.

— Pas possible, dit lourdement le général. Les ragots autour de la disparition de ma femme n'ont fait qu'augmenter avec les années. Dans la moitié des clubs de Londres, on pense que je me suis débarrassé de mon problème domestique comme je me suis débarrassé des rebelles indiens ou achantis. L'ennui est que dans ce cas-ci on me désapprouve. Le prince de Galles a feint de ne pas me voir la semaine dernière et la canaille me doit plusieurs milliers de livres. Depuis que j'ai quitté les champs de bataille et que je suis entré au

Parlement, les journaux se sont mis à oublier que j'avais été la coqueluche de la nation. Un torchon radical s'est mis à faire des allusions sournoises, et à moins que je ne leur ferme le bec, les journaux populaires vont bientôt publier des articles diffamatoires me traitant de Barbe-Bleue Blessington. Ce sombre hypocrite de Gladstone a suggéré que je *lave mon nom* en offrant une grosse récompense pour tout renseignement sur ma femme, morte ou vive. Est-ce que tout le monde ici a oublié qu'un pasteur écossais va bientôt entamer son dîner de Noël en bavardant parmi sa famille et ses amis sur une cérémonie de mariage que j'ai interrompue ? Non, Victoria. Si je vois que ce Baxter vous a appris à vous comporter d'une façon sensée, je le paierai bien pour sa peine, mais vous devez retourner dans le Sud, que vous vous souveniez ou non de moi.

— Et pense à ce que tu auras lorsque tu reviendras à la maison avec lui, Vicky ! s'écria le vieux Hattersley soudain très excité. Sir Aubrey est déjà aux trois quarts mort, il ne durera pas plus de quatre années. Cela te donnera le temps de lui extorquer au moins un fils, puis avant que le petit ne devienne adulte tu pourras vivre comme tu voudras où tu voudras : dans la maison de Londres ou dans la propriété du Loamshire ou dans le domaine d'Irlande ! Pense à ces endroits magnifiques, Vicky, entièrement à toi et à moi. Moi ! Grand-papa d'un baronnet ! Tu me dois ça, Vicky, parce que je t'ai donné la vie. Donc, sois une bourrique sensée. Les honneurs et les richesses sont les carottes sous ton nez, un asile d'aliénés est ce qui t'y pousse à coups de botte. Oui, nous pouvons te mettre dans un hôpital psychiatrique ! Qui se souciera de ce qu'ont dit une bande de professeurs étrangers il y a deux ans quand le Dr Prickett et un spécialiste anglais avec titre de chevalier auront certifié que tu n'as pas toute ta tête ? Car tu n'as pas toute ta tête, Vicky, et le fait que tu ne puisses te souvenir de ton propre papa le prouve. La richesse ou l'asile de fous ! Choisis !

— Ou alors le divorce d'avec sir Aubrey, dit Baxter. S'il tient à considérer son mariage d'un point de vue purement légal, tu peux en faire autant. »

Nous tournâmes tous le regard vers lui. Même le général ouvrit les yeux et fixa un instant Baxter qui reprenait place à table pour reclasser les papiers. Une nouvelle liasse se trouva ainsi sur le dessus, il regarda la première page et déclara :

« Le 16 février 1880, lady Blessington, alors en état de grossesse avancée, a reçu la visite d'une autre femme fortement enceinte, ancienne aide-cuisinière de Porchester Terrace, qui a dit qu'elle était une maîtresse abandonnée de sir Aubrey et qui a demandé de l'argent. Sir Aubrey...

— Prenez garde, monsieur ! » aboya le général.

Mais Baxter continua d'une voix plus puissante :

« Sir Aubrey a surgi, a jeté la visiteuse à la rue, et a enfermé sa femme dans une cave à charbon. Le lendemain matin, lady Blessington a disparu.

— Mr Baxter, intervint vivement le notaire, à présent vous prétendez savoir des choses étonnantes sur le passé d'une dame au sujet de laquelle, jusqu'alors, vous prétendiez ne rien savoir. Si ces allégations ne sont pas confirmées sous serment au tribunal par des témoins oculaires... des témoins qui ne reculeront pas devant l'épreuve d'une vérification soigneuse... vous paierez cher cette calomnie.

— Cette information me vient du sergent Cuff, dit Baxter, dont vous avez peut-être entendu parler, Mr Grimes ?

— Un ancien de Scotland Yard ?

— Oui.

— Un brave type. Demande beaucoup d'argent mais obtient des résultats. Aime renifler les dessous de l'aristocratie. V'l'avez employé ?

— Je l'ai engagé le mois dernier pour qu'il rassemble tous les renseignements possibles sur lady Blessington, après avoir reçu une lettre de Wedderburn prétendant que Bella Baxter était une réincarnation de Victoria Blessington. Le rapport de Cuff, que j'ai ici en main, nomme de nombreuses personnes qui témoigneront au tribunal contre le général, pour la plupart des domestiques qui ont démissionné ou qui ont été renvoyés peu après la disparition de lady Blessington.

— Rien à voir, fit le général. Les domestiques anglais sont les pires du monde et aucun n'est resté plus de deux mois à mon service. On dit que j'ai traité trop sauvagement les races sauvages, mais le seul homme en qui je puis avoir entière confiance est mon valet indien. C'est curieux, n'est-ce pas ?

— Les domestiques qui témoignent contre leurs anciens employeurs, ajouta le notaire, ont très peu de crédit auprès d'un tribunal anglais.

— On croira ceux-là, dit Baxter. S'il vous plaît, Mr Harker, emportez à votre hôtel cet exemplaire du rapport de Cuff et discutez-en en privé avec le général. Trop de choses blessantes ont été prononcées ici aujourd'hui. Demain je viendrai vous voir à l'hôtel Saint-Enoch et j'écouterai ce que vous aurez décidé.

— Non, God, intervint Bella d'une voix ferme et sombre. Mon passé est devenu trop intéressant.

— Dites-lui ce que vous avez à dire, Baxter, fit le général en bâillant. Jouez jusqu'au bout avec les mots. Ça ne changera rien. »

Baxter soupira, haussa les épaules, et se mit à résumer le rapport tandis que le notaire, assis sur une chaise près de la fenêtre, étudiait l'exemplaire qu'on lui avait passé. Toutefois, Baxter s'adressa directement au général, et non à Bella. S'il s'était adressé à elle, il aurait été perturbé de la voir changer d'expression en écoutant cette histoire.

« Dolly Perkins, une fille de seize ans, dit-il, était votre bonne jusqu'à la veille de votre mariage, sir Aubrey, jour où vous avez loué pour elle une chambre dans une pension près des Sept Cadrans. Vous n'avez pas donné votre nom à la patronne, Mrs Gladys Moon, mais elle vous a reconnu pour avoir vu votre portrait dans le *London Illustrated News*. Elle dit que vous rendiez régulièrement visite à Miss Perkins deux heures chaque mardi après-midi, et aussi le vendredi après-midi lorsque vous veniez payer le loyer. Cela a duré quatre mois, puis, un jour, en payant Mrs Moon, vous lui avez dit : " C'est la dernière fois que je le fais, vous ne me reverrez plus. Dolly Perkins ne vaut plus rien pour personne désormais. Si vous ne vous débarrassez pas d'elle, elle donnera mauvaise réputation à votre établissement. " Mrs Moon a parlé à Miss Perkins, laquelle a reconnu être enceinte et sans le sou. Donc, on l'a priée de s'en aller.

— Dolly n'était pas enceinte de moi, dit froidement le général, parce que mes ébats avec elle ne risquaient pas de provoquer une grossesse. Personne ne l'a cru, bien entendu, donc cette chienne rapace a essayé de faire du chantage afin que je lui donne de l'argent pour la naissance de son bâtard, en menaçant de raconter à ma femme que je l'avais engendré, si jamais je refusais. J'ai envoyé cette catin au diable, et l'ai laissée sans un shilling.

— Bizarre et navrant vieux général, dit tristement Bella, pensiez-vous honnêtement que votre femme était folle de vouloir être réchauffée par vous plus d'une heure par semaine, alors que vous étreigniez régulièrement une jeune fille quatre heures par semaine ?

— Je n'ai jamais *étreint* Dolly Perkins, répliqua le général entre ses dents fortement serrées. Pour l'amour de Dieu, parlez-lui des HOMMES, Prickett ! Elle n'a rien appris sur eux ici.

— Je crois que sir Aubrey désire que je dise, dit faiblement son médecin, que les hommes forts qui dirigent et défendent le peuple bribribritannique doivent entretenir leur force en satisfaisant la partie *animale* de leur nature par des ébababats avec des catins, tout en maintenant la pupupureté de leur lit mamamatrimonial et la sainteté du foyer où sont engendrés leurs fils et leurs filles. Et c'est pourquoi la paupaupaupauvre paupauvre paupauvre (ici, le médecin du général sortit un mouchoir pour s'essuyer le visage) c'est pourquoi la pauvre Dolly *devait* être traitée de cette *tétététerrible* façon.

— Pas besoin de pleurnicher, Prickett, murmura placidement le général. Vous avez fort bien expliqué cela. À présent, terminez votre histoire, Mr Baxter, mais n'oubliez pas que je n'ai rien fait dont je puisse avoir honte, ni chez moi ni à l'extérieur. »

Baxter acheva l'histoire.

« Le 16 février 1880, Dolly Perkins a pénétré au 49 Porchester Terrace par l'entrée de service. Elle était épuisée, dépenaillée, affamée, et sans le sou. La cuisinière, Mrs Blount, lui a donné une tasse de thé, quelque chose à manger, puis a repris son travail. Dolly Perkins a grimpé au salon, s'est trouvée en face de lady Blessington, lui a raconté son histoire...

— Surtout des mensonges, dit le général.

— ... et a demandé de l'aide. Lady Blessington était sur le point de lui donner de l'argent lorsque sir Aubrey est entré, a appelé ses valets de pied pour jeter Dolly Perkins à la rue et, avec l'aide de son valet indien, a traîné sa femme à l'étage...

— L'ai *portée* à l'étage. Elle s'était évanouie, dit le général.

— Alors elle a vite repris ses sens. Vous l'avez enfermée dans sa chambre mais elle s'est précipitée à la fenêtre pour jeter dans la rue diverses choses à Dolly : d'abord une bourse et des bijoux, puis tous les petits objets de quelque valeur qu'elle avait sous la main. Alors, bien que ce fût un jour de neige, une foule du genre le plus pauvre s'est mise à se rassembler. J'imagine...

— Ce que vous imaginez n'est pas une preuve, dit le notaire sans lever les yeux du document qu'il avait en main.

— ... que lady Blessington a dû éprouver une sorte d'extase devant le violent effet de ses actes sur un public réceptif. Pas étonnant. C'étaient probablement les seuls actes décisifs qu'elle eût jamais accomplis. Elle jetait ses objets de toilette, ses chaussures, ses gants, ses bas, ses corsets, ses robes, ses coussins, ses draps, les garnitures de foyer, les pendules, les miroirs, les vases de cristal et de porcelaine, qui bien sûr se sont brisés...

— Et un petit portrait à l'huile de ma mère jeune fille par Ingres, dit sèchement le général. Un fiacre l'a broyé au passage.

— D'abord, sir Aubrey a pensé que le tumulte dans la rue était causé seulement par Dolly Perkins et ses amis prolétaires. Quand enfin il a compris la vérité, il s'est rué dans la chambre où lady Blessington jetait par la fenêtre une chaise et un guéridon. Il l'a fait traîner au sous-sol par ses valets...

— Porter ! dit sèchement le général. Elle était dans un état de faiblesse, même si elle était devenue folle furieuse. Le sous-sol était le seul endroit de la maison avec des barreaux aux fenêtres.

— Mais vous l'avez enfermée dans une cave à charbon sans fenêtre.

— Oui. Je me suis soudain avisé que la cave à charbon était la seule pièce du bas qui avait des clefs dont je fusse sûr, et je n'avais pas confiance dans les domestiques. Victoria avait toujours été amicale avec eux, et je craignais qu'ils ne l'aident à s'enfuir. Et c'est ce qui s'est passé. Il m'a fallu trois heures pour faire faire un constat par Prickett et un autre médecin, pour trouver un asile d'aliénés qui accepte une folle enceinte, et faire venir une ambulance capitonnée avec trois robustes infirmières pour son transport. Entre-temps l'oiseau s'était enfui.

— Votre ancien valet de pied, Tim Blatchford, admet avoir forcé la serrure avec un tisonnier, dit le notaire, en consultant la dernière page du rapport que Baxter lui avait donné. Votre ancienne cuisinière, Mrs Blount, dit : “ Nous l'avons tous supplié de le faire. Les sanglots déchirants et les cris à l'aide de la pauvre dame s'entendaient dans toute la maison. Nous craignions que le travail d'accouchement ait commencé, et ces conditions terribles pouvaient causer la mort de la mère et de l'enfant. ” Cependant, lady Blessington est sortie intacte. Votre ancienne gouvernante, Mrs Munnery, lui a donné des vêtements récupérés dans la rue (plus propres que ceux qu'elle portait et qui étaient maculés de charbon) et aussi le prix du train pour aller chez son père à Manchester.

— Victoria redevient folle », dit le général.

Nous regardâmes Bella et j'entendis le vieux Mr Hattersley pousser une sorte de gémissement de terreur.

La silhouette de Bell s'était ratatinée, comme si sa peau s'était collée sur ses os, mais le changement le plus horrible était celui de son visage. Son nez blanc et aigu, ses joues creuses et ses orbites enfoncées découvraient nettement son squelette, mais dans les orbites les pupilles noires s'étaient dilatées jusqu'à emplir tout l'œil, en ne laissant qu'un minuscule triangle blanc dans les coins. La masse sombre des cheveux bouclés avait augmenté, car leurs racines s'étaient dressées sur son crâne comme les piquants d'un porc-épic en danger. Je ne doutais pas que devant moi se tînt la forme émaciée de lady Victoria Blessington, exactement comme elle avait émergé de la cave à charbon. Mais sa voix, malgré sa tristesse, était bien celle de Bella.

« Je ressens ce qu'a pu ressentir cette pauvre créature, dit-elle, mais ça ne me rendra pas folle. Donc, je suis allée vous voir à Manchester, papa ? Que m'avez-vous fait ?

— Ce qu'il ne fallait pas ! Ce qu'il ne fallait pas, Vicky ! répondit le vieil homme en frappant des poings les bras de son siège. J'aurais dû te garder avec moi, faire venir sir Aubrey, et négocier un meilleur accord avec lui... un accord qui t'aurait été bénéfique autant qu'à moi. Au lieu de quoi je t'ai expliqué qu'une femme qui abandonne son mari est une délinquante aux yeux des hommes et de Dieu. Je t'ai dit que tu devais mener la guerre conjugale dans ton propre foyer sinon tu ne la gagnerais jamais. Je t'ai dit de dire à sir Aubrey que s'il manquait d'argent pour faire taire ses anciennes maîtresses, il devait me les envoyer... je sais comment traiter cette sorte de femmes. Tout ce que je t'ai dit était vrai, Vicky, mais je te l'ai dit parce que je voulais que tu partes, que tu t'éloignes de ma vue au plus vite. Je craignais que tu accouches chez moi, je DÉTESTE l'idée d'avoir près de moi une femme qui met bas, je déteste le sang, les cris, et toute cette agitation dégoûtante, pouah, cette pensée me donne envie de vomir ! Donc, je t'ai promptement ramenée à la gare et je t'ai acheté un billet pour Londres. Tu avais l'air tout à fait calme et sensée, Vicky, et tu as dit qu'il n'était pas nécessaire que j'attende le départ du train, donc je me suis esquivé de crainte que tu ne mettes bas sur le quai. J'étais un couard, je le reconnais, et je m'en excuse. Dès que j'ai eu le dos tourné, tu as dû changer ton billet de première classe pour Londres pour un billet de troisième classe pour Glasgow. Et voilà. Tu es ici !

— Et je reste ici », fit calmement Bella.

À ces mots, sa silhouette reprit sa plénitude, ses cheveux se remirent en place, son visage se détendit, ses yeux retrouvèrent leurs dimensions habituelles et leur couleur brun doré. Elle reprit :

« Merci de m'avoir donné la vie, père, même si d'après ce que vous dites ma mère en a eu presque seule la charge et a dû se passer de votre soutien. En plus, une vie sans la liberté de choisir n'a pas de valeur. Merci, sir Aubrey, de m'avoir arrachée à mon père, et merci de m'avoir poussée à quitter votre maison. Ou peut-être devrais-je en remercier Dolly Perkins. Sans elle, il semble que j'aurais continué de m'accrocher à vous. Merci, Dr Prickett, d'avoir essayé de rendre la vie supportable à la pauvre créature stupide que j'étais. Vous ne pouvez vous empêcher de rester vous-même stupide. Merci, Mr Grimes, d'avoir découvert et de m'avoir raconté comment j'ai dû me plonger dans l'eau pour me laver de mon inutile passé. Merci de m'avoir sauvée, God, et de m'avoir donné un foyer qui n'est pas une prison. Je vais continuer à vivre ici. Et, Chandelle, comme c'est bon d'avoir un homme que je n'ai pas du tout besoin de remercier, que je câline et qui me câline chaque nuit, qui est d'une compagnie agréable le matin et le soir, et qui me laisse tranquille toute la journée pour poursuivre mon travail. »

Elle sourit, s'approcha de moi, m'entoura de ses bras, me donna un baiser, et je ne pus lui résister, même si j'étais gêné que nous manifestions si ouvertement notre affection devant son premier

mari. C'était un membre libéral du Parlement
autant qu'un grand soldat.

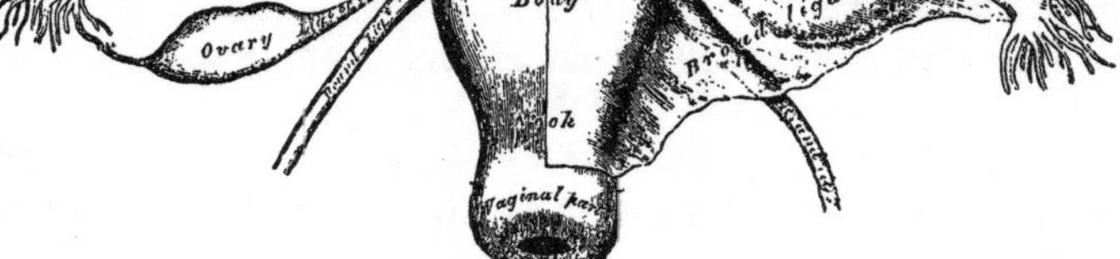

23

La dernière posture de Blessington

C'est un fait remarquable que depuis que Bella avait brusquement retiré sa main de la sienne, le général était resté parfaitement allongé et immobile, à part ses mouvements de lèvres, de langue, ses papillotements d'yeux et de paupières ; ainsi, lorsque le vieux Mr Hattersley avait dit de lui qu'il était « aux trois quarts mort », cela semblait plus un diagnostic qu'une insulte. À présent il demandait à voix basse :

« Quelle est votre opinion, Harker ?

— Ils ne peuvent gagner une action en divorce contre nous, sir Aubrey. L'argument de votre adultère avec Dolly Perkins est sans valeur. L'adultère du mari n'est pas une cause de divorce, à moins de pratiques anormales... anales, incestueuses, homosexuelles, ou avec un animal. S'ils invoquent l'excès de cruauté, leurs propres témoins devront déclarer que vous avez enfermé lady Blessington dans la cave parce qu'elle était folle furieuse, et que vous l'avez mise en sécurité pour aller chercher une aide médicale. Une action en divorce aboutira à la détention prétentive de lady Blessington sous tutelle judiciaire. Ne serait-ce le scandale, cette décision serait la bienvenue.

— Pas de scandale, s'il vous plaît, dit le général en souriant faiblement. Je m'en vais, Harker. Allez chercher les fiacres, et faites-les venir devant la porte. Assurez-vous que mon fiacre soit juste en face de la porte, et envoyez Mahoun pour qu'il m'aide à descendre les escaliers. »

Le notaire se leva et sortit de la pièce sans un mot.

Un instant après, le général Blessington se mit assis sur le canapé, posa les pieds sur le sol, et, les mains sur les genoux, parcourut la pièce des yeux en souriant et en faisant un signe de tête à chacun de nous. Puis ses joues se colorèrent soudain, son regard prit un éclat méchant que je trouvai étonnant chez un homme acceptant sa défaite.

« Voudriez-vous du thé avant de partir ? demanda Baxter. Ou quelque chose de plus fort ?

— Pas de boisson, merci, répondit le général. Et je vous prie de m'excuser, Mr Baxter, pour vous avoir fait perdre tellement de temps. Êtes-vous prêt, Grimes ?

— Oui, m'sieur, fit Grimes avec une promptitude laissant entendre qu'il avait servi dans l'armée.

— Occupez-vous de McCandless », dit le général.

Il sortit alors de sa poche un revolver, en libéra le cran de sécurité et le pointa sur Baxter.

« Asseyez-vous, s'il vous plaît, Mr McCandless », me dit Grimes d'une voix polie et amicale.

Je m'installai sur la chaise la plus proche, plus hypnotisé que terrifié par le petit trou noir au bout de l'arme que lui-même dirigeait sur moi. Je ne pouvais en détacher les yeux. J'entendis le général dire gaiement :

« Il n'y aura pas de tuerie, Mr Baxter, mais si vous ne restez pas où vous êtes je vous promets que je vais vous envoyer une balle dans l'aine. Êtes-vous prêt avec le chloroforme, Prickett ?

— Je... je... je... fais cela avec la plupluplus grande répugnance, sir Aubrey », dit le médecin.

Il était assis à côté de Grimes et je vis qu'il se levait à contrecœur tout en cherchant dans ses poches un flacon et un chiffon.

« Bien entendu, vous le faites avec répugnance, Prickett, dit le général avec chaleur, mais vous allez le faire parce que vous êtes un brave homme et un bon médecin et que j'ai confiance en vous. Maintenant, écoutez bien, Victoria. Vous chérissez Mr Baxter parce qu'il vous a sauvé la vie et vous a rendu quelques autres petits services. Venez vous asseoir à côté de moi et laissez Prickett vous endormir. Si vous résistez, je vais gravement immobiliser Baxter avec une balle avant de vous assommer avec la crosse de cette arme… ÉCARTEZ-VOUS DE LÀ, FEMME ! »

Je tournai les yeux, et je vis que Bella s'était interposée entre Baxter et Blessington et se dirigeait vers le général, la main droite tendue vers l'arme. Il se glissa de côté sur le canapé pour viser Baxter derrière elle, mais d'un bond léger elle se planta devant lui, saisit le canon et le baissa sur le sol. Le coup partit. Je pense que le général en fut saisi comme tout le monde, sauf Bella elle-même. Elle lui arracha facilement le revolver par le canon, et prit la crosse de la main gauche. Comme Baxter, elle était (et est toujours) ambidextre, donc garda ainsi l'arme et le pointa droit vers la tête du général.

« Stupide militaire ! dit-elle en frottant la paume de sa main droite (brûlée par la chaleur du canon) contre sa robe de mariée. Vous m'avez tiré sur le pied.

— Le jeu est terminé, général », dit Seymour Grimes.

Et, avec un haussement d'épaules d'excuse, il ferma le cran de sécurité de son revolver et le remit dans sa poche.

« Est-ce que le jeu est *vraiment* terminé, Grimes ? dit le général sans quitter des yeux le visage contracté de Bella. Non, Grimes, je ne pense pas que le jeu soit encore tout à fait terminé. »

Dans un effort, il se mit soudain debout, comme un soldat en parade, et la pointe du revolver tenu par Bella se trouva appuyé sur sa veste, à un doigt de l'emplacement du cœur.

« Tirez ! » fit-il en regardant froidement droit devant lui.

Un moment passa, puis, en souriant, il baissa des yeux bienveillants sur Bella, laquelle lui rendit son regard avec étonnement.

« Victoria, ma chère, dit-il d'une voix douce et suppliante. Appuyez sur la gâchette. C'est la dernière requête de votre mari. Obligez-moi, s'il vous plaît. »

Un autre moment passa, et son visage devint pourpre.

« TIREZ ! JE VOUS ORDONNE DE TIRER ! » cria-t-il.

Cet ordre sonna à mes oreilles comme un écho de Balaklava, Waterloo, Culloden et Blenheim jusqu'à Azincourt et Crécy. Je me rendis compte que le général Blessington voulait *vraiment* être abattu, qu'il l'avait voulu durant toute sa vie, et c'était pour cette raison qu'il avait été aussi souvent blessé. Ce commandement historique, cet appel passionné étaient si puissants que j'imaginai tous les hommes tués sous ses ordres surgissant de leur tombe pour tirer sur lui là où il se tenait. Bella lui obéit en partie. Elle tourna son torse en direction de la cheminée, et y tira les cinq balles restantes. Les détonations nous abasourdirent ; la fumée fit couler mes yeux et fit tousser les autres. Elle souffla sur le canon fumant en un geste que je reconnus par la suite lorsque nous allâmes voir le cirque de Buffalo Bill durant la Grande Exposition de Glasgow de 1891. Puis elle glissa le revolver dans la poche de la veste du général, et s'évanouit.

Plusieurs choses alors se succédèrent rapidement. Baxter se précipita, prit Bella dans ses bras, l'allongea sur le canapé, et ôta sa chaussure et son bas de son pied blessé. Entre-temps, j'étais allé prendre dans un placard une trousse médicale pour la lui apporter. Par chance la balle était allée se perdre dans le tapis, en perforant entre le radius et le cubitus le tégument du deuxième et troisième métacarpes sans même entailler un os. Pendant ce temps Mr Hattersley battait des mains en s'écriant : « Hé, c'est une sacrée gaillarde ! A-t-on jamais vu une telle bravoure ? Non, jamais ! C'est bien la fille de Blaydon Hattersley, oui, c'est certain ! »

La porte s'ouvrit et deux personnages étonnamment différents apparurent : Mrs Dinwiddie et un homme brun de haute taille avec un turban et un manteau le couvrant jusqu'aux pieds. Je supposai que c'était Mahoun, le valet du général.

« Dois-je appeler la police, Mr Baxter ? demanda notre gouvernante.

— Non, allez chercher de l'eau bouillante, s'il vous plaît, Mrs Dinwiddie, répondit Baxter. Un de nos visiteurs vient de rater une expérience, mais il n'y a pas grand dommage. »

Mrs Dinwiddie sortit. Le général était toujours debout, en tordant sinistrement un bout de grosse moustache.

« Il est temps de partir, monsieur ? suggéra délicatement Seymour Grimes.

— Oh, *s'il vous plaît, s'il vous plaît*, allons-nous-en », supplia le Dr Prickett.

Je crois que si le général Blessington était aussitôt parti, il aurait encore vécu plusieurs années, aurait été honoré par des obsèques nationales et un monument funéraire public. Je pense que ce qui le retint auprès de nous fut son désarroi de n'être ni vainqueur ni complètement vaincu. Bella, quoique non chloroformée, était inconsciente, et Baxter et moi étions agenouillés auprès d'elle en tournant le dos à sir Aubrey comme s'il n'existait pas. Le revolver était dans sa poche, il aurait facilement pu nous assommer avec la crosse et emporter Bella, avec l'aide de Mahoun, jusqu'au fiacre qui attendait devant la porte. Mais ç'aurait été l'action d'un lâche, et le général n'était pas un lâche. Peut-être s'attardait-il pour méditer une phrase cinglante et élégante qui ramènerait l'attention sur lui, car il n'avait pas l'habitude d'être ignoré. En attendant, nous donnions de la morphine à Bella, mettions de l'iode sur sa blessure et l'entourions de gaze. Soudain elle ouvrit les yeux, regarda le général et lui dit pensivement :

« Je me souviens de vous, maintenant. Vous alliez dans la chambre du cachot, à l'hôtel Notre-Dame, à Paris. Vous étiez l'homme au masque... Monsieur Spankybot. »

Puis, au milieu d'éclats de rire, elle s'écria :

« Le général sir Aubrey de la Pole Spankybot, croix de Victoria, comme c'est drôle ! Beaucoup de clients de bordel sont des juteurs rapides mais vous étiez le plus rapide de tous ! Les choses que vous exigiez des filles pour vous empêcher de jouir en une demi-minute feraient rire un croquemort, ah ah ah ah ! Aussi, elles vous aimaient bien. Le général Spankybot payait bien et ne faisait pas de mal... vous n'avez donné la vérole à aucune d'entre nous. Je pense que la chose la plus dégoûtante que vous ayez faite (à part les tueries que vous avez provoquées et la façon dont vous traitez vos domestiques) est ce que Prickett a appelé la *pupureté de notre lit mamatrimonial.* Foutez le camp, pauvre idiot maboule tordu dégoûtant vieux fouteur, ah ah ah ah ah ! Foutez le camp ! »

Je fus époustouflé. Je pensais que ce mot pour l'amour physique était prohibé en Angleterre sous toutes ses formes — nom, verbe, adjectif. Je l'avais entendu dans ma jeunesse prononcé par les saisonniers des fermes de Whauphill, mais ma mère et Scraffles m'auraient assommé s'ils l'avaient entendu de mes lèvres. Pourtant il nous fit sourire, Baxter et moi, comme une formule magique résolvant tous nos problèmes. Le visage du général devint si pâle que sa barbe et sa moustache grises en parurent noires par contraste. Les yeux mi-clos, la bouche ouverte, il tituba, se cogna à Prickett, rebondit et alla contre Grimes, qui l'arrêta, puis, soutenu par tous deux, fut mené sur ses jambes tremblantes jusqu'à la porte que Mahoun tenait poliment ouverte. Mr Hattersley les suivit avec des mouvements de somnambule, mais, avant que Mahoun ne refermât la porte derrière lui, il se retourna et dit d'une voix gémissante et psalmodiante :

« Cette femme n'est pas la fille de Blaydon Hattersley. »

Et ils s'en allèrent tous.

« Bien, fit un instant après Baxter, en ayant trouvé satisfaisants le pouls et la température de Bella. Je pense que le général sera d'accord pour une séparation légale sans le scandale d'un divorce. Bien sûr, cela signifie que Bella et vous ne pouvez vous marier, mais un divorce nuirait beaucoup à la carrière d'une femme médecin débutant en Écosse. Une entente discrète et privée sera la meilleure chose pour Bella et vous jusqu'à ce que le général Blessington meure de mort naturelle. »

Mais, deux jours plus tard, les journaux annoncèrent que le général Blessington avait été trouvé mort sur le sol de la salle d'armes de sa maison de campagne des Loamshire Downs. La position du revolver dans sa main et l'angle de la balle à travers son cerveau écartaient l'hypothèse d'un accident. Le coroner disait que sir Aubrey était mort « dans un moment de déséquilibre mental », donc il y eut un service funèbre à l'Église anglicane, mais non des obsèques nationales. La nécrologie dans le *Times* de Londres disait que c'était peut-être une déception politique qui l'avait fait choisir une « fin romaine », et laissait entendre qu'il fallait en blâmer Gladstone.

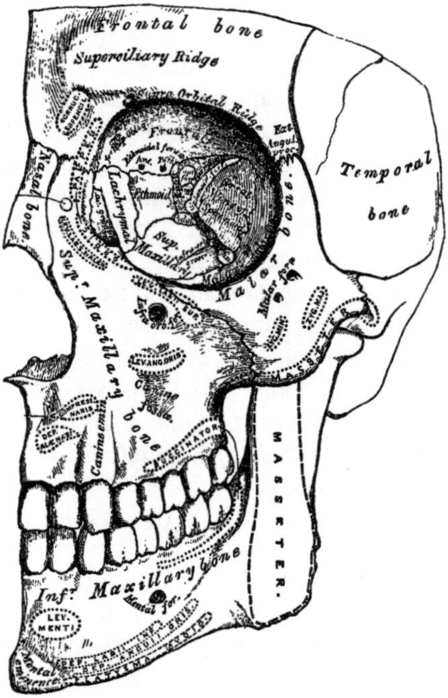

24
Adieu

Elle m'a épousé, lecteur, et je n'ai pas grand-chose de plus à dire. Notre famille prospère joyeusement. Notre travail public est utile et apprécié comme tel. Le Dr Archibald McCandless est président de la Société de Progrès civique de Glasgow ; le Dr Bella McCandless — du fait de sa nomination à la direction de la maternité Godwin Baxter, de ses pamphlets fabiens et de son action en faveur du vote des femmes — a été invitée à s'exprimer en tribune dans presque toutes les capitales européennes, tandis que son vieil ami le Dr Hooker lui organise régulièrement une tournée de conférences en Amérique. Quand mes amis du Club des Arts de Glasgow me taquinent au sujet de la plus grande célébrité de ma femme, j'ai une réponse toute prête : « Une célébrité suffit dans la famille McCandless. » Je crois que nos fils trouvent qu'un père flegmatique est un contrepoids bienvenu à une mère brillante et peu conventionnelle. Elle est la voile enflée, le gréement en bon ordre et le pont actif au soleil de notre yacht matrimonial ; je suis la coque basse, avec la quille et le ballast invisibles. Cette métaphore me satisfait grandement.

C'est le cœur lourd que je vais maintenant évoquer les derniers jours de celui que je considérerai toujours comme le plus sage et le meilleur des hommes.

Le lendemain de la défaite du général Blessington, la santé de Baxter se détériora d'une façon qu'il cacha soigneusement, même à ses amis les plus proches. Il nous appela à son chevet, nous expliqua qu'il avait besoin d'un repos de quelques semaines, et nous demanda de placer sur un banc près de son lit le matériel nécessaire à sa nourriture. Le bonheur nous rendait égoïstes, Bella et moi, car nos repas nous semblèrent meilleurs sans l'étrange odeur qui provenait de son bout de table et de ses recours soudains et déconcertants à la cornue de distillation. Une semaine plus tard, nous allâmes à l'étranger pour notre lune de miel. Quand nous fûmes de retour, Bella reprit sa formation d'infirmière à l'hôpital de Duke Street, et moi mes fonctions de médecin à l'Hôpital royal, car les carrières auxquelles nous visions étaient encore hors de notre portée. Chaque soir, avant de nous retirer, nous passions une heure ou davantage au chevet de Baxter ; je jouais avec lui aux échecs ou aux dames, tandis que Bella parlait de son travail, qui parfois la mettait en rage. Miss Nightingale avait organisé le service d'infirmières britanniques comme l'armée pour laquelle il avait d'abord été créé. Les médecins correspondaient aux officiers supérieurs, les intendantes et les sœurs aux sergents-majors, les infirmières aux simples soldats. Les inférieurs s'adressaient rarement aux supérieurs si on ne le leur ordonnait pas, et ainsi une grande partie de leur intelligence restait *délibérément* inemployée. Je voyais la sagesse de cette attitude, mais m'abstenais sagement d'en parler, car Bella ne la voyait pas. Baxter lui disait : « Ne t'oppose pas aux institutions avant d'avoir vu tout leur travail et de l'avoir compris. En attendant, utilise ta libre intelligence pour concevoir de meilleures voies pour faire les choses. »

Il lui faisait également remarquer les défauts de ses conceptions, non pour l'empêcher de chercher de meilleures voies, mais pour l'aider à les rendre praticables. La maternité Godwin Baxter est organisée suivant des voies dont ils discutèrent durant le printemps 1884. Nous trouvions dès lors naturel que Baxter restât au lit. Il avait gardé le secret sur les mystères de son métabolisme, donc nous étions impuissants à lui donner des conseils.

Un matin, j'allais partir au travail lorsque Mrs Dinwiddie me remit de sa part ce message :

Cher Archie, s'il vous plaît persuadez quelqu'un de vous remplacer aujourd'hui, et revenez me voir dès que possible. J'aimerais avoir avec vous un entretien privé. Il ne faudra mettre au courant Bella que plus tard. Prenez cette peine, je ne vous en donnerai pas d'autre.

Sincèrement, G.

Son écriture tremblante et hachée m'inquiéta ; et également l'emploi de mon prénom. Je ne me souvenais pas qu'il l'eût déjà employé. Je revins en hâte à midi et trouvai Mrs Dinwiddie dans le vestibule. Elle paraissait avoir pleuré, et déclara : « Je viens d'aider Mr Godwin à se lever et à aller dans l'ancien bureau de sir Colin. Il a terriblement besoin de vous, Dr McCandless. Allez-y vite. » Je me précipitai.

En entrant dans la pièce, j'entendis un mélange de coups sourds, de vibrations et de vrombissements dans lequel je reconnus le rythme d'un battement de cœur monstrueusement amplifié. Il provenait de Baxter qui, assis à la table, en agrippait le bord si fort que la terrible vibration brouillant les contours de son visage ne se communiquait pas aux bras.

« Vite ! Allez-y ! Injectez ! » lança-t-il d'une voix troublée, en se tordant la tête pour me faire signe.

Je vis une seringue hypodermique pleine sur une assiette en face de lui, et aussi que sa manche de chemise était roulée sur son avant-bras. Je m'emparai de la seringue, pinçai sa peau entre mon pouce et mon index, et lui fis une injection sous-cutanée. Peu après, la vibration cessa et le bruit épouvantable se calma. Il soupira, s'épongea le visage avec un mouchoir, sourit et dit :

« Merci, McCandless. Je suis content que vous soyez venu. Je suis en train de mourir. »

Je m'assis et ne contins pas mes pleurs, car je ne pouvais faire semblant de ne pas avoir compris. Il sourit de plus belle et me tapota l'épaule en disant :

« Merci encore, McCandless, ces larmes me consolent. Elles signifient que j'ai été bon avec vous.

— Ne pouvez-vous pas vivre plus longtemps ?

— Pas sans douleur ni indignité. Sir Colin m'a appris dès mon plus jeune âge que ma vie dépendait de ma capacité à rester d'humeur égale... les sentiments violents risquaient d'accentuer mortellement l'incompatibilité de mes organes. Lorsque Bella m'a dit qu'elle s'était fiancée avec vous, le choc a endommagé ma respiration. Le soir où elle est revenue de Paris, elle m'a posé une question effrayante dont mon système nerveux ne s'est jamais remis. Six semaines après, le notaire de Blessington a provoqué en moi une colère qui a causé un tort irréparable à mon tube digestif. Peut-être n'avez-vous pas remarqué de grand changement dans ma corpulence, mais je me meurs d'inanition, et seuls les subterfuges de l'opium et de la cocaïne m'ont permis de profiter de vos visites du soir avec une aisance apparente. J'avais espéré voir finir avril avec vous, mais lorsque vous m'avez quitté hier soir je savais qu'il ne me restait plus de temps. C'est de la faiblesse de ma part de vouloir de la compagnie durant mes dernières minutes mais... je suis faible !

— Je dois faire venir Bella ! m'écriai-je en me levant d'un bond.

— Non, Archie ! J'aime trop Bella. Si elle me supplie de vivre plus longtemps, je ne pourrai pas refuser, et son dernier souvenir de moi sera celui d'un idiot paralytique, dégoûtant et sans contrôle. Je veux quitter la vie en pouvant dire au revoir avec dignité. Partageons un *deoch an doruis*, buvons ensemble un verre du porto de mon père. Je crois me souvenir avoir enfermé il y a deux ans un flacon que vous n'aviez qu'à moitié vidé. Le vin est censé se bonifier avec le temps. Voici la clef. Vous connaissez le placard. »

Il y avait dans son discours une pointe de cordialité qui me fit presque sourire ; toutefois, je tremblai en sortant le vieux flacon et deux délicats verres à pied. J'essuyai avec mon mouchoir la poussière des verres, les emplis à moitié et nous trinquâmes. Il renifla le sien avec curiosité puis déclara :

« Mon testament laisse tout à Bella et vous. Ayez des enfants, et apprenez-leur par l'exemple à bien se conduire et à travailler honnêtement. Ne soyez jamais brutal avec eux, ne les sermonnez jamais. Assurez-vous que Mrs Dinwiddie et les autres domestiques finissent confortablement leurs jours ici, et soyez gentil avec mes chiens. Finalement — (il vida son verre d'un trait) — finalement, c'est donc cela le goût du vin. »

Il posa son verre, saisit ses genoux gigantesques de ses poignes gigantesques, rejeta la tête en arrière et se mit à rire. Je ne l'avais encore jamais entendu rire. Ce fut un bruit qui commença faiblement, s'enfla et devint énorme, tellement énorme que j'aplatis mes mains contre mes oreilles, tandis que s'enflaient également les coups sourds de ses battements de cœur jusqu'à ce que tout cessât soudain dans un claquement sec. Silence complet. Il ne s'effondra ni en avant ni en arrière, mais, toujours assis, devint parfaitement rigide.

Le moment d'après, je m'approchai et, en me retenant de toutes mes forces de scruter l'énorme cavité bordée de dents qui bâillait si horriblement au plafond, je découvris que son cou s'était rompu et que la *rigor mortis* avait aussitôt suivi. Plutôt que de lui briser les articulations pour l'allonger, je commandai un cercueil cubique d'un mètre cinquante de côté avec, à l'intérieur, une banquette où il fut placé assis. Il est resté assis comme cela jusqu'à aujourd'hui, sous la plaque du mausolée que sir Colin avait acquis dans la nécropole dominant la cathédrale de l'Hôpital royal de Glasgow. En temps voulu, ma femme (qui a été bouleversée par sa mort) et moi-même l'y rejoindrons, et nos enfants et nos petits-enfants en feront autant ; il y aura de la place pour eux s'ils se font incinérer.

Ce récit de nos combats de jeunesse est dédié à ma femme, quoique je n'ose pas le lui montrer car il raconte des choses que ni elle ni la science médicale n'osent encore croire. Il se peut que dans quelque temps on fasse la découverte que sir Colin Baxter n'a communiquée qu'à son fils, et qui prouvera la vérité des faits que je viens de relater.

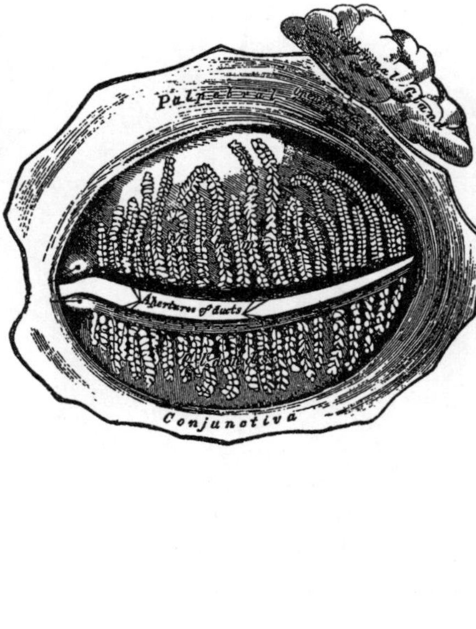

ADIEU

S'il vous plaît souvenez-vous parfois de moi.

Une lettre
du docteur Victoria McCandless
à son descendant aîné
survivant en 1974
corrigeant ce qu'elle affirme être des erreurs
dans les

ÉPISODES DE LA JEUNESSE D'UN OFFICIER DE SANTÉ PUBLIQUE ÉCOSSAIS

par feu son mari
le docteur Archibald McCandless

1857-1911

Cher petit ou arrière-petit-fils,

En 1974, mes trois robustes et bourgeonnants garçons seront morts ou séniles, et tous les autres membres survivants de la dynastie McCandless auront deux grands-pères ou quatre arrière-grands-pères, et riront facilement des divagations de l'un d'eux. Je ne peux pas rire de ce livre. Il me fait froid dans le dos et je remercie le sort que feu mon mari n'en ait fait imprimer et relier que cet unique exemplaire. J'ai brûlé tous les feuillets du manuscrit original que j'ai pu trouver, et j'aurais également brûlé ceci, comme il m'y invite dans sa dédicace en page de garde ; mais, hélas ! c'est aussi la seule preuve que ce pauvre idiot a existé. Et puis il a payé une petite fortune pour le faire fabriquer — assez pour nourrir, vêtir et éduquer douze orphelins durant une année. Les illustrations ont dû doubler le coût de l'impression. Mon portrait a été copié d'un journal illustré de 1896, et me paraît présenter une bonne ressemblance. Si on ignore le chapeau à la Gainsborough et le surnom prétentieux, on découvrira que je suis une femme simple et sensée, et non la Lucrèce Borgia naïve, la Belle Dame Sans Merci que décrit le texte. Donc je livre cet ouvrage à la postérité. Je me moque de ce qu'en pensera la postérité, tant que personne de vivant en ce moment ne fait le rapport avec MOI.

En relisant ce premier paragraphe, je m'aperçois qu'il laisse entendre que mon second mari était aussi répugnant que le premier. Ce n'est pas vrai. J'ai épousé Archibald McCandless parce qu'il était commode, et, les années passant, j'en suis venue à l'aimer et à compter sur lui. Il n'était guère utile à d'autres. Il a intitulé son livre « Épisodes de la jeunesse d'un officier de santé publique écossais » — il a été officier de santé municipal à Glasgow durant exactement onze mois, et a démissionné de cette fonc-

tion dès qu'il est devenu président de la Société de Progrès civique. Cela l'obligeait à présider certaines réunions, mais il avait la plus grande partie de la semaine à lui. Ce temps libre n'était pas entièrement perdu. Il aidait Mrs Dinwiddie (ma fidèle gouvernante) à s'occuper de nos jeunes enfants, il les emmenait en promenade, leur racontait des histoires, traînait à quatre pattes avec eux sur le parquet, les aidait à bâtir des villes imaginaires avec des cubes et des cartes, leur dessinait les cartes et inventait l'histoire de continents imaginaires. Ces jeux et ces contes leur fournissaient une grande variété d'idées et d'informations. Son esprit scientifique faisait en sorte que ses monstres les plus étranges obéissent parfaitement aux lois de l'évolution darwinienne ; ses machines les plus bizarres ne contredisaient jamais celles de la thermodynamique. L'éducation qu'il leur donnait était très semblable dans son ludisme à celle que m'avait donnée Godwin Baxter, et utilisait souvent les mêmes jouets, les mêmes livres et les mêmes instruments. Nous entretenions toujours une petite ménagerie au fond du jardin, quoique le dernier des chiens de Godwin mourût cinq ans après lui.

Il y a un vieux proverbe écossais : « Les enfants du cordonnier sont les plus mal chaussés. » Et c'est un fait que moi qui me faisais l'avocat intrépide de la chaleur du foyer et de l'enseignement ludique, j'étais retenue à l'extérieur la plus grande partie de la semaine par mon travail en clinique, tandis que mes autres responsabilités m'emmenaient loin de Glasgow une partie de l'année. C'était mon mari qui mettait en pratique mes principes. Je craignais parfois qu'il ne rendît trop agréable leur petite enfance à nos garçons, et que leur vie adulte (comme celles de mon premier mari, de Bismarck, de Napoléon, et de criminels plus ordinaires) ne devînt la réalisation de rêves néfastes de l'enfance. J'avais tort. Lorsqu'ils rejoignirent la société des autres garçons au collège de Glasgow (fondé au XII*e siècle), ils eurent honte de leur père oisif et rêveur et imitèrent leur mère pratique et active dans le monde. L'aîné, Baxter McCandless, est notre mathématicien. Il a obtenu sa licence l'année dernière et travaille maintenant à Londres, au Département des statistiques impériales. Godwin, notre ingénieur, se partage tellement entre Gilmorehill et l'Institut andersonien que je ne sais jamais où il étudie. Il dit que les moteurs à vapeur et à essence sont de dangereux anachronismes, et que nous devons nous préparer à tirer de l'énergie élec-*

trique des lochs et des chutes d'eau des Highlands tout en abandonnant progressivement les mines de charbon et les puits de pétrole dont les rejets empoisonnent l'air et attaquent les poumons. Le plus jeune, Archibald, est dans sa dernière année de lycée et a deux obsessions. L'une est de peindre des paysages criards à l'aquarelle, l'autre est de commander l'École supérieure de préparation militaire de Glasgow. Bien entendu, je déteste la préparation militaire. Le spectacle de jeunes gens marchant au pas avec les mouvements raides de pantins mécaniques sous les hurlements d'un sergent me dégoûte encore plus que le spectacle de girls de music-hall levant la jambe en cadence. Cependant, je reconnais que l'amour du jeune Archie pour l'uniforme compense son individualisme bohème. Quand ces deux aspects de sa personnalité se seront enfin harmonisés, lui aussi pourra devenir un bon fonctionnaire — peut-être le meilleur de tous.

En écrivant sur mes garçons, j'ai oublié leur père : chose facile à la fin de sa vie. Il passait de plus en plus de temps dans son bureau, à rédiger des livres qu'il faisait publier à compte d'auteur, car aucun éditeur ne se serait chargé des frais d'impression. Tous les deux ans, je trouvais près de mon couvert de petit déjeuner un nouveau volume relié de bleu noir, avec un signet glissé dans la page de garde où était toujours inscrite la même dédicace : À CELLE QUI A RENDU MA VIE DIGNE D'ÊTRE VÉCUE. Je le feuilletais en essayant de manifester un intérêt que je ne pouvais vraiment pas éprouver, et il scrutait mon visage avec une mine exaspérante d'espoir timide et de résignation ironique : mine qui me donnait envie jusqu'au fond de l'âme de le secouer par les épaules et de le pousser à une activité utile. Il aurait été un généraliste convenable s'il n'avait pas employé l'argent de Baxter à se payer une oisiveté qu'il confondait avec la liberté. Ayant accompli l'ambition de sa mère en s'intégrant dans les classes moyennes, il n'avait aucun désir de les réformer de l'intérieur, aucun désir d'aider les classes laborieuses à nous réformer (et eux avec) de l'extérieur. Mais l'exemple est la meilleure réprimande que je connaisse. Je posais le livre, me levais de table, allais gentiment l'embrasser, le remerciais et partais travailler à la clinique.

En 1908, nous découvrîmes qu'il avait une sclérose en plaques (il la diagnostiqua lui-même), de sorte qu'il me devint facile d'être gentille. Il s'installa dans la maladie ; il plaça son lit dans son bureau, commanda une table spéciale qui lui permettait d'écrire couché. Il aurait pu aisément vivre plus longtemps s'il avait fait un peu d'exercice, mais il en avait conscience et je ne le brusquais pas. Je lui donnais encore quelques joies conjugales en venant auprès de lui tous les soirs, pour bavarder, prendre un léger souper, jouer aux dames, avant de me retirer. Nos conversations évoquaient de plus en plus les jours anciens avec Godwin Baxter. Je m'aperçus également qu'il avait commencé un nouveau livre.

« Veux-tu savoir de quoi il s'agit ? » me demanda-t-il un soir avec une sorte de vivacité malicieuse qu'il attribuait visiblement, lui, à l'inspiration créatrice et que moi j'attribuais à une douce fièvre causée par la maladie.

« Dis-le-moi si tu veux, répondis-je en souriant.

— Ah, mais cette fois-ci je ne veux pas. Je veux que tu le lises avec surprise après ma mort. Promets-moi de le lire entièrement au moins une fois. Promets-moi de ne pas m'enterrer avec. »

Je le promis.

Le volume relié arriva enfin de l'imprimerie et lui procura du plaisir durant des semaines. Il le glissait sous son oreiller avant de s'endormir. Quand la bonne changeait ses draps, il s'étendait sur le canapé, tournait les pages en tous sens, et gloussait en les relisant. Puis la faiblesse le gagna, et il fut surtout envahi par une impatience amère ; vers la fin, il ne voulait rien d'autre que la pression de ma main sur son front ; il geignait quand je la retirais. Je restais auprès de lui quoique j'eusse pu faire davantage de bien à d'autres chevets. Peu importe. Il se peut que je veuille de la compagnie lorsque ma propre fin approchera, donc je suis contente de ne pas lui avoir refusé la mienne.

J'ai lu ce livre il y a trois ans peu après les obsèques et il m'a rendue malheureuse durant deux semaines. Il me rend encore malheureuse quand je m'en souviens. Si je veux expliquer pourquoi, il me faut raconter, le plus simplement possible, ma propre histoire de ma vie.

Le premier logement dont je me souvienne se composait de deux petites pièces et d'une cuisine où nous vivions à cinq, parfois à six lorsque notre père était avec nous. Notre seul point d'eau était un robinet collectif dans la cour. Papa aurait pu s'offrir une maison avec une meilleure installation sanitaire. Il était contremaître (ou chef de travaux, comme on dit de nos jours) dans une fonderie voisine de Manchester, et économiser de l'argent était sa préoccupa-

tion majeure. Il donnait rarement à ma mère assez d'argent pour une nourriture convenable.

« Je ne peux nous donner un début convenable dans la vie avant de contrôler un bon brevet, nous disait-il, et cela nécessite tout l'argent que je peux gagner. »

Il traitait sa femme et ses enfants comme ses ouvriers : comme des ennemis potentiels qu'on devait maintenir dans la pauvreté par la violence ou par la menace. Il estimait que toute remarque qui ne le flattait pas ouvertement était une rébellion. Un jour, à l'âge de cinq ans, je l'ai observé en train d'ajuster sa cravate vert sombre et son gilet à revers de velours vert devant le miroir de notre cuisine humide ; car s'il ne se souciait pas de notre tenue, il dépensait de l'argent pour la sienne, et, d'une grossière façon, c'était une sorte de dandy. Frappée par le contraste entre la couleur de ses vêtements et son visage rouge sombre, je dis : « Tu ressembles à un coquelicot, papa. »

Je ne me souviens plus de rien avant de m'éveiller au lit. Il m'avait jetée à terre d'un coup de poing, ma tête avait heurté les carreaux en brique du sol, j'avais saigné et perdu connaissance durant plusieurs heures. Je doute que ma mère ait osé appeler un médecin. J'ai encore sous les cheveux, au-dessus de l'oreille gauche, une cicatrice irrégulière de trois pouces. Il s'ensuit un élargissement anormal de la suture squameuse, mais sinon cette période d'inconscience n'a jamais affecté ma mémoire. C'est cette trace que mon dernier mari décrit comme « mystérieusement régulière » et « courant sur tout le crâne sous les cheveux ».

De ma mère, je n'ai que ceci à dire : elle ne pensait pas à elle, elle travaillait dur, et m'a appris combien ces vertus étaient inutiles lorsqu'elles n'étaient pas accompagnées de courage et d'intelligence. Elle se sentait vraiment coupable lorsqu'elle ne lavait pas, ne reprisait pas des vêtements, ne frottait pas le sol, ne battait pas les tapis ou ne faisait pas des litres de soupe avec des bas-morceaux qu'un boucher n'aurait pas vendus comme nourriture pour chats. Je ne sais pas si elle savait lire, mais si elle me voyait avec un livre elle me l'arrachait des mains en me disant : « Les filles ne doivent pas chercher des prétextes pour être paresseuses. » Je me souviens très nettement des tristes moments où elle lavait nos corps et nos vêtements à l'eau froide durant l'hiver, quand nous n'avions pas de charbon pour la chauffer et guère de savon. Ma vie et celle de maman étaient surtout une lutte pour garder propres la maison et la famille, mais je ne me suis jamais sentie propre avant la mort de mes frères et avant que mon père (comme si ces morts étaient ce qu'il avait attendu) ne nous installât dans une maison de deux étages entourée d'un jardin, en disant : « À présent, je peux m'offrir ça. »

Je pense qu'il se l'était offerte depuis au moins un an. Elle était richement meublée, avec dix ou douze domestiques qui recevaient des ordres d'une belle dame aux cheveux jaunes et à la robe plus éclatante que celles que j'ai vues par la suite portées par les autres gouvernantes. Elle était gentille avec nous.

« Voici votre salon privé », nous dit-elle en nous introduisant dans une pièce avec du papier mural et des rideaux à gros dessins, une épaisse moquette, des meubles lourds et capitonnés, le plus grand feu que j'eusse jamais vu et un seau à charbon en cuivre reluisant près de la cheminée.

« Voici des biscuits, du gâteau, du sherry, du porto et des liqueurs, continua-t-elle en ouvrant un énorme placard, et une bouteille d'eau de Seltz qu'un factotum va recharger à l'extérieur. Si vous désirez quelque chose, tirez deux fois sur ce cordon de sonnette et une femme de chambre viendra prendre vos ordres. Voulez-vous quelque chose maintenant ? Dois-je faire monter du thé ? »

« Que veut-il, LUI *? » chuchota maman en faisant un signe de tête en direction de papa qui fumait un cigare devant la cheminée.*

« Blaydon, votre femme désire savoir si vous voulez du thé, dit la dame, et nous nous rendîmes compte qu'elle ne craignait pas mon père.

— Pas maintenant, Mabel, répondit-il en bâillant. Servez-moi un cognac. Servez du sherry à Mrs Hattersley et à la jeune Vicky, et puis descendez. J'irai vous voir dans dix minutes. Pour l'amour du ciel, maman, asseyez-vous et cessez de vous tordre les mains. »

Maman obéit et, lorsque la gouvernante fut sortie, sirota avec gêne son sherry et demanda :

« Vous l'avez donc obtenu ?

— Obtenu quoi ?

— Votre brevet.

— J'ai obtenu mon brevet et beaucoup plus, sapristi ! fit papa en ricanant. J'ai obtenu beaucoup de votre frère.

— Mon frère Elie ?

— Votre frère Noé.

— Je vais donc le voir ?

— Non, personne ne voit Noé désormais, dit papa en ricanant de plus belle. Il ne reste plus grand-chose de lui à voir. Écoutez ce petit conseil, maman. Ne recevez pas de visite avant de savoir vous comporter comme une lady. Demandez à Mabel de vous apprendre à vous tenir, à marcher, à vous asseoir, à vous habiller. Et à parler, bien entendu. Elle en sait un brin. Elle m'a appris quelques nouveaux trucs. Maintenant, je vous laisse. Vous avez dû attendre longtemps pour tout ceci, mais c'est du solide. Vous pouvez vous y fier. »

Il termina son cognac et s'en alla.

Deux semaines plus tard, je le croisai dans les escaliers et lui dit :

« Papa, maman se saoule chaque jour. Elle n'a rien d'autre à faire.

— Ma foi, si elle veut se tuer de cette façon, je n'ai rien à objecter, tant qu'elle le fait tranquillement dans son salon. Qu'attends-tu de moi ?

— Je veux lire des livres et apprendre des choses.

— Des choses que Mabel ne peut pas t'apprendre ?

— Oui.

— Très bien. »

Une semaine plus tard, j'allais dans un couvent de Lausanne.

Je ne vais pas décrire en détail mon éducation à l'étranger. Maman m'avait appris à devenir l'esclave domestique d'un ouvrier ; les sœurs m'apprirent à être le jouet domestique d'un homme riche. Quand je rentrai à la maison, maman était morte et je savais parler français, danser, jouer du piano, avoir les gestes d'une lady et discuter des événements tels que les rapportent les journaux conservateurs, car les sœurs pensaient que les maris préféraient des femmes sachant ce qui se passait dans le monde. Le général sir Aubrey de la Pole Blessington était indifférent à ce que je savais mais valsait magnifiquement malgré ses blessures. L'uniforme l'avantageait sans aucun doute. J'étais grande, mais il était plus grand et les autres danseurs s'arrêtaient pour nous regarder. Je l'aimais pour plusieurs raisons. On attendait des filles de mon âge qu'elles eussent un mari, un foyer, des bébés. Il était riche, célèbre, et encore bel homme. Et puis je voulais échapper à mon père, lequel m'avait indiqué cette échappatoire. Je me sentis vraiment heureuse le jour de mon mariage. Le soir même, je compris pourquoi « Tonnerre » Blessington était appelé « le Pôle arctique » par ses amis officiers, mais je pensai que c'était de ma faute. Six mois plus tard, j'avais ma troisième grossesse nerveuse et je demandais une clitoridectomie. Le Dr Prickett me dit qu'un habile chirurgien écossais se trouvait à Londres et pouvait « s'occuper de l'affaire ». Donc, un après-midi, je reçus la visite du seul homme que j'aie authentiquement aimé, Godwin Baxter.

Pourquoi donc mon second mari décrit-il Godwin comme un monstre dont l'aspect faisait hurler les bébés, s'enfuir les nourrices et ruer les chevaux ? God était un homme corpulent à la mine triste, mais tellement alerte, prudent et RÉSERVÉ *dans tous ses mouvements que les animaux, les petites gens, les gens humiliés et solitaires, toutes les femmes (je le répète et j'insiste),* TOUTES LES FEMMES AU PREMIER REGARD *se sentaient en paix et en sécurité avec lui. Il me demanda pourquoi je désirais l'opération que le Dr Prickett projetait. Je lui répondis en lui parlant de mon enfance, de mon éducation, de mon mariage. Après un long silence, il dit gentiment :*

« Ma chère amie, des hommes égoïstes, rapaces et stupides vous ont maltraitée durant toute votre vie. Mais ils ne sont pas à blâmer. Le Dr Prickett croit sincèrement que l'opération que le général désire vous voir subir vous aidera. Je ne peux pas le croire. Je ne veux rien avoir à faire avec cela. Je vais répéter à Prickett ce que je viens de vous dire. Il n'acceptera pas mon opinion, mais vous avez le droit de savoir ce qu'elle est. »

Je pleurai de chagrin et de gratitude, en sachant qu'il disait la vérité. J'avais toujours senti que ç'était la vérité, mais ne pouvais le savoir avant de l'avoir entendu prononcer. Je m'écriai :

« Ils vont me rendre folle si je reste ici. Où puis-je aller ?

— Si vous n'avez pas d'ami pour vous recueillir, si vous n'avez pas d'argent ni aucune expérience pour en gagner, répondit-il, ce serait un suicide de quitter votre mari. Je suis navré. Je ne peux pas vous aider. »

Sa gentillesse me donna une inspiration. Je me précipitai vers lui, me mis à genoux, à ses pieds, et levai mes mains jointes au niveau de son visage.

« Si jamais, un soir, implorai-je, dans plusieurs semaines, plusieurs mois, ou plusieurs années, une femme désespérée, sans amis, sans foyer, se présentait chez vous en Écosse et vous sup-

pliait de l'héberger — une femme que vous aviez autrefois traitée avec gentillesse —, pourriez-vous la jeter dehors ?

— Je ne le pourrais pas, dit-il en soupirant et en regardant le plafond.

— C'est tout ce que j'ai besoin de savoir, dis-je en me relevant, à part votre adresse que je pense pouvoir trouver dans un annuaire médical anglais.

— Oui, murmura-t-il en se levant également, mais, si possible, laissez-moi tranquille, lady Blessington.

— Au revoir », fis-je alors en lui serrant la main d'un air entendu.

A-t-on jamais fait la cour de cette manière à un chirurgien ? A-t-on jamais gagné de cette façon le cœur d'un chirurgien ?

Le plus tard possible fut deux mois après, et je n'étais pas enceinte, je n'avais jamais songé à me jeter d'un pont, lorsque j'arrivai à Glasgow et pris un fiacre pour Park Circus et la maison des gros chiens. Je venais d'apprendre que le mari qui refusait de me faire un enfant allait en avoir un d'une bonne de dix ans plus jeune que moi. Baxter me reçut sans poser de questions. Il me conduisit dans la pièce où se tenait Mrs Dinwiddie (elle devait alors avoir quarante-cinq ans, car il en avait trente) et lui dit :

« Mère, cette dame a été maltraitée. Elle vient se reposer chez nous et restera ici jusqu'à ce qu'elle puisse avoir un foyer à elle. Traitez-la comme ma sœur. »

Oui, le 18 Park Circus a une chose en commun avec le 49 Porchester Terrace. Un maître y a eu un fils d'une bonne : une bonne qu'il n'a pas épousée. Mais Godwin aimait et reconnaissait sa mère, quoiqu'elle ne portât pas le nom de son père. Il invitait les visiteurs qu'il appréciait le plus à prendre le thé avec « ma mère... Mrs Dinwiddie ». Prendre le thé avec elle n'était pas une pesante formalité. C'était une femme à l'esprit vif, avec un grand sens de l'humour ; elle pouvait tenir son rôle dans n'importe quelle conversation.

« Qu'allez-vous inventer maintenant, sir William ? » demanda-t-elle un jour au savant qui avait été anobli pour avoir mis en place le câble télégraphique transatlantique. « Et cela réparera-t-il les dégâts causés par votre précédente trouvaille ? » — car elle feignait de croire que les guerres et le climat avaient empiré depuis le développement du télégraphe. Ma mère avait fait de moi une native de Manchester. Les sœurs avaient fait de moi une Fran-

çaise. L'amitié et la conversation de Mrs Dinwiddie me donnèrent le ton et les façons d'une Écossaise directe et sans préjugés. Les collègues qui ignorent tout de ma jeunesse m'amusent encore parfois en me disant à quel point je suis ÉCOSSAISE.

God pouvait être franc au sujet de sa mère naturelle parce que c'était un rentier célibataire. Il ne pouvait être franc au sujet de l'hébergement de l'épouse en fuite d'un baronnet anglais, d'un grand général britannique. Pour nous épargner les questions importunes, il inventa un couple de cousins d'Amérique du Sud, leur mort dans un accident de train et leur fille amnésique Bella Baxter, qui était moi. C'était une bonne excuse pour m'apprendre les choses importantes qu'on ne m'avait jamais apprises, mais il ne me fit pas oublier les choses que je savais déjà.

« N'oubliez rien, dit-il, vos pires expériences à Manchester, à Lausanne et à Porchester Terrace vous élargiront l'esprit si vous vous en souvenez avec un intérêt intelligent. Elles vous empêcheront de réfléchir clairement si vous ne pouvez vous en souvenir.

— Je ne peux pas ! m'écriai-je. J'ai eu mal aux doigts en frottant du linge sale dans une bassine d'eau glacée ; j'ai eu mal aux doigts en jouant au piano la Lettre à Élise *de Beethoven dix-neuf fois de suite parce que le professeur me faisait tout recommencer dès que je faisais une fausse note. J'ai eu mal au crâne parce que mon papa l'a frappé avec son poing ; j'ai eu mal à la tête en devant mémoriser des passages entiers du* Télémaque *de Fénelon, sûrement le livre le plus ennuyeux du monde. On ne peut pas se souvenir intelligemment de ces choses — elles appartiennent à des mondes différents, God, et rien ne les lient sinon une douleur que je désire oublier.*

— Non, Bella. Elles semblent faire partie de mondes différents parce que vous les avez connues dans des circonstances différentes, mais laissez-moi ouvrir la façade de cette grande maison de poupées et regardez. Regardez toutes les pièces. C'est un genre de maison dont vous trouverez des milliers d'exemplaires dans les capitales britanniques, des centaines dans les villes, et des dizaines dans les villages. Ce pourrait être Porchester Terrace ou cette maison-ci — ma maison. Les domestiques vivent au sous-sol ou dans le grenier, les étages les plus froids et les plus peuplés avec les pièces les plus exiguës. La chaleur animale des domestiques, lorsqu'ils dorment, tient au chaud leurs employeurs dans les étages intermédiaires. Cette petite poupée dans la cuisine est une laveuse de vaisselle qui fait aussi les gros travaux de blanchis-

serie, elle frotte et elle bat le linge. Elle ne manquera pas d'eau chaude si son maître ou sa maîtresse sont généreux, et il se peut qu'elle ne soit pas surchargée de travail si les domestiques d'un rang supérieur sont gentils avec elle, mais nous vivons à une époque où l'épargne et la dure compétition sont promulguées comme les fondements mêmes de l'État, donc si on la traite cruellement, personne n'y trouvera à redire. Maintenant, regardez le salon du rez-de-chaussée. Il s'y trouve un piano avec une autre petite poupée assise devant. Il suffirait de changer sa robe et sa coiffure pour qu'elle soit la même personne que la petite laveuse, mais cela ne se produira jamais. Elle essaie probablement de jouer sans fausse note la Lettre à Élise *— ses parents veulent qu'elle attire un jour un riche mari qui l'utilisera comme un ornement social et comme la génitrice de ses enfants. Dites-moi, Bella, qu'est-ce que la laveuse et la fille du maître ont en commun, à part leur âge, leur physique, et le fait de vivre dans cette maison ?*

— Toutes deux sont utilisées par les autres, répondis-je. On ne leur permet pas de prendre leurs propres décisions.

— Vous voyez ? s'écria Baxter d'un air ravi. Vous l'avez su tout de suite parce que vous vous souvenez de votre première éducation. Ne l'oubliez jamais, Bella. En Angleterre, et aussi en Écosse, on apprend à la plupart des gens de l'ignorer totalement — on leur apprend à être des instruments. »

Oui, Baxter m'a appris la liberté en m'entourant de jouets que je n'avais jamais connus petite et en me montrant comment utiliser les instruments (alors appelés instruments philosophiques) que son père employait pour l'instruire. Je ne puis décrire les délicieux sentiments de puissance qui m'envahissaient lorsque je manipulais les globes terrestres et célestes, le zootrope, le microscope, la batterie galvanique, la chambre obscure, les solides réguliers et les os de Napier. Je devins facilement une bonne manipulatrice à cause de la couture que m'avait apprise ma mère et de mes exercices sur le piano du couvent. J'avais aussi des livres de botanique, de zoologie, de voyages et d'histoire avec des gravures en couleur devant lesquelles je pouvais rêver. Duncan Wedderburn, le notaire de God, m'emmenait parfois au théâtre parce que God ne pouvait pas le faire — il avait horreur des foules. J'adorais le théâtre — même les gigotements des pantomimes me paraissaient heureux et insouciants ! Mais c'était Shakespeare que j'aimais le plus. Aussi me suis-je mise à le lire à la maison, en commençant par les Contes tirés de Shakespeare *de Lamb, puis en continuant par les pièces elles-mêmes. Dans la bibliothèque (attirée par les illustrations), j'ai également découvert les* Contes d'Andersen, Alice au Pays des Merveilles, Les Mille et Une Nuits *(dans une traduction française contenant les passages érotiques). Durant une période, Baxter me donna une enseignante, Miss MacTavish. Elle ne dura pas longtemps. Je ne voulais pas d'autre enseignement que celui de God. Avec lui, l'enseignement était un festin plein de surprises ; avec elle, c'était une discipline. Vers cette époque, je rencontrai pour la première fois le jeune Archie McCandless.*

C'était un après-midi tiède, limpide et agréable, et il se peut que j'aie eu l'air légèrement enfantine, à genoux sur la minuscule pelouse du jardin à regarder Flopsy et Mopsy qui copulaient dans un clapier. Baxter et un garçon gauche et mal habillé aux oreilles décollées apparurent dans l'allée. Baxter fit les présentations, mais le garçon était trop timide pour dire un mot et cela me rendit également gauche. Nous montâmes à l'étage pour prendre une tasse de thé, mais sans Mrs Dinwiddie, donc je compris que Baxter ne considérait pas McCandless comme un ami intime. Tandis qu'on préparait le thé, Baxter parlait plaisamment des affaires de la faculté de médecine, mais McCandless me regardait fixement, ne répondant rien. Embarrassant ! Je me mis donc au piano et jouai un des airs les plus simples de Burns. Il se peut que ç'ait été Les Belles Rives du Loch Lomond, *mais je n'ai pas employé les pédales du Pianola. Je jouais avec mes doigts, et le rythme était parfait. De plus, je me souviens nettement que nous avions acquis le Pianola l'année du jubilé de diamant de la Reine, en 1897. Je ne pense pas qu'on ait inventé cet instrument avant. Quand McCandless a pris congé, il a insisté pour me baiser la main. Dans la maison de sir Aubrey, ce geste continental et fleuri n'était jamais pratiqué, même par nos invités français et italiens. J'étais stupéfaite, et peut-être ai-je regardé avec surprise le bout de mes doigts. Notre visiteur salivait beaucoup, et je ne voulais ni essuyer mes doigts ni toucher ma robe avant qu'il ne fût parti. Je ne le revis pas de longtemps, et ne désirais certainement pas le revoir !*

La seule source de tristesse durant ces jours tellement heureux était que God ne permettait pas que je le séduisisse.

« Je vous en prie, ne tombez pas amoureuse de moi, Bella, disait-il. Je ne suis pas un homme, voyez-vous. Je suis un gros

chien intelligent qui a la forme d'un homme. À part cela, un seul autre trait me distingue des chiens. Je ne veux aucun maître — ni aucune maîtresse. »

C'était vrai, mais je ne pouvais pas voir cette vérité en face. Je l'aimais de tout mon cœur, de tout mon esprit, de toute mon âme, et je voulais donc le convertir à l'humanité. Un soir, incapable de dormir à cause de ce désir, je pris une bougie et me rendis nue dans sa chambre. Les chiens étendus sur le sol montrèrent jalousement leurs crocs, mais je savais qu'ils ne mordraient pas. Hélas, il y avait également des chiens sur son lit, à ses pieds. Ils grognèrent d'une façon menaçante.

« Victoria, il n'y a pas de place pour vous, murmura-t-il en ouvrant les yeux.

— Oh, s'il vous plaît, laissez-moi entrer un petit moment, God ! suppliai-je en pleurnichant. Juste assez de temps pour que nous fassions un enfant, un petit enfant à nous que je pourrais nourrir, aimer et choyer à jamais.

— Ils grandissent, fit-il en bâillant. Et puis il y a une raison médicale pour que je ne fasse pas d'enfant.

— Vous êtes malade ?

— Incurablement malade.

— Alors je vais devenir médecin et vous soigner ! Les médecins peuvent faire des choses que ne savent pas faire les chirurgiens ! Je serai votre médecin. »

Il fit claquer sa langue. Les deux chiens qui étaient allongés vinrent me mordiller doucement les mollets pour m'entraîner vers la porte. Je dus partir.

Le lendemain, au petit déjeuner, God m'expliqua pleinement les choses, car il ne faisait jamais de mystères inutiles. Il avait hérité de son père, le grand chirurgien, une syphilis qui provoquerait finalement la démence et la paralysie générale.

« Je ne sais pas exactement quand le coup tombera, dit-il. Peut-être dans quelques mois ; peut-être dans quelques années. Le seul remède qui puisse m'aider est un poison sans douleur, que je m'administrerai aux premiers symptômes. Je transporte toujours mes médicaments avec moi, donc vous n'avez pas besoin de devenir médecin pour moi.

— Alors je vais devenir médecin pour le monde ! déclarai-je au milieu de sanglots. Je vais sauver la vie des autres, pas la vôtre ! Je vais vous remplacer ! Je vais devenir vous !

— C'est une bonne idée, Victoria, dit-il gravement, et si vous vous y accrochez il vous faudra faire des études en ce sens. Mais j'aimerais vous voir munie d'un mari utile : un mari efficace et sans égoïsme qui vous aidera à faire ce que vous voudrez tout en satisfaisant vos instincts amoureux — lesquels sont affreusement affamés.

— Je me marierai avec la famine si ce n'est pas avec vous ! » lui dis-je entre mes dents. Il sourit et secoua la tête. Nous avions cessé de songer à mon célèbre mari en Angleterre.

Il m'emmena faire le tour du monde. L'idée venait de moi — je voulais l'éloigner de ses chiens. Il le fit (cela me paraît clair maintenant) pour accroître mes connaissances, mais aussi pour se débarrasser de moi. Nous visitâmes des hôpitaux et assistâmes à des conférences médicales dans quatorze capitales. Il me fit apprendre auprès d'un spécialiste viennois les techniques les plus modernes de l'hygiène sexuelle et du contrôle des naissances, puis me poussa tant qu'il put dans la compagnie des hommes. Mais quoique j'eusse un fort appétit sexuel, je ne pouvais ni ne voulais le séparer d'un appétit moral, d'un désir d'admiration, et qui pouvais-je admirer davantage que God ? Nous rentrâmes enfin à Glasgow. Je l'avais rendu très malheureux. Ma compagnie l'avait privé de toute liberté. Je ne le laissais rien faire, aller nulle part, sans moi. J'étais plus gaie que lui, car bien que je n'eusse pas réussi à l'avoir tout à moi par le mariage, il était tout de même davantage à moi qu'à n'importe qui. Et puis, un jour, alors que nous nous promenions près de la fontaine commémorative de West End Park, nous rencontrâmes de nouveau McCandless.

J'ai déjà signalé que les animaux, les enfants, les timides, les petites gens, se sentaient plus en sécurité auprès de God. Il faisait parfois des remplacements au département d'anatomie de l'université et c'est lors d'une de ces démonstrations que McCandless fit sa connaissance. Le timide McCandless tomba comme moi passionnément amoureux de God. Il m'aimait aussi, bien sûr, mais seulement parce qu'il voyait en moi la partie féminine de God — la partie qu'il pouvait embrasser et pénétrer. Mais God était le premier grand amour de sa vie, un amour qui n'était pas payé de retour. Bien avant mon arrivée à Park Circus, il épiait les promenades que God faisait le dimanche avec ses chiens pour pouvoir s'y joindre. God ne pouvait pas s'empêcher d'être aimable, donc acceptait sa présence, mais un jour McCandless eut l'impudence de le suivre jusque chez lui, et alors mon pauvre chéri finit par lui déclarer qu'il avait besoin de davantage de tranquillité. Donc, McCandless le laissa tranquille, mais il leur arrivait de se rencontrer par hasard, et, dans son infinie bonté, God l'invitait alors chez lui. C'était ainsi, par hasard, que McCandless avait été conduit à me voir pour la première fois.

La deuxième fois, dans West End Park, God me jeta carrément dans les bras de ce pauvre bonhomme. Il s'assit sur un banc, dit qu'il avait besoin de repos et pria McCandless de m'emmener faire un tour. Je m'aperçois maintenant (en regardant en arrière) qu'il ne voulait rien d'autre que d'être débarrassé de la créature affreusement bavarde et exigeante que j'étais devenue ; mais, en m'éloignant bras dessus, bras dessous avec McCandless à travers les buissons, j'avais une autre conception de ses motifs. Pouvait-il penser que McCandless était le mari utile et sans égoïsme qui m'aiderait à faire ce que je voulais tout en satisfaisant mes élans amoureux, etc. ? Je me rendais compte qu'un homme pareil devrait être (aux yeux du monde et sans doute aux miens) une mauviette, car il ne devrait pas me séparer de God. En fait, il devrait vivre avec God et moi, et ne pas désirer de foyer à lui. Tandis que je réfléchissais à ces choses, le vain petit homoncule à mon bras papotait sur la pauvreté de son enfance, ses succès d'étudiant en médecine et ses merveilleux exploits d'interne à l'Hôpital royal. Se pouvait-il que CELA *fût l'homme dont j'avais besoin ? Je m'arrêtai pour le regarder de plus près. Il me répondit en m'embrassant ; d'abord avec timidité, ensuite avec ardeur. Aucun homme ne m'avait jusqu'alors embrassée ainsi. Mes seuls plaisirs amoureux avaient été une liaison saphique avec mon professeur de piano à Lausanne. J'aurais pu aimer cette femme jusqu'à la fin des temps, mais hélas elle en aimait également beaucoup d'autres, beaucoup trop pour mon goût égoïste, donc j'avais fini par lui être hostile. Je fus stupéfaite par le plaisir que me donna McCandless. Lorsque nous nous quittâmes, je le considérais avec une émotion qui frisait le respect. Lorsqu'il me proposa le mariage, j'acceptai et lui dit : « Annonçons-le tout de suite à God. » Il ne faisait aucun doute pour moi que God serait fou de joie d'avoir davantage de liberté en me partageant avec McCandless.*

Quel étonnant égoïsme était le mien à cette époque ! Je n'avais aucune imagination morale, aucune sympathie intelligente pour les gens. God voulait un bon mari pour moi afin de pouvoir reprendre en paix la vie que j'avais perturbée ; il ne s'attendait pas à ce que mon mariage ajoutât une AUTRE *personne à sa maisonnée ! une personne qu'il n'appréciait pas beaucoup ! Il s'évanouit presque en apprenant la nouvelle. Il nous pria de réfléchir au moins durant deux semaines avant de nous décider. Nous acceptâmes, bien entendu.*

J'espère qu'en 1974 on sera moins choqué par les réalités sexuelles que ne l'étaient la plupart de mes contemporains victoriens. Sinon cette lettre sera brûlée aussitôt lue.

La semaine suivante, le baiser de McCandless emplit mes pensées et mes rêves. Était-ce à cause de McCandless, me demandais-je, ou n'importe quel autre homme pouvait-il me procurer cet exquis sentiment de puissance et de faiblesse mêlées ? Peut-être (allais-je jusqu'à penser) UN AUTRE HOMME POUVAIT-IL FAIRE MIEUX *! Pour le vérifier, je séduisis Duncan Wedderburn, un homme auquel je n'avais pas prêté attention auparavant, et qui (pour être juste envers lui) n'avait également pas prêté attention à moi ! C'était un être conventionnel, tellement dévoué à une mère égoïste que l'idée de mariage ne lui était jamais venue avant que nous ne devenions amants. Toutefois, elle lui vint juste après. Je ne m'étais pas rendu compte que la fuite qu'il proposa devait impliquer le mariage. Je la considérais comme une expérience délicieuse, un voyage destiné à me faire découvrir combien McCandless me convenait. J'expliquai cela à God, qui répondit d'un air morne : « Suivez votre voie, Victoria, je ne peux pas vous enseigner l'amour. Mais soyez gentille avec ce pauvre Wedderburn, il n'a pas la tête solide. McCandless souffrira lorsqu'il l'apprendra.*

— Mais vous ne me mettrez pas dehors lorsque je reviendrai ? demandai-je vivement.

— Non. Mais il se peut que je ne sois plus en vie.

— Mais oui, vous serez en vie », dis-je en l'embrassant. Je ne croyais plus qu'il eût la syphilis. Je trouvais plus commode de croire qu'il avait inventé cela pour empêcher les femmes comme moi de l'agacer avec leurs petits doigts.

Ma foi, j'ai profité de mon Wedderburn tant qu'il a duré et j'ai été gentille avec lui quand il s'est effondré. Je vais encore le voir une fois par mois à l'asile de fous. Il est gai et brillant, et m'accueille toujours avec un clin d'œil malicieux et un sourire entendu. Je suis sûre que sa folie a d'abord été une feinte pour échapper à la prison, car il avait détourné les fonds de sa clientèle, mais elle est assez réelle à présent.

« Où est ton mari ? m'a-t-il demandé la semaine dernière.

— Archie est mort en 1911, lui ai-je répondu.

— Non, je veux dire ton AUTRE *mari — Léviathan de l'Abîme sans Fond Baxter de Babylone, chirurgien roi de ce maudit monde matériel.*

— Mort lui aussi, Wedder, ai-je dit avec un profond soupir.

— Hi hi ! Celui-là ne mourra jamais », a-t-il fait dans un gloussement. Comme j'aimerais qu'il ne fût pas mort !

Quand je fus de retour à Park Circus, je vis qu'il était déjà mourant. Je le vis à sa prostration et à ses mains tremblantes.

« Oh, God ! m'écriai-je. Oh, God ! » Et, m'agenouillant, j'embrassai ses jambes et y enfouis mon visage en pleurs. Il était assis dans le salon de Mrs Dinwiddie ; elle était à côté de lui, et McCandless était debout derrière. Je fus étonné de trouver là mon fiancé, même si bien entendu j'étais resté en contact épistolaire avec lui. Avec les premières atteintes de la maladie, God avait besoin de soins médicaux que sa mère n'avait pas la force de lui apporter. Et, à l'approche de la mort, il avait surmonté son aversion pour McCandless.

« Victoria, murmura-t-il, Bella-Victoria, Belle Victoire, bientôt mon esprit s'en ira, s'en ira complètement, et vous ne m'aimerez plus si votre ami faiseur de chandelle ne me donne pas un remède radical. Mais je suis content de vous voir avant de le prendre. Épousez cette chandelle, Bella-Victoria. Tout ce que je possède sera à vous. Promettez-moi de vous occuper de mes chiens, de mes pauvres chiens abandonnés par leur maître. Pauvres chiens. Pauvres chiens. »

Sa tête se mit à vibrer et sa bouche à baver. McCandless lui releva une manche et lui fit une piqûre. Il reprit ses esprits durant quelques minutes.

« Oui, Archie et Victoria, promenez les chiens chaque dimanche. Suivez la rive du canal jusqu'à Bowling, puis passez par Strowan's Well jusqu'aux Lang Craigs au-dessus de Dumbarton, traversez le Stockmuir jusqu'à Carbeth, revenez par le Craigallion Loch, l'Allender, Mugdock et les Milngavie Waterworks. Ou bien remontez la Clyde jusqu'à Rutherglen ou Cambuslang, gravissez le Cathkin Braes par le Dechmont, et continuez par Gargunnock et le Malletsheugh jusqu'à Neilston Pad. Il y a de magni-

fiques promenades autour de Glasgow, menant toutes à des points élevés d'où l'on domine les glorieuses traces du monde : montagnes, lochs, bois, pâturages, et le grand Firth, encadrant ce Glasgow que nous n'aimons pas assez, car si nous l'aimions nous le rendrions plus beau. Profitez de ces choses pour moi : les marches de Cadder Kirk, le limpide Bardowie Loch, les Auld Wives' Lifts, le Devil's Pulpit, Dumgoyach et Dungoyne. Si vous avez des fils, s'il vous plaît, donnez-leur mes noms. Maman vous aidera à les élever. Maman ! Maman ! Traitez les petits de McCandless comme vos petits-enfants. Je suis triste de ne pas vous en avoir donnés. Et essayez de pardonner à mon père, sir Colin. C'était un sombre crétin, un vieux scélérat. Il a entrepris plus de choses qu'il ne pouvait en voir la fin. Mais nous faisons tous ça, ah ah ah ! Vite, McCandless ! Le remède ! »

McCandless sortit la potion mais je la lui pris des mains et ce fut moi qui, appuyant mes lèvres sur celles de mon bien-aimé en lui donnant le seul baiser que nous partageâmes, glissai ma main sous sa tête et l'aidai à boire.

Ce fut ainsi que mourut Godwin Baxter.

Et maintenant, cher lecteur, tu dois choisir entre deux récits, et il n'y a aucun doute sur celui qui est le plus vraisemblable. L'histoire de mon second mari empeste nettement tout ce qui était morbide dans le plus morbide des siècles, le XIX*e*. *Il a ajouté à une histoire déjà suffisamment bizarre des bizarreries comme celles qu'on peut trouver sur l'inscription de la tombe de James Hogg, additionnées d'inventions macabres comme celles de Mary Shelley et d'Edgar Allan Poe. De quelle fantaisie victorienne morbide ne s'est-il* PAS *inspiré ? Je trouve des traces de* La Race future, *de* Dr Jekyll et Mr Hyde, *de* Dracula, *de* La Créature de Rider Haggard, *des* Aventures de Sherlock Holmes, *et, hélas, de* De l'autre côté du miroir, *livre plus lugubre que le radieux* Alice au Pays des Merveilles. *Il a même plagié l'œuvre de deux amis très chers : le* Pygmalion *de George Bernard Shaw et les romans scientifiques de Herbert George Wells. En lisant cette parodie infernale de l'histoire de ma vie, je n'ai cessé de me demander* POURQUOI ARCHIE L'AVAIT ÉCRITE. *Je suis maintenant en mesure de livrer cette lettre à la postérité parce que j'ai enfin trouvé la réponse.*

C'est la vapeur sous pression qui actionne les locomotives ; de même, c'est une envie soigneusement réprimée qui a actionné l'esprit d'Archibald McCandless. Le bonheur de la fin de sa vie ne l'a jamais empêché de se sentir au fond du cœur un « pauvre bâtard ». L'envie que les pauvres et les exploités éprouvent envers les riches est une bonne chose si elle contribue à réformer l'organisation injuste de la société. C'est pourquoi nous, les fabiens, nous estimons que les syndicats et le parti travailliste sont autant nos alliés que n'importe quel fonctionnaire (tory ou libéral) qui désire un revenu minimum décent, des logements bien équipés, des conditions de travail convenables, et le droit de vote pour chaque adulte britannique. Malheureusement, mon Archie enviait les deux seules personnes qu'il aimait, les deux seules qui pouvaient le supporter. Il enviait God d'avoir un père célèbre et une mère tendre et affectueuse. Il jalousait la richesse de mon père, mon éducation au couvent, la célébrité de mon premier mari, et la supériorité de mes avantages sociaux. Et surtout, il enviait les soins et la compagnie que God m'avait donnés et la force de mon amour pour God, et détestait le fait que le plus que nous éprouvions pour lui, Archie, était une bonne volonté amicale nuancée (de mon côté) par une complaisance sexuelle. Donc, dans les derniers mois, il s'est consolé en imaginant un monde où God, lui et moi étions mis sur un pied d'égalité. Ayant eu une enfance que les privilégiés pourraient considérer comme « pas d'enfance du tout », il a écrit un livre suggérant que God n'avait pas eu d'enfance lui non plus — que God avait toujours été tel qu'il l'avait connu, que sir Colin avait fabriqué God à la manière de Frankenstein. Puis il m'a privée d'enfance et d'études en suggérant que je n'existais pas encore mentalement lorsqu'il m'a rencontrée, que je n'étais mentalement rien d'autre que mon propre bébé. Ayant opéré ces deux suppressions, il pouvait alors facilement prétendre que je l'avais aimé au premier regard, et que devant cela God était plein d'envie ! Bien entendu, Archie n'était pas complètement fou. Il savait que son livre était un habile mensonge. Ce qui le faisait ricaner en le relisant durant ses dernières semaines, c'était l'habileté avec laquelle sa fiction déformait la vérité. C'est du moins ce que je crois.

Cependant, pourquoi ne l'a-t-il pas rendu plus convaincant ? Dans le vingt-troisième chapitre, il raconte que mon mari m'a tiré dans le pied, et il précise : « (...) par chance, la balle était allée se perdre dans le tapis, EN PERFORANT ENTRE LE RADIUS ET LE CUBITUS LE TÉGUMENT DU DEUXIÈME ET TROISIÈME MÉTACARPES *sans même entailler un os. » Il se peut que les mots que j'ai mis en capitales convainquent ceux qui ignorent tout de l'anatomie, mais ce sont des bêtises, des balivernes, des bobards, du baragouin et du galimatias, et comme Archie ne peut avoir oublié à ce point sa formation médicale, il devait en avoir parfaitement conscience. Il aurait pu facilement dire : « perforant le tendon de la pointe oblique de l'orteil adducteur entre les phalanges majeure et proximale sans entailler un os », parce que c'est ce qui s'est passé. Mais je n'ai pas le temps de détailler chaque page pour distinguer les faits de la fiction. Si tu ignores cette lettre et ce qui choque le sens commun, tu estimeras que ce livre raconte des événements réels durant une triste période. Comme je l'ai déjà dit, ce livre pour moi pue l'époque victorienne. C'est du faux gothique, comme le monument dédié à Scott de l'université de Glasgow, la gare de Saint-Pancras et la Chambre des députés. Je déteste ces édifices. Leur inutile surcharge décorative a été payée grâce à des profits inutilement élevés : profits extorqués à des hommes, des femmes et des enfants rachitiques travaillant plus de douze heures par jour, et six jours par semaine dans des usines* INUTILEMENT *sales et sordides ; car, au* XIXe *siècle, nous savions déjà faire proprement les choses. Les énormes profits des classes possédantes étaient trop sacrés pour être mis en question. Pour moi, ce livre pue comme devaient puer les dessous en crinoline d'une pauvre femme après une excursion en chemin de fer au Crystal Palace. Je me rends compte que je le prends trop au sérieux, mais je suis contente d'avoir vécu jusqu'au* XXe *siècle.*

Ainsi, cher petit ou arrière-petit-fils, mes pensées se tournent vers toi parce que je ne puis vraiment pas imaginer le monde dans lequel tu liras ce message — si jamais tu le lis. Le mois dernier, Herbert George Wells (cet homme de sucre et de miel !) a publié un livre intitulé La Guerre aérienne. *Il se passe dans les années vingt ou trente du nouveau siècle, et raconte comme une flotte aérienne allemande envahit les États-Unis et bombarde New York. Cela entraîne un conflit mondial qui détruit les principaux centres de pensée et de civilisation. Les survivants se retrouvent dans une situation pire que celle des aborigènes d'Australie, car contrairement aux aborigènes ils ne savent ni chasser ni se nourrir de déchets. Bien sûr, ce livre de Wells est un avertissement, pas une prédiction. Lui, et moi, et beaucoup d'autres, espérons un avenir meilleur, car nous y travaillons tous ardemment. Glasgow est un endroit stimulant pour un socialiste actif. Même dans sa première phase libérale, il montre au monde l'exemple d'un développement municipal des ressources publiques. Notre main-d'œuvre qualifiée est à présent la mieux instruite de Grande-Bretagne ; le mouvement coopératif est populaire et s'étend ; le système de téléphone de Glasgow va être adopté par la Poste centrale pour l'ensemble du Royaume-Uni. Je sais que l'argent qui nous donne confiance et permet nos réalisations provient de sources néfastes : énormes navires de guerre construits au bord de la Clyde par contrat gouvernemental, pour répondre aux énormes destroyers que construit l'Allemagne. On devrait donc tenir compte des avertissements de Wells.*

Mais le mouvement socialiste international est aussi puissant en Allemagne qu'en Grande-Bretagne. Les dirigeants ouvriers et syndicaux se sont mis d'accord pour provoquer une grève générale si leurs gouvernements déclarent la guerre. J'espère presque que nos dirigeants militaires et capitalistes déclareront la guerre ! Si la classe ouvrière y met aussitôt fin par des moyens pacifiques, alors le contrôle moral et pratique des grandes nations industrielles passera des possédants aux producteurs, et le monde où TU *vivras, cher enfant du futur, sera un endroit plus heureux et plus sensé. Sois béni.*

Docteur Victoria McCandless
18 Park Circus, Glasgow.
1er août 1914.

NOTES CRITIQUES

ET HISTORIQUES

par Alasdair Gray

CHAPITRE 1, p. 9. *Comme la plupart des employées de ferme de cette époque ma mère se méfiait des banques.*

Ce n'était pas la superstition d'une ignorante. Les faillites bancaires étaient fréquentes durant les XVIIIe et XIXe siècles, et c'étaient les pauvres qui en souffraient le plus, car les riches étaient mieux informés sur les sociétés financières malsaines ou en passe de le devenir. Dans la Grande-Bretagne du XXe siècle, de telles injustices n'ont lieu qu'avec les caisses de retraite.

CHAPITRE 2, p. 12. *C'était le fils unique de Colin Baxter, premier médecin à avoir été anobli par la reine Victoria.*

Dans son essai historique *Les Médecins royaux* (publié par Macmillan en 1963), Gervaise Thring consacre une large place au père de Godwin, sir Colin Baxter, mais ajoute : « Entre 1864 et 1869, son fils moins célèbre mais également doué fut médecin assistant pour la mise au monde de trois princes et d'une princesse royale, et sauva probablement la vie du duc de Clarence. Pour des raisons sans doute liées à sa santé précaire, Godwin Baxter se retira de la vie publique et mourut dans l'ombre quelques années plus tard. » On ne trouve aucune mention de sa naissance dans les registres d'état civil d'Édimbourg, et le certificat de décès de 1884 comporte des blancs aux endroits réservés à l'âge du défunt et au nom de sa mère.

P. 17. *Cela a rendu fou le pauvre Semmelweis ; il s'est suicidé pour ne pas avoir réussi à répandre la vérité.*

Semmelweis était un obstétricien hongrois. Épouvanté par le taux de mortalité dans les maternités viennoises où il travaillait, il employa des antiseptiques et fit tomber ce taux de 12 à 1,25 pour cent. Ses supérieurs hiérarchiques nièrent ses conclusions et le mirent sur la touche. Il contracta volontairement une septicémie par contact et mourut en 1865, dans un hôpital psychiatrique, de la maladie qu'il avait combattue durant toute sa carrière.

P. 17. *Nos infirmières sont maintenant les plus authentiques praticiens de l'art de guérir. Si soudain tous les médecins et chirurgiens écossais, gallois et anglais tombaient raides morts, les infirmières suffiraient à guérir quatre-vingts pour cent des malades admis dans nos hôpitaux.*

Voici, sur ce sujet, un extrait de l'article « Les Femmes et la médecine » de Johanna Geyer-Kordesch dans l'*Encyclopédie de l'histoire médicale*, éditée sous la direction de W. F. Bynum : « Florence Nightingale a une fois écrit qu'elle ne désirait pas que les femmes pussent devenir médecins, car alors elles deviendraient comme leurs collègues masculins. Elle ne voulait rien moins qu'une réforme médicale tellement complète que la prévention et les soins rendraient les médecins superflus. »

CHAPITRE 3, p. 22. *Un étroit jardin entouré de hauts murs.*

Michael Donnelly, infatigable dans ses efforts pour prouver que cette histoire est une œuvre de fiction, fait remarquer que cette description ne mentionne pas de remise au fond du jardin. Il a visité l'ancienne maison de Baxter (18 Park Circus) et affirme que l'espace entre la remise et la façade arrière de la maison est trop petit pour avoir été autre chose qu'une cour d'étendage. Cela, bien entendu, prouve seulement que la remise a été bâtie à une date ultérieure.

CHAPITRE 4, p. 27. *... une très belle femme, McCandless, qui doit sa vie à mes doigts (...) à ces petits doigts malinieux !*

« Malinieux » est pris dans le sens de « malins, habiles », comme dans la vieille ballade écossaire *Sir Patrick Spens* :

Le Roi est assis dans la tour de Dumfermline
À boire une coupe de vin vieux.
« Ô Dieu trouverai-je un capitaine malinieux
Pour faire voguer mon nouvel esquif ? »

Nains de légende allemande découvrant l'ichtyosaure. Tiré de *L'Univers ou l'infiniment grand et l'infiniment petit* du Dr F. A. Pouchet : 9e édition publiée en 1886 par Blackie & Son, Old Bailey, East Central ; Glasgow et Édimbourg.

P. 29. *Kobolds découvrant le squelette d'un ichtyosaure dans une caverne du Harz.*

Le premier ichtyosaure fut découvert par Mary Anning (la paléontologue de Lyme Regis) en 1810. L'illustration à laquelle il est ici fait référence se trouve dans *L'Univers* de Pouchet, un livre de vulgarisation d'histoire naturelle, populaire au XIXe siècle.

CHAPITRE 5, p. 32. *Geordie Geddes travaille pour la Société de Sauvetage de Glasgow qui lui fournit un logement gratuit à Glasgow Green.*

La Société de sauvetage et de soins aux noyés de Glasgow fut fondée par la faculté de chirurgie de Glasgow en 1790, et le premier logement pour ses employés en 1796. George Geddes, premier employé à plein-temps, y travailla de 1859 à 1889 ; son fils (George Geddes junior) y travailla de 1889 à 1932. L'emploi fut ensuite confié au tout aussi célèbre Ben Parsonage, dont le fils occupe maintenant (juillet 1992) la maison de la Société de sauvetage près du pont suspendu.

Le pont suspendu de Saint-Andrew, en amont du débarcadère, a toujours été l'endroit favori des candidats au suicide. C'est un pont piétonnier avec très peu de passages, dont on pouvait autrefois aisément franchir le parapet de fer forgé (désormais surmonté d'un grillage serré). Le petit-fils de George Geddes se noya en 1928 en tentant de sauver la vie d'un homme qui avait sauté de ce pont.

CHAPITRE 7, p. 43. *Je me dirigeai vers la fontaine commémorative du Loch Katrine.*

Le nom exact est Fontaine commémorative de Stewart ; elle fut érigée pour commémorer l'œuvre de Mr Stewart de Murdostoun, lord-maire de Glasgow en 1854. Malgré la forte opposition des compagnies d'eau privées, il fit passer un décret du Parlement permettant à la municipalité de Glasgow de détourner le Loch Katrine, à une quarantaine de kilomètres dans les profondeurs des monts Trossach, pour alimenter la principale réserve d'eau de la ville.

Cependant, l'erreur du Dr McCandless est compréhensible. Conçue par James Sellars et érigée par la commission des eaux en 1872, cette fontaine est décorée de créatures qu'on trouve sur les îles du Loch Katrine : hérons, loutres, belettes et hiboux. Sur le sommet se trouve une gracieuse figure d'Helen, la Dame du Lac elle-même. Aviron en main, elle se tient droite à la proue d'une barque délicatement imaginée, exactement comme Fitz-James l'a aperçue dans l'œuvre poétique la plus célèbre de sir Walter Scott.

Vers 1970, les autorités ont coupé l'eau de la fontaine afin d'en faire un jeu d'escalade pour les enfants. Les sculptures ont été endommagées. En 1989, alors que Glasgow s'apprêtait à devenir capitale culturelle européenne, la fontaine a été entièrement restaurée. En juillet 1992, elle n'a toujours pas d'eau. Une haute palissade de bois l'entoure.

P. 46. *Elle récupéra son ombrelle et l'agita joyeusement en direction de quelques spectateurs sur une terrasse à flanc de coteau.*

Les terrasses abruptes du West End Park de Glasgow furent conçues au début des années 1850 par Joseph Paxton, qui dessina également le Queen's Park et les jardins botaniques. Leur pente raide permit à Percy Pilcher de s'y lancer en planeur — il mourut finalement en planeur en 1899 — et d'établir les plans de l'aéroplane tel qu'on le connaît de nos jours ; c'est même lui qui a trouvé le nom d'« aéroplane ». L'expérience de Pilcher a peut-être conduit H. G. Wells à utiliser le West End Park dans son roman *La Guerre aérienne*, publié un mois avant la déclaration de la guerre de 14-18. Wells décrit le premier vol aller-retour sans étape de Londres à Glasgow. En survolant le parc au niveau des hautes terrasses, l'aviateur crie aux foules étonnées : « Ma mère était écossaise ! » et on l'applaudit violemment.

P. 50. *Le hurlement qui suivit emplit le ciel entier.*

Les rapports météorologiques montrent que le 29 juin 1882 le temps était anormalement chaud et lourd. Au crépuscule, beaucoup d'habitants de Glasgow furent frappés par un bruit que les journaux locaux commentèrent durant une quinzaine de jours. La plupart des gens supposaient qu'il était d'origine industrielle et provenait de très loin. À Saracen Cross, au nord-ouest, on pensait qu'il y avait eu une explosion à la forge de Parkhead ; à Parkhead, au sud-est, on pensait qu'il y avait eu une catastrophe aux métallurgies de Saracen. À Govan, au sud-ouest, on pensait qu'on avait expérimenté une nouvelle machine à vapeur dans les usines de locomotives du nord-est ; dans le nord-est, on pensait qu'une chaudière de bateau avait explosé sur la Clyde. Un correspondant scientifique du *Glasgow Herald* déclara que le phénomène avait été « plus proche d'une déflagration électrique que d'un bruit matériel », et avait peut-être « une cause météorologique du fait de la combinaison d'un temps anormalement lourd et de fumées industrielles dans l'atmosphère ». *The Bailie*, journal humoristique, fit remarquer que le centre de la zone de bruit était le West End Park et l'université, et suggéra que le professeur Thomson avait expérimenté un nouveau genre de transmission du télégraphe, par air et non par câble. Finalement, une lettre facétieuse envoyée à *L'Écossais* (un journal d'Édimbourg) suggéra qu'un plaisantin de Glasgow avait joué d'une nouvelle sorte de cornemuse.

CHAPITRE 9, p. 58. *Il va arriver avec le crépuscule, il va venir par la ruelle, franchir tranquillement le portail de ce mur lointain (...).*

Michael Donnelly m'a montré les plans originaux de Park Circus, dessinés par Charles Wilson dans les années 1850, plans qui révèlent qu'une remise sépare le jardin du 18 et la ruelle. Mais le fait qu'un architecte ait prévu cet élément n'empêche nullement qu'il ait été bâti plus tard. Il a fallu des siècles pour que fussent complètement réalisés les plans des cathédrales gothiques. Le monument national d'Édimbourg, quoique destiné à commémorer les soldats écossais tombés lors des guerres napoléoniennes, n'est encore guère plus qu'une façade.

CHAPITRE 12, p. 79. *Car lorsque, cette douce nuit d'été, nous avons pris le train pour Londres, j'avais prévu un arrêt à Kilmarnock.*

Les horaires de trains des années 1880 montrent qu'il était possible de descendre du premier train de nuit entre Glasgow et Londres à Kilmarnock et de reprendre une heure plus tard le deuxième train.

P. 83. *J'ai voulu vendre mes actions des Orphelins et Veuves d'Écosse.*

Wedderburn fut imprévoyant, car cette compagnie d'assurances (maintenant appelée Veuves d'Écosse) est encore une maison très florissante. En mars 1992, pour appuyer la campagne des conservateurs pour l'élection générale des députés, le directeur des Veuves d'Écosse a annoncé que si l'Écosse obtenait un Parlement indépendant la société installerait son siège en Angleterre.

CHAPITRE 14, p. 101. *Vous souvenez-vous donc de ce jour où nous vîmes la Bourse de Glasgow ? L'endroit est tout pareil.*

La Bourse royale, dans Queen Street, fut inaugurée le 3 septembre 1829. Elle fut construite par souscription au prix de 60 000 livres, et n'était pas seulement un témoignage de la prospérité des marchands de Glasgow, mais aussi le plus important monument de ce genre en Grande-Bretagne durant plusieurs décennies. Ce splendide édifice est bâti dans le style grec d'après des plans de David Hamilton. On entre dans le bâtiment par un majestueux portique, surmonté d'une magnifique tour à lanterne. Le grand toit fait soixante mètres de long, vingt mètres de large, et dix mètres de haut ; il est soutenu par des pilastres corinthiens. L'intérieur est à présent occupé par la Bibliothèque publique de prêt Stirling, et il est toujours aussi splendide.

P. 106. *Elle est assez large pour qu'y parade une armée et ressemble beaucoup à l'escalier qui descend vers le West End Park près de notre maison.*

Les visiteurs d'Odessa connaissent bien le grand escalier qui descend jusqu'au port. L'escalier de granit du West End Park de Glasgow (érigé en 1854 au prix de 10 000 livres) est aussi beau et massif, mais malheureusement relégué dans un coin où on ne le voit guère et le public l'emprunte rarement. S'il avait été construit plus près, sur le versant central du parc, il aurait fait face à l'université de Glasgow, et aurait produit un bien plus grand effet.

P. 112. Le discours du joueur russe qui commence par : « *Eh bien, a-t-il répondu avec un sourire triste* », et qui finit part : « *les punaises aussi doivent avoir leur vision particulière du monde* » montre qu'il s'est plongé dans les romans de Fedor Mikhaïlovitch Dostoïevski. Bella ne pouvait pas le savoir, car ce grand romancier, mort l'année précédente (1881), n'était pas encore traduit en anglais.

CHAPITRE 15, p. 121. *Le mouvement transforme (...) la farine le beurre un œuf et une cuillerée de lait en biscuits d'Abernethy.*

Selon *La Cuisine écossaise* (de Marian McNeill, Blackie & Son, Bishopbriggs, 1929), cette recette omet deux éléments essentiels : une demi-cuillerée à café de levure et une cuisson à feu modéré.

CHAPITRE 16, p. 145. *Votre offre ne me tente pas, Harry Astley, parce que je ne vous aime pas.*

Malgré des recherches méticuleuses dans les documents publics et les journaux de l'époque, nous n'avons trouvé aucune trace de l'existence d'un « Harry » Astley. Tous les lecteurs écossais, et certains lecteurs anglais, ont dû hausser les sourcils en lisant qu'il prétendait être un cousin de « lord Pibroch ». *Pibroch* est le mot gaélique pour *cornemuse*, et l'Institut écossais des armoiries affirme que tous les titres proviennent de noms de lieux. Cependant, ce nom à consonance écossaise à dû paraître plausible à des oreilles étrangères, ce qui prouverait qu'Astley était un imposteur. Les registres commerciaux de l'époque n'indiquent aucune société sucrière du nom de Lovel & Co. Qui pouvait bien être Astley ? Nos seules pistes sont ses liens indubitables avec la Russie et ses cours d'histoire à Bella. Ils montrent que derrière sa façade anglaise ne se trouvait aucun amour pour l'Empire britannique. C'était probablement un agent tsariste, en mission à Londres pour espionner les révolutionnaires russes qui s'y étaient réfugiés. Herzen et (bien plus tard) Lénine étaient les plus célèbres. C'est une bonne chose que Bella ait repoussé l'offre de mariage d'Astley.

P. 147. *Nous allons à Paris (...) Remets-moi aux mains des midinettes...*

Une midinette est une jeune ouvrière française, modiste ou couturière, avec un bas salaire, mais sachant bien s'habiller, donc permettant aux hommes riches de s'offrir une maîtresse à bon compte.

CHAPITRE 17, p. 149. *Vous rappelez-vous (...) que nous sommes allés voir le professeur Charcot à la Salpêtrière ?*

Charcot, Jean-Martin (1825-1893), médecin français, né à

Paris. Diplômé de médecine de l'université de Paris en 1853, et trois ans plus tard médecin des hôpitaux. En 1860, il fut nommé professeur d'anatomie pathologique et débuta en 1862 à la Salpêtrière des cours qu'il donna toute sa vie. Il fut élu à l'Académie de médecine en 1873, et devint membre de l'Institut en 1883. C'était un bon linguiste, qui avait une excellente connaissance des littératures étrangères comme celle de son propre pays. C'était un grand observateur clinique et un grand pathologiste. Il passait beaucoup de son temps à étudier d'obscurs états morbides comme l'hystérie sous hypnose. Ses études à la Salpêtrière concernaient essentiellement les maladies nerveuses, mais en plus de ses travaux dans le domaine des nerfs, il publia également plusieurs ouvrages de valeur sur les maladies digestives, la goutte, etc. Ses œuvres complètes parurent en neuf volumes entre 1886 et 1890. Ses cours avaient un énorme succès, et le Dr Sigmund Freud fut parmi ses disciples les plus considérables et les plus enthousiastes.

Encyclopédie pour tous, 1949, éditée par Athelstan Ridgway.

P. 151. « *Brûlé par mon propre pétard, ah ah ah ah.* »

L'expression se trouve dans Shakespeare.

CHAPITRE 18, p. 162. *J'ai dit. (...) qu'elle devait penser à mes tendres baisers et non à des lagunes imaginaires.*

Bella a mal compris le jargon de Mme Cronquebil. La pauvre dame a probablement voulu dire « lacune ».

CHAPITRE 21, p. 176. *L'église la plus proche était celle de Park, mais je ne voulais pas que les enfants des voisins se bousculent à notre porte, donc je choisis l'église presbytérienne unifiée de Lansdowne, à moins de dix minutes de marche par la Great Western Road.*

Ce genre de bousculade est une coutume écossaise : les enfants s'assemblaient devant la maison d'où sortaient le marié et la mariée. On s'attendait alors à ce que le marié, ou l'escorte de la mariée, jetât de la monnaie à la foule — sinon on criait : « Il est à sec ! Il est à sec ! » en laissant entendre que celui qui les avait déçus était trop pauvre pour faire les choses convenablement. Mais s'il jetait des pièces, les enfants les plus forts et les plus brutaux s'emparaient de l'argent tandis que les plus petits et les plus faibles pleuraient, les doigts piétinés. Cette coutume se poursuit encore dans certaines régions d'Écosse. Quelques philosophes conservateurs modernes penseront que c'est un bon entraînement pour le monde adulte de la compétition.

Ceux qui le voudront pourront aisément vérifier qu'il faut moins de dix minutes de marche à travers le parc entre le 18 Park Circus et l'église de Lansdowne. L'édifice (conçu par John Honeyman) est de grès crème dans le style gothique français, avec la flèche la plus mince (proportionnellement à sa hauteur) d'Europe. Sa vue impressionna tellement John Ruskin qu'il fondit en larmes. À l'intérieur, la disposition des stalles est inhabituelle, et deux importants vitraux d'Alfred Webster présentent des scènes bibliques au Glasgow contemporain. L'église comme la paroisse datent de 1863.

CHAPITRE 22, p. 187. *George Geddes (personnage populaire et respecté dans cette ville) déclare avoir repêché un cadavre.*

La popularité de George Geddes est confirmée par une chanson comique qu'on chantait autrefois dans les music-halls de Glasgow. Cette chanson parle du lancement catastrophique d'un bateau de plaisance sur la Clyde et se termine par : « *À toi d'jouer, Geordie Geddes, le rafiot est à l'eau.* »

P. 188. *On rapporte que dans les années 1820 un praticien de votre genre a réanimé le cadavre d'un criminel qu'on avait pendu, lequel s'est redressé et s'est mis à parler. Un des démonstrateurs a évité de justesse le scandale public en tranchant d'un coup de scalpel la jugulaire du condamné.*

On a rapporté cette histoire dans tant de récits anecdotiques du Glasgow du XIXe siècle que les sources originales sont elles-mêmes devenues le sujet d'une monographie exhaustive du professeur Heinrich Heuschrecke : *War Frankenstein Schotte ?* (Stillschweigen Verlag, Weissnichtwo, 1929.) Ceux qui ne savent pas lire l'allemand en trouveront un bon résumé dans le *Garscadden's Gash* de Frank Kuppner (Molendinar Press, Glasgow, 1987).

CHAPITRE 23, p. 212. *Mais, deux jours plus tard, les journaux annoncèrent que le général Blessington avait été trouvé mort sur le sol de la salle d'armes de sa maison de campagne des Loamshire Downs.*

La carrière de ce soldat autrefois célèbre débuta et s'acheva dans l'orage. À Sandhurst, en 1848, un de ses camarades d'études fit une chute mortelle à cause d'une farce manigancée par Blessington, quoiqu'il ne fût pas certain que ce fût lui qui ait dénoué les lacets des bottes de son camarade. Sa parenté avec le duc de Wellington lui a sans doute évité l'expulsion ; il ne fut que réprimandé. En 1848, le duc était grand connétable d'Angleterre et organisait les forces armées contre les chartistes à Londres. Il employa Blessington comme aide, mais le trouva impropre à cette fonction. Rigby, dans ses *Mémoires*, rapporte que le duc a dit à lord Monmouth : « Aubrey est un brave et habile soldat, mais il ne se sent vivre que lorsqu'il tue des gens. Malheureusement, une grande partie de l'état de soldat consiste dans l'attente de l'action. Nous devons l'envoyer aux frontières, aussi loin que possible d'Angleterre. Et nous devons l'y maintenir. »

Le duc mourut en 1852, mais son conseil fut suivi. Les victoires frontalières de Blessington (souvent remportées avec l'aide de troupes indigènes) ravissaient les journaux londoniens. George Augustus Sala l'appelait « Tonnerre » Blessington dans le *Daily Telegraph*. Il n'était pas populaire dans son propre milieu, mais il était honoré par la reine : autrement dit, Palmerston, Gladstone et Disraeli le recommandèrent pour les honneurs. Entre-temps, le Parlement lui accorda après vote une prime de gratitude, même si, parfois, un député radical faisait remarquer qu'il « pacifiait » les territoires avec une injuste férocité. La plupart des écrivains l'appréciaient. Carlyle le décrivit ainsi :

Un homme mince comme un pin regardant l'horizon, dont la tourmente arrache les branches, mais dont chaque pouce se dresse vers les sphères célestes parce qu'il est profondément enraciné dans les faits. Du bois dont on fait les lances ! Les mots pour lui sont moins que du vent. Rien d'étrange, donc, à ce qu'il soit déprécié dans les palabres de Westminster. Puisse cette lance être la lancette qui percera le furoncle du putride verbiage parlementaire et soulagera le corps politique de la fièvre causée par cette infection !

Tennyson le rencontra lors d'un banquet public pour le soutien du gouverneur Eyre et fut tellement impressionné qu'il écrivit *L'Aigle*. Beaucoup de gens connaissent ce poème, mais peu savent que c'est un portrait romantique du rival de l'auteur :

L'AIGLE

Avec sa main crochue à son aire agrippée
Près de l'Astre du jour dans les lieux isolés
Voici l'aigle impérieux d'azur auréolé.

Il observe la mer qui mugit tout en bas
Et contre son rocher se brise avec fracas.
Enfin comme un tonnerre, il claque et puis s'abat.

Mais le plus beau tribut poétique à Blessington est de Rudyard Kipling, qui croyait que le général avait été poussé à la mort par les critiques du Parlement :

LA FIN DU TONNERRE

Les trappeurs de la baie de l'Hudson
Ne craignent plus les métis désormais.
Dans la Patagonie pacifiée
Les fermiers poussent leur charrue.
Les marchands chinois rusés
Poursuivent leur commerce en paix
Protégés par la justice
D'une police incorruptible.
Tandis que le fondateur de cette industrie,
Le semeur de ce grain,
GÎT DANS SA SALLE D'ARMES
UNE BALLE DANS LE CRÂNE.

Il y a toujours de la place au Parlement
Pour le nigaud et la fripouille
Et pour le radical délicat
Qui fait le dégoûté devant le brave.
Une foule de tièdes « réalistes »
Aiment les choses comme elles sont
Mais trouvent bon de déclarer
Que « des responsables sont allés trop loin ».
Mais que seraient les choses qu'ils aiment
Sans l'audace des responsables ?
Nous saluons certains, comme Kitchener,

Et nous maudissons d'autres, comme Blessington.
Que le radical et le « réaliste » dorment contents !
BLESSINGTON GÎT DANS SA SALLE D'ARMES
UNE BALLE DANS LE CRÂNE.

Bien des pays paisibles
À présent territoires anglais
Étaient des lieux sauvages
Pillés par les nomades.
Bien des indigènes farouches
Cherchent les minerais, mènent les troupeaux,
dressent les chevaux
Parce que leurs instincts barbares
Ont été domptés par Le Tonnerre.
Oui, nous les avons brûlés avec Le Tonnerre
Mais ne voulons pas sentir l'odeur de poudre.
Nous les avons cinglés avec Le Tonnerre
Mais n'aimons pas le bruit du fouet.
Nous les avons foudroyés avec Le Tonnerre
Mais sommes restés sourds à la déflagration.
Nous les avons écrasés avec Le Tonnerre
Et l'écrasement fait frissonner certains.
Nos aimables Anglais casaniers
Apprécient les belles choses élégantes.
Ils préfèrent les Danois à Nelson
Et les Noirs au gouverneur Eyre.
Mais les flottes apportent en Angleterre
La viande, la laine, les minerais et le grain.
SIR AUBREY GÎT DANS SA SALLE D'ARMES
UNE BALLE DANS LE CRÂNE.

Après un tel éloge, il est juste de citer deux références moins amicales. Dickens écrivait *Dombey et Fils* en 1846 lorsqu'il entendit parler de la farce mortelle de Blessington à Sandhurst. Il y fait allusion lorsque, sur le quai de Brighton, le major Bagstock demande à Dombey s'il enverra son fils dans une école privée :

« Je ne suis pas vraiment décidé, répondit Mr Dombey. Je pense que non. Il est délicat.

— S'il est délicat, monsieur, dit le major, vous avez raison. Seuls les garçons robustes pouvaient supporter ça, monsieur, à Sandhurst.

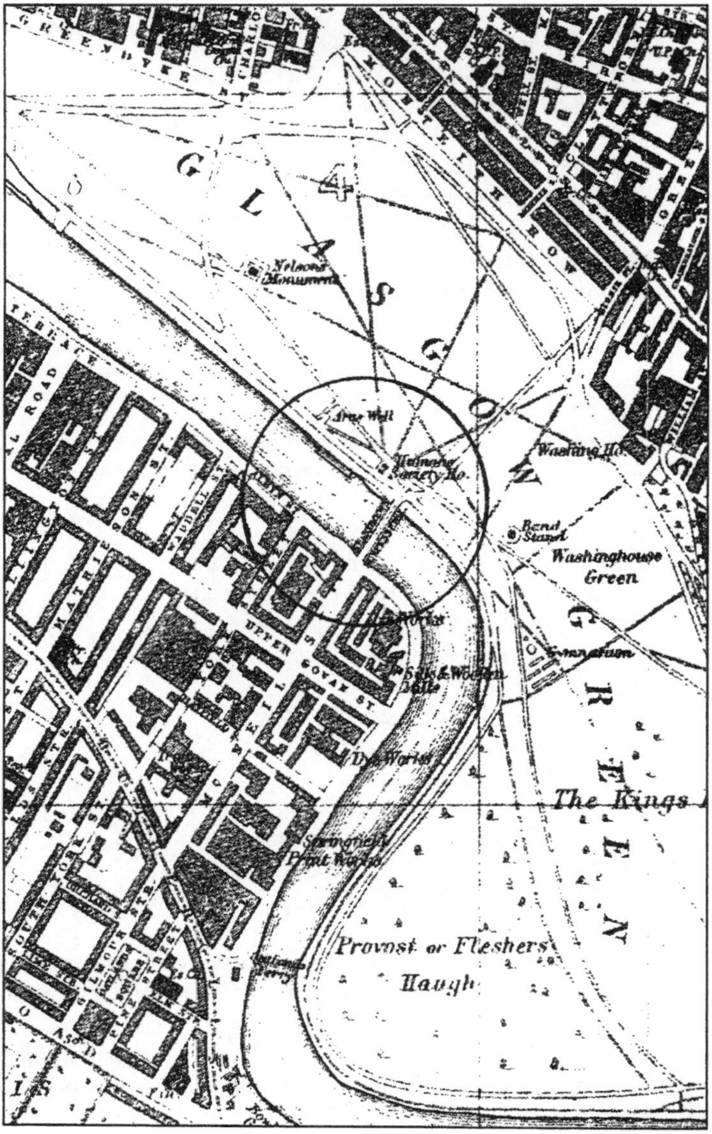

GLASGOW GREEN, 1880.

Le cercle entoure l'endroit où Lady Victoria Blessington s'est noyée ; également le pont d'où elle s'est jetée ; le débarcadère où Geddes l'a vue se noyer ; la Maison de la Société de Sauvetage où Godwin Baxter a examiné son cadavre.

EN HAUT : L'ENTRÉE DE PARK CIRCUS VUE DE WEST END PARK.
EN BAS : PLAN ORIGINAL DU CIRCUS TEL QU'IL SE PRÉSENTE ENCORE.

Le numéro 18 est teinté en noir.
La zone en grisé indique le jardin
et la « remise ».

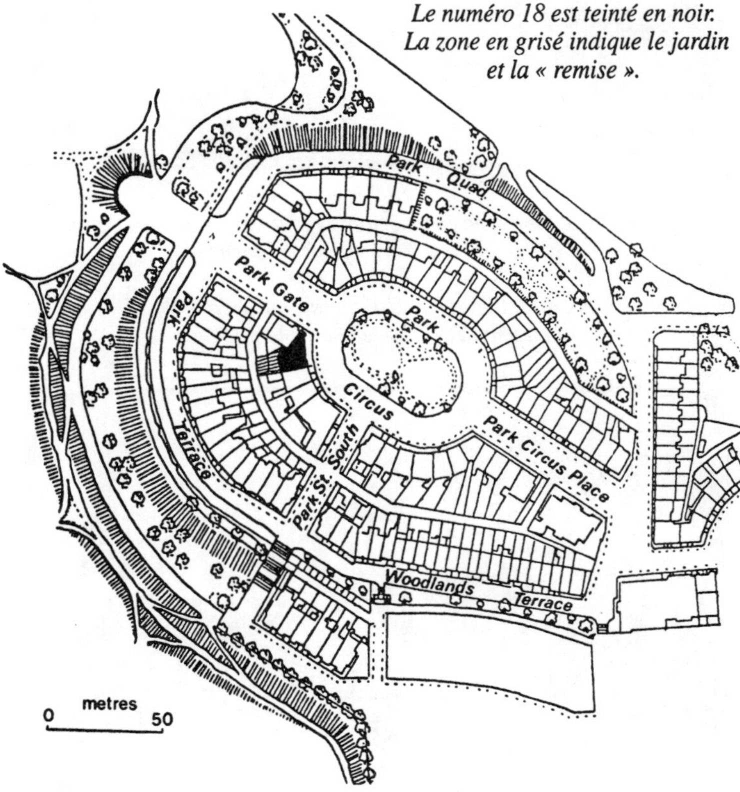

EN HAUT : *La fontaine commémorative Stewart avec l'université à droite et Park Circus à gauche.*

EN BAS : *L'hôtel Midlands, Saint-Pancras, où Bella et Wedderburn passèrent la deuxième nuit de leur fugue.*

À GAUCHE : *L'église presbytérienne unifiée de Lansdown, où une cérémonie de mariage a été interrompue le jour de Noël 1883.*

EN FACE : *Événements de la carrière du général Blessington tels que les rapporte le Graphic Illustrated Weekly News.*

EN BAS : *Le genre de fiacre dans lequel le général Blessington voulait enlever sa « femme » chloroformée, Bella Baxter.*

BUTIN AUX ENCHERES À MANDALAY APRES L'EXPÉDITION BIRMANE. « " Tonnerre " Blessington estime que le simple soldat qui maintient la paix de l'Empire mérite plus que sa solde. »

L'HUMILIATION DU ROI PREMPEH : « Une des exigences du gouverneur après la rébellion des Achanti a été que le roi Prempeh manifeste son humble soumission selon la coutume indigène. Le roi ôte sa couronne et ses sandales, s'avance avec la reine mère pour accomplir son acte d'humiliation devant la tribune où sont assis Sir Francis Scott, le général Blessington et Mr Maxwell. Ils s'agenouillent et embrassent les bottes des Anglais, tandis que les Achanti regardent avec effroi l'abaissement de leur roi. »

MEURTRE DANS L'INDE DU NORD : « L'expédition punitive contre les tribus des monts Lushai a trouvé le fusil du regretté lieutenant Stewart dans la tombe du chef Howsata. On avait appris dans d'autres villages que si Howsata avait assassiné le lieutenant Stewart, le fusil de celui-ci se trouverait dans la tombe du chef. On l'a ouverte. Le corps embaumé de Howsata gisait avec le fusil à ses côtés : preuve concluante que le général Blessington a eu raison de brûler les cases des indigènes coupables. »

Nous nous y torturions les uns les autres, monsieur. Nous faisions rôtir les nouveaux à petit feu, nous les pendions à la fenêtre, la tête en bas. Joseph Bagstock, monsieur, a été pendu à la fenêtre par les talons de ses bottes durant treize minutes d'horloge. »

Plus récemment, la caricature par Hilaire Belloc d'un bâtisseur d'empire — le capitaine Blood — était basée autant sur le général Blessington que sur Cecil Rhodes :

Blood comprenait l'esprit indigène.
Il disait : « Nous devons être fermes mais gentils. »
Une mutinerie s'ensuivit.
Je n'oublierai jamais la façon
Dont Blood durant ce jour terrible
Nous sauva tous de la mort.
Il grimpa sur un monticule
Promena ses yeux léthargiques
Et dit à voix basse :
« Quoi qu'il arrive,
Nous avons le fusil Maxim
Et ils ne l'ont pas. »

CHAPITRE 24, p. 217. *Plutôt que de lui briser les articulations pour l'allonger, je commandai un cercueil cubique.*

Si le Dr McCandless avait patiemment attendu la putréfaction du cadavre, son ami Baxter aurait perdu sa *rigor mortis*, et dans cet état flasque se serait confortablement glissé dans un cercueil conventionnel. Mais peut-être l'étrange métabolisme de Baxter défiait-il le processus normal de la dégradation.

UNE LETTRE DE VICTORIA MCCANDLESS, p. 225. *Il passait de plus en plus de temps dans son bureau, à rédiger des livres qu'il faisait publier à compte d'auteur, car aucun éditeur ne se serait chargé des frais d'impression.*

En plus de celui-ci, le Dr McCandless publia à compte d'auteur quatre autres livres, dont (contrairement à ce qu'il fit pour *Pauvres Créatures*) il envoya des exemplaires à la Bibliothèque nationale écossaise d'Édimbourg, où ils sont catalogués sous son pseudonyme : « Un Rustre du Galloway. »

1886. *Quand nous nous promenions tous deux.*

Poèmes inspirés par les endroits de Glasgow associés à la cour qu'il faisait à sa femme. L'un d'eux (intitulé *Les Eaux de la fontaine commémorative de Loch Katrine dans West End Park*) est cité dans le chapitre 7 de *Pauvres Créatures*, et c'est de loin le meilleur.

1892. *Les Résurrecteurs.*

Cette pièce en cinq actes inspirée par les meurtres de Burke et Hare ne vaut pas mieux que bien d'autres mélodrames de l'époque basés sur ce thème fort populaire. Robert Knox, le chirurgien qui achète les cadavres, est traité avec plus de sympathie que d'habitude, donc il se peut que la pièce ait influencé *L'Anatomiste* de James Bridie.

1897. *Jours de Whauphill.*

Souvenirs d'enfance dans une ferme du Galloway. Quoique prétendant être une autobiographie, ce livre dit si peu de choses sur le père, la mère et les amis de l'auteur, que le lecteur reste sur l'impression qu'il n'en a jamais eus. Le seul personnage décrit en détail et avec affection est un maître d'école atrocement dur dont la reconnaissance des aptitudes scolaires de son élève n'adoucit jamais la sévérité des châtiments corporels qu'il lui inflige. L'essentiel du livre consiste à décrire les délices que confère le fait de taquiner la truite, d'abattre les lapins et autres animaux nuisibles, et de détruire les nids d'oiseaux.

1905. *Le Testament de Sawney Bean.*

Ce long poème en stances régulières s'ouvre en montrant Bean étendu dans la bruyère au sommet du Merrick, d'où il domine la nation qui l'a poussé au cannibalisme. Cela se passe en 1603, peu avant l'union des couronnes. Bean souffre d'une intoxication alimentaire, car il vient de manger un morceau de collecteur d'impôts épiscopalien sur le crâne d'un vagabond calviniste. L'accent est mis sur le symbolisme, et non sur le comique, de cet embarras digestif. Dans son délire, Bean harangue les apparitions de chaque monarque écossais depuis Calgacus jusqu'à Jacques VI. Des personnages du passé et du futur de l'Écosse se présentent : Fingal, Jenny Geddes, James Watt, William Ewart Gladstone, etc., puis, finalement, « un poète de l'avenir / Qui perd, cherche, trouve l'Écosse comme moi / Ce jour même ». Là, il devient clair que Bean et sa famille affamée (bientôt arrêtés par l'armée royale et brûlés vifs sur la place du Grassmarket, à Édimbourg) symbolisent le peuple écossais. La principale difficulté avec ce poème (à part sa platitude et son extrême longueur) est de savoir ce que symbolise le cannibalisme. Il se peut qu'il représente les mauvaises habitudes alimentaires que McCandless pensaient ordinaires autrefois en Écosse, car il s'adresse au lecteur comme si le clan Bean avait existé. Un peu de recherche lui aurait montré qu'il n'apparaît ni dans l'histoire, ni dans les légendes, ni dans les contes populaires d'Écosse. On le mentionne pour la première fois dans le *Calendrier Newgate ou Registre des malfaiteurs sanguinaires* imprimés à Londres vers 1775. Les autres histoires de ce livre sont des comptes rendus de meurtres anglais réels qui étaient alors dans toutes les mémoires. L'histoire de Sawney Bean y était racontée dans le même style objectif mais située sur une côte sauvage d'Écosse près de deux siècles plus tôt. C'était une fiction basée sur des contes populaires *anglais* : contes sur les Écossais répandus par les Anglais à une époque où ces deux peuples étaient en guerre ou sur le point de l'être.

J'ai décrit en détail ces quatre livres sans intérêt afin d'éviter à d'autres de perdre leur temps à les lire. Toutefois, ils prouvent que le Dr McCandless n'avait pas d'imagination créatrice ni de talent pour les dialogues, donc qu'il a dû copier *Pauvres Créatures* sur des notes journalières hautement détaillées. Le manuscrit brûlé par sa femme l'aurait certainement confirmé.

P. 228. *Ma vie et celle de maman étaient surtout une lutte pour garder propres la maison et la famille, mais je ne me suis jamais sentie propre avant (...) que mon père (...) ne nous installât dans une maison de deux étages (...) en disant : « À présent, je peux m'offrir ça. » Je pense qu'il se l'était offerte depuis au moins un an.*

Il y a des raisons de penser qu'il se l'était offerte depuis quatorze ans. Dans le chapitre 22, il est dit que Blaydon Hattersley se vantait d'« employer la moitié de la main-d'œuvre qualifiée de Manchester et de Birmingham » dix ans après avoir « écrabouillé le roi Hudson ». George Hudson — connu comme le roi des chemins de fer — réussissait fort comme spéculateur de biens et de titres avant que la folie des chemins de fer de 1847-

1848 ne le ruinât. Cela signifie que le père de Bella devint millionnaire lorsqu'elle avait trois ans.

P. 228. *« Obtenu quoi ? » « Votre brevet. » « J'ai obtenu mon brevet et beaucoup plus, sapristi ! »*

Le brevet du système de doubles régulateurs alternatifs MacGregor Shand donna à la Compagnie de tractions à vapeur de Blaydon Hattersley une suprématie sur ses concurrents qui dura jusqu'en 1889, où le détendeur de pression Belfrage supplanta les régulateurs. MacGregor Shand mourut de tuberculose à l'infirmerie de l'Asile royal d'aliénés de Manchester, en 1858.

P. 234. *(...) jouai un des airs les plus simples de Burns. Il se peut que ç'ait été* Les Belles Rives du Loch Lomond.

Le Dr Victoria McCandless se trompe. Cette chanson populaire anonyme ne fut ni écrite ni recueillie par Robert Burns.

P. 241. *Cependant pourquoi ne l'a-t-il pas rendu plus convaincant ? Dans le vingt-troisième chapitre, il raconte (...) : « La balle était allée se perdre dans le tapis,* EN PERFORANT ENTRE LE RADIUS ET LE CUBITUS LE TÉGUMENT DU DEUXIÈME ET TROISIÈME MÉTACARPES *sans même entailler un os. » Ces mots (...) sont des bêtises, des balivernes, des bobards, du baragouin et du galimatias.*

Si le Dr Victoria avait davantage aimé son mari, elle aurait aisément compris pourquoi il avait écrit ces balivernes. Archibald McCandless voulait manifestement qu'elle publiât son livre avec des commentaires. C'était donc une façon de lui tendre une perche, de la pousser à corriger un passage qui était de son domaine, de faire appel à sa collaboration. Mais elle ne s'en est pas aperçue.

P. 242. *Je suis contente d'avoir vécu jusqu'au XXe siècle.*

Bella Baxter passa la fin de sa vie comme Victoria McCandless ; c'est sous ce nom qu'elle s'inscrivit en 1886 à l'École de médecine pour femmes Jex-Blake d'Édimbourg, et obtint son diplôme en 1890 à l'université de Glasgow. En 1890, elle ouvrit également la maternité Godwin-Baxter dans Dobbie's Loan près de Cowcaddens. C'était une fondation entièrement charitable, et elle la dirigea avec une équipe de femmes de la région qu'elle forma elle-même. Elles les remplaçait sans cesse, car elle n'en employait aucune plus d'un an après sa formation. À une employée dévouée qui ne voulait pas partir, elle dit : « Vous m'êtes d'une grande aide, mais je n'ai plus rien à vous apprendre. J'aime former mes aides. Allez maintenant aider vos voisins, ou travailler pour un médecin qui aura quelque chose de nouveau à vous apprendre. »

Plusieurs de ses aides s'engagèrent comme infirmières dans les hôpitaux de la ville, mais peu en furent satisfaites car (comme le dit une aide-soignante) « on nous pose trop de questions ».

Entre 1892 et 1898, le Dr Victoria mit au monde trois fils tous les deux ans, en n'interrompant son travail que deux ou trois jours avant l'accouchement et en le reprenant très peu de temps après. Elle disait : « C'est ainsi que doivent faire les pauvres femmes que je soigne — elles ne peuvent se permettre d'être horizontalistes. J'ai plus de chance que la plupart d'entre elles. Mon mari fait une très bonne épouse. »

La Société fabienne publia son pamphlet sur la santé publique en 1899. Il était intitulé *Contre l'horizontalisme*, et disait que bien des médecins voulaient que leurs patients restassent couchés parce que cela donnait de la force, non aux patients, mais aux médecins eux-mêmes. Elle reconnaissait que le repos au lit était essentiel pour la guérison de beaucoup de maladies, mais affirmait que la grossesse, malgré sa délivrance douloureuse, n'était pas une maladie, et que l'accouchement se passait mieux en position accroupie. Elle faisait l'éloge d'instruments d'accouchement utilisés au XVIIIe siècle. Elle déclarait que l'horizontalisme était une attitude aussi bien mentale que corporelle, qui laissait entendre que les opérations internes du corps étaient des mystères sacrés que seuls les médecins pouvaient comprendre, et donc que les bons patients devaient avoir en eux une foi aveugle. Elle disait :

Quand les prêtres et les médecins réclament une foi aveugle, ils pensent d'abord à eux-mêmes. Pourquoi nous, qui avons une formation scientifique, voulons-nous ÉGALEMENT que les personnes que nous servons renoncent à leur organe de pensée et s'inclinent devant nous ? Mais les malades n'aideront utilement les médecins — les médecins n'aideront utilement les malades — que lorsque tous connaîtront les fondements pragmatiques de l'art de guérir.

Elle voulait qu'on enseigne à tous les enfants les bases du travail d'infirmier à l'école primaire (« quand apprendre est un jeu ») et les bases de la formation médicale à l'école secondaire. De cette façon, tous apprendraient non seulement comment et quand les médecins peuvent les aider, mais comment vivre d'une façon plus saine, comment prendre soin des autres, et pourquoi on ne peut accepter des conditions de logement et de travail qui endommagent la santé, la leur, celle de leurs enfants, et celle de la communauté. Voici quelques réactions typiques dans les journaux de l'époque :

Il semblerait que le Dr Victoria McCandless propose de faire de chaque école britannique — oui, même les maternelles ! — un terrain d'entraînement pour des socialistes révolutionnaires.

THE TIMES

Nous avons entendu dire que le Dr Victoria McCandless est mariée et a trois fils. Cette nouvelle est étonnante — nous pouvons à peine le croire ! À la lire, nous aurions cru que c'était une de ces femmes hommasses et raides comme un piquet à qui un peu d'« horizontalisme » profiterait grandement ! Étant donné les circonstances, nous ne pouvons qu'assurer son mari de notre chaleureuse sympathie.

THE DAILY TELEGRAPH

Nous ne doutons pas de la qualité de la formation du Dr Victoria McCandless, et nous ne doutons pas davantage de la bonté de son cœur. Sa clinique se trouve dans un quartier très pauvre de Glasgow, et fait probablement plus de bien que de mal aux infortunées qu'elle accueille. Mais cette clinique est son passe-temps — elle n'en vit pas. Nous, qui gagnons notre vie à l'aide du stéthoscope et du scalpel, devons sourire avec bienveillance de ses projets utopiques, et retourner à notre tâche terre à terre, celle de soigner les malades.

THE LANCET

Le Dr McCandless veut que le monde cesse d'être un champ de bataille et devienne un sanatorium où tout le monde est tour à tour médecin et patient, comme dans un jeu d'enfants. Il est évident que dans un monde pareil la seule chose qui prospérerait serait — la maladie !

THE SCOTS OBSERVER

À partir de 1900, le Dr Vic (ainsi que les journaux se mirent à l'appeler) devint une ardente suffragette, et l'histoire de ce mouvement rend compte de son action. La guerre de 1914 la bouleversa d'une façon dont elle ne se remit jamais. Elle voulait que les ouvriers et les soldats y mettent fin par une grève générale, mais ses deux fils cadets s'enrôlèrent presque aussitôt et furent peu après tués sur la Somme. Elle se sépara des fabiens à cause de ce qu'elle appelait « leur tiédeur et leur tolérance face à ce carnage criminel », et parut en tribune à côté de Keir Hardie, Jimmy Maxton, John Maclean et autres socialistes des bords de la Clyde (et partisans d'un gouvernement écossais autonome) qui s'opposaient à la guerre. Elle se disputa avec Baxter, son fils aîné, qui soutenait l'effort de guerre de son bureau au Département des statistiques impériales. Dans une lettre à Patrick Geddes, elle écrivit :

Baxter accomplit des miracles de falsification, en prouvant que le nombre énorme de tués et de mutilés en France est moins épouvantable que ne le suggèrent les journaux, car il comporte plusieurs milliers d'individus qui auraient de toute façon été tués ou mutilés par accident en temps de paix. Cela réconforte les actionnaires et les profiteurs qui tirent des dividendes faciles de notre industrie de guerre. Cela signifie que des millions de jeunes soldats morts seront bientôt autant oubliés que ceux qui sont morts dans les usines ou dans les accidents de la route.

L'ironie voulut que Baxter McCandless mourût sans postérité en 1919, à l'âge de vingt-sept ans, renversé à Paris par un taxi alors qu'il accompagnait Lloyd George à la conférence de paix de Versailles.

Comme beaucoup de gens à cette époque, Victoria McCandless réfléchit profondément aux causes qui avaient conduit les nations les plus riches du monde — nations qui s'étaient vantées d'être les plus civilisées parce qu'elles étaient les plus industrialisées — à se lancer dans le plus grand et le plus cruel conflit de l'histoire. Ce qui la déroutait, c'était que des millions d'hommes qui, pris isolément, n'étaient ni stupides ni assoiffés de sang (elle pensait à ses fils) aient pu obéir à des gouvernements qui leur ordonnaient de tuer et d'être tués dans une sorte de suicide collectif. Elle dut alors admettre le point de vue de Tolstoï, selon qui les animaux humains sont sujets à des épidémies de folie, comme ces milliers de Français qui ont suivi Napoléon pour mourir en Russie, alors que leur pays ne se serait pas trouvé mieux de l'avoir conquise. Cependant, en tant que médecin, elle savait qu'on pouvait prévenir les épidémies si on en connaissait les causes. Elle savait que les gens vivant dans des quartiers surpeuplés sont sujets à des accès d'agressivité comme tous les animaux trop entassés, mais au moins un quart de ceux qui étaient morts durant la Grande Guerre avaient des maisons spacieuses et prospères, et à cette classe appartenaient presque tous ceux qui avaient décidé et dirigé le carnage. Elle conclut que bien que la Grande Guerre ait eu d'abord pour causes les mêmes rivalités commerciales qui avaient provoqué les guerres britanniques avec la France, l'Espagne, la Hollande, les États-Unis, et les guerres entre ces pays, les hommes qui s'y étaient livrés avaient succombé à « une épidémie de caractère suicidaire » parce que l'indifférence coupable de leur père et de leur mère les avaient convaincus au fond du cœur que leur vie était sans valeur :

Quel homme qui respecte son corps pourrait supporter de faire la queue, nu au milieu des autres, pour attendre qu'un homme habillé examine ses organes génitaux ? Quel homme qui respecte son esprit pourrait supporter de gagner de l'argent en faisant une chose pareille ? Car cet examen médical n'est rien d'autre que le baptême de la religion de la tuerie, où le meilleur soldat est celui qui considère son corps comme une machine insensible — une machine qui n'est même pas à lui, mais qui est actionnée par des machinistes lointains. Mes deux fils cadets sont devenus de leur propre gré des machines de ce genre, et leur corps magnifique a été écrasé dans la boue. Mon aîné a fait de son esprit, non de son corps, un rouage de la machine de guerre. J'estime à présent qu'il était autant que ses frères une victime du manque de respect de soi. Pourtant, durant leurs dix premières années, ces trois garçons ont vécu dans une maison propre et spacieuse et ont été formés par les soins et l'exemple de parents affectueux, instruits et aux idées avancées. J'étais, et suis encore, une radicale-socialiste. Mon mari était un libéral. Nos garçons furent tous préparés à des professions paisibles et utiles, empreints des idées les plus modernes pour se consacrer à ce que nous savions être la grande tâche du XXe siècle — faire qu'en Grande-Bretagne chacun ait un logis décent et un travail bien rémunéré. Mais, lorsque la guerre fut déclarée, mes trois garçons se sont AUSSITÔT *comportés comme les fils d'un tory passant son temps à chasser le renard. Ils savaient que je pensais que c'était une attitude néfaste. Pourquoi sentaient-ils que c'était ce qu'il fallait faire ? Je refuse de chercher la réponse dans la dépravation inhérente à la nature humaine ou à la nature masculine. Je ne peux pas en blâmer les histoires militaires qu'on leur a apprises à l'école, parce qu'elles étaient sûrement contredites par les lectures qu'ils faisaient à la maison. Je suis forcée de chercher la raison en moi-même. Car durant les six ou sept premières années de leur vie, j'avais un pouvoir total sur ces garçons, ayant beaucoup d'argent et un mari aimant. Pourtant je ne leur ai pas donné suffisamment le respect d'eux-mêmes pour qu'ils résistent à cette épidémie d'avilissement personnel qu'était la guerre de 1914. Comment ai-je échoué ? Si je ne puis pas trouver les racines du mal en moi, je suis inutile aux autres. Mais je les ai trouvées. Lisez, s'il vous plaît.*

Le passage ci-dessus est extrait de l'introduction d'un opuscule qu'elle publia à compte d'auteur en 1920 : *Une économie amoureuse — La Recette d'une mère pour la fin des guerres des nations et des classes.* Sur la page-titre est aussi imprimé : *Les Presses de la Paix Godwin Baxter, volume I.* Il n'y eut jamais de deuxième volume. Car celui-ci ne retint guère l'attention, quoiqu'elle en eût envoyé des exemplaires aux dirigeants et aux secrétaires de tous les syndicats anglais, dans des enveloppes où était ajouté à l'adresse « *et à votre femme* » si le destinataire était un homme, « *et à votre mari* » si c'était une femme. Elle en envoya aussi à tous les médecins, prêtres, soldats, fonctionnaires et membres du Parlement inscrits dans le *Who's Who*. Et également deux mille exemplaires à des personnes équivalentes en Amérique du Nord, mais ils furent saisis et brûlés par la douane américaine. Dans une lettre à Bernard Shaw, qui était alors en vacances en Italie, Beatrice Webb écrit :

Quand vous serez de retour, vous trouverez chez vous le dernier pamphlet du Dr Vic. C'est un mélange absurde d'idées cueillies dans Malthus, D. H. Lawrence et Marie Stopes. Elle demande aux parents prolétaires de réduire les armées futures en n'ayant qu'un enfant. Elle veut qu'ils lui donnent le sentiment d'être extrêmement précieux en lui faisant partager leur lit pour qu'il apprenne tout sur l'amour physique et sur le contrôle des naissances par l'exemple pratique. De cette façon (pense-t-elle), l'enfant, garçon ou fille, grandira sans le complexe d'Œdipe, l'envie du pénis et autres maladies découvertes ou inventées par le Dr Freud, et au lieu de se battre avec ses frères et sœurs, il jouera à mari-et-femme avec les petits voisins. Elle est désormais complètement folle de sexe — une érotomane, comme on disait autrefois — et essaie de cacher cela sous un langage châtié qui montre qu'elle reste, au fond, un sujet de la reine Victoria. Câliner est sa manière de dire faire l'amour, et elle utilise le mot union *pour fornication. Dommage que son pauvre petit mari soit mort. Il lui permettait de garder son équilibre entre ses liaisons gênantes avec Wells et Ford Madox Hueffer. Bien entendu, la perte de ses fils a été pour elle un coup dur. Seuls les esprits les plus robustes ont résisté aux six dernières années.*

Une économie amoureuse a également déplu aux socialistes du Parti travailliste indépendant de la Clyde. Tom Johnston en rend compte dans *Forward* et déclare :

Le Dr Victoria McCandless veut que les parents de la classe ouvrière accroissent la valeur du travail de leurs enfants en se livrant à une grève partielle des naissances. En cette année de licenciements et de compression des salaires — année où tous les mouvements ouvriers pressent le gouvernement de vaincre le chômage en réduisant le temps de travail —, une telle exigence de la part d'une bonne camarade est une distraction frivole. C'est tout de suite qu'il faut trouver des solutions à la misère, sans attendre les générations futures.

Le livre fut dénoncé par toutes les églises chrétiennes à cause de sa défense des techniques contraceptives, mais il embarrassa les partisans du contrôle des naissances parce qu'il disait que les contraceptifs commerciaux étaient malsains.

Ils fixent l'esprit des utilisateurs sur les organes génitaux, donc les distraient des câlins. Les câlins sont comme le lait. Ils peuvent, devraient nourrir notre santé de notre naissance à notre mort. L'union est la crème des câlins, c'est le plus puissant délice de notre âge adulte (si nous avons de la chance), mais elle n'est pas d'une nature différente de celle des câlins. Pourtant tout notre enseignement — même, hélas, l'en ;seignement de la bonne Marie Stopes —

la présente comme une chose séparée et exceptionnelle. C'est pourquoi les hommes qui n'ont pas été câlinés craignent l'amour sexuel ou le traitent comme un vol avec effraction.

Aussi, bien que Victoria McCandless eût fait paraître des publicités pour *Une économie amoureuse* dans les principaux journaux britanniques, son livre n'obtint que deux articles favorables : un de Guy Aldred dans un périodique anarchiste, un du sculpteur et typographe Eric Gill dans *The New Age*. Attentif aux réactions des églises, Beaverbrook augmenta le tirage du *Daily Express* en faisant campagne pour fermer la clinique de Victoria McCandless. Voici un extrait d'un article intitulé « UNE FEMME MÉDECIN ORDONNE L'INCESTE » :

Nous savons tous ce qu'est un fils à maman — une femmelette qui veut que tout le monde l'admire mais qui est trop poltron pour se défendre avec ses poings. Si on laisse faire le Dr Vic, tous les garçons britanniques deviendront des tapettes geignardes. Mais, pour corrompre ainsi les enfants, elle doit d'abord corrompre les parents. C'est exactement ce qu'elle fait.

Deux jours plus tard, sous le titre « LE DOCTEUR VICTORIA PRESCRIT LE SUICIDE NATIONAL », parut ceci :

Si la méthode du « sexe drapé » du Dr Vic devient populaire (et elle risque de le devenir — elle a dépensé une fortune pour en faire la publicité), dans quelques années, dans les contingents militaires, les catholiques irlandais seront plus nombreux que les Britanniques. Si elle devient à la mode dans le monde civilisé, nous serons submergés par les bolcheviques, les Chinois et les nègres. Est-ce un hasard si le Dr Vic est une proche de John Maclean, le consul général du bolchévisme en Grande-Bretagne ? Est-ce un hasard si elle a été une des harpies « pacifistes » auxquelles le Kaiser aurait remis la croix de Fer si ses troupes avaient réussi à le placer sur le trône britannique ?

Puis, peu après :

LA CHARITÉ BOLCHEVIQUE DU DR VIC !

Les personnages les plus sinistres du XXe siècle sont ces riches rentiers qui, sous le masque du socialisme, utilisent leur bourse pour répandre le mécontentement et les mauvais procédés parmi les pauvres. Le Daily Express *a découvert que durant ces trente dernières années Victoria McCandless, le docteur bolchevique, a pratiqué en secret ce que désormais elle prêche ouvertement. Dans sa prétendue clinique de « charité » dans un bas quartier de Glasgow, elle a appris à des milliers de pauvres femmes à défier la nature, la foi chrétienne, et les lois du pays. Nous parlons de quelque chose de plus grave que son idée ridicule de « sexe drapé ». Nous parlons d'avortement. C'est à cela, au fond, que revient son « économie amoureuse ».*

Les journalistes du *Daily Express* n'avaient aucune preuve que le Dr Victoria eût pratiqué des avortements. Cependant, ils produisirent deux anciennes employées de sa clinique, lesquelles jurèrent qu'elle avait formé des femmes à pratiquer l'avortement les unes sur les autres, et il s'ensuivit des poursuites judiciaires. Toutefois, ces poursuites n'aboutirent pas (du moins pas complètement) parce qu'il fut prouvé que les deux employées avaient, d'une certaine manière, été soudoyées par le *Daily Express* et que d'autre part elles étaient des retardées mentales. Le procureur fiscal, Campbell Hogg, essaya de tirer parti de ce dernier point et fut très près de réussir :

CAMPBELL HOGG : Docteur McCandless ! Avez-vous employé beaucoup de retardées mentales ?

VICTORIA MCCANDLESS : Autant que j'ai pu.

C. H. : Pourquoi ?

V. MC. : Pour des raisons économiques.

C. H. : Oho ! Elles vous coûtaient moins ?

V. MC. : Non. Les comptes de la clinique montrent que je les paie autant que les autres infirmières. Je ne parle pas d'économie financière mais d'économie sociale — d'économie amoureuse. Les retardés mentaux, si on leur en donne l'occasion, sont bien plus affectueux que ceux que nous disons « normaux ». On peut leur apprendre à se montrer bien plus efficaces dans les tâches ordinaires et essentielles d'une clinique que les infirmières plus intelligentes — les infirmières qui veulent faire des choses plus ambitieuses.

C. H. : Des choses comme écrire des livres sur l'économie amoureuse ?

V. MC. : Non. Des choses comme faire le bouffon dans une farce judiciaire destinée à amuser les journalistes et les lecteurs d'un torchon.

(Rires dans la salle. Le juge met l'accusée en garde contre les insultes au tribunal.)

C. H. (avec force) *: Il me semble que vous avez délibérément choisi l'aide de débiles mentales parce que leurs témoignages sur les pratiques de votre clinique ne seraient pas reçus.*

V. MC. : Vous avez tort.

C. H. : Docteur McCandless, n'avez-vous jamais (réfléchissez bien avant de répondre), n'avez-vous jamais montré à vos patientes comment pratiquer l'avortement ?

V. MC. : Je n'ai jamais rien montré qui puisse blesser le corps ou l'esprit.

C. H. : La réponse que j'attends est « oui » ou « non ».

V. MC. : Vous n'obtiendrez rien de plus de moi, jeune homme. Allez apprendre leur travail à d'autres aînés. Essayez donc avec un ingénieur au chômage — quelqu'un qui a fait la guerre.

(Le juge prévient l'accusée qu'elle doit répondre au procureur, mais qu'elle peut le faire selon ses propres termes.)

V. MC. : Je vois. Alors je répète que je n'ai rien enseigné qui puisse blesser le corps ou l'esprit.

Le procès avait lieu en Écosse, et le jury pouvait donc donner un verdict de manque de preuves. C'est ce qu'il fit. Le Dr Vic ne fut pas rayée de l'ordre des médecins, mais ne fut pas déclarée non coupable.

En 1890, Victoria et Archibald McCandless avaient placé tout l'argent de Godwin Baxter dans la fondation gérant la maternité qu'ils créaient. Le comité directeur comportait sir Patrick Geddes et le recteur John Caird de l'université de Glasgow. En 1920, ceux-ci avaient été remplacés par des personnages plus veules qui s'inclinèrent devant la tempête provoquée par le *Daily Express*. Ils évincèrent Victoria et rattachèrent la clinique à l'hôpital d'Oakbank. Elle avait consacré toutes ses économies à la publication, la distribution et la publicité d'*Une économie amoureuse*. Il ne lui restait pour tout bien que la maison de Park Circus. Tous les anciens domestiques de Baxter étaient morts.

Victoria loua les chambres du haut à des étudiants, se retira dans l'entresol et y poursuivit à petite échelle les activités de ce qu'elle continuait d'appeler la *Maternité Godwin-Baxter*. Jusqu'en 1923, elle fut surtout remarquée pour son soutien à John Maclean. Dans une lettre à C. M. Grieve (Hugh MacDiarmid), elle écrivit :

Je ne puis aimer les communistes orthodoxes. Ils n'ont qu'une seule réponse à toutes les questions et croient ainsi (comme les fascistes) simplifier ce qu'ils ne comprennent pas. Quand je discute avec l'un d'eux, j'ai l'impression d'être devant un mauvais professeur qui me fait taire au lieu de me répondre. Maclean est un bon professeur.

Quand Maclean ne rejoignit pas le Parti communiste britannique nouvellement fondé mais créa le Parti ouvrier républicain écossais, elle lui proposa de tenir ses réunions chez elle. Quand il mourut de pneumonie et de surmenage en 1923, elle fit un bref discours sur sa tombe. La fille de Maclean, Nan Milton, en parle dans une lettre, et Archie Hind la cite à la fin de sa pièce sur Maclean, *Shoulder to Shoulder*.

John n'était pas un Zapata, galopant à cheval dans les champs de blé. Il ne venait pas de la paysannerie qui avait nourri Zapata. Ce n'était pas un Lénine, travaillant à avoir son bureau au Kremlin. Il était comme les marins de Kronstadt dont la mutinerie avait donné son occasion à Lénine. John n'était pas de la sorte qui dirige les révolutions. Il était de la sorte qui les fait.

Deux ans plus tard, le *Daily Express* envoya de nouveau un journaliste enquêter sur elle, sans doute dans l'espoir de trouver des preuves sur une pratique illégale de l'avortement. Mais l'article qui parut fut un portrait, probablement parce que presque tous ceux qui se souvenaient du « Dr Vic » pensaient qu'elle était morte. Le journaliste apprit que les enfants du quartier l'appelaient La Dame aux Chiens parce qu'elle se promenait dans West End Park avec des chiens de toutes tailles, certains bandés. On entrait dans sa clinique par l'arrière, et l'allée était mangée de plantes folles. La salle d'attente était encombrée de lourds meubles victoriens, dont un énorme canapé de crin. Les seules décorations murales étaient de vieilles affiches du Parti ouvrier républicain. Il y avait aussi une grosse boîte verrouillée avec une fente sur le couvercle et ce mot épinglé sur une face : *Mettez ici ce que vous pouvez — ce ne sera pas perdu. Si vous avez faim, s'il vous plaît, ne volez pas ceci, mais venez me parler dans mon cabinet — la faim est guérissable.* La moitié des malades qui attendaient avaient l'air très pauvre et très vieux. Les autres étaient des enfants avec des animaux, surtout des chiens. Il n'y avait qu'une seule femme enceinte.

Le journaliste fut reçu dans le cabinet de consultation, et il découvrit que c'était une énorme cuisine éclairée au gaz. Un chaudron de soupe mijotait sur un coin du feu, divers animaux étaient allongés dans tous les coins, une grande femme était assise toute droite à une table de cuisine chargée de papiers, d'instruments médicaux. Elle portait un tablier blanc qui la couvrait du cou aux chevilles, sur une robe noire à poignets de Celluloïd. Son visage dénué de rides paraissait sans âge ; on pouvait lui donner aussi bien quarante ans que quatre-vingts ans. Lorsque le visiteur s'assit en face d'elle, elle lui dit aussitôt : « Vous avez l'air d'un journaliste. Est-ce pour le *Daily Express* ? »

Il répondit par l'affirmative et lui demanda si cela ne l'ennuyait pas qu'il lui posât quelques questions. « Bien sûr que non, dit-elle, si vous me payez le temps que vous me faites perdre en mettant ce que vous voulez dans ma boîte en sortant. »

Il lui demanda si tous ses patients la payaient ainsi à leur guise. Elle répondit : « Oui. Ce sont des pauvres ou des enfants. Comment puis-je juger, sans les blesser, de ce qu'ils peuvent payer ? »

Il lui demanda si elle donnait toujours de l'argent aux mendiants affamés. Elle répondit : « Non. Je leur donne de la soupe. »

Il lui demanda si son activité de vétérinaire n'avait pas nui au nombre de ses clients. Elle répondit : « Sans aucun doute. L'animal humain est la proie de préjugés stupides. »

Il lui demanda si elle préférait les chiens aux êtres humains. Elle répondit : « Non. Je ne suis pas de cette sorte de sentimentalistes. J'éprouverais toujours de la tendresse envers ma propre espèce pleine de préjugés stupides. Mais aujourd'hui les gens qui ont des animaux malades me fuient moins que les malades humains. »

Il lui demanda s'il s'était produit dans sa vie quelque chose qu'elle regrettait sincèrement. Elle répondit : « La Grande Guerre. » Il lui dit qu'elle l'avait mal compris — il voulait parler de quelque chose dont elle se sentait personnellement responsable. Elle répéta : « La Grande Guerre. »

Il lui demanda ce qu'elle pensait de la République irlandaise de Valera, des jupes courtes pour les femmes, de *Mairzy Radote et Dozy Radote* (chanson populaire à l'époque), de l'expulsion de Trostki du Parti communiste. Elle répondit : « Rien. Je ne lis plus les journaux. »

Il lui demanda si elle avait un message à transmettre à la jeunesse britannique. Elle sourit radieusement et répondit que pour cinq livres elle lui donnerait une bonne petite réponse résumant tout ce qu'elle estimait bon dans la vie, mais qu'elle voulait l'argent d'abord. Il lui donna cinq livres. Alors elle tira d'une pile près d'elle un exemplaire relié d'*Une économie amoureuse*, le lui tendit, et le reconduisit à la porte.

Cet article est le seul témoignage sur Victoria McCandless entre 1925 et 1941, à part ses noms et adresse dans l'annuaire Kelly.

La Seconde Guerre mondiale ranima les activités industrielle et intellectuelle des bords de la Clyde. Glasgow était le principal port de transit entre la Grande-Bretagne et les États-Unis. Les bombardements du Sud de l'Angleterre poussèrent beaucoup de personnes à aller s'installer dans la capitale industrielle du Nord. Ainsi retournèrent à Glasgow le peintre J. D. Fergusson et sa femme, Margaret Morris. Ils avaient connu le Dr Victoria dans leur jeunesse, et Margaret Morris loua un étage du 18 Park Circus comme lieu de répétition pour sa troupe de ballets celtes. Jusqu'en 1945, la maison fut ainsi un de ces centres artistiques spontanés qui fleurissaient dans les alentours de Sauchiehall Street. Les peintres Robert Colquhoun, Stanley Spencer et Jankel Adler y furent de passage — ainsi que les poètes Hamish Hamilton, Sidney Graham et Christopher Murray Grieve, plus connu sous le nom de Hugh MacDiarmid. Dans son autobiographie *The Company I've Kept* (publiée en 1966 par Hutchinson & Co.), MacDiarmid écrit :

Je crois avoir été le seul là-bas à savoir que la maîtresse de maison, cette vieille dame bizarre qui se terrait dans l'entresol, était la seule femme médecin d'Écosse — à part Long Mairi des Glens — dont le nom aurait pu être fièrement cité à côté de ceux de Mme Curie, Elizabeth Blackwell et Sophia Jex-Blake. Peut-être ses chiens effrayaient-ils les timorés, mais son bouillon écossais était excellent, et généreusement servi.

Il fustige *la couardise de nos autorités médicales écossaises qui auraient pu aisément lui donner une chaire de gynécologie à l'université, mais qui furent intimidées par la lamentable campagne de presse menée par ce voyou analphabète, Beaverbrook.*

Cette dernière affirmation est vraie, mais aurait été plus convaincante si elle avait été exprimée d'une façon plus polie. Cependant, nous devons être reconnaissant envers MacDiarmid d'avoir intégralement cité une lettre que Victoria McCandless lui a envoyée peu avant sa mort. Un homme de moins de valeur que lui l'aurait supprimée ou coupée, car elle exprime des choses qui certainement ne lui plurent pas. Quoique sans date, elle fut visiblement écrite peu après l'élection générale de 1946 :

Cher Chris,

Enfin, pour la première fois de ce siècle, nous avons un gouvernement travailliste avec une majorité opérante ! Je vais me remettre à lire les journaux. La Grande-Bretagne devient soudain un pays intéressant. Les lois antisyndicalistes de 1927 vont être abrogées ; il semble que nous aurons la protection sociale pour tous, que les compagnies pétrolières, les aciéries, les transports vont être nationalisés, ainsi que les stations de radio, le téléphone, la distribution d'eau, et l'air que nous respirons ! Et nous allons nous délester de cette pierre que nous avons au cou, l'Empire britannique. Ne vous sentez-vous pas un peu plus heureux, Chris ? Je me sens beaucoup plus heureuse. Nous allons donner au monde un bien meilleur exemple que celui de l'Union soviétique. Je sens que tout ce qui s'est passé depuis 1914 jusqu'à aujourd'hui a été une horrible digression, un égarement en dehors de la voie du progrès social dont le dernier jalon était le budget Lloyd George qui a commencé à scinder les énormes fortunes par les droits de succession et à supprimer les asiles de pauvres en prévoyant des pensions de vieillesse. Il semble que John Maclean avait tort. Une nation de coopératives d'ouvriers sera créée à Londres, sans qu'une Écosse indépendante montre le chemin.

Je sais qu'un vieux cynique comme vous n'en croit pas un mot et pense que j'ai le cœur « trop facilement content ». Je sais que vous êtes en train de chercher votre plume pour me décrire tous les vers vicieux qui rongent les racines de notre nation en fleurs. Laissez cette plume de côté ! Je vais mourir contente.

Si vous aviez lu mes publications (mais qui de vivant les a lues ?), si vous aviez lu Une économie amoureuse *(qui devrait être lu comme un poème, de même que vos pires poèmes devraient être lus comme des traités), si vous aviez seulement survolé un paragraphe de mon pauvre petit* magnum opus *négligé, vous sauriez que je sais déchiffrer les signes que lancent mon corps. Pas étonnant ! J'y ai été initiée par un génie. Une hémorragie célébrale m'arrachera à ce tourbillon terrestre au début décembre. Je liquide la petite clinique qui avait été lancée si fièrement et si richement il y a cinquante-six ans. Ce n'est pas difficile. Mes patients désormais sont quelques petits chiens amenés par des enfants et deux vieux hypocondriaques qui se sentent un peu plus heureux après m'avoir parlé une heure, sans reprendre leur souffle, de choses que seul Sigmund Freud pourrait comprendre. J'ai trouvé des maisons pour tous mes chiens, sauf Archie, le terre-neuve. Une maison l'attend, mais on ne l'y conduira que lorsque l'amie qui vient me voir après le petit déjeuner (Nell Todd, une courageuse lesbienne qui défie la police de Glasgow en vêtements masculins) sera obligée d'ouvrir elle-même en utilisant la clef de l'entresol que je lui ai donnée et me découvrira morte pour de bon. J'aurais préféré un homme chaud et solide pour la fin, mais il n'y en a eu qu'un pour cela dans ma vie, et il est mort il y a trente-cinq ans. Non que je déteste les oiseaux de nuit — certains sont très drôles. Mais c'est d'une solide chaleur dont j'ai besoin maintenant, et seul mon Archie pourrait me la fournir.*

Si vous m'insultez en m'offrant vos services pour le remplacer, je ne vous parlerai plus jamais. Toute ma tendresse à Valda.

Sincèrement

Victoria McCandless.

Le docteur Victoria McCandless fut trouvée morte des suites d'une attaque cérébrale le 3 décembre 1946. Selon la date de naissance de son cerveau dans la morgue de la Société de sauvetage de Glasgow, le 18 février 1880, elle avait soixante-six ans. Selon la date de naissance de son corps dans un bas quartier de Manchester, en 1854, elle avait quatre-vingt-douze ans.

La nécropole de Glasgow où trois des principaux personnages de ce livre sont enterrés dans le mausolée Baxter — En haut à droite : La rotonde romane.

À propos de *Lanark*, d'Alasdair Gray
(Éditions Métailié, 2000)

Les libraires en parlent :

"*Lanark*, d'Alasdair Gray, est de ces œuvres 'coups de tonnerre' qui marquent l'histoire de la littérature. Mosaïque complexe, mêlant des registres narratifs extrêmement différents, et pourtant gardant toute sa lisibilité [...]. Résonnant puissamment de Kafka, de Cortázar, de Joyce, de Vonnegut, cette œuvre essentielle d'un romancier qui est aussi un grand artiste plasticien nous confie avec magie le double récit et le feu d'artifice métaphorique de l'effondrement d'un homme et d'une civilisation par incapacité profonde à aimer."
Librairie Charybde (Paris)

"Inclassable, protéiforme, monumental : les adjectifs se bousculent pour célébrer *Lanark* qu'Alasdair Gray, par ailleurs peintre et décorateur de théâtre, a mis près de trente ans à écrire. À la fois roman d'apprentissage, politique-fiction, farce swiftienne, il mérite de rejoindre *Ulysse*, *Le Château* et *1984* au panthéon des grands livres du XXe siècle."
Librairie Georges (Talence)

La presse en parle :

"Un livre à nul autre pareil, un extravagant chef-d'œuvre. Un roman inclassable d'une puissance et d'une invention prodigieuse."
Télérama

“À elle seule, cette œuvre résume les ambitions esthétiques d'Alasdair Gray : un audacieux mélange des genres sur le fond et, quant à la forme, une volonté affichée de rompre avec les conventions habituelles et la linéarité du récit romanesque.”
Le Monde

“Ce livre ludique mêle avec une belle intelligence le réel, le fantastique, le roman d'apprentissage et le réalisme social.”
LIRE

“*Lanark*, fondement et sommet de la littérature écossaise.”
Libération

*

“Probablement le plus grand roman du XXe siècle.”
The Observer

“Un chef-d'œuvre extraordinaire [...] profond et fin mais qui est aussi drôle et écrit avec une prose belle et lucide.”
Times Literary Supplement

Bibliothèque écossaise
dirigée par Keith Dixon

Chris Brookmyre
Sombre avec moi
Les Ombres de la toile
L'Ange déchu
Coupez !

John Burnside
La Maison muette
Une vie nulle part
Les Empreintes du diable
Un mensonge sur mon père
Scintillation
L'Été des noyés
Le Bruit du dégel

Dominic Cooper
Le Cœur de l'hiver
Vers l'aube
Nuage de cendre

Meaghan Delahunt
Le Livre rouge

Chris Dolan
La Colonie
Une femme infréquentable

Jennie Erdal
La Mystérieuse Nuance de bleu

Jenni Fagan

La Sauvage

Les Buveurs de lumière

La Fille du Diable

Lewis Grassic Gibbon

Sunset Song

La Vallée des nuages

Alasdair Gray

Lanark

Le Faiseur d'histoire

Kirstin Innes

Reine d'un jour

Doug Johnstone

Voyou

Jackie Kay

Poussière rouge

James Kelman

Le Poinçonneur Hines

Le Mécontentement

Faut être prudent au pays de la liberté

Si tard, il était si tard

Mo a dit

La Route de Lafayette

Mick Kitson

Manuel de survie à l'usage des jeunes filles

Analphabète

Poids plume

Liam McIlvanney
Les Couleurs de la ville
Là où vont les morts
Le Quaker

James Meek
Un acte d'amour
Nous commençons notre descente
Le Cœur par effraction
Vers Calais, en Temps ordinaire

James Robertson
Le Fanatique
Le Nègre de Dundee
Le Chercheur de vérité

Suhayl Saadi
Psychoraag

Alexander Trocchi
Young Adam

Louise Welsh
Le Tour maudit
De vieux os
La Fille dans l'escalier

Bibliothèque anglo-saxonne

Leye Adenle
Lagos lady
Feu pour feu

Brian Aldiss
À l'est de la vie
La Mamelle de Némésis
Mars blanche
Supertoys
Super État
Jocaste

Al Alvarez
Nourrir la bête
Le plus gros jeu

Mary Caponegro
Star Café

Kate Grenville
Le Fleuve secret
Le Lieutenant
Sarah Thornhill

Jim Grimsley
Les Oiseaux de l'hiver
Confort et Joie
L'Enfant des eaux
Dream Boy

Isabel FONSECA
Attachée

Elnathan JOHN
Né un mardi

Jennifer Nansubuga MAKUMBI
Kintu

Jarred MCGINNIS
Le Lâche

Sam MILLAR
Un tueur sur mesure

Sally MORGAN
Talahue

Pat O'SHEA
Les Chiens de la Morrigan

Francine PROSE
Visites guidées de l'enfer
Blue Angel
Un homme changé

Vamba SHERIF
Borderland

Shubhangi SWARUP
Dérive des âmes et des continents

Mark WINKLER
Je m'appelle Nathan Lucius

Cet ouvrage a été composé par
Atlant'Communication
au Bernard (Vendée)

Achevé d'imprimer en octobre 2023
sur les presses de Normandie Roto Impression s.a.s.
61250 Lonrai

N° d'édition : 2495002 – N° d'impression : 2304103
Dépôt légal : octobre 2004

Imprimé en France